Quebrando o gelo

HANNAH GRACE

Quebrando o gelo

Tradução de Bruna Miranda

Rocco

Título original
ICEBREAKER
A Novel

Este livro é uma obra de ficção. Referências a acontecimentos históricos, pessoas reais ou localidades foram usadas de forma fictícia. Outros nomes, personagens, lugares e acontecimentos são produtos da imaginação da autora, e qualquer semelhança com fatos reais, localidades ou pessoas, vivas ou não, é mera coincidência.

Copyright © 2022 by Hannah Grace

O direito moral da autora foi assegurado.

Todos os direitos reservados, incluindo o de reprodução no todo ou em parte sob qualquer forma.

Direitos para a língua portuguesa reservados com exclusividade para o Brasil à
EDITORA ROCCO LTDA.
Rua Evaristo da Veiga, 65 – 11º andar
Passeio Corporate – Torre 1
20031-040 – Rio de Janeiro – RJ
Tel.: (21) 3525-2000 – Fax: (21) 3525-2001
rocco@rocco.com.br
www.rocco.com.br

Printed in Brazil/Impresso no Brasil

preparação de originais
GABRIEL PEREIRA

CIP-BRASIL. CATALOGAÇÃO NA PUBLICAÇÃO
SINDICATO NACIONAL DOS EDITORES DE LIVROS, RJ

G754q

Grace, Hannah
  Quebrando o gelo / Hannah Grace ; tradução Bruna Miranda. - 1. ed. - Rio de Janeiro : Rocco, 2023.

  Tradução de: Icebreaker : a novel
  ISBN 978-65-5532-351-1
  ISBN 978-65-5595-197-4 (recurso eletrônico)

  1. Romance inglês. I. Miranda, Bruna. II. Título.

23-83481
CDD: 823
CDU: 82-31(410.1)

Meri Gleice Rodrigues de Souza - Bibliotecária - CRB-7/6439

O texto deste livro obedece às normas do
Acordo Ortográfico da Língua Portuguesa.

Para Erin, Kiley e Rebecca.

Obrigada por acreditarem em mim.
Este livro é para vocês.

Playlist

CRUEL SUMMER | TAYLOR SWIFT	02:58
KISS ME MORE (FEAT. SZA) | DOJA CAT	03:29
TALKING BODY | TOVE LO	03:58
SHUT UP | ARIANA GRANDE	02:38
IDGAF | DUA LIPA	03:38
ENERGY | TYLA JANE	03:20
MOTIVATION | NORMANI	03:14
ONE KISS (WITH DUA LIPA) | CALVIN HARRIS	03:35
DANCE FOR YOU | BEYONCÉ	06:17
NEEDY | ARIANA GRANDE	02:52
WHO'S | JACQUEES	03:06
LOSE YOU TO LOVE ME | SELENA GOMEZ	03:26
KISS ME | SIXPENCE NONE THE RICHER	03:29
BOYFRIEND (WITH SOCIAL HOUSE) | ARIANA GRANDE	03:06
RUMORS (FEAT. ZAYN) | SABRINA CLAUDIO	03:46
MORE THAN ENOUGH | ALINA BARAZ	02:31
YOU SHOULD SEE ME IN A CROWN | BILLIE EILISH	03:01
I'M FAKIN | SABRINA CARPENTER	02:55
MAKE ME FEEL | JANELLE MONÁE	03:14
CAN I | KEHLANI	02:48

Os patins eram o receptáculo no qual eu despejava meu coração e minha alma.

— *Peggy Fleming*

Capítulo um

ANASTASIA

— De novo, Anastasia!

Se eu ouvir "de novo" e "Anastasia" na mesma frase mais uma vez, pode ser a gota d'água.

Já estou no meu limite desde que acordei esta manhã com uma ressaca do inferno, então a última coisa de que preciso é mais reclamações da treinadora Aubrey Brady.

Eu me concentro em controlar minha irritação, como sempre faço nos treinos em que a treinadora decide que sua missão de vida é me levar ao limite. Por entender que é essa dedicação que a faz ser tão bem-sucedida, decido que a ideia de jogar meus patins na cara dela deve permanecer na minha imaginação.

— Você está desleixada, Tasi! — ela grita quando passamos depressa à sua frente. — Gente desleixada não ganha medalhas!

O que foi mesmo que eu falei de não jogar meus patins nela?

— Vamos, Anastasia. Faz um esforço, pelo menos uma vez na vida — Aaron me provoca e mostra a língua para mim, e lhe lanço um olhar severo.

Aaron Carlisle é o melhor patinador artístico do campus de Maple Hills da Universidade da Califórnia. Quando ofereceram uma vaga na equipe para mim, mas não para o meu antigo parceiro, por sorte Aaron ficou na mesma situação, então nos tornamos uma dupla. Este é nosso terceiro ano patinando juntos e nosso terceiro ano perdendo feio.

Eu tenho a teoria de que Aubrey é uma espiã da União Soviética. Não tenho provas e minha teoria não tem muita base. Base nenhuma, na verdade. Mas às vezes, quando ela grita comigo me mandando acertar a postura ou levantar o queixo, juro que ouço um ligeiro sotaque russo escapando.

O que é algo muito curioso para uma mulher de Philipsburg, Montana.

A camarada Brady era uma estrela da patinação artística na juventude. Até hoje, seus movimentos são delicados e controlados, e ela se move com tanta graça que é difícil acreditar que consiga gritar alto desse jeito.

Seus cabelos grisalhos estão sempre presos em um coque apertado, algo que acentua as maçãs do rosto bem-marcadas, e ela está sempre vestindo o mesmo casaco preto de pele falsa. Aaron brinca que é nele que ela esconde todos os segredos. Dizem por aí que ela devia ter ido para as Olimpíadas com seu parceiro, Wyatt. Porém Wyatt e Aubrey passaram tempo demais praticando certas acrobacias, e ela acabou ganhando um bebê em vez de uma medalha de ouro.

É por isso que está de mau humor desde que se tornou treinadora, há vinte e cinco anos.

A melodia de "Clair de lune" para de tocar ao mesmo tempo que Aaron e eu terminamos nossa coreografia, cara a cara, arfando e tentando recuperar o fôlego. Quando finalmente ouvimos uma única palma, nos separamos e patinamos até a provável fonte da minha próxima dor de cabeça.

Eu mal paro, e os olhos verdes de Aubrey se apertam e ficam concentrados em mim.

— Quando vai acertar o seu Lutz? Se não consegue, precisa retirá-lo do seu programa longo.

Além de Brady, a missão de acertar um quádruplo Lutz sem cair de bunda no chão é a atual desgraça da minha vida. Estou praticando há Deus sabe quanto tempo, mas não consigo acertar. Aaron consegue fazer um sem problemas, e foi por isso que convenci o coreógrafo a colocar esse movimento no nosso programa.

Orgulho é uma coisa idiota. Principalmente no mundo da patinação artística, pois, quando você erra, acaba de cara no gelo. Eu prefiro as quedas à irritante expressão de decepção falsa que Aaron faz toda vez que alguém sugere retirar o movimento da série.

— Vou conseguir, treinadora — respondo com o máximo de entusiasmo falso que consigo reunir. — Estou quase lá; não está perfeito, mas vou continuar praticando.

É uma mentira leve, inofensiva. Estou *mesmo* quase lá. O que não mencionei é que esse "quase" é apenas fora do gelo, especificamente quando uso equipamentos para me ajudar.

— Ela está quase lá — Aaron mente, passando o braço em volta dos meus ombros. — Tenha paciência, A.B.

É muito legal da parte de Aaron ficar ao meu lado e mostrar que somos uma equipe para a Aubrey da KGB. O que ele me diz em particular é que o único jeito de eu conseguir é se começar a me dopar e construir uma máquina do tempo para ter meu corpo de pré-adolescente de novo.

Ela murmura algo inaudível e nos dispensa.

— Vejo vocês dois de novo aqui amanhã, e seria ótimo se não estiverem de ressaca. Tenho quase certeza de que comer no Kenny's antes do treino não vai ajudar nenhum dos dois a entrar na equipe olímpica. Entendido?

Merda.

— Sim, treinadora — respondemos ao mesmo tempo.

Aaron está encarando o celular enquanto me espera no saguão depois que saio do vestiário feminino.

— Porra, eu disse que ela ia perceber — resmungo, batendo nele com a bolsa quando chego perto o suficiente para acertá-lo no estômago. — Eu nem comi nada!

Ele grunhe com o impacto, puxando a bolsa das minhas mãos e pendurando-a no ombro.

— Essa mulher tem o olfato de um perdigueiro.

Como a maioria das coisas na vida, patinar é muito mais fácil quando você é homem, porque ninguém te levanta e joga no ar duas vezes por dia.

No primeiro ano da faculdade, como acontece com muita gente, ganhei alguns quilos. Na verdade, foram apenas três, mas Aaron disse que eu estava ficando pesada demais, então não engordei um grama desde então.

Eu tento seguir minha dieta rigorosamente, com uma festa aqui e ali para manter a sanidade. O aniversário de vinte e um anos da minha melhor amiga era a oportunidade perfeita para relaxar, mesmo que isso significasse ter que encarar Brady e uma ressaca ao mesmo tempo.

Entramos na Mercedes G-Wagen do Aaron, o mais novo presente do seu pai rico, adúltero e cheio de culpa, e fomos para casa. No final do primeiro ano, Aaron e eu decidimos que seria legal dividir uma casa, nós e minha melhor amiga, Lola. Nossas rotinas são parecidas e nossas vidas giram em torno da patinação, então fazia sentido.

Aaron vira na Avenida Maple e olha para mim enquanto mexo na bolsa procurando pelo meu bem mais precioso.

— Quais são seus planos para hoje, de acordo com o planner?

Eu reviro os olhos, ignorando a provocação.

— Transar.

— Eca — responde ele com uma careta que enruga seu nariz. — Já é estranho você planejar quando dorme e come, mas precisa mesmo fazer isso com sexo também?

Essa coisa sobre dormir e comer é verdade — todo minuto da minha vida é planejado com precisão no meu planner, que meu amigo acha ser igualmente engraçado e ridículo. Eu não diria que sou controladora, só que preciso estar no controle.

Com certeza tem uma diferença.

Dou de ombros, me segurando para não comentar que pelo menos vou transar e ele, não.

— Ryan é ocupado, e eu também. Quero vê-lo o máximo que puder antes da temporada de basquete começar.

Ryan Rothwell é dois metros de pura perfeição atlética. Ele é armador e capitão do time de basquete da UCMH e leva a carreira esportiva tão a sério quanto eu, o que o torna perfeito para uma relação sem compromisso. Mais uma vantagem é que Ryan é um amor de pessoa, então, além do nosso acordo de benefícios mútuos, também nos tornamos bons amigos.

— Não acredito que você ainda está de rolo com ele. Ele não tem, tipo, o dobro da sua altura? Como ele não te esmaga? Não, esquece. Não quero saber.

— Tem, sim. — Dou uma risada e belisco as bochechas de Aaron até ele me afastar. — Essa é a vantagem.

A maioria das pessoas presume que Aaron e eu sejamos mais do que parceiros, mas estamos mais para irmãos. Não que ele não seja bonito, mas nunca tivemos interesse romântico um no outro.

Aaron é bem mais alto do que eu, esguio como um dançarino e com músculos bem definidos. O cabelo preto está sempre curto, e eu juro que ele usa rímel, porque os olhos azul-celeste são contornados por cílios longos e escuros de dar inveja, fazendo um contraste com a pele clara.

— Eu oficialmente sei demais sobre sua vida sexual, Anastasia.

Aaron não decide se gosta ou não de Ryan. Às vezes ele fica de boa, e Ryan consegue conhecer o Aaron que eu conheço — uma pessoa divertida. Nas outras vezes, fica parecendo até que Ryan sozinho destruiu a vida de Aaron ou algo assim. Ele consegue ser tão curto e grosso que chega a ser constrangedor. É aleatório, mas Ryan não liga e diz que não preciso me preocupar.

— Eu prometo não falar mais nisso o resto do caminho se você prometer me dar uma carona para a casa do Ryan mais tarde.

Ele pensa por um minuto.

— Ok, combinado.

Lola levanta o olhar da salada que estava empalando com o garfo e bufa.

— Tipo, para quem Olivia Abbott tá dando para conseguir o papel principal pelo terceiro ano seguido?

É impossível não me sentir desconfortável com as palavras de Lola, mas sei que ela não falou por mal. Já estava um pouco sensível hoje de manhã por causa da quantidade absurda de álcool que consumimos na sua festa de aniversário ontem, então este não é o melhor dia para descobrir que não conseguiu o papel que queria.

Eu assisti todas as apresentações dos últimos dois anos, e tanto eu quanto Lo sabemos muito bem que Olivia é uma atriz impressionante.

— Ela não pode só ser uma ótima atriz? Sem precisar dar para alguém?

— Anastasia, você pode me deixar ser babaca por uns cinco minutos e fingir que não sei que ela é melhor do que eu?

Aaron se joga na cadeira ao meu lado e se estica para pegar uma cenoura do meu prato.

— Com quem estamos sendo babacas?

— Olivia Abbott — Lola e eu respondemos ao mesmo tempo, e o desgosto na voz dela é palpável.

— Ela é gata. Talvez a mais gata do campus — ele diz casualmente, sem perceber que o queixo de Lola cai. — Ela está solteira?

— Como é que eu vou saber disso? Ela não fala com ninguém. Ela aparece do nada, rouba o meu papel, e volta a ser uma anomalia.

Lola estuda teatro, e ter uma personalidade forte deve ser um requisito não oficial para entrar no curso, porque todo mundo de teatro que já conheci é igual a ela. Geralmente é uma guerra intensa para conseguir atenção, mesmo como espectadora, mas Olivia fica na dela e por algum motivo isso incomoda as pessoas.

— Desculpa, Lols. Vai dar certo na próxima — digo para confortá-la. Sabemos que isso não quer dizer nada, mas ela sopra um beijo para mim mesmo assim. — Se serve de consolo, ainda não consegui acertar meu Lutz. Aubrey logo vai sacar e me banir para a Sibéria.

— Ah, não. Você é oficialmente um fracasso, como vai conseguir pisar no gelo de novo? — Ela sorri, e os olhos brilham ao olhar para minha careta. — Você vai conseguir, amiga. Tem praticado tanto. — Ela se vira para Aaron, que está mexendo no celular, completamente alheio à nossa conversa — Ei, Princesa do Gelo! Não quer me dar uma ajuda aqui?

— Quê? Ah, sim, desculpa, você também é gata, Lo.

Fico surpresa de não ver fumaça saindo do nariz de Lola quando ela começa a gritar com Aaron por não prestar atenção.

Volto para o meu quarto sorrateiramente, torcendo para não chamar atenção nem ficar no meio dessa briga entre colegas de quarto. Morar com Aaron e Lola é como morar com irmãos que sempre quiseram ser filhos únicos.

Assim como eu, Aaron é filho único. Ele é o milagre que os pais, mais velhos e do Meio-Oeste, desejaram desesperadamente para tentar salvar o casamento.

Ir morar com outras pessoas depois de ser o centro da vida da família por dezoito anos foi uma transição difícil para Aaron e para nós, que temos que morar com ele e lidar com seu humor volátil.

Agora que ele não está mais em Chicago, as coisas entre os pais não vão muito bem, e sempre sabemos quando a situação piora, porque é quando Aaron ganha um presente desnecessário e ridiculamente caro.

Como o carro.

Lola é o contrário de nós dois: ela vem de uma família grande. Ser a mais nova e única menina sempre lhe garantia o posto de número um da casa, e ela não hesita em bater de frente com Aaron.

Ainda estou escondida no quarto quando meu celular vibra e o nome de Ryan aparece na tela.

RYAN

Os caras querem dar uma festa hoje. Podemos ficar na sua casa?
Era pra eles irem pra uma festa do time, ou algo assim, mas resolveram ficar aqui.
Eu só quero ficar a sós com vc.

> Td bem, mas meus colegas de quarto estão aqui.
> Vamos ter que fazer silêncio.

Haha
Você deveria falar isso para si mesma.
Tá de boa agora?

> Sim, pode vir.

Tô indo. Vou levar comida.

— Todo mundo fez as pazes? — eu grito enquanto saio do quarto em direção à sala de estar. Ambos estão concentrados vendo uma reprise de *Criminal Minds* na TV, mas recebo um "sim" distante em resposta, e entendo que é seguro me aproximar.

Me inclino por cima do sofá para pegar um pouco de pipoca da tigela entre os dois, e tento me lembrar de anotar "pipoca" no meu app de alimentação quando voltar para o quarto.

— Então, o time de basquete tá dando uma festa. Queria saber...

— Se a gente quer ir com você? — Aaron me interrompe, estranhamente empolgado.

— Não?

Lola vira para mim, seus cachos batendo nos ombros e uma expressão de pura satisfação no rosto.

— Se a gente se importa de o Ryan vir para cá?

— Sim. Como você...

— Paga, Carlisle. — Ela ri e estica a mão. Aaron passa algumas notas de vinte para Lola e resmunga algo baixinho enquanto ela conta o dinheiro. — A gente ficou sabendo da festa e eu apostei que você não ia querer transar lá enquanto calouros bêbados se pegam do outro lado da porta. Vamos andando para lá.

Nossa casa é um dos presentes de desculpas do pai de Aaron. Foi depois do caso com a secretária ou antes de ele decidir transar com a designer de interiores. Maple Tower é um belo prédio de apartamentos na extremidade do campus, e o nosso tem uma linda vista e é muito bem iluminado.

O prédio não é exclusivo para estudantes, então é um lugar bem tranquilo de se morar, mas é perto o suficiente de todo mundo, o que facilita na hora de ir para festas.

Aaron e eu não deveríamos ir a festas, mas o que Aubrey não vê, a gente não sente.

Ryan me manda mensagem avisando que está subindo depois de eu já ter assistido a Lola experimentar dez looks diferentes, o que foi a desculpa perfeita para deixá-la a sós com seus dez vestidos pretos idênticos.

No começo, achava estranho sentir borboletas no estômago quando ouvia uma batida à porta e sabia que era Ryan do outro lado, mas agora é fofo.

Ele praticamente preenche o batente da porta quando abro e o deixo entrar. O cabelo loiro bagunçado ainda está um pouco molhado, e ele tem um cheiro forte de laranja e algo que não sei descrever, e, estranhamente, isso é muito reconfortante para mim. Ele inclina a cabeça na minha direção e aperta os lábios na minha bochecha.

— Oi, linda.

Ele me entrega uma sacola de lanches que sempre insiste em trazer porque, aparentemente, eu não como o bastante e nunca tem nada para comer quando ele vem aqui. Ryan come mais do que todo mundo que já vi na vida, e o conceito dele de comida boa é qualquer coisa que seja cheia de açúcar.

Por algum motivo, Aaron e Lo estão nos observando da sala de estar, como se nunca tivessem visto seres humanos antes. Ryan ri quando os vê; felizmente, ele já está acostumado com a dinâmica dos dois e dá um "oi" quando andamos em direção ao meu quarto.

— Ei, Rothwell! — Lola grita quando chegamos na porta.

Ele solta minha mão e se vira para olhar para ela.

— Oi?

Ela se apoia nas costas do sofá e, a julgar pelo olhar malicioso, tenho certeza de que não quero ouvir o que ela tem a dizer em seguida.

— Já que meu quarto é do lado do quarto da Tasi e eu vou ouvir você gemendo e batendo suas bolas na bunda dela a noite toda... — Meus olhos se arregalam ao máximo. — ... Pode me dar o código do seu quarto? Assim não vou ter que brigar para usar o banheiro compartilhado da festa.

As acomodações do campus têm trancas eletrônicas nos quartos por questões de segurança. O quarto de Ryan é uma suíte, então a ideia de Lo é muito boa, porque quanto mais bêbadas as pessoas ficam, maior a fila do banheiro.

É o pedido que precisa ser um pouco mais educado.

— Claro, te mando por mensagem. Nada de mexer nas minhas coisas, Mitchell. Eu vou saber.

Ela faz um sinal de paz com a mão.

— Palavra de escoteira. Aproveite a noite de sexo.

— *Meu Deus*, Lols — eu resmungo alto o bastante para ela ouvir enquanto puxo Ryan para dentro do meu quarto, longe dela. — Desculpa por isso.

— Eu gosto dela. Ela é engraçada. — Ryan ri, segura meu rosto com as mãos e o inclina para me beijar.

No começo, é delicado, depois mais intenso, sua língua se movendo contra a minha. Suas mãos viajam pelo meu corpo até chegarem nas minhas coxas, me levantando com um único movimento. Minhas pernas se enroscam em sua cintura de um jeito automático, pois meu corpo conhece o dele depois de fazer isso tantas vezes.

Há um barulho do lado de fora que *eu acho* que é o som dos meus amigos saindo, mas cada beijo quente que Ryan dá no meu pescoço rouba minha atenção na hora. Eu deveria checar se eles já foram, mas isso logo escapa dos meus pensamentos quando Ryan me coloca na cama e deita sobre mim.

— Como foi seu dia? — ele sussurra no meu ouvido.

Ele sempre faz isso. Me beija do jeito perfeito, encaixa o corpo entre minhas pernas, me pressiona do jeito que me faz estremecer, confunde minha mente, e aí me pergunta algo aleatório, tipo como foi meu dia.

Assim que tento formular uma resposta, os dedos dele passeiam por debaixo da minha camisa e ele traça o meu maxilar com o nariz. Parece que cada centímetro da minha pele está vibrando, e ele ainda nem fez nada.

— Foi... é... hum... foi bom. Eu... hum... patinei...

O corpo dele treme quando ri.

— Você *hum* patinou? Parece interessante. Por que não me conta mais, Allen?

Eu odeio ele. Muito, muito mesmo.

Murmuro algo incompreensível sobre gelo e russos enquanto ele tira nossas roupas e estamos os dois quase nus. O corpo de Ryan faria um deus grego chorar; a pele bronzeada graças à casa de verão em Miami e o abdômen mais definido que já vi.

Esquece o deus grego: esse corpo *me faz* querer chorar.

Segurando minha calcinha dos dois lados do quadril, ele me espera acenar com a cabeça antes de puxá-la para baixo, jogá-la no chão e abrir minhas pernas.

— Tasi.

— O quê?

Ele faz uma careta.

— A Lola consegue mesmo ouvir minhas bolas?

Capítulo dois

NATHAN

Tem uma mão perto do meu pau que não é minha.

Ela está dormindo pesado, roncando alto, com a mão ao redor da minha cintura por debaixo da minha cueca. Eu lentamente tiro a mão e a examino — unhas postiças longas, anéis da Cartier e um Rolex no pulso fino.

Quem é essa mulher, caralho?

Mesmo depois de uma noite de sabe-se-lá-o-quê, ela ainda tem cheiro de gente rica, e mechas de cabelo loiro caem no meu ombro enquanto ela dorme ao meu lado.

Eu não deveria ter ido para a festa ontem, mas Benji Harding e o resto do caras do time de basquete são uns filhos da puta convincentes. Por mais que eu ame dar festas, nada é melhor do que sair e voltar para uma casa tranquila, sem bagunça ou gente estranha.

A menos que seja esse tipo de bagunça. O tipo em que uma mulher acaba na sua cama e que você nem lembra quem ela é.

O senso comum faz eu querer me virar e ver, mas outra parte de mim, aquela que nos ajuda a recordar de todas as situações idiotas em que nos metemos, me lembra de que o Nate bêbado é um babaca.

Essa parte do meu cérebro se preocupa que essa vá ser a irmã de alguém, ou pior: a mãe de alguém.

— Dá pra parar de se mexer? — a convidada secreta fala. — Qual é o problema de vocês, atletas, com acordar cedo?

Essa voz. É uma voz que eu não queria reconhecer.

Cacete.

Eu me viro lentamente para confirmar meu pior pesadelo: que eu dormi com Kitty Vincent.

E foi isso mesmo.

Ela parece tranquila quando está tentando dormir; seus traços são delicados e gentis, os lábios vermelhos e franzidos. A julgar pela aparência gentil agora, ninguém diria que ela é uma grandecíssima va...

— Por que está me encarando, Nate? — Seus olhos se abrem, e ela me desintegra com um olhar, como o dragão maligno que é.

Kitty Vincent é a personificação de todas as meninas ricas e mimadas e bancadas pelos pais, uma subespécie de mulheres na UCMH que conheço muito bem. Uma expertise que ganhei transando com praticamente todas.

Menos com essa aqui.

Eu jamais deveria ter transado com essa.

Não tem nada de errado com a aparência dela. Pra ser sincero, ela é gata pra cacete. O problema é que ela é uma pessoa terrível.

— Você tá bem? — pergunto. — Precisa de algo?

— Eu preciso que você pare de me encarar como se nunca tivesse visto uma mulher pelada na sua cama — ela responde, pressionando o corpo contra a cabeceira. — Nós dois sabemos que não é o caso, e está me assustando.

— Tô em choque, Kit. Eu, hum, não lembro como isso aconteceu...

Eu me lembro de estar na festa e tentar convencer Summer Castillo-West a me dar o número dela, e ser rejeitado pelo quarto ano seguido. Também me lembro de jogar *beer pong* com Danny Adeleke e perder, algo que eu gostaria de ter esquecido, mas não consigo lembrar como *isso aqui* aconteceu.

— Merda. Espera, você não tá namorando com o Danny?

Ela revira os olhos azuis, estica o braço para pegar a bolsa na mesinha ao lado da cama, e xinga quando vê que o celular está sem bateria. Depois de tirar o cabelo do rosto, ela finalmente olha para mim, e nunca vi uma mulher tão irritada com a minha existência.

— Nós terminamos.

— Ah, é. Verdade. Que merda, sinto muito. O que aconteceu?

Estou tentando ser educado, ser um bom anfitrião até, mas ela ergue uma das sobrancelhas bem desenhadas para mim e faz uma careta.

— Por que você se importa?

Eu passo a mão pela mandíbula, nervoso, enquanto tento pensar em uma resposta. Ela tem razão: eu não me importo. Só odeio traição e entrei em pânico, mas já que eles terminaram, não tenho com o que me preocupar.

— Só estava tentando ser legal.

Ela me dá o sorriso mais falso que já vi, joga as pernas para fora da cama, e atravessa o meu quarto pelada. É difícil me concentrar no quanto ela é bonita porque me lança um olhar frio por cima do ombro que parece querer me desintegrar.

— Se quer ser legal, pede um Uber pra mim.

Graças a Deus.

— Claro.

— Uber Black, Nate. Já é ruim o bastante ser vista saindo daqui. Não me faça sofrer mais sendo mão de vaca.

Quando ela fecha a porta do banheiro e ouço o chuveiro ligar, sei que é seguro gritar no meu travesseiro todos os palavrões que conheço.

Estou na porta da frente observando Kitty entrar no Uber dela; Black, é claro, para evitar mais vergonha.

Passando a mão pelo cabelo, não consigo entender como acabei aqui depois de prometer a mim mesmo que este ano seria diferente.

Eu me lembro bem de dizer para Robbie, meu melhor amigo, na volta do Colorado, que o último ano de faculdade seria diferente. Eu devo ter dito isso umas vinte vezes durante a viagem de dois dias movida à cafeína.

Durou três semanas.

Eu saio do meu transe de autopiedade ao ouvir vozes atrás de mim. Robbie e meus outros colegas de quarto, JJ e Henry, estão sentados na sala de estar, bebendo café como se estivessem em um programa de TV matinal.

— Ora, ora, ora — Robbie diz com um tom malicioso — O que aconteceu aqui, sua putinha?

Robbie me aterroriza desde os cinco anos. O pai dele, que mesmo depois de dezesseis anos eu ainda chamo de sr. H, foi o técnico do nosso time de hóquei da cidade em Eagle County, onde crescemos. Foi lá que nos conhecemos e ficamos amigos, e Robbie não me deixa em paz desde então.

Eu o ignoro e passo direto pelos olhares curiosos em direção à cozinha, me sirvo de uma xícara de café e ergo o dedo do meio para ele em vez de responder.

Enquanto bebo o café o mais rápido possível, ainda sinto os olhares deles em mim. Essa é a pior parte de morar com seu time: não existem segredos.

JJ, Robbie e eu somos veteranos e moramos juntos desde o dormitório compartilhado no primeiro ano, mas Henry está no seu segundo ano no time.

Ele é um jogador incrível, mas ainda tem que aprender a lidar melhor com a pressão social de estar em um time. Ele odiava morar nos dormitórios e tinha dificuldades para fazer amigos fora do time, então oferecemos uma vaga para ele vir morar com a gente.

Sempre tivemos um quarto extra, porque nossa garagem foi convertida em um quarto acessível para cadeirantes para acomodar Robbie, e Henry ficou mais do que feliz com o convite.

Mesmo fazendo apenas três semanas desde que se mudou, já percebemos que ele está mais confiante — deve ser por isso que ele não tem mais nenhum pudor em se juntar a Robbie e JJ para zoar comigo.

— Por que você transou com Kitty Vincent? — pergunta Henry antes de tomar um gole de café. — Ela não é muito legal.

Ah, sim, o cara também não tem filtro.

— Vou fingir que não fiz isso, cara. Ela também não estava muito feliz, e eu não me lembro de nada, então essa não conta. — Dou de ombros, ando até a sala de estar e me jogo numa poltrona. — Porra, como vocês deixaram isso acontecer?

Estou velho demais para jogar a culpa dos meus próprios erros nos outros? Sim. Isso vai me impedir de tentar? Não.

— Eu tentei te impedir, irmão — JJ mente descaradamente, levantando as mãos. — Você disse que ela tinha um cheiro bom e a bunda dela era boa de apertar. Quem sou eu para atrapalhar o amor verdadeiro?

Eu resmungo alto, fazendo minha própria cabeça doer com o barulho. Se Jaiden diz que tentou me impedir, quer dizer que ele mesmo pediu o Uber e me colocou lá dentro com Kitty.

JJ é filho único, vindo de uma cidade no meio do nada no Nebraska, então zoar com as pessoas ao redor era o único entretenimento que ele tinha quando criança.

Os pais dele sempre vêm visitar o filho em junho, para a parada do Orgulho LGBTQIA+ de Los Angeles, usando com orgulho os broches com a bandeira pansexual. O tempo que já passaram com a gente me permitiu conhecê-los bem, por isso sei que JJ é igualzinho ao pai, o que me faz questionar como a mãe dele conseguiu viver com dois deles em casa.

A sra. Johal é uma mulher maravilhosa e uma santa. Ela sempre enche nossa geladeira de diferentes tipos de curry e comidas antes de irem embora, e tem um gosto impecável para filmes de terror — talvez seja por isso que eu goste tanto dela.

Ela deve ser o único motivo para eu não ter assassinado Jaiden até agora.

Robbie manobra até ficar ao meu lado e joga o braço sobre meus ombros como se estivesse me confortando.

— O seu foco nos estudos e no hóquei durou mais do que o esperado. Agora, se recomponha. Tem que nos dar carona pra aula.

* * *

Eu não fazia ideia do que queria estudar quando fui aceito na Maple Hills. Vou me formar em menos de um ano e ainda não tenho certeza de que estudar medicina do esporte foi a escolha certa.

Fui recrutado pelo Vancouver Vipers quando terminei o ensino médio, e foi uma escolha difícil priorizar minha educação, especialmente porque entrar na NHL, a liga esportiva de hóquei, é meu sonho desde pequeno. Eu sempre quis jogar, mas sei que qualquer coisa pode acontecer neste mundo. Um machucado ou um acidente inevitável, e sua carreira já era.

Mesmo com a vaga no time dos meus sonhos me esperando assim que eu me formar, ainda assim, gostaria que *alguma coisa* que aprendi nos últimos três anos ficasse retida no meu cérebro, para que meu plano B servisse de alguma coisa.

Meu pai não gostou da ideia de eu fazer faculdade em outro estado, muito menos de entrar em um time de hóquei, ainda mais um do Canadá. Ele queria que eu aprendesse sobre o *negócio da família* e tocasse o resort de esqui até ficar velho, que nem ele. A possibilidade de me tornar o meu pai sempre foi o suficiente para me motivar a me organizar e correr atrás das minhas metas.

Eu entenderia melhor sobre estruturas celulares se não estivesse exausto dos treinos, sem falar no trabalho constante que é manter meus colegas de equipe longe de confusão. Quando Greg Lewinski se formou ano passado e passou o posto de capitão para mim, não me avisou do quanto eu teria que agir como babá para ter certeza de que o time estaria pronto para jogar.

Robbie me ajuda, já que é assistente do treinador Faulkner. Depois do acidente de esqui no ensino médio, Robbie não recuperou os movimentos das pernas e agora usa uma cadeira de rodas. Ele transferiu seu talento em me xingar no gelo para o de me xingar da arquibancada.

Ele ama balançar a sua prancheta gigante para chamar minha atenção e me dizer para jogar melhor. Os caras do time adoram que eu seja o foco das broncas de Robbie, porque isso dá um respiro para eles.

O exemplo perfeito disso é um dia como hoje. Nas sextas-feiras, JJ e eu temos aula no prédio de ciências, então temos a tradição de nos arrastar até o rinque para praticar depois de passar no Dunkin' Donuts para pegar um lanche pré-treino.

É nosso segredo, mas JJ sabe que, se formos pegos, eu vou levar a culpa de qualquer forma, então ele não se importa em correr o risco. A última aula do dia às sextas-feiras é a coisa que menos gosto na vida, então não me importo também.

Estou rolando meu feed no celular, esperando JJ do lado de fora do laboratório, quando ouço a sua voz empolgada ficar cada vez mais alta enquanto se aproxima.

— Pronto para acabar com essa ressaca?

— Nada que um donut de granulado colorido não resolva. Suar o álcool é bom, de qualquer forma. Vai me deixar zerado para hoje à noite.

Ele franze o cenho.

— Do que você tá falando? Não viu o grupo?

A última coisa que vi foi Robbie decidindo que íamos dar uma festa hoje. Nosso primeiro jogo é apenas daqui a duas semanas, e é uma tradição nossa começar a temporada com uma festa, ou cinco.

Assim que pego o celular, vejo as mensagens não lidas.

MARIAS PATINS

BOBBY HUGHES
Acho que vou morrer.

KRIS HUDSON
Vai com Deus, irmão.

ROBBIE HAMLET
Resenha lá em casa hoje?

BOBBY HUGHES
Como diria Michael Scott, estou pronto para ser machucado de novo.

JOE CARTER
Vou levar o tabuleiro de Roleta-Russa de Tequila.

HENRY TURNER
Chegou e-mail do Faulkner pra irmos pra sala de troféus, não pro rinque.

JAIDEN JOHAL
Quê?

HENRY TURNER
Enviado uma hora atrás.

A sala de troféus é um espaço multiuso na parte central do pavilhão de esportes. A maioria de nós não passa muito tempo lá, a menos que nós estejamos encrencados: é o lugar no qual os treinadores trabalham fora do horário dos treinos e jogos. É onde acontecem cerimônias no final do ano. Se estamos sendo chamados para lá, é porque alguém fez uma merda das grandes, e espero que não tenha sido eu.

— Não sei o que tá rolando — diz JJ quando entramos no meu carro. — Sabe o Josh Mooney, o cara do time de beisebol da minha sala? Ele disse que o treino deles foi cancelado também. Eles têm que ir pra sala de troféus, mas foram trinta minutos antes de nós. Estranho pra porra.

É a terceira semana de aula, não deve ser grande coisa.

Nós estamos completamente fodidos.

Quando entramos na sala, o treinador nem olha para nós. Metade do time está sentado na frente dele, cada um com a mesma expressão que eu reconheço: medo. JJ se senta ao lado de Henry e me lança um olhar de quem diz: *descobre aí, capitão*.

Neil Faulkner é o tipo de homem que você não quer irritar. Três vezes campeão da Stanley Cup até um motorista bêbado o jogar para fora da estrada, quebrando seus braços e sua perna direita e acabando com sua carreira na NHL em um instante. Eu já assisti às gravações dos jogos dele, inúmeras vezes, e ele era — quer dizer, ainda é — um cara foda e assustador.

Logo, o fato de ele estar sentado em uma cadeira na frente do time inteiro, com o rosto vermelho como se estivesse prestes a implodir, sem falar nada, é um gatilho para meu instinto de lutar ou correr. Mas o meu time precisa de mim, então coloco o meu na reta.

— Treinador, a gente gos...

— Senta a bunda na cadeira, Hawkins.

— Ma...

— Eu não vou falar de novo.

Passo por meus colegas de equipe com o rabo entre as pernas, e eles estão com uma expressão pior ainda agora. Estou me matando para tentar adivinhar o que fizemos, porque não é possível que ele esteja puto por causa da festa de ontem à noite.

Com a exceção de Henry, a maioria dos calouros não estava lá. Eles são menores de idade, não podem beber, então não convidamos esse pessoal para as festas. Isso não significa que não fiquem bêbados nas casas de fraternidade, mas pelo menos não sou eu quem está dando cerveja para eles em vez de ser um líder responsável.

Quando Joe e Bobby chegam e se sentam, o treinador finalmente se mexe — bom, ele bufa, mas pelo menos é alguma coisa.

— Nos meus quinze anos nesta escola, nunca senti tanta vergonha quanto senti esta manhã.

Merda.

— Antes de continuar, alguém quer dizer algo?

Ele está olhando para cada um de nós como se esperasse alguém se levantar e confessar, mas sinceramente não sei do que ele está falando. Ouvi esse discurso de vergonha *tantas* vezes desde quando entrei para o time — é um clássico do Faulkner —, mas nunca o vi com tanta raiva.

Ele cruza os braços, se encosta na cadeira e balança a cabeça.

— Esta manhã, quando cheguei no rinque, ele estava destruído. Então, quem fez isso?

Times de faculdades têm muitas tradições. Algumas boas, outras ruins, mas todas são tradições. Maple Hills é assim, e cada esporte tem suas manias e superstições que são passadas ano após ano.

As nossas são os trotes. Trotes infantis e irresponsáveis. Entre nós mesmos, outros times, outros esportes. Eu já levei broncas o suficiente de Faulkner ao longo dos anos antes de decidir que não ia deixar isso acontecer enquanto fosse capitão. Caras egoístas brigavam, tentando superar uns aos outros, ou a si mesmos, até chegar ao ponto em que a escola era forçada a fazer algo a respeito.

Então, se a arena foi destruída, quer dizer que alguém não estava me levando a sério.

Eu me inclino para a frente, para ter uma visão melhor dos meus colegas de equipe, e preciso apenas de uma fração de segundo para localizar Russ, um cara do segundo ano que começou a jogar com a gente ano passado, e que agora parece ter visto um fantasma.

A voz de Faulkner vai ficando cada mais alta até começar a ecoar.

— O diretor está furioso! O reitor está furioso! *Eu* estou furioso pra caralho! Achei que essa merda de trote tinha acabado! Vocês deveriam ser homens! Não crianças!

Quero falar algo, mas minha boca está seca. Limpo a garganta, o que não ajuda, mas chama a atenção dele. Depois de tomar um gole d'água, consigo finalmente falar:

— Acabou, treinador. Não fizemos nada.

— Então alguém, do nada, decidiu destruir o gerador e o sistema de refrigeração? O meu rinque está prestes a se tornar uma piscina e espera que eu acredite que vocês, palhaços, não tiveram nada a ver com isso?

Isso é muito, muito ruim.

— O diretor vai realizar uma reunião com cada atleta em cinco minutos. Preparem-se, senhores. Espero que nenhum de vocês esteja planejando seguir carreira como jogador.

Eu já disse *merda*?

Capítulo três

ANASTASIA

Meu planner está um caos completo, e eu estou puta da vida.

Isso é o oposto do sentimento que todo mundo gosta de ter numa sexta-feira. Hoje era pra ser um dia tranquilo e sem problemas: eu acordei debaixo de um homem lindo, e o resto do meu dia estava perfeitamente planejado. Academia, aulas, treino com Aaron, jantar e depois, finalmente, sair para dançar até meus pés doerem na melhor festa que encontrasse.

Ainda tinha a possibilidade de me encontrar com Ryan de novo e me concentrar em matar essas vontades mútuas, se ele tivesse tempo.

Mas, de acordo com o e-mail passivo-agressivo que recebi, David Skinner, diretor de esportes da Maple Hills, não está nem aí para o meu planner ou minha agenda de treinos, e definitivamente não está nem aí para minha vida sexual.

Por qual outro motivo ele cancelaria todos os treinos e arrastaria todos os atletas da escola para o pior lugar do campus?

Esse prédio é onde os treinadores ficam e fazem planos para acabar com nossas vidas. Quando postei uma foto esta manhã que dizia "aproveite o momento", não imaginava que logo estaria numa fila de alunos esperando para entrar na sala de troféus.

Estou vermelha de raiva, cheia de pensamentos violentos, quando braços musculosos envolvem minha cintura por trás e sinto lábios tocarem no topo da minha cabeça. No mesmo instante sei que é Ryan, então me aconchego no abraço e viro a cabeça para olhar para ele. Ele se mexe para me dar um beijo na testa, e, claro, me sinto um pouco melhor.

— Oi, linda.

— Estou estressada — resmungo, vendo a fila se mexer. — E você tá furando a fila. Vai dar problema.

Segurando meus ombros, ele me vira para ficarmos cara a cara, coloca o dedo longo no meu queixo e ergue minha cabeça. Quando acho que ele não consegue ser ainda mais fofo, ele tira o cabelo do meu rosto e sorri.

— Você controla o planner, Tasi. O planner não te controla.

— Você ainda tá furando a fila.

Ele ri, dando de ombros.

— Você estava guardando meu lugar. Foi o que eu falei pra todo mundo por quem passei. Qual é, qual foi a frase motivacional cafona que você postou hoje? Precisamos revisitá-la?

Ryan e eu começamos a ficar no ano passado quando nos conhecemos em uma festa e fomos parceiros de *beer pong*. É claro que ganhamos, porque somos as pessoas mais competitivas e teimosas em toda a região de Maple Hills. No dia seguinte, ele me mandou uma DM, brincando que não esperava que alguém que jogasse jogos de bebida com tanta ferocidade postasse tantas coisas *good vibes* nas redes sociais.

Desde então, sempre que estou irritada ou chateada, ele me lembra que eu deveria ser positiva.

Babaca.

— E aí? — ele pergunta, me guiando quando nos aproximamos da entrada.

— Era sobre parar e aproveitar o momento.

O sorriso dele aumenta quando percebe que ganhou essa.

— Ok, beleza, achei ótimo. É uma merda que tenham cancelado os treinos, *mas*, se você curtir esse momento, vai passar um tempo comigo, e eu sou muito legal.

Eu cruzo os braços, tentando controlar o sorriso que quer surgir, e continuo fingindo que ele não está ajudando a melhorar meu humor.

— Hum.

— Nossa, como ela é difícil, caramba. Assim que sairmos daqui, vou te levar para comer, e mais tarde tem uma festa da galera do hóquei que podemos ir, para você se livrar do estresse.

— O que mais? — Eu deixo ele me virar de novo agora que estamos perto de chegar na entrada da sala.

— Vou te levar para casa e deixar você gastar o resto da energia na minha cara?

— Com um taco?

Os dedos dele apertam meus músculos tensos de forma sincronizada, soltando os nós enquanto inclino o pescoço de um lado para o outro.

— É um fetiche? Vai se vestir de Arlequina?

Ele geme alto quando meu cotovelo bate nas costelas dele, de maneira ridiculamente dramática, porque meu cotovelo com certeza está doendo mais.

Depois de uma eternidade esperando, finalmente entramos na sala de troféus. Em vez das mesas redondas de sempre, a sala está cheia de cadeiras encarando o palco.

O que raios está acontecendo aqui?

Ignorando minha preocupação, Ryan insiste para eu aproveitar o momento, o que quer dizer que sou forçada a sentar com o time de basquete. Agora, estou esmagada entre Ryan e Mason Wright, seu colega de equipe, que faz meu corpo de um respeitável um metro e sessenta e cinco parecer o de uma criança.

— Batata?

Eu me seguro ao olhar para o saco de Lays que ele enfia na minha cara, e o cheiro é sabor churrasco, que Ryan sabe que é o meu favorito.

— Não, obrigada.

Ele se inclina para a frente e enfia a mão no saco aos seus pés, fazendo barulho, nem aí para as pessoas nos encarando. Ele se senta de novo e tira um pacote do bolso.

— Biscoito?

— Não, obrigada. Não tô com fome. — Estou tentando não chamar atenção para nós dois novamente, mas é difícil ignorar a expressão de decepção no rosto dele. — Não me olha assim. A competição regional está chegando. Não posso ganhar peso.

Ryan relaxa no assento até nossas cabeças ficarem na mesma altura, então se aproxima para termos privacidade. A respiração dele dança na minha pele enquanto os lábios pairam sobre minha orelha, me fazendo arrepiar inteira.

— Como alguém que conhece bem o seu corpo, sinto que tenho autoridade para dizer que, se aquele otário não consegue lidar com uma variação de um ou dois quilos, que por sinal é muito normal, ele não deveria ser o seu parceiro.

— Não vamos ter essa conversa de novo, Ryan.

— Tas... — Ele é interrompido quando o diretor Skinner finalmente sobe no palco, apertando os olhos contra a luz dos holofotes. Ryan arruma a postura, coloca a mão na minha coxa e aperta de leve. — Acho que vamos precisar de um taco mais tarde.

O barulho agudo do microfone ecoa pela sala, fazendo todo mundo estremecer. Skinner tomou seu lugar atrás do púlpito, mas não forçou um sorriso.

Ele envelheceu muito desde quando comecei a estudar na UCMH. Antes, ele parecia amigável e empolgado, mas agora, com o desgosto criando mais rugas na testa, ele parece tudo, menos isso.

— Boa tarde a todos. Obrigado por virem após esse convite de última hora. Tenho certeza de que estão se perguntando por que estão aqui.

Eu não sei por que ele está fingindo que o e-mail não tinha escrito "presença obrigatória" em maiúsculas e negrito.

Skinner tira o paletó e o pendura na cadeira atrás dele, suspirando quando se vira para nos encarar de novo. Ele passa a mão pelo cabelo ralo e grisalho, que eu juro que era mais escuro e volumoso no meu primeiro ano.

— Existe uma certa expectativa quando lidamos com universitários. É subentendido que vai haver um certo nível de caos, já que estão começando suas vidas como adultos longe dos responsáveis. — Ele suspira de novo, claramente exausto. — Quando você adiciona competições esportivas nessa fórmula, o equilíbrio é afetado enquanto vocês tentam administrar o esporte com uma experiência universitária de verdade.

Que condescendente da parte dele. Parece que ele fez a secretária escrever esse discurso e o praticou em frente ao espelho algumas vezes. Se Lo estivesse aqui, criticaria seriamente essa interpretação.

— Alguns de vocês parecem estar curtindo a experiência até demais.

Lá. Vamos. Nós.

— Nos meus cinco anos como diretor de esporte, lidei com várias situações evitáveis. Festas que saíram do controle, despesas médicas por causa de alunos agindo de forma irresponsável no campus, mais trotes do que podem imaginar, gravidezes não planejadas, um...

A cadeira de Michael Fletcher arrasta no chão e faz um barulho alto quando ele se levanta.

— Sr. Fletcher, por favor, sente-se.

Fletch se curva para pegar a mochila do chão, ignorando o diretor. Ele anda até a saída pisando forte, empurra as portas com força e vai embora.

Eu não sei muito sobre futebol americano, mas todo mundo diz que Fletch é o melhor linebacker da história desta faculdade e tem uma vaga na NFL praticamente garantida quando se formar.

Mais do que isso, ele tem muito orgulho da filhinha, Diya, que teve com a namorada, Prishi, ano passado.

Prishi estava na equipe de patinação comigo antes de ficar grávida no começo do terceiro ano. Quando perguntei se ela voltaria para a equipe, ela disse que a bexiga dela não era mais a mesma coisa depois de dar à luz um bebê de quatro quilos, e que não queria fazer xixi no gelo na frente de todo mundo.

Eles moram juntos e com outros amigos, e todo mundo se reveza para cuidar da bebê para que Fletch e Prishi consigam assistir às aulas. O fato de Skinner usá-los como exemplo neste ataque contra alunos delinquentes é baixo.

Vinte minutos se passaram e ele continua falando. Eu encosto a cabeça no ombro de Ryan e fecho os olhos, aceitando o biscoito que ele coloca na palma da minha mão.

— ... Enfim.

Finalmente.

— No futuro, teremos tolerância zero para alguém se aproveitando indevidamente de seu status no campus.

Sinto que perdi alguma coisa, porque, apesar do longo e infinito discurso, ainda não faço ideia de por que ele interrompeu minha agenda de forma tão rude.

— Para os veteranos que gostariam de se juntar a um time profissional no final do ano, seria sensato prestar muita atenção a essa mensagem.

Ao meu lado, Ryan ri enquanto coloca outro biscoito na boca. Quando abro a boca para perguntar qual é a graça, ele me passa mais um biscoito, sorrindo como um tonto porque não tenho escolha a não ser comer.

Skinner finalmente se cansa. Ele se apoia no púlpito e os ombros relaxam.

— Não me importa qual é o potencial de vocês. Se não entrarem na linha, vão sair do time. Gostaria que as equipes de patinação e hóquei ficassem mais um pouco, mas o resto de vocês está dispensado.

Ryan pega a mochila do chão, levanta e se espreguiça, soltando um bocejo exagerado.

— Vou te esperar lá fora. Biscoito?

Eu faço que sim, e fico na ponta dos pés para limpar as migalhas dos cantos da boca dele com meu polegar.

— Espero que não demore.

Sobram umas cinquenta pessoas quando todos os outros atletas saem da sala. Ironicamente, eles saem umas cinco vezes mais rápido do que entraram.

Brady e Faulkner, os treinadores, se juntam ao diretor Skinner no palco.

— Aproximem-se, todos vocês. Estou cansado desse microfone.

Quando andamos em direção ao palco, como pedido, vejo Aaron, muito irritado, na multidão e vou em sua direção.

— Tudo bem? — pergunto quando nos sentamos na primeira fileira.

— Aham.

Não preciso de muito para ver que ele não está de bom humor, mas esse sentimento parece direcionado a mim, e não a Skinner.

— Tem certeza?

Os lábios dele formam uma linha reta, e ele ainda não olhou para mim.

— Aham.

Skinner sai de trás do púlpito e enfia as mãos nos bolsos da calça, os olhos cansados analisando os alunos que restaram.

— Vou ser breve. Por causa do que só pode ser descrito como uma merda colossal, a Arena Dois está fechada até segunda ordem.

Ah, não.

— Estamos investigando para determinar a extensão dos danos causados, mas fui informado que os reparos vão demorar, por conta de uma escassez de peças disponíveis para nossos equipamentos.

Ao entender a situação, parece que fui atropelada. O time de hóquei é conhecido por causar problemas com os times rivais e entre si. Os meninos ricos e mimados do time são amados por essa universidade, e aposto que um deles é o culpado.

— O que isso quer dizer para vocês — Skinner continua — é que vão precisar dividir um rinque até que os reparos sejam feitos, e espero que consigam trabalhar juntos para que isso dê certo.

Ciente da quantidade de perguntas que viriam, Skinner prova que não está nem aí para nós e imediatamente dá as costas. Ele mal saiu do palco quando corro até a treinadora Brady.

— A competição regional é daqui a *cinco* semanas!

— Estou ciente da sua agenda de competições, Anastasia — responde a treinadora, dispensando alguns calouros que tentam se aproximar enquanto estou prestes a surtar. — Não temos escolha, então não adianta ficar chateada.

É sério isso?

— Como vamos nos qualificar se não pudermos praticar?

A poucos metros de distância, o treinador Faulkner está cercado pelo seu time, que imagino partilhar as mesmas preocupações. Não que eu me importe — obviamente esta confusão é culpa deles, e agora somos nós que vamos sofrer as consequências.

Estou tentando não tornar isso em uma catástrofe, algo maior do que precisa ser. Me concentro em inspirar e expirar para não começar a chorar abertamente na frente de estranhos enquanto ouço meus colegas de equipe falarem as mesmas coisas. Quando meus olhos recaem no time de hóquei novamente, a maioria deles se foi. Tem só um cara falando com Faulkner, e ele deve sentir que estou o encarando, porque nossos olhares se encontram. Ele me olha com uma expressão estranha, um sorriso forçado de pena, acho.

Sinceramente, ele pode pegar essa empatia falsa e enfiar no cu.

— Vamos conversar sobre isso no treino, Tasi — diz Brady, me lançando um raro e quase amigável sorriso. — Aproveite a noite de sexta-feira de folga, pelo menos. Vejo vocês dois na segunda.

Depois de outro pequeno protesto, finalmente acato os pedidos de Brady para deixá-la em paz e me dirijo à saída. Estou andando atrás de Aaron, arrastando os pés e me lamentando, quando ouço um "Ei" e sinto alguém encostar em meu ombro.

É o Sr. Simpatia, ainda com, adivinhem só, aquela mesma cara de pena.

— Escuta, eu sinto muito. Sei que isso é uma droga pra todo mundo. Vou fazer o que puder para que essa situação transcorra da forma mais fácil possível.

O cara solta meu braço e dá um passo para trás, me dando a oportunidade de observá-lo com cuidado pela primeira vez. Ele é pelo menos trinta centímetros mais alto do que eu, tem ombros largos e músculos definidos que ficam marcados pela camisa. Mesmo com a barba por fazer, consigo ver a mandíbula quadrada. Estou tentando lembrar se já o conheço quando ele continua a falar.

— Eu sei que você deve estar meio estressada, mas vamos dar uma festa hoje, se quiser vir.

— E você é? — pergunto, tentando manter a voz calma. Não consigo conter a satisfação quando vejo as sobrancelhas dele se erguerem por um segundo.

Ele se recompõe rapidamente, e um brilho de satisfação toma conta dos olhos castanho-escuros.

— Nate Hawkins. Sou capitão do time de hóquei. — Ele estica a mão para apertar a minha, mas eu olho para ela, depois para o rosto dele e cruzo os braços.

— Não ouviu? De acordo com Skinner, não tem mais festas.

Ele dá de ombros e leva a mão para a nuca.

— As pessoas vão aparecer de qualquer forma, mesmo se eu tentasse impedi-las. Escuta, vem pra festa, traz seus amigos, sei lá. Vai ser legal se a gente se der bem, e, eu prometo, temos tequila das boas. Você tem nome?

Eu me recuso a ser conquistada por um rostinho bonito. Mesmo um que tenha covinhas e maçãs do rosto bem-definidas. Essa situação ainda é um desastre completo.

— Você conhece muitas pessoas que não têm nomes?

Para minha surpresa, ele começa a rir. Uma risada grave e forte que faz minhas bochechas arderem.

— Ok, você me pegou.

Ele olha para algo atrás de mim ao mesmo tempo que sinto um braço tocar os meus ombros. Olho para cima, esperando ver Ryan, e, em vez disso, vejo Aaron. Eu me solto do abraço dele, já que é esse tipo de coisa que faz com que as pessoas pensem que estamos namorando, e sinceramente eu preferiria comer meus patins.

— Você vem? — pergunta.

Acenando com a cabeça, olho uma última vez para o meu novo *colega* de rinque. Ele nem se dá ao trabalho de se apresentar para Aaron; só fala com os lábios: *Não esquece da festa*.

Nossa, Lola iria amar esse drama todo.

Capítulo quatro

NATHAN

O TIME INTEIRO DE hóquei entra pela porta da frente e vai direto para o armário onde guardamos as bebidas.

Espero até Russ passar por mim e agarro o braço dele, fazendo-o parar na hora.

— Meu quarto. Três-nove-nove-três.

Ele fica em choque e dá um riso forçado.

— Você não faz o meu tipo, capitão.

Eu aperto o seu braço quando ele tenta ir se juntar ao restante do time, que está distribuindo cervejas pela sala.

— Foi um dia longo da porra. Não me força a fazer isso na frente do time inteiro.

Seus ombros caem, cansados, e ele sobe os degraus como um aluno bagunceiro pego em flagrante, chateado e olhando para os pés. Bom, tecnicamente, ele *é* mesmo um aluno bagunceiro.

Compartilhar um rinque antes do começo da temporada é um pesadelo logístico — sem falar que teremos jogos em casa. *Merda*. Sinto uma enxaqueca chegando, e ainda nem começamos a tentar organizar a agenda.

A patinadora de cabelos castanhos estava bufando de ódio mais cedo. Estou surpreso que a veia na testa dela não tenha estourado quando a treinadora disse para não se preocupar. Eu estava tentando ouvir a conversa, discretamente, o que não foi difícil, já que ela estava gritando. Sinto a mesma coisa quando alguém me diz para "não me preocupar", então pelo menos temos isso em comum. O namorado dela não parecia incomodado, então talvez ele a ajude a se acalmar, ou talvez não, a julgar pelo jeito como ela se afastou do cara.

Ela é engraçada. Na mesma hora zoou comigo, de queixo erguido; *acho* que ela estava começando a gostar de mim. Pouco antes, estava prestes a chorar. Espero que aceite meu convite e venha beber; talvez a gente possa ser amigo ou algo assim. Vai facilitar essa situação.

Eu decido fazer Russ esperar vinte minutos, na esperança de que a culpa o enlouqueça e fique mais fácil arrancar a verdade dele. Vai ficar lá em cima, ouvindo as pessoas rindo e conversando sem ele, mas não vai ter como saber que as pessoas estão rindo do quanto essa temporada vai ser horrível.

Fico com pena dos caras.

Tanto que nem expulso os novatos quando começam a afogar as mágoas com cerveja. Sinto que preciso dar um discurso motivacional ou algo assim, animar todo mundo, mas primeiro preciso lidar com o motivo dessa bagunça toda.

Quando entro no quarto, Russ está sentado na minha cadeira, girando. Eu espero um comentário sarcástico, uma reclamação por ter esperado por tanto tempo — algo que eu faria quando era um merdinha convencido —, mas não. Ele só fica ali sentado em silêncio, esperando por mim.

— O que você fez? — Ele esfrega as mãos e se inclina para a frente, apoiando os cotovelos nos joelhos. Está desconfortável. O rosto está pálido e parece doente. — Meu irmão, não posso te ajudar se você não me contar o que aconteceu.

— Eu não fiz nada.

Passo a mão pelo rosto, tentando não perder a paciência.

— Eu sei que você fez alguma coisa e não vou conseguir resolver nada se mentir pra mim.

Quando comecei a jogar hóquei na Maple Hills, nosso capitão era um babaca e todo mundo o odiava. Nunca imaginei que me tornaria capitão, mas sabia que, se isso acontecesse, não seria como ele. Russ tem uma vida familiar terrível, e sei que ele não ralou tanto para se livrar daquilo e vir estudar aqui só pra acabar sendo tratado do mesmo jeito.

Talvez eu não fosse ter tanta paciência com outros caras no time, mas ser um bom líder é saber lidar com sua equipe.

Eu me sento na cama, de frente para ele, e observo enquanto sua expressão é tomada por dez sentimentos ao mesmo tempo.

— Não foi um trote, eu juro.

— Tudo bem, me conta o que aconteceu.

— Tem uma garota na UCLA. Conheci ela em uma festa, faz tipo duas semanas. Começamos a nos pegar e, em toda festa que eu ia, ela ia também. Achei que era solteira, mas... — Ele encara as próprias mãos e cutuca os calos nas palmas.

— Mas?

— Mas ela tem namorado. O cara descobriu e me mandou uma mensagem dizendo que eu ia me arrepender de ter sequer olhado pra ela. Aí essa parada toda aconteceu, então deve ter sido ele, né?

— Você ainda tá de conversa com essa garota?

Ele balança a cabeça.

— Eu bloqueei o número dela assim que soube que tinha namorado.

— Não conta isso pra ninguém, ok? Senão vai ser expulso do time — falo com um tom sério. — É sério, cara. Quando perguntarem por que estava aqui comigo, diz que teve uns problemas em casa ou algo assim e queria conversar.

— Combinado, capitão.

Eu aceno com a cabeça para a porta.

— Vai tomar uma cerveja.

Espero ele sair do quarto e descer as escadas para gritar no meu travesseiro todos os palavrões que conheço pela segunda vez no mesmo dia.

Poucas horas depois de tentar ser um capitão responsável, a casa está cheia de gente, garrafas e copos vazios. Parte de mim espera que David Skinner apareça a qualquer momento, ou pior: Faulkner.

Duvido que o treinador fique feliz por termos decidido terminar o pior dia das nossas vidas com uma festa proibida. Geralmente, as festas de sexta-feira são cheias de atletas cansados, doloridos por causa dos jogos ou treinos do dia, querendo relaxar e ver outras pessoas fazendo besteira. Mas há algo diferente no ar hoje. É como se o aviso para nos comportarmos fizesse todo mundo perder a linha.

Vejo Briar, colega de quarto de Summer, preparar um drinque na cozinha, e isso me traz um alívio no peito. Essas meninas são inseparáveis, então se B está aqui, Summer está em algum lugar. Ela não vai me rejeitar duas vezes na mesma semana, né?

Summer brinca que o único motivo para eu querer ficar com ela é porque ela não tem interesse em mim e é a única mulher que me rejeitou. Ouvir ela dizer que não está interessada me fez desejá-la mais ainda, então, tecnicamente, ela está certa. Por mais que eu queira ter uma chance com ela, somos bons amigos, o que faz essa rejeição doer um pouco menos.

Eu atravesso o mar de gente e abro meu melhor sorriso que diz "eu quero casar com a sua melhor amiga". Briar está tão concentrada no drinque que está preparando que nem percebe quando me apoio no balcão atrás dela.

— Isso parece algo que você vai vomitar no meu quintal mais tarde, Beckett.

Ela vira a cabeça e balança o cabelo loiro longo ao olhar para mim.

— Que bom que não vou beber sozinha então, não é? — diz ela com a voz arrastada, misturando os sotaques estadunidense e britânico.

Os olhos de Briar estão vagos, e o seu sorriso é um tanto preguiçoso e bêbado, e ela pisca para mim quando me entrega um copo e imediatamente pega outro.

— Soube que você teve um dia de merda. Eu também, então vamos passar mal juntos.

Eu espero até ela começar uma outra mistura nojenta antes de convidá-la para um brinde.

— Um brinde a calouros babacas.

Ela ri.

— A ex-namoradas babacas.

Eu viro o copo e, *cacete*, como arde.

— Meu Deus. — Me engasgo quando o líquido quente desce pela minha garganta. — Quem te ensinou a misturar bebidas?

— Meu tio James. Ele chama isso de drinque mágico. Você tá procurando a Summer? — Ela revira os olhos quando aceno com a cabeça. — Ela tá jogando *beer pong* com Cami no escritório.

— Vou me lembrar deste lindo momento quando fizer o discurso no meu casamento com Summer. — Eu viro o restante da bebida, tentando não me engasgar, mas não consigo.

— Não vai, não! — grita ela às minhas costas. — Ela sabe que você transou com Kitty ontem!

Merda.

Quando me aproximo da Summer, ela está inclinada por cima da mesa, mirando. Está jogando com Ryan e CJ do time de basquete e sua outra melhor amiga, Cami.

— Você tá ganhando?

— Vaza, Nathan. — Ela ri, sem nem olhar na minha direção. — Você vai me distrair.

— Que grossa! E se eu te der sort... — Nem termino a frase porque não adianta: ela joga a bola do outro lado da sala.

Enfim, ela se vira para mim com um olhar assassino que eu acho estranhamente sexy. Pigarreio.

— Vou torcer para você de longe.

Ela revira os olhos e murmura baixinho algo que sabe que não entendo: *Tienes suerte de ser guapo.*

Ao dar uma olhada pela sala, vejo a menina-que-não-tem-nome. Ela parece muito mais relaxada do que mais cedo; seu longo cabelo castanho-claro está cacheado e balança nas costas dela enquanto conversa e ri com uma amiga. Suas bochechas estão vermelhas, os olhos azuis, brilhantes; parece feliz.

Fico contente em ver isso.

Ela me vê antes de eu chegar ao seu lado, e talvez esteja imaginando, mas posso jurar que me dá uma olhada de cima a baixo.

— Você veio! — digo, empolgado, apesar da sua falta de reação. Tento falar com a amiga dela, que está me encarando com uma expressão curiosa. — Meu nome é Nate.

— Lola. — Ela aponta para mim e para a amiga, apertando os olhos. — Vocês se conhecem?

— Nós nos conhecemos hoje cedo — respondo, e vejo ela ignorar minha tentativa de fazer com que olhasse para mim. Quando toma um gole, vejo, graças a minha altura, que o copo está vazio. — Mas não peguei o seu nome, infelizmente.

Ela para de fingir que está bebendo e finalmente me encara. Agora, parece que quer me bater só um pouquinho com um taco de hóquei, o que já é bem melhor do que hoje cedo.

— Anastasia. Ou Tasi. Tanto faz, não importa.

— Posso pegar um drinque pra vocês? — pergunto.

— Eu mesma pego, valeu.

Lola bufa, revirando os olhos para a amiga, e sorri para mim.

— Ignora. Ela não sabe socializar. Filha única.

— *Meu Deus*. Ok, mas eu vou junto — diz Anastasia, indo em direção a cozinha, arrastando a amiga com a mão livre. Eu corro atrás delas, pegando os copos que ela segura com a outra mão. — Um drinque não vai me fazer esquecer o que aconteceu com o rinque.

Eu acredito. Ela definitivamente não parece uma pessoa fácil de convencer, o que faz toda essa situação com o rinque ficar ainda mais interessante.

— Você nem sabe o tanto que eu posso ser charmoso — eu provoco, sorrindo de orelha a orelha, e vejo de canto de olho um sorrisinho surgir em seus lábios. — Vou te impressionar.

Ela pega os copos das minhas mãos, passa por mim para colocá-los no balcão, e começa a fazer as bebidas.

— Sou imune ao charme de jogadores de hóquei.

Robbie aparece ao meu lado e bate na minha perna com a cadeira, mexendo os lábios para perguntar "que porra é essa?" sem que as meninas vejam. Ele limpa a garganta para chamar a atenção das duas.

— E quanto ao charme de técnicos-assistentes de hóquei?

— Ah, com certeza ela é imune, mas eu não. Oi, meu nome é Lola.

— Robbie.

Lola cutuca Tasi com o cotovelo, e ela responde com um "oi".

— Essa é Tasi. Ela parece ranzinza, mas na verdade é bem legal.

— Obrigado por virem à minha festa — diz Robbie, sem tirar os olhos de Lola. Não sei se reviro os olhos ou fico maravilhado com o jeito como ela está rindo e flertando com ele.

Inacreditável.

Anastasia está com a mesma expressão confusa e impressionada enquanto olha para nossos amigos.

— Lols, vou entrar na fila do banheiro. Você vem? — Os olhos de Lola passam pela amiga, depois se voltam para Robbie, e ela balança a cabeça. — Ok, te encontro aqui depois.

Eu estico a mão para conduzi-la na direção das escadas.

— Vem comigo, você pode usar o meu banheiro. — Ela olha para minha mão e depois para meu rosto com uma expressão suspeita. — Eu tenho uma fechadura com senha e um banheiro privativo. Você pode ir para a fila, se quiser — digo, e aponto para as pessoas bêbadas se amontoando nas escadas.

Tasi suspira, derrotada, e segura a minha mão, entrelaçando os dedos nos meus.

— Isso não quer dizer que te perdoei.

— Claro que não.

Eu abro caminho entre a multidão, mantendo-a perto de mim, e ela coloca a mão livre na minha cintura até chegarmos às escadas. Ela dá a volta para tomar a frente, mas eu imediatamente percebo que foi um erro, porque, assim que ela está alguns passos à frente, tenho uma visão perfeita da sua bunda, rebolando enquanto sobe cada degrau.

Eu a levo para dentro do quarto e aponto para o banheiro, e na mesma hora sou tomado por uma sensação de déjà vu ao vê-la andar depois do episódio hoje cedo. Pelo menos ela está vestida. *Espera, por que estou pensando nisso como se fosse uma coisa boa?*

Ela sai do banheiro depois de alguns minutos, parando ao me ver esperando, sentado na cama. Eu ergo as mãos para mostrar que minhas intenções são boas.

— Eu não queria que você se perdesse.

— Tudo bem. — Ela cruza os braços e inclina a cabeça, como se estivesse brincando. — Estou decepcionada que esteja aqui; eu ia investigar suas coisas.

É bom ver um outro lado dela, diferente do que conheci essa tarde. Não que tenha algo de errado em demonstrar sentimentos; só prefiro vê-la assim, mais relaxada.

Pela primeira vez, reparo de verdade no que ela está vestindo. Uma calça de couro colada que parece que ter sido costurada no seu corpo, e um corpete preto de renda que molda as curvas dela de um jeito que acho que nem sei descrever. O que quero dizer é que ela está linda, e talvez conhecê-la melhor não seja tão ruim.

— Não deixe que minha presença te impeça de investigar — brinco. — Eu posso esperar.

O barulho dos saltos dela ecoam pelo quarto enquanto anda lentamente até minha escrivaninha, sem tirar os olhos de mim. Seus dedos passam pela pilha de livros de biologia na mesa.

— O que você está estudando?

— Medicina do esporte, e você?

— Administração. — Ela pega uma foto da minha mesa e a analisa com cuidado antes de se virar de novo para mim. — Você é da costa oeste?

— Do centro do país.

— Wyoming? — pergunta ela, colocando a foto no lugar e pegando outra ao lado.

— Quase. — Me levanto e ando até a mesa, pegando a foto da mão dela e trocando por outra em que estou com Robbie em nosso primeiro jogo de hóquei, aos cinco anos. — Colorado. Eagle County. E você?

— Sou de Seattle. É onde fica Vail, né? Astro do hóquei vindo de família rica de Eagle County é um pouco previsível, não acha? — Eu me sento na mesa para ficarmos na mesma altura e cruzo os braços, imitando sua postura defensiva. — Um pouco clichê?

Não consigo controlar o sorriso que surge em meus lábios quando seus olhos azuis focam os meus.

— Você acha que eu sou uma estrela?

Ela se vira rapidamente, bufa e atravessa o quarto para se sentar na minha cama. Eu quero segui-la, como um cachorro, mas me forço a permanecer onde estou, e observo ela colocar as mãos atrás de si e inclinar o corpo para trás, os cabelos castanhos sedosos caindo por cima dos ombros.

— Nunca vi você jogar — diz ela com um tom um pouco mais feliz do que eu gostaria. — Eu não gosto *nem um pouco* de hóquei.

— Estou ofendido, Anastasia. Vou ter que arranjar ingressos da primeira fileira para você para o próximo jogo em casa.

— Não preciso de ingressos para um evento na minha própria arena. Isso se vocês não foderem com tudo antes do jogo e seu time for cortado.

Sinto um pouco de otimismo demais na voz dela quando diz "cortado". Parece que estou sendo verbalmente atacado pela Sininho.

— Quem vocês infernizaram tanto a ponto de ter seu rinque destruído?

Essa não vai ser a única vez que vão me perguntar isso, então preciso me acostumar, mesmo que odeie mentir. É uma mentirinha inofensiva, mas não gosto de começar uma nova amizade com algo negativo.

— Não fizemos nada, então não sei dizer. — Ela estreita os olhos, obviamente não acreditando em mim, então entro em pânico. — Eu juro, Anastasia.

A expressão dela relaxa, e, na mesma hora, me sinto péssimo. *Por que raios eu jurei?*

— Vamos voltar lá pra baixo?

— Claro. Robbie já deve estar fazendo sua amiga subir pelas paredes agora.

Ela ri, e é bizarro perceber como fico feliz em finalmente ter conseguido esse feito.

— Pode confiar: Lola adora receber atenção de um cara bonito.

Dessa vez, me lembro de andar na frente dela quando descemos as escadas e colocar nossas mãos entrelaçadas em um dos meus ombros para que ela possa se apoiar em mim. Apenas quando chego aos pés da escada vejo o namorado dela — de quem eu havia completamente me esquecido — parado me encarando, como se fosse me matar.

Capítulo cinco

ANASTASIA

Nate para de repente na minha frente, quase me fazendo cair.

— O que foi? — pergunto, confusa, quando ele praticamente arranca sua mão da minha. Ele dá um passo para o lado e, assim que seu corpo imenso sai da frente, vejo o mesmo que ele viu.

— Parece que o seu namorado quer me matar.

— Bem, isso é estranho — provoco enquanto desço até ficarmos no mesmo degrau. — Eu não tenho namorado.

Mas ele tem razão: Aaron parece mesmo estar pronto para matar alguém. A expressão dele não muda quando se aproxima de nós após descermos as escadas.

— Ei — digo —, achei que ia ficar em casa hoje.

Aaron ainda está encarando Nate, mesmo quando coloco a mão no braço dele e aperto de leve. Finalmente, ele se vira para mim com as sobrancelhas erguidas.

— O que estava fazendo lá em cima com ele?

Sinto a presença de Nate ao meu lado, sua mão pairando perto da minha lombar. Decido ser legal em vez de seguir meu impulso de dar uma bronca em Aaron por agir de forma tão estranha e grosseira na frente de estranhos.

— Aaron, Nate. Nate, Aaron. Ele é meu parceiro de patinação.

A testosterona que emana deles é quase palpável quando se cumprimentam, e ambas as mãos ficam brancas tentando esmagar uma à outra. *Ridículos.* Quando finalmente se afastam e o sangue volta a circular em seus dedos, me viro para Aaron e forço um sorriso falso que ele não merece.

— Você está bem? Onde estava?

— Perguntei primeiro.

— Estava mijando. Posso? — respondo, curta e grossa.

Foi um dia difícil, e já aturei muito de Aaron hoje depois da reunião, quando tratou Ryan como seu arqui-inimigo.

Ryan queria me levar para sair para comer. Sabe, algo normal de se fazer com amigos. Aaron fez uma expressão decepcionada quando me lembrou de que preciso caber no traje para a competição regional. Como se eu fosse me esquecer disso, ainda mais com ele por perto. Ryan ficou puto, então disse para Aaron que, se ele não conseguia me levantar, era porque precisava malhar mais.

Óbvio que Aaron não gostou da resposta e, na verdade, eu estava tão de saco cheio do drama que Ryan acabou me dando uma carona até em casa. Infelizmente minha salada de frango não estava mais tão boa sabendo que Ryan iria me levar para comer um hambúrguer ou algo assim.

Agora, estou irritada e com fome, um pouco bêbada, e tenho que presenciar Aaron ser um babaca e me matar de vergonha.

Aaron arqueia uma sobrancelha, obviamente sem acreditar que eu estava no banheiro.

— Achei que você estava colecionando capitães de times como se fossem Pokémons. Cadê o Rothwell? Geralmente é ele quem fica enroscado com você.

As palavras dele me atingem como um soco no estômago, como era sua intenção, e não consigo controlar o aperto que sinto na garganta. A mão de Nate toca nas minhas costas quando ele se aproxima.

— Se vai agir como um babaca, vai ter que vazar, cara. Todo mundo aqui quer se divertir.

— Você está se metendo em uma conversa privada, *cara* — responde Aaron com um tom firme.

— Você está na minha casa e está sendo escroto com a minha convidada. Ou muda de tom ou vai embora.

Nate é um cara grande, maior do que Aaron. Ele é mais alto, forte e musculoso. Sem contar que é a porra de um jogador de hóquei. Aaron tem o corpo de um dançarino de balé, forte também, mas esguio. Além disso, graças à sua vida privilegiada, ele nunca esteve numa briga, então fico surpresa de vê-lo tentar começar uma com alguém que tem experiência no negócio.

— Desculpa, Tasi — diz ele, falando arrastado. — Acho que fiquei chateado porque sei o motivo pelo qual o rinque foi destruído.

— Ninguém sabe o que aconteceu — responde Nate rápido.

Rápido demais.

Aaron ri, mas claramente não acha graça.

— Eu sei. Um calouro não conseguiu se controlar. Engravidou a irmã mais nova de um cara. Depois sumiu. — Ele se vira para mim com uma expressão de falsa surpresa no rosto. — Que chato isso, né, Tasi? Sumir depois de ter engravidado alguém? E agora somos *nós* que temos que pagar o preço.

— Não foi nada disso que aconteceu — diz Nate com a voz firme.

Nossa, me sinto idiota. Eu não deveria ter acreditado na palavra dele: é óbvio que sabe o que aconteceu. Meu corpo enrijece com o toque de Nate, e ele a retira rapidamente, me dando espaço.

— Bom, quanta diversão — digo, tentando não demonstrar o quanto estou abalada, que é o que Aaron quer. — Vou para casa.

— Beleza, podemos ir juntos. Vou procurar Lo.

Em questão de segundos, ele é um cara completamente diferente. Às vezes parece que sou amiga do dr. Jekyll e do sr. Hyde, especialmente depois que Aaron bebe e seu lado malvado aparece. É triste porque, na maior parte do tempo, ele é ótimo, mas também sabe esconder muito bem esse lado.

Nate faz uma expressão impaciente e suspira, frustrado, ao vermos Aaron desaparecer em meio à multidão.

— Eu não queria mentir para você.

Dou um passo para a frente e me viro para encará-lo. Ele olha para mim como se tivesse um peso imenso em seus ombros, e, até onde sei, isso é verdade. Mas também tenho meus objetivos. Eu amo meu esporte, e meu tempo de treino é tão importante quanto o dele.

Ele passa a mão no rosto e força um sorriso.

— Não quero que isso afete nossa amizade ou, pelo menos, a amizade que poderíamos ter.

— Você acha que boas amizades começam com mentiras?

— Na verdade, não — diz ele, se enrolando com as palavras. — Eu não queria mentir pra você, mas nem meu time sabe dessa história, e juro que não foi isso que aconteceu. Seu parceiro tá mentindo também.

Queria não ter vindo para essa festa.

— Ótimo, então todo mundo tá mentindo pra mim. Maravilha — digo, sarcástica. — Deixa pra lá, tudo bem. O time de hóquei vai cuidar dos seus e todo o resto pode, tipo, se foder.

Duvido que o dr. Andrews, meu pobre terapeuta de longa data, ficaria orgulhoso. *Comunicação é tudo*, é o que ele fala em toda sessão já faz dez anos. Tecnicamente, eu sei me comunicar, não muito bem, mas é o bastante. Eu não sei explicar para Nate o quanto essa situação é estressante sem ser dramática. Talvez eu não esteja fazendo força o bastante para não reagir do jeito que Aaron queria, mas culpo o álcool e a falta de comida boa.

Nate segura meu braço quando me viro para ir embora. Olho por cima do ombro para ele e vejo sua expressão tranquila.

— Eu juro que ele só ficou com a garota. Ela tem namorado e ele não sabia. Nada de gravidez.

Ele parece estar sendo sincero, mas também parecia da outra vez. Me viro de novo para ele e dou um passo para trás, tentando abrir uma boa distância, mas ele continua segurando meu braço.

— Sem ofensa, mas a sua palavra não vale nada. Você não faz ideia da pressão em cima de mim, dos sacrifícios que eu tive que fazer. Não entende como é saber que tudo isso está em risco porque um pirralho se esqueceu de colocar a camisinha.

Ele franze o cenho, parecendo confuso.

— Em risco? Você tá fazendo tempestade em copo d'água. Se a gente não exagerar e trabalhar junt...

Consigo sentir meu corpo pegar fogo. Está claro que ele não entende as consequências dos erros do time dele. Ele tem um time inteiro para ajudá-lo a ganhar, mas, no meu caso, somos só Aaron e eu. Se não praticarmos o bastante, não vamos ganhar. Se não ganharmos, não vamos para as Olimpíadas. Se não formos para as Olimpíadas, para que tudo isso?

Maple Hills tem dois rinques por um bom motivo. É por isso que alguns dos melhores atletas do país são treinados aqui. Porque a universidade garante haver espaço e tempo de treino suficientes para nos tornarmos os melhores.

— Você acha que tô exagerando? Quer saber, Nate... — digo e me solto da mão dele. — Esquece. Fica longe de mim e eu fico longe de você.

— Tasi! — grita ele quando começo a cruzar a multidão.

Mas eu o ignoro, pela primeira de, tenho certeza, muitas vezes.

Meu nível de raiva hoje, que deve ser o pior dia da minha vida, continua a aumentar enquanto procuro por Lola pela casa. Parece que estou jogando *Onde está Wally* na vida real.

Também não encontro Aaron, mas não sei dizer se isso é bom ou ruim, depois da cena que ele causou.

Foi fácil encontrar Ryan: ele ainda estava no escritório com os colegas de time. Mas não esperava encontrá-lo sentado no sofá, sussurrando no ouvido de Olivia Abbott.

Estranhamente, minha primeira reação é: "Será que Lola sabe que sua arqui--inimiga está aqui?" Mas, depois disso, fico em choque.

Acho que nunca vi Olivia em uma festa. Nunca. Ela é ainda mais bonita de perto do que no palco. O cabelo loiro-dourado está em um penteado que mais parece o de uma atriz clássica de Hollywood, os olhos com um delineado que eu levaria semanas para fazer, e os lábios perfeitamente pintados de vermelho. Ela parece pronta para o Oscar, não para uma festa de universidade.

— Ei, desculpa interromper — digo quando me aproximo. Ryan para de falar e olha para mim. — Vocês viram a Lola?

Na mesma hora, Ryan parece nervoso, mas é desnecessário. Bom, a menos que eu decida matar Aaron hoje e precise de ajuda para esconder o corpo.

— Tá tudo bem? — pergunta Ryan.

— Só o Aaron sendo ele mesmo. Vamos pra casa.

— Eu vi a Lola entrar no quarto do Robbie mais cedo — diz Olivia, baixinho. — Se você tiver que ir embora agora, posso ficar de olho, para ter certeza de que ela vai chegar bem em casa. Não estou bebendo e vim de carro.

— Quer ajuda com Aaron? — pergunta Ryan.

— Olivia, se puder fazer isso mesmo, vou te amar pra sempre — respondo, aliviada por saber que alguém vai ficar de olho em Lo. — Aaron vai se comportar agora que já espirrou o veneno dele. Desculpa por não ter falado com você antes, Olivia. Você está linda. Da próxima vez a gente conversa melhor. Meu Uber chegou, preciso ir.

Ela me lança um sorriso tímido.

— Sim, seria legal. Até a próxima.

— Me avise quando chegar em casa, tá? — grita Ryan quando me afasto. — É sério, Tasi. Não esquece.

Eu sei que é estranho imaginar o cara que é seu pau amigo e a falsa arqui-inimiga da sua melhor amiga juntos, mas um relacionamento entre Abbott e Rothwell seria o tipo de casal que faria meninas adolescentes chorarem de tanta perfeição.

As coisas funcionam entre mim e Ryan porque eu não quero um relacionamento e ele não está nem aí para isso. Se em algum momento ele achar alguém e quiser namorar, eu jamais vou impedir. Ele merece ser amado e feliz, porque é um cara incrível.

Ele seria o fã número um da Olivia, e talvez a fizesse se soltar mais. Ainda não conheço bem Olivia, mas mesmo quando ela ganha o papel dos sonhos de Lola, nem minha amiga pode negar que a garota parece bem legal.

Mal posso esperar para ver onde isso vai dar.

* * *

Comecei a trabalhar no Rinque da Simone no primeiro ano, quando Rosie, uma amiga de uma amiga, comentou que sua mãe estava contratando.

Os gastos com livros didáticos estavam aumentando, e eu não podia pedir dinheiro para meus pais, já que eles estavam pagando por todos os meus equipamentos de patinação. A dona do rinque, Simone, pagou um curso de formação de treinadores para mim, de forma que eu pudesse dar aulas aos sábados para crianças com menos de dez anos.

— Tudo certo? — pergunta Simone quando entra na sala de descanso onde estou sentada, tentando decidir o que comer.

— Sim, tudo. Acho que vou comer alguma coisa antes da próxima aula.

— Tem um jovem muito bonito na recepção procurando você — diz ela, me lançando uma piscadela. — Parece que ele trouxe comida.

Quando chego na recepção, vejo que Simone tinha razão, lá está um rapaz bem bonito.

Ryan parece perdido, cercado de meninas de seis anos gritando ao seu redor. Assim que me vê, seu olhar fica mais suave e o canto da boca levanta. Ele ergue dois sacos de papel, um em cada mão:

— Quer almoçar comigo?

— Tenho outra turma que começa às 13h. Consegue comer tudo isso em trinta minutos?

— Consigo fazer muita coisa em trinta minutos, Anastasia. Você já deveria saber disso.

Nos sentamos a uma mesa no canto perto da loja de conveniência e ele começa tirar a comida dos sacos.

— Antes que brigue comigo, trouxe uma salada para você... mas também trouxe batata frita com cheddar e bacon e uma porção de nuggets, porque vi o post de hoje sobre como é importante ter equilíbrio.

Reviro os olhos porque não sei qual de nós dois é mais previsível.

— Equilíbrio é importante, para de zoar comigo! Enfim, obrigada. Você não precisava trazer almoço, ainda por cima pra dois, por sinal, mas obrigada. Onde foi parar ontem?

Ryan morde seu hambúrguer, pega algumas batatas e solta um suspiro de felicidade.

— West Hollywood, no Honeypot. Meti o pé na jaca.

— Com Olivia?

Posso jurar que suas bochechas ficam coradas.

— Não, Liv foi pra casa, infelizmente. Para de me olhar assim.

— Ah, agora você chama ela de "Liv"... Fico feliz por você, de verdade. Faz tempo que você não namora, e pelo pouco que conheci, ela parece ser bem legal.

— Não vou namorar com ela, sua dramática. Só peguei o número dela.

— Depois, o casamento.

Ele bufa, dando de ombros e limpando as mãos em um guardanapo.

— Vamos ver. Por que você não casa comigo, Allen?

— Por que você pulou a parte do namoro e quer casar logo?

— Por que namorar quando já somos melhores amigos? Namorar é assustador. Sexo incrível e alguém que não fica chateada com minha rotina? Tô dentro, bora casar. Você aceita um anel de cebola em vez de um diamante?

— Eu não fico chateada com a sua rotina porque sou ocupada demais para perceber que você também é — digo e o cutuco no braço. — Olivia é legal, Ry. Sai com ela e vê no que vai dar. Na pior das hipóteses, vai contar para seus futuros filhos que namorou uma atriz famosa, ou uma estrela da Broadway, seja lá o que ela vai se tornar.

— Acha que eu deveria seguir o seu conselho? Logo você, alérgica a relacionamentos?

Ele tem razão.

— Vou chamar ela pra sair, mas se der muito errado, Anastasia, a culpa vai ser sua.

— Justo.

— Vai me contar o que aconteceu com Aaron?

Consegui perceber que ele está tentando manter a voz calma e neutra. Na verdade, com base nas últimas doze mensagens que me mandou ao longo da noite, sei que está bem interessado.

— Ele perguntou se eu estava colecionando capitães de times como se fossem Pokémons — respondo, tirando meus nuggets da caixa e enfiando na boca. — Ele me viu descendo a escada com o Nate Hawkins e achou que eu tinha transado com ele.

— Caralho, qual o problema desse cara? — murmura Ryan, mergulhando suas batatas no ketchup com força. — Não sei como você consegue passar tanto tempo com ele. Mesmo se estivesse pegando o Hawkins, ele não tem nada a ver com isso. Você é uma mulher solteira e pode fazer o que quiser.

— Eu sei, eu sei. Mas depois Aaron disse que descobriu o que aconteceu com o rinque, e Nate tinha jurado pra mim, pouco antes, que não sabia de nada. E aí virou uma confusão.

— Aaron é um babaca, Tasi. Foi errado Hawkins mentir, mas, mesmo assim, ele é responsável pelo time. Não é como se fosse eu mentindo pra você, ou algo assim. Vocês não são próximos. Entende?

— Sim, claro que entendo, mas quando fui explicar o quanto isso tudo me afeta, ele disse que eu estava sendo dramática. E não importa. Como vamos estar em pé de igualdade se ele nem tenta entender meu ponto de vista?

— Ser capitão é difícil, pode acreditar. Você precisa pensar em vinte outras pessoas além de você mesmo. Todos contam com você, não importa que cagada tenham feito. Pode ser uma merda às vezes. Mas Hawkins é um cara legal, não compra briga com ele.

Estou encarando seriamente meus nuggets porque não consigo olhar para Ryan quando ele fala algo sensato.

Ele ri, se inclinando para a frente, de modo a chamar minha atenção.

— Você vai comprar briga com ele, né?

— Com certeza, sem dúvida. Para sempre. Depois do fim dos tempos, se puder. Eles me deram esse carrinho por trás, então vou ficar o mais longe possível de todos.

Ele ri sozinho antes de tornar a falar.

— Você sabe que não existe carrinho no hóquei, né?

Capítulo seis

NATHAN

As últimas três semanas foram as mais estressantes da minha vida.

Aaron Carlisle — nossa, até o nome dele é de gente babaca — fofocou para Deus e o mundo. Inclusive para a treinadora dele, que contou para o nosso treinador, que ameaçou começar a arrancar nossos membros se não contássemos o que aconteceu.

Ultimamente tenho passado mais tempo ouvindo gritos do que jogando hóquei. Os caras que destruíram nosso rinque são do time de hóquei da UCLA, nossa equipe rival. Aaron estava falando parcialmente a verdade: a moça está grávida, mas Russ não tem nada a ver com isso.

O coitado não sabia de nada. Ele achou que estava ficando com a namorada de alguém. Quando o irmão mais velho dela descobriu sobre a gravidez, ela entrou em pânico e jogou a culpa em Russ. Pelo visto, é mais fácil culpar um estranho, e acho que ela não imaginou que o irmão viria até aqui destruir nossa arena.

Russ envelheceu uns dez anos desde então. O alívio em seu rosto quando lhe contamos a história real foi inacreditável. Faulkner e eu tivemos uma reunião com o treinador e o capitão da UCLA e eles nos contaram tudo. Eu conheço o capitão, Cory O'Neill, há anos, e ele estava tão puto quanto eu.

Eu me senti em um desses programas de TV de baixo nível que revelam resultados de testes de paternidade — ou um desses em que famílias com problemas fazem um grande barraco no palco. Como deve imaginar, estamos em maus lençóis com Faulkner. Ele disse que a próxima pessoa que fizer algo irresponsável vai ficar no banco para o resto da temporada. E que não estava nem aí para o efeito que isso teria em nossas carreiras depois da faculdade. Ele iria entregar todos os jogos até aprendermos a lição.

Vou passar o resto do ano bem-comportado, porque não sei se o time de Vancouver ainda vai me querer se for expulso ou desmembrado, e não volto para o Colorado depois da faculdade nem fodendo.

É muito clichê ser um cara que cresceu com vários privilégios e tem problemas com o pai? Sim. Em minha defesa, meu pai é um grande otário. Tenho certeza de que ele não me abraçou o suficiente quando eu era criança, e agora está causando problemas para mim e minha irmã.

Por sorte, consegui me mudar para o outro lado do país, mas a coitada da Sasha, aos dezesseis anos, ainda está presa lá com ele. Mesmo quando fizer dezoito, duvido que ele deixe minha irmã ir embora. Ela vai ser sempre um prodígio do esqui pouco apreciado e sobrecarregado.

Meu pai está disposto a contratar qualquer treinador do hemisfério norte para que Sasha seja a próxima Lindsey Vonn. De preferência, sem se machucar, mas não sei se ele está preocupado com a segurança dela. Ele só quer que ela ganhe.

Ainda bem que odeia hóquei. *Esporte irresponsável e violento para pessoas que não têm disciplina e gostam de caos*, é o que ele diz. Foi minha mãe que me inscreveu para o time do sr. H, tantos anos atrás. Ela estava grávida de Sasha na época e precisava de que seu filho de cinco anos gastasse energia em outro lugar.

Eu não criei gosto pelo esqui como meu pai queria, e posso dizer, com orgulho, que o decepciono todos os dias desde então. Ele nem ficaria surpreso se soubesse o que aconteceu, mas para isso eu teria que atender suas ligações, e isso não é algo que costumo fazer.

Além do mais, ele daria um jeito de dizer que é tudo minha culpa.

Robbie me encara com tanta intensidade que quase faz minha pele arder, o que chama minha atenção.

A coisa que mais gosto de fazer na vida é irritá-lo, e isso me faz entender por que JJ gosta de ser um babaca. Robbie joga coisas no chão, bate com o celular no controle da TV para fazer barulho, e depois de dez minutos sem resposta, ele começa a tossir alto.

Mantenho o olhar fixo na TV e me controlo para não reagir. Mike Ross está prestes a resolver mais um caso quando Henry me dá uma cotovelada.

— Robbie está tentando chamar sua atenção. Está ignorando ele de propósito?

— Boa pergunta, Henry. Obrigado — grita Robbie de forma dramática. — Está me ignorando de propósito, Nathan?

Quando finalmente olho para ele, Robbie me encara como uma mãe decepcionada.

— Desculpa, cara. Quer alguma coisa?

Robbie resmunga algo baixinho, seguido por um suspiro alto.

— Você já planejou minha festa de aniversário?

— Quer dizer a sua festa surpresa de aniversário? Aquela que você disse *com todas as letras* que não queria ficar sabendo de nada? Pra que fosse uma surpresa *de verdade*?

Seis semanas atrás, Robbie me disse que queria uma festa surpresa de aniversário, sob o argumento de que dar festas era muito estressante e cansativo. Ele não queria ter que lidar com os problemas do seu próprio aniversário, então era minha responsabilidade fazer isso. Eu disse que, se dava tanto trabalho assim, ele deveria parar de organizar festas. Ele me chamou de idiota e disse que eu deveria me comportar como adulto.

— Se a surpresa for que você não fez nada ainda, eu não quero nem saber.

Henry se levanta na hora, seus olhos disparam entre mim e Robbie, e então ele corre em direção às escadas. Robbie assiste à cena, com os olhos semicerrados, e depois olha de novo para mim. Eu dou de ombros, fingindo não saber que Henry estava preocupado em estragar a surpresa há semanas. O cara não consegue mentir e se convenceu há alguns dias de que não ia aguentar muito mais.

— Você precisa relaxar, Robert — digo, usando o nome completo para irritá-lo um pouco mais. — Estresse não faz bem pra pele.

Acho que o assunto morreu aqui, porém ele coça o queixo e solta um "hum". Não é como se o sr. Confiança tivesse dificuldade com as palavras, e isso finalmente chama minha atenção, como ele queria.

— Você... você chamou a Lola?

Hum, interessante.

— Quem?

Eu desvio por pouco da almofada que ele jogou em mim.

— Não seja um filho da puta, *Nathaniel*. Você sabe quem.

Três semanas atrás, quando eu estava estragando tudo com Tasi, Robbie estava se aproximando da melhor amiga dela. Ele não contou o que aconteceu, dizendo ser um cavalheiro, mas é difícil não criar teorias, tendo em vista que ela foi embora no sábado à tarde vestindo uma das camisetas dele.

Não a vi desde aquele dia, então achei que tinha sido algo casual, mas a julgar pela expressão dele, talvez esteja enganado.

— Você quer que ela vá? No cenário fictício de que hipoteticamente vá ter uma festa?

— A gente tem conversado. Então, sim. Hipoteticamente.

Robbie tem jeito com as mulheres, mas não dá para negar que ele não perde tempo antes de ir para a próxima. O fato de que está conversando com ela, e não ficando, é um bom sinal.

— Entendi. Pronto pro treino? — pergunto, mudando de assunto, antes que eu revele algo sobre a festa.

— Beleza, vou só pegar meu suéter.

Merda. Agora tenho que dar um jeito de fazer a Lola vir aqui.

JJ vem correndo pela rua bem na hora em que estou colocando a cadeira de Robbie no porta-malas. Aperto o botão para abaixar as portas tipo asa de gaivota, me posiciono no assento do motorista e engato a ré, o que faz todas as portas trancarem automaticamente.

Ele bate na janela, bufando e murmurando algo inaudível. Eu baixo a janela para ouvi-lo.

— Não vai sem mim, seu otário.

— Corre! — grito ao vê-lo correndo para dentro de casa para pegar suas coisas. Me sentiria mal por ele se não soubesse que estava com uma das líderes de torcida do futebol americano até agora.

Essa situação toda de dividir o rinque quer dizer que estamos treinando em horários diferentes. Já que, tecnicamente, o espaço é deles, a treinadora Brady exigiu que nos organizássemos de uma maneira que não afetasse a rotina de treinos dos patinadores. Muitos deles têm competições em breve, e ela argumentou que não havia margem para negociações.

Aubrey Brady é uma mulher assustadora e tinha Faulkner na palma da mão. Assim que descobriu o motivo de o rinque de patinação ter sido destruído, convenceu Skinner a fazer tudo o que ela queria, então está totalmente no comando.

Eu entendo, está priorizando seus atletas. Mas ter que passar por um climão com Tasi todo dia era cansativo. Vê-la toda linda, patinando, todo dia, era cansativo. Vê-la brincar e rir com o parceiro de patinação babaca era, você adivinhou, cansativo.

Muito.

Ela sempre olha para mim como se quisesse me tacar fogo, isso quando olha para mim. Essa menina sabe como guardar rancor contra todo mundo, menos Henry, pelo visto.

Semana passada, Henry viu Anastasia estudando sozinha na biblioteca. Comprou um café para ela, explicou toda a história envolvendo Russ, pediu desculpas, disse que entendia completamente por que ela estava chateada, e agora ele é o único que se dá bem com ela.

— Por que você sempre corre atrás das garotas que não gostam de você? — perguntou Henry quando ela passou pisando forte por nós um dia e deu um sorriso apenas para ele. — Summer, Kitty, Anastasia... Por quê?

— Nossa, Hen — falou JJ, se engasgando com a água. — Acordou chutando cachorro morto hoje, hein?

— Não sei, irmão — admiti, passando o braço sobre seus ombros quando os rapazes começaram a rir. — Encontra uma menina legal que também goste de mim, e eu tento mudar.

JJ riu.

— Ele não faz milagres, Hawkins.

Robbie acha que consegueria ficar de boa com ela, se quisesse, e Jaiden diz que prefere pagar de bad boy misterioso. No meu caso, eu poderia implorar e rastejar, mas acho que ela simplesmente usaria isso como desculpa para me atropelar com os patins.

Estaciono perto do rinque e aviso os caras que a gente se encontra lá dentro, depois saio correndo até a porta. Anastasia está guardando os patins na bolsa quando entro — os olhos dela se levantam com o barulho, mas sua expressão fecha quando ela percebe que sou eu.

Maravilha.

Eu me sento no banco, ao lado da bolsa dela, e limpo a garganta.

— Anastasia?

Seu olhar encontra o meu, e, na mesma hora, seus lábios formam um bico.

— O que você quer?

— Preciso de um favor.

— Não.

— Você nem ouviu o que é.

— Não preciso. Não é não.

— E se eu dissesse que é algo superimportante para a felicidade dos nossos melhores amigos?

Ela suspira, algo com que já estou acostumado, e coloca as mãos na cintura.

— Tá bom. Pode falar.

— O aniversário de vinte e um anos do Robbie é sábado, e vou fazer uma festa surpresa pra ele. Ele quer que a Lola vá. Pode falar com ela? Você é bem-vinda também, claro.

— Tá.

Sucesso, acho.

— Massa, valeu. É uma festa temática de Las Vegas, então é traje formal. Open bar, mesas de pôquer... vai ser legal. Espero que vocês venham; Robbie vai ficar muito feliz.

— Ok. — Ela sai andando em direção à saída, e os rapazes entram na mesma hora. Ela toca no braço de Henry e solta um "oi" baixinho, e ele fica vermelho de novo.

Quando ela se afasta, JJ me dá um mata-leão, rindo enquanto tento me soltar.

— Você tá vacilando, Hawkins. Vai perder a garota para o novinho ali.

— Não tô tentando ficar com ela — responde Henry na hora, coçando o queixo, nervoso. — Eu só sou legal com ela, sabe, pra ela ser legal com a gente também. Ela tem namorado, de qualquer forma.

— Eles são parceiros de patinação, não namorados. Ela não tem namorado. Ela mesma me disse.

Henry balança a cabeça.

— Não é ele, é o Ryan Rothwell. Eu vi os dois abraçados na semana passada.

— Isso não quer dizer que estão juntos, Hen. Se fosse o caso, Kris e Mattie estariam namorando metade do corpo estudantil — brinca Robbie.

— Eles estavam se beijando, e ele tava com a mão na bunda dela — complementou Henry.

Mas que ótimo.

Aaron ainda está matando tempo no gelo quando chegamos para começar o treino. Ele é um babaca do caralho e eu não suporto esse cara. Não tem nada a ver com Tasi — ele me passa uma vibe ruim, e isso é o suficiente. Claro, o fato de que ele nos sacaneou espalhando fofoca não ajuda em nada.

Sei que disse que não tem nada a ver com ela, mas uma das coisas que eu não gosto é como ele fala com Anastasia quando patinam. Eu dei o benefício da dúvida para o cara na festa, porque ele estava claramente bêbado, mas por causa das aulas, muitos dos treinos deles são antes ou depois dos nossos.

Quando chegamos cedo ou estamos terminando, escuto Aaron gritando com ela para não errar novamente, ou dizendo, do jeito mais condescendente possível, que um dia ela vai conseguir fazer qualquer coisa.

É uma merda, mas não é da minha conta. Ela não é o tipo de mulher que precisa de um salvador, e se eu tentar fazer isso, provavelmente vou fazê-la gostar menos ainda de mim.

Ao nos ouvir chegando, ele finalmente vai para uma parede e dá um sorriso muito arrogante ao me ver. Ele nem abriu a boca e já está testando minha paciência. Tenho certeza de que me sentiria melhor se desse um soco na cara dele. Mas ao se lembrar do que Faulkner falou sobre me comportar, apenas respiro fundo. Viu? Eu posso me comportar como adulto.

— Ela não vai dar pra você. Tá perdendo seu tempo.

— O que disse?

Não bate nele. Não bate nele. Não bate nele.

— Você ouviu. — Ele se senta no banco e começa a tirar os patins, sem olhar para minha expressão de choque.

O pessoal está arrastando os gols para o gelo e Robbie está conversando com Faulkner. Caso contrário, eu perguntaria para eles se estava ouvindo direito o que esse imbecil disse.

— Talvez você pense que ela tá se fazendo de difícil, mas não. Ela tem um coração de gelo e vai te enrolar do mesmo jeito que faz com Rothwell, então é melhor nem tentar.

Que cara insuportável.

— Você é um merda, sabia? — respondo confiante.

Ele joga um dos pés dos patins na bolsa, começa a tirar o outro e então olha para mim com um sorriso no rosto.

— A verdade dói, amigo.

— Eu tô longe de ser seu amigo. — Cerro os punhos, juntando forças para me controlar. — E da próxima vez que falar dela assim, vai ter que catar seus dentes do gelo.

Ele me dá um sorriso arrogante de dar ódio. Meus dedos estão brancos, meus punhos estão fechados com força, mas ele não se afeta e até esbarra em mim quando passa. Quando chega perto da porta, se vira para mim.

— Vou me divertir assistindo ela te fazer de idiota como faz com todo mundo. Bom treino.

Capítulo sete
ANASTASIA

Colaboração.

Uma palavra. Onze letras. Duas horas no inferno.

— Vamos fazer algumas atividades para "quebrar o gelo" — anuncia a treinadora Brady. Ela parece tão empolgada quanto eu. Sei que não quer fazer isso porque veio alugando os meus ouvidos com suas reclamações sobre a situação durante todo o caminho até aqui. O treinador Faulkner está ao lado dela com a mesma expressão de quem só quer ir embora.

David Skinner, que está se tornando uma pedra no meu sapato, quer ver a *dinâmica* entre nossos grupos melhorar. Brady me disse que Skinner apareceu justamente quando Ruhi, um dos patinadores mais jovens da equipe, estava discutindo com um dos meninos do hóquei por ter interrompido o treino dele. Skinner testemunhou em primeira mão a criatividade de Ruhi em criar insultos com o tema "hóquei".

Então precisamos melhorar nossa colaboração.

Um ótimo jeito de desperdiçar um tempo que eu poderia usar para fazer *qualquer* outra coisa. Eu deveria jogar meu planner no lixo de uma vez, já que ninguém se importa mais com o meu planejamento.

Faulkner pigarreia e olha para Brady. Fora do gelo, ele parece completamente perdido, e se eu não estivesse tão irritada por estar mais uma vez na sala de troféus, acharia isso engraçado.

— Tenho certeza de que todos vocês já ouviram falar de *speed dating* — diz Brady. — Meus patinadores, vocês vão se sentar à mesa. Jogadores de hóquei, vocês vão trocar de mesa a cada cinco minutos.

— Lembrem-se: isso não é um evento de encontros e namoro — grita Faulkner. — O objetivo é que vocês se conheçam melhor. Conversem sobre seus planos, hobbies, bichos de estimação, não me importa. Mas nada de baixaria. Hughes, Hudson, Carter e Johal, que fique claro, estou falando com vocês.

Os quatro fingem ficarem ofendidos, o que faz a sala inteira rir.

— Só pode estar brincando — reclama Aaron. — Não somos crianças.

Por mais que eu odeie concordar com Aaron, é verdade. Ele tem se comportado muito bem nas últimas três semanas e sido uma companhia muito agradável. Até pagou um jantar para mim, ele e Lola no Aiko, um restaurante japonês famoso que eu jamais poderia bancar.

Ele parece ter mudado, e fico feliz com isso. Não vejo muito Ryan, porque ele tem passado bastante tempo com Olivia, mas quando ele vai lá em casa, Aaron tem sido bem-educado. Tento focar no lado positivo para que Aaron não fique ranzinza.

— Pode ser divertido. Alguns deles são legais.

Eu *adoro* Henry Turner, um dos calouros do time. Semana passada eu estava na biblioteca, surtando com uma redação sobre responsabilidade social empresarial, e ele veio falar comigo. Apresentou-se, explicou que estava no time e ouviu falar do que aconteceu. Disse que não podia compartilhar tudo, mas queria contar um pouco mais.

E aí contou *tudo* sobre o time *inteiro*.

Henry começou explicando que, assim que se tornou capitão, Nathan baniu todas as tradições de trotes. Ele me prometeu que não havia nada que o time — incluindo Nathan — poderia ter feito para impedir esse desastre.

Russ, o pai da criança — que no fim das contas, não é o pai da criança —, tem uma vida familiar difícil e que conseguiu escapar dessa situação se esforçando para conseguir uma bolsa de estudos integral.

Nathan sabia que, se as pessoas descobrissem, talvez Russ perdesse a bolsa, e como os pais não podiam pagar pela faculdade dele, ele teria que voltar para a vida que lutou tanto para deixar para trás. Nathan é tão protetor de Russ que nem confiou no time para guardar esse segredo, apesar de tudo.

Henry queria que eu soubesse que Russ não é um riquinho convencido, só é tímido e não se mete em problemas, e Henry entende disso porque é assim também. Ele não fez nenhum amigo no primeiro ano; apesar de ter crescido em Maple Hills, a faculdade estava sendo um período difícil.

Ele odiava os dormitórios, mas como não tinha amigos para dividir uma casa, ia ter que ficar por lá mesmo ou voltar a morar com os pais. Nathan ofereceu um quarto na casa, a primeira vez que um novato tinha ido morar com veteranos. Dali, ele começou a falar como o capitão era um cara legal e que, apesar de eu estar com raiva, eu deveria dar uma chance para ele.

Depois de me contar todas as fofocas do time, ele terminou o discurso me dizendo que eu era a patinadora mais linda que ele já tinha visto na vida. Logo em seguida, explicou que estava falando da minha apresentação, não da minha aparência, e que, quando não estou caindo de bunda no chão ou parecendo uma filhote de girafa, meus movimentos são maravilhosos.

Achei que não era possível gostar mais dele, e aí ele me pagou um café e me ajudou a estudar.

Brady bate palmas para nos sentarmos. Eu fico do outro lado da sala, o mais longe possível de Aaron. Ele pode estar sendo simpático agora, mas isso não quer dizer que o quero ouvindo minhas conversas.

Eu consigo ter conversas de cinco minutos, né? São apenas dois minutos e meio para cada um. Consigo falar sobre mim mesma por dois minutos e meio. Vai dar tudo certo.

Eu acho.

Meu primeiro "encontro" se senta à minha frente e, imediatamente, relaxo ao ver um grande sorriso. Ele tem um cabelo loiro curto e a pele marrom-dourada dos braços está coberta de tatuagens pretas, o que consigo ver porque, assim que ele se senta, dobra as mangas e pisca para mim. Seu queixo está coberto por uma barba por fazer e tem um piercing no nariz. Parece ser o tipo de cara que vai bagunçar sua vida, mas não de um jeito ruim.

Ele estica a mão para mim e nos cumprimentamos de um jeito que parece formal demais.

— Jaiden Johal, mas pode me chamar de JJ.

Estranho, mas eu o imito.

— Anastasia Allen. Pode me chamar de Tasi.

— Ah, sei bem quem você é. Minha missão de vida é conhecer todas as mulheres que dão uma bronca no Nate Hawkins. Sou seu fã.

Droga, eu estou ficando vermelha.

— Obrigada, acho? Me conta sobre você. Temos que gastar cinco minutos.

O som de pessoas conversando preenche a sala, o que é bom. JJ estica as pernas e se acomoda na cadeira.

— Tenho vinte e um anos. Sou de escorpião, com lua e ascendente em escorpião. Sou do Nebraska, e, se você já foi pra lá, sabe que não tem nada pra fazer. — Ele esfrega a mão no rosto e faz uma pausa para pensar antes de continuar. — Jogo na defesa, vou para o San Jose Marlins quando me formar, odeio picles. Faulkner disse que não podemos falar sobre coisas sexuais, então não sei mais o que dizer.

Olho para o relógio no meu celular e só se passaram noventa segundos.

— Tenho vinte e um anos. Sou de Seattle, filha única e trabalho no Rinque da Simone. Faço patinação desde criança, sempre em duplas, e patino com Aaron desde o primeiro ano da faculdade. — Eu me ajeito no assento, desconfortável, querendo que JJ volte a falar de si mesmo. — Nosso objetivo é entrar na equipe nacional, queremos participar das próximas Olimpíadas. — *Por que isso é tão difícil?* — Quero estudar administração. Quer saber meu mapa astral?

Ele concorda com a cabeça.

— Óbvio.

— Virgem, ascendente também e lua em câncer. — Na mesma hora, ele balança a cabeça e faz uma expressão decepcionada. — O quê?

— Lua em Câncer. Nada bom.

— Disse a pessoa com sol, lua e ascendente em escorpião?

Jaiden levanta as mãos no ar e arregala os olhos castanhos.

— Saiba que somos muito incompreendidos.

Olho para o relógio de novo, falta apenas um minuto.

— Sessenta segundos. Mais alguma coisa?

Ele esfrega as mãos de um jeito que me deixa nervosa.

— Você preferiria… ter uma cabeça de peixe e o seu corpo, ou sua cabeça e um corpo de peixe?

Pelo menos trinta segundos se passam enquanto o encaro, tentando chegar a uma resposta. Ele cutuca o relógio no pulso.

— Tique-taque, Tasi. Seu tempo tá acabando.

— Eu não sei.

— Dez, nove, oito, sete…

— Cabeça de peixe com o meu corpo. Eu acho. Nossa, que imagem terrível.

— Boa escolha — comenta, satisfeito com a minha resposta. Brady sopra o apito, dando o sinal para trocarmos de lugar. Ele pisca para mim de novo, e com certeza fico vermelha mais uma vez. — Espero te ver de novo.

O tempo voa e os encontros passam. Três calouros pediram meu número, um cara chamado Bobby passou os cinco minutos inteiros falando sobre uma menina em vez de contar sobre si mesmo, e quando um cara chamado Mattie percebeu que tínhamos uma aula juntos, gastou todo o tempo me pedindo para explicar o último trabalho da aula e escrevendo as respostas no celular.

Robbie se aproxima da minha mesa, e é bom ver alguém que já conheço, pelo menos um pouco.

— Anastasia.

— Robbie. Você por aqui.

Tem algo rolando entre Lola e Robbie. Não sei bem o quê. Ela não sabe. Assim que soube que a gente faria essa atividade de "colaboração", recebi instruções bem específicas.

— Como vai?

— Estou bem. Espero que você passe os próximos quatro minutos e... — ele olha para o relógio — ... vinte e oito segundos falando da sua amiga.

Ela vai surtar quando eu chegar em casa. São os quatro minutos mais fáceis da minha vida; a vida de Lo é um livro aberto: ela é exatamente o que você espera. Falar dela para alguém é fácil, porque ela gosta de tudo e é a amiga mais gentil e amorosa de todas.

Tenho vergonha de admitir que Joe e Kris são tão engraçados que tive que cobrir minha boca para parar de rir, e isso me irrita porque eu tinha zero intenção de gostar de outros jogadores de hóquei.

Era para ser apenas Henry, para sempre.

Esses dez minutos de risada vieram na hora certa, porque estou de bom humor quando Russ se senta à minha frente.

Parece inútil descrever mais jogadores de hóquei porque a única palavra que vem à minha mente é "grande". O mesmo vale para Russ, mas algo que o diferencia dos amigos é a carinha de bebê. Diferente do resto do time, ele não tem nem uma sombra de barba. Seus olhos são grandes e gentis, como os de um cachorrinho.

Nunca havia reparado nisso antes, mas também nunca o tinha visto de perto. Ele parece muito nervoso, e me lembro de quando Henry me falou que ele era quieto.

— Eu sou Tasi. Russ, né?

Ele faz que sim e as pontas das suas orelhas começam a ficar vermelhas.

— Isso. Prazer em te conhecer. Você quer me falar de você ou algo assim? Não tenho nada interessante pra falar.

Ah, Russ, por que você é tão tímido justamente quando quero continuar com raiva de você?

Começo o mesmo roteiro que segui com os outros caras; ele faz perguntas para me manter falando e, quando o apito toca e ele vai embora, ainda não sei nada sobre ele.

— Foi legal te conhecer — diz ele com gentileza ao se afastar.

A atividade está quase acabando, e estou puta com o fato de que está realmente funcionando. É difícil ficar com raiva por ter que dividir o rinque com esses meninos depois de saber quais são suas motivações e seus sonhos para o futuro.

Bom, é difícil, não impossível.

Por eliminação, sei que faltam apenas duas pessoas. Minha bateria social está quase no fim, mas me forço a continuar e, quando Henry se senta à minha frente, sei que vale a pena.

— Não tem necessidade disso, né? — murmura ele ao colocar os cotovelos na mesa e apoiar a cabeça nas mãos. — Por que preciso saber o nome do bicho de estimação de alguém? Ou seu aniversário? A única pessoa que se interessa por essas coisas é um hacker. E nem gosto de computadores.

Fico chocada.

Em todas as vezes que nos encontramos, Henry estava tão tranquilo e relaxado que estava quase deitado. Parece que Skinner escolheu a única coisa que consegue tirá-lo do sério: socialização forçada.

— Por favor, não me fale sobre os seus bichos, Anastasia — implora ele, passando a mão pelos cachos castanhos e suspirando profundamente. — Não tenho energia pra fingir que me importo.

— Quer ficar sentado em silêncio? Só tem mais uma pessoa depois de mim. Podemos fazer disso aqui um intervalo.

— Ótima ideia, valeu.

Henry fecha os olhos, e não tenho o que fazer além de observá-lo tirar uma soneca-relâmpago. É estranho, mas ao mesmo tempo, o que mais posso fazer? Se ele não seguir carreira como jogador de hóquei, poderia ser modelo. Rosto perfeitamente simétrico, pele marrom macia e brilhante, as maçãs do rosto mais bem-definidas que já vi em um homem. Ele é lindo.

— Estou sentindo você me encarar. Pode parar, por favor?

Que bom que ele continua de olhos fechados, assim não vê que fico extremamente vermelha. Brady assopra o apito de novo, e Henry sai andando e mal olha para mim.

Só falta uma pessoa, e é quem eu não queria ver. Ele demora uma vida — bom, parece uma vida — para se sentar. Está vestindo uma camiseta do Maple Hills Titans e uma calça de moletom cinza, e eu odeio ser uma mulher que se sente atraída por homens que usam calça de moletom cinza. Merda. Não, não vou cair nessa.

— Oi — diz ele, empolgado —, meu nome é Nathan Hawkins.

— Vai ser assim, então?

Ele ignora minha pergunta e arqueia uma sobrancelha.

— E o seu?

— Nathan, o que você tá fazendo? — pergunto, cruzando os braços e me encostando na cadeira. Ele me imita e cruza os braços. Alguém observando de fora diria que somos a dupla menos simpática e, para ser sincera, somos mesmo.

— Vamos começar do zero. Todo mundo ama começar do zero, né? Vamos tentar. Não pode ficar chateada para sempre.

— Meu plano era ficar chateada até o fim dos tempos, então acho que você está me subestimando. — Ele começa a rir, e não sei o que fazer, porque meu rosto está se contorcendo para tentar segurar a risada também.

Droga.

— A sua dedicação a uma causa é admirável, Allen — provoca. — Já sei que você é patinadora, estuda administração e nasceu em Seattle. Descobri que você pode ser assustadora, mas muito gentil também. — Na mesma hora, minhas sobrancelhas sobem e fico confusa até ele explicar. — Com Henry, não comigo.

— Henry foi legal comigo.

A empolgação dele diminui um pouco, sua máscara carismática começa a cair.

— Eu quero ser legal com você. Escuta, me desculpe por ter mentido. Eu não tinha escolha e precisava cuidar do Russ. Eu quero mesmo ser seu amigo, Anastasia.

— Eu sei, eu entendo. Você não me conhece, não confia em mim e tudo o mais. Beleza. Eu entendo, mas tentei explicar como estava me sentindo para você entender o meu ponto de vista, que você imediatamente ignorou e disse que eu estava exagerando.

Me sinto ingênua de falar isso, mas já fiz muita terapia na vida e aprendi que tenho que falar sobre o que sinto. Bom, quando não estou sendo mesquinha. Todo mundo me disse que Nathan é um cara legal, então vou lhe dar a chance de agir como tal.

— Entendo que isso tenha feito você querer manter distância de mim. — Ele enfia as mãos nos cabelos e puxa um pouco, como se estivesse irritado consigo mesmo. — Sinto muito, não devia ter feito isso. Podemos começar de novo?

O apito de Brady toca pela última vez, mas Nathan não se mexe. Espera eu responder, e seus olhos castanhos me encaram com tanta intensidade que parecem querer enxergar minha alma.

— Você está sob observação. — Suspiro.

Sinto o calor subir pelas bochechas quando ele sorri para mim.

— Vou te impressionar.

— Espero que sim.

Merda, merda, merda.

Capítulo oito

NATHAN

Robbie tinha razão; planejar festas é difícil.

Entretanto, lidar com ele é a parte mais difícil. Temos um plano com Joe e Mattie de mantê-lo ocupado o dia todo enquanto o restante de nós espera todas as entregas e prepara tudo.

Era o plano perfeito.

Até Robbie decidir ficar em casa para esperar alguma coisa que ele comprou pela internet. Eu não poderia receber a encomenda, aparentemente; ele mesmo tinha que ficar.

Depois de Joe, Robbie deve ser o cara mais inteligente que conheço, por isso tenho total certeza de que ele fez isso só para nos estressar. Finalmente, ele saiu com os meninos e, trinta segundos depois, o caminhão de entrega chegou com as mesas. O pacote que Robbie estava esperando não chegou.

Sacana.

Sempre que acho que não tenho mais nada para aprender sobre meus amigos, fazemos algo doido como tentar transformar a casa em um casino, e aí descubro o quanto eles são irritantes.

A casa está incrível. Não economizei e não me arrependo de nada. Por mais que ele me irrite, Robbie merece.

A melhor coisa que fiz foi contratar um serviço de bar completo. Eles se organizaram no pátio, do lado de fora das portas duplas da cozinha, e foi ótimo. Bobby e Kris se divertiram dando nome para os drinques, e acho que Robbie vai gostar quando ouvir alguém pedindo um Maria Chuteira ou um Judge Judy.

Concordamos em não explicar a origem do nome Judge Judy. É mais divertido deixar as pessoas curiosas, mas a resposta é que, quando Robbie ficou no hospital depois do acidente, ele passou semanas assistindo a *Judge Judy*.

Agora, quando está de ressaca, ele fica deitado no sofá da sala vendo seu programa favorito sem parar. Ninguém tem permissão de falar durante o episódio e ninguém pode contrariar a decisão dela.

Quando se mudou para nossa casa, Henry não entendia aquela cena e, até hoje, não sei bem se sacou, mas ele sabe que precisa ficar em silêncio.

— Estamos gatos — elogia JJ, admirando todos nós de terno. Os caras voltaram pouco antes do início da festa, para ter tempo de tomar banho e trocar de roupa. Todos queríamos já estar prontos, para criar o clima de Las Vegas para Robbie.

— Vocês acham que a Lola e a Anastasia vêm? — pergunta Henry, mexendo na gravata-borboleta.

— Espero que sim, irmão. Robbie quer que a Lola venha, e não quero decepcioná-lo.

— Não tem nada a ver com você querer fazer as pazes com a Tasi, então? — brinca Bobby.

Arqueio minhas sobrancelhas.

— Desde quando ela virou "Tasi"?

— Somos amigos. O evento lá funcionou; eu gosto dela.

Ah, que ótimo.

Por sorte, os caras voltam, e pouco depois a festa começa de verdade, o que me impede de ficar pensando em meus amigos sendo *amigos* da Anastasia.

Uma das melhores coisas que fiz foi limitar o número de convidados da festa. Primeiro, eu iria à falência se dissesse "open bar" em voz alta neste campus.

Segundo, isso me permitiu colocar um dos calouros, Tim, com a lista na porta. Assim, não preciso me preocupar com penetras.

O sucesso do Tim como segurança da festa depende muito de que ele permaneça ao lado da porta, então vê-lo passear pelo escritório com a prancheta não me deixa muito feliz.

— Algo de errado?

— Tudo certo, capitão. Mais ou menos. Aquelas meninas que você me disse para ficar de olho chegaram. Lola Mitchell e Anastasia Allen.

Graças a Deus.

— Ok. E qual é o problema?

— Bom, eu disse para eles virem te procurar, como você pediu, e...

— Fala logo, Tim.

— Lola, bem... ela falou pra eu te falar que, se quiser dar ordens para ela, vai ter que colocá-la na droga do time.

— Entendi. Onde elas estão?

— No bar, capitão.

Mando Tim de volta para o lugar dele e fico de olho nas portas do quintal enquanto continuo meu jogo de pôquer.

A casa está cheia de pessoas ao redor de várias mesas de jogo, bebendo e rindo. Tentei me certificar de que nada ficasse cafona, especialmente quando JJ tentou me convencer a contratar um sósia de Elvis que faz casamentos. O risco de acabar me casando acidentalmente com JJ parecia grande demais, então recusei.

Não vi as meninas entrarem, e já faz mais de uma hora que chegaram. Quando finalmente vou ao bar, Henry, Robbie e Jaiden as acharam primeiro.

— Você está muito bonita hoje. Não parece em nada com um filhote de girafa — ouço Henry dizer para Tasi quando me aproximo do grupo. JJ começa a se engasgar com a bebida, mas ela não parece se importar de ter sido comparada com um animal gigante e desajeitado.

— Está melhor agora que não tem o risco de estragar a surpresa? — pergunta ela, seu olhar se voltando para mim quando me aproximo, e depois retornando para Henry. Sinto que todo mundo, exceto Robbie, sabia o quanto Henry estava preocupado e torcia por ele.

— Muito melhor, obrigado.

Agora que estou mais perto, percebo como ela está linda pra caralho. Seus cachos descem pelas costas, o vestido de seda azul-marinho tem um grande decote na frente e atrás, além de uma fenda lateral que vai até a parte de cima da coxa. Mas o mais lindo é que ela está sorrindo de orelha a orelha. Ela está radiando felicidade enquanto conversa com meus amigos.

Não consigo deixar de sorrir feito um idiota quando olho para ela, e sei que deve ter notado porque, às vezes, seus olhos passam por mim; mas tenho medo de falar alguma coisa e estragar o momento.

Vê-la desse jeito me faz querer ser o cara mais engraçado do mundo, só para ser a razão que a faz sorrir. Mas, por ora, vou ter que me contentar com não deixá-la irritada.

O objetivo era fazer Lola vir por causa de Robbie, e consegui. Ela se senta ao lado dele, e ficam sussurrando um para o outro, numa bolha onde só existem os dois. Fico feliz por ele, e só com um pouco de inveja.

Anastasia esfrega as mãos pelos braços, e logo percebo que, para alguém que não está usando muita roupa, deve estar frio.

— Aqui — digo, tirando meu paletó. — Toma.

A boca dela abre, e reconheço esse olhar. Vai começar uma briga. Mas me surpreendo quando ela muda de ideia e aceita minha oferta. Ela coloca o blazer sobre os ombros.

— Obrigada, Nathan.

— Vamos pegar uma bebida, Hen — diz JJ, dando um tapinha nas costas dele.

— Mas eu tô com uma bebida e você também.

JJ suspira, arrasta Henry até o garçom mais próximo e murmura algo sobre ser discreto.

Nunca fiquei nervoso por conversar com uma mulher antes. Com Anastasia, porém, sei que preciso me esforçar ao máximo para conseguir ficar amigo dela. Não podemos continuar com essa tensão entre nós pelas próximas semanas ou meses. Ainda mais com todos os meus colegas de time começando se dar bem com ela.

Além do mais, ela disse que estou sob observação, então preciso tentar algo novo.

— Você está linda. — Começou mal, Hawkins. — Está se divertindo?

— Sim, estou. É uma pena que foi você quem organizou. Ter que reconhecer que você fez um bom trabalho é o único problema.

As palavras dela parecem mais pesadas do que realmente são. Carregam um tom de desafio, mas o que não mostram é como seus olhos brilham, e como seus dentes pressionam o lábio inferior enquanto espera minha resposta.

Deus abençoe a tequila.

— Achei que a gente tinha um acordo. Estou sob observação, então você deveria estar sendo legal — brinco, observando-a tentar não rir.

— Eu *estou* sendo legal.

— Isso é você sendo legal? Você é muito ruim nisso, Allen.

— Eu disse que *você* estava sob observação, não eu.

Provoco:

— Vou te ensinar a ser legal.

— Tenho certeza de que tem muitas coisas que pode me ensinar, Nathan, mas ser legal não é uma delas. Eu sou um amor de pessoa.

— Hum. Acho que "amor" é um exagero. — Ela sorri. Um sorriso de verdade, que ilumina seu rosto inteiro, e finalmente sinto que estou fazendo progresso. — O que você gostaria que eu te ensinasse?

Ela acena com a cabeça em direção à casa.

— Que tal a gente começar com pôquer?

Antes que eu possa responder, Henry aparece de novo com um drinque em cada mão.

— Eu topo pôquer.

— Ótimo. — Forço um sorriso, tentando não fazer careta por causa da interrupção. — Vamos preparar uma mesa.

Todo mundo se acomoda em uma mesa no escritório e damos as cartas. Vinte minutos depois, um recorde, o aniversariante abandona o jogo para passar um tempo sozinho com Lola.

Fico feliz porque assim ele não vê Anastasia me fazer perder duzentos dólares. Ensiná-la a jogar pôquer, até parece. Vou adicionar "teatro" na lista de habilidades dela, porque realmente achei que ela nunca tinha jogado. Puta merda, chamou o naipe de paus de "folhinha"; convincente para cacete. Bom, até ela soltar as cartas e acabar comigo.

— Aonde você vai? — pergunto a Tasi quando ela se levanta.

— No banheiro. Já volto.

Me levanto também e dou minhas fichas para Bobby.

— A fila deve estar gigante. Pode usar o meu, vem.

Ela aceita minha mão sem hesitar, e tenho uma sensação familiar. Espero que, até o fim da noite, sejamos amigos, em vez do que aconteceu da última vez.

Aparentemente, ainda não aprendi minha lição, e então vejo a bunda de Anastasia rebolar na minha cara enquanto subimos as escadas. Os saltos do sapato dela são enormes, não sei como consegue andar neles, então ela puxa minha mão para sua cintura em busca de apoio.

Sinto a maciez da seda do vestido em meus dedos, o calor do corpo dela. A cada passo, seu cabelo se move na minha frente, e o cheiro de mel e morango atinge meu nariz.

Se esse é o maior problema na minha vida no momento, estou bem.

Enfim chegamos no meu quarto, digito a senha e a guio para dentro. De certa forma, é bom estar a sós, assim podemos conversar. Os caras parecem filhotinhos de golden retriever, lutando pela atenção dela.

Deve ser cansativo. É cansativo de assistir, além de ser terrível para mim, que com certeza estou em último lugar nessa competição.

Ela congela ao sair do banheiro e me ver sentado na cama, então coloca as mãos nos quadris.

— Eu não ia mexer nas suas coisas.

— Achei que iria querer um pouco de paz longe da sua legião de fãs.

Os ombros dela caem e o corpo parece relaxar.

— Eu gosto de todos eles, mas socializar me suga muita energia.

— Eu entendo. É muita coisa. Você acaba se acostumando, mas caso não, eu posso te ajudar a fugir.

— E se eu quiser fugir de você?

— Com certeza não precisa de minha ajuda pra isso. Você é tipo expert no assunto.

Ela ri e, meu Deus, essa risada. Nunca gostei tanto de fazer alguém rir, porque preciso me esforçar muito para conquistar cada sorriso dela — meu lado competitivo fica feliz quando consigo. Ela se senta à minha mesa e me conta sobre as apresentações de que participava quando era criança e como era cansativo estar rodeada por centenas de crianças.

Fico sentado, escutando, assentindo e rindo, impressionado com a dedicação e a confiança dela, como ela vê as coisas e explica tudo de forma tão clara.

Quando termina de falar, parece que nem ela sabe de onde veio tudo aquilo. Se concentra nas coisas da minha mesa e cutuca um livro aleatório.

— Não me importo se você quiser mexer nas minhas coisas. Você não viu tudo da última vez.

— Não preciso. Sei tudo que preciso sobre você.

Não consigo controlar o suspiro quando ela se levanta e vai em direção à porta do quarto. A mão dela toca a maçaneta e, por instinto, me inclino para a frente e seguro de leve o braço dela.

— Você vai me perdoar? — pergunto, esperançoso.

— Eu disse, você está sob observação.

Passo a mão pelo cabelo, e o suspiro que sai da minha boca é fruto de pura frustração.

— Isso não é um sim. Preciso ficar de joelhos e implorar, Anastasia? É isso que você quer?

Ela balança a cabeça e ri.

— A única situação em que quero ver um homem de joelhos na minha frente, Nate, é quando a cabeça dele está no meio das minhas pernas. Então não, não quero que você implore.

Cacete.

Fico de pé, ao lado da cama, e vejo a postura dela mudar imediatamente. A respiração dela fica mais pesada, as coxas pressionadas, a língua aparecendo entre os lábios molhados. Não consigo conter o sorriso, porque acabei de perceber que talvez a atração seja mútua.

— Você não me odeia tanto quanto finge, né? Se me quiser de joelhos, Anastasia, posso dar um jeito nisso.

Minhas mãos estão apoiadas na porta, de cada lado da cabeça dela; me inclino para ficarmos na mesma altura, e seus olhos azuis ficam sombrios. Ela engole em seco, e fico imaginando que, se encostasse a boca naquele pescoço, sentiria a pulsação descompassada dela em meus lábios.

— Não estou fingindo.

— Está sim. — Ver ela tentar se controlar é excitante pra caralho, mesmo que esteja sendo convincente. Vou sair daqui um homem feliz. Me inclino para a frente, deixo minha boca pairar perto da orelha dela, a respiração tocando o pescoço dela. — Peça com jeitinho. Deixa eu te mostrar o quanto gosto quando você é legal comigo.

— Por que eu faria isso se nem gosto de você? — As palavras dela são duras, mas a voz dela falha, fazendo-as perder a força.

— Você não precisa gostar de mim para gritar meu nome, Anastasia.

Traço o maxilar dela com a ponta do nariz, me deliciando com o jeito como a respiração dela acelera.

— Eu poderia te dar um mapa para o meu ponto G e ainda assim você não conseguiria me fazer gozar, Hawkins.

— Não preciso de um mapa.

— Precisa, sim.

Minha boca está a milímetros da dela, e não vou dar o primeiro passo. Não preciso; se ela me quiser, vai me mostrar.

A ideia de eu precisar de um mapa para fazê-la gozar é uma piada. Ela achar que eu não passaria cada segundo explorando seu corpo até conhecê-lo melhor do que o meu também é uma piada.

Gosto que ela seja competitiva, mas eu também sou; sempre fui. Por isso que quase sempre ganho e, agora, estamos competindo para ver quem cede primeiro.

Minha voz se transforma em um sussurro, e dou uma última chance a ela:

— Vamos testar essa teoria, que tal?

Capítulo nove
ANASTASIA

A possibilidade de eu entrar em combustão espontânea é real.

A voz de Nate é apenas um sussurro quando ele sugere testar aquela teoria, mas sinto cada sílaba tocar minha pele, e um arrepio percorre meu pescoço e peito. Estou lutando contra meu próprio corpo desde que ele colocou os braços nas laterais da minha cabeça e se aproximou.

Ele mal tocou em mim, e estou quase me derretendo na frente dele.

Não sei se é a proximidade, pura adrenalina ou a tequila, mas perco toda a razão e pressiono a boca na dele.

Ele não perde tempo e enfia a mão no meu cabelo sob a curva do pescoço, segurando firme. A mão livre desliza pelo meu corpo e aperta minha bunda, me fazendo gemer.

Nate está por todo o meu corpo de uma vez só; eu só me seguro nele e aproveito cada toque, e quando a boca dele viaja para meu pescoço, chupando e mordendo, estou praticamente sem ar.

Quando viemos para cá, não achei que isso poderia acontecer, juro. É que ele está tão lindo de terno e foi tão fofo vê-lo andando de um lado para o outro da festa se certificando de que tudo estava indo bem. E, porra, como ele é gostoso. Cabelo escuro, olhos quase pretos, e músculos e mais músculos.

Ele fica de joelhos na minha frente, puxa a gravata-borboleta e abre os botões da gola da camisa. Com o cabelo bagunçado, graças às minhas mãos, e o rosto vermelho, ele me encara. Suas mãos deslizam dos meus tornozelos até os joelhos, descem de novo e, sim, estou quase derretendo.

— Tem certeza de que quer isso?

— Você tem papel e caneta para eu desenhar um mapa?

Estou fazendo piada. Por quê? Por que acho o jeito incrédulo como ele me olha agora tão engraçado? E excitante?

— Eu não brinco quando se trata de consentimento, Anastasia — diz ele com a voz calma enquanto se inclina para beijar a parte interna do meu joelho.

— Tenho certeza.

Não sei como tenho essa certeza. Tenho certeza de que não deveria ter certeza. Não deveria gostar de como ele está colocando meu joelho sobre o ombro. Tenho certeza total que não deveria gostar da língua dele passando pela minha coxa.

Ele puxa o tecido do vestido para o lado e, quando o vesti hoje, não foi assim que imaginei que a noite terminaria. Ouço um gemido de satisfação quando ele se aproxima de onde minhas coxas se encontram e percebe que não estou usando calcinha.

A espera está me matando. Sei que ele está fazendo isso de propósito, cada vez mais perto, mas sem fazer nada de fato.

Estou prestes a abrir a boca para mandá-lo ir mais rápido quando sua língua toca minhas dobras e circula meu clitóris. Um gemido alto e desesperado ressoa pelo quarto. Nem percebo que fui eu quem gemeu até sentir os ombros do idiota se mexerem com sua risada.

Dedos deslizam pela parte de trás das minhas coxas até não terem mais para onde ir. Suas mãos imensas apertam minha bunda, ao mesmo tempo que ele me chupa e me faz sentir como se estivesse flutuando.

Estou acabada. Só consigo me contorcer, tremer e gemer. *Merda.* Nem preciso ver seu rosto para saber que ele está todo convencido; nem conseguiria fazer isso — ele está enfiado no meio das minhas pernas.

Passo as mãos pelo cabelo dele para me apoiar em algo, e ele solta um gemido do fundo da garganta. Sinto as borboletas em meu estômago se multiplicarem.

Quero dizer algo inteligente, provocá-lo. Não posso lhe dar a satisfação de saber que me deixou assim em poucos minutos.

Uma de suas mãos se afasta da minha bunda e, quando olho para baixo, vejo olhos castanhos me encarando. Eles continuam focados em mim enquanto Nate enfia dois dedos e encontra meu ponto G em dois segundos e meio.

Já era.

Ele acelera o ritmo enquanto mete os dedos em mim, o ritmo em perfeita sincronia com a língua, e se não estivesse apoiando meu corpo inteiro na sua boca, eu já teria caído no chão.

A sensação cresce, minhas mãos puxando o cabelo dele com força em meio aos gemidos, meus saltos cravando-se cada vez mais nos músculos das costas dele enquanto tento me mover para cavalgar em seus dedos.

— Nathan... — gemo. Meu corpo está tão tensionado que mal consigo respirar.
— Nathan, eu vou goz...

Nem consigo terminar a palavra quando sou invadida por espasmos no corpo inteiro, então grito, tudo vibra e pulsa enquanto me aperto contra ele, me contorcendo, meu corpo tomado pelo prazer e calor.

Ele tira os dedos e a boca, se afasta para olhar melhor para mim, e com a expressão mais arrogante que já vi na vida, coloca os dedos na própria boca e os chupa sem quebrar contato visual.

Cacete.

A FESTA FOI HÁ ALGUNS dias, e, desde então, todo dia aprendo algo novo sobre mim.

Isso é natural, tendo em vista o que aconteceu.

A primeira coisa que aprendi foi que sei correr muito bem de salto; aprendi isso quando saí correndo do quarto de Nate. Aprendi que não sei ser discreta, mesmo quando estou ativamente tentando evitar alguém. Também aprendi que seria uma criminosa terrível: seria pega rapidinho. Estou muito paranoica e nervosa, e por isso meu instinto é acordar com um pulo, assustada, quando ouço alguém batendo na porta do meu quarto.

O braço de Ryan está ao redor da minha cintura, a cabeça enfiada no meu pescoço, e seu gemido de irritação faz minha pele vibrar.

— Faz ela parar.

Só uma pessoa nessa casa tem autoconfiança suficiente para bater assim na porta de alguém tão cedo.

— O que você quer, Lola?

— Vocês estão trepando ou posso entrar?

Eu e Ryan nem transamos ontem à noite, a gente viu um filme e dormiu. Concordamos que os benefícios da nossa amizade acabaram porque ele ia pedir para namorar sério com Olivia. Não fico chateada, porque sabia que ia acabar em algum momento. Fico feliz por ter ganhado um grande amigo de uma situação maravilhosa.

Ryan se afasta de mim e deita de costas, bufando.

— Se estivéssemos transando, você teria cortado o clima.

— Ok, vou entrar. Esconde o pau, Rothwell.

Lola entra, apoiando duas caixas em seu quadril, e se joga na cama. Ela faz um movimento dramático para cobrir os olhos quando vê o peito nu de Ryan.

Ele olha para mim, incrédulo, e puxa o edredom para se cobrir. Com ou sem benefícios, eu usaria uma foto do corpo de Ryan como papel de parede se pudesse. Lola é ridícula.

— Como está meu não casal favorito hoje? — pergunta ela, empolgada, e joga uma caixa em cima de mim. — Temos presentes!

Ryan boceja e mantém o corpo coberto enquanto se espreguiça.

— Eu estaria melhor se tivesse me acordado com café da manhã em vez de uma dor de cabeça.

A coisa favorita de Ryan quando dorme aqui é o fato de Lola fazer o café da manhã. Fofo, né?

Lo faz um som de reprovação.

— Ninguém gosta de drama, Rothwell.

— De quem são os presentes? — pergunto, observando meu nome na caixa em letras garrafais.

— Nate. — Ela toca no celular e o som de uma chamada de vídeo começa. — Temos que abri-los em uma chamada de vídeo.

Chamada de vídeo?

— Lo, espe...

— Bom dia — diz Robbie. — Você está linda hoje.

— Tem gente ouvindo — resmungo antes que eles comecem a fazer sexo pelo telefone.

— Aqui também — responde ele. Lola fica de costas para mim e Ryan. Ela levanta o celular para enquadrar nós três na tela.

Robbie faz a mesma coisa e mostra que Nate e JJ estão ao lado dele, aparentemente comendo cereal. JJ levanta os olhos da tigela, olha para a câmera e se engasga. Nate levanta o olhar também — a expressão dele é neutra. Robbie o ignora e fala mais alto.

— Abram seus presentes agora.

— Aqui, Rothwell — diz Lo, se virando para entregar o celular para Ryan. — Seja útil e filme aqui.

Parece que se passaram horas desde que Lo entrou no quarto e, finalmente, abro a caixa. É estranho abrir um presente que supostamente é de Nathan quando estou sentada na cama com Ryan. Não tenho motivo para achar isso estranho, mas é o que sinto.

Ah, espera aí, talvez seja porque estou evitando Nate desde que ele fez o melhor oral que já me fizeram na vida cinco dias atrás, e a primeira vez que ele me vê depois disso, estou na cama com alguém. Talvez seja por isso.

Coloco as mãos dentro da caixa e tiro o presente de lá: uma camisa do uniforme do time de hóquei, o Titans.

Lo dá um grito empolgado, segurando uma camisa idêntica. Nas costas está escrito *Mitchell*, e quando viro a minha, vejo que *Allen* está escrito em letras brancas e garrafais.

— Valeu, Nate!

— Fui informado de que era isso que precisava fazer para vocês receberem ordens minhas. Bem-vindas ao time.

Está na cara que o coitado do calouro que estava na porta na festa de Robbie repassou a mensagem.

— Experimentem — diz Ryan por trás da câmera. — Não acredito que estou na cama com duas estrelas do hóquei. Que sorte a minha.

— Poderiam ser três se tivesse me avisado antes — diz JJ, rindo.

— Cala a boca, seu otário, tá falando da minha garota.

Lo pisca para mim antes de colocar a camisa. Nós duas já lemos e assistimos a romances bons e ruins o suficiente para saber que amamos quando os caras dizem *minha*.

— Eu amei.

— Temos que ir pro treino. Falo contigo depois, ok? — diz Robbie.

— Claro, tchau.

— Tchau, pessoal — adicionamos eu e Ryan.

Pouco antes de Ryan desligar a chamada, ouvimos Henry dizer:

— Era Anastasia? Achei que ela estava evitando você, Nathan.

Eu consigo me segurar para não reagir ao comentário de Nate, com exceção do grito intenso e longo que solto dentro da minha cabeça, mas isso não impede que dois pares de olhos se virem para mim. Foi engraçado quando Lola e Ryan se viraram para mim ao mesmo tempo, mas agora que se passaram alguns instantes, está um pouco estranho.

— Está escondendo alguma coisa? — diz Lo com seu tom mais sério possível.

O que acontece em Vegas fica em Vegas é um lema que deve ser levado a sério. Sei que tecnicamente foi uma festa temática de Las Vegas em Maple Hills, mas as regras deveriam valer mesmo assim. Eu deveria ter o direito de ser um pouco irresponsável e safada sem que meus amigos soubessem. Infelizmente, para mim, os guardiões de segredos de Las Vegas não conhecem Lola.

— Conta agora ou vou ligar para ele e perguntar.

Me afundo na cama, cobrindo a cabeça com o edredom para não verem minha cara.

— ElemechupounafestadoRobbieeeusaicorrendo.
— Quê? — dizem ao mesmo tempo.
Eu bufo e seguro o cobertor com força quando Ryan tenta puxá-lo. Ele é mais forte do que eu, então desisto.
— Ele me chupou na festa do Robbie, blá-blá-blá. — Os dois prendem a respiração, Lola genuinamente e Ryan imitando seu gesto dramático, mas eu os ignoro.
— Foi um acidente, um momento de fraqueza, e estou evitando o Nate desde então.
— Não vem com essa de *blá-blá-blá*. Faz quase uma semana! — grita Lola, agitando os braços de um jeito exagerado. Ela se vira para Ryan: — Você sabia disso?
— Não, tive um encontro com a Liv no sábado, então não fui à festa — diz ele, ignorando o jeito como o rosto dela se contorce ao ouvir o nome de Olivia. — Mas estou curioso para saber como duas pessoas fazem sexo oral por acidente, Tasi. Compartilhe com o resto do grupo.
— Seu idiota — resmungo, batendo nele com um travesseiro. — Fui usar o banheiro dele. Nathan estava tentando me fazer admitir que eu queria ser amiga dele, então perguntou se precisava ficar de joelhos e implorar.
— Clássico — diz Lola, revirando os olhos.
— Ele disse que eu estava apenas fingindo que o odiava.
— É, qualquer boa pegação começa desse jeito — responde Lola de novo, com um tom sarcástico, fazendo uma careta. — Pula pra parte interessante.
— Bom, quando ele perguntou se precisava ficar de joelhos, fui sincera. Disse que a única situação em que quero ver um homem de joelhos na minha frente é quando a cabeça dele está no meio das minhas pernas.
Lola não consegue respirar de tanto rir, e Ryan está do mesmo jeito. Fico surpresa por Aaron ainda não ter aparecido, porque aí teríamos uma cena *maravilhosa*.
— Vocês são terríveis — resmungo, batendo de novo nos dois com um travesseiro. — Enfim, ele entendeu isso como um convite. Falou pra eu pedir com jeitinho, e ficou todo, "eu não brinco quando se trata de consentimento, Anastasia", todo sexy e misterioso, e, tipo, eu gritei tanto que quase fiquei sem voz.
— Entendeu isso como um convite? — repete Ryan, boquiaberto. — Tasi, você praticamente pediu pra sentar na cara dele.
— Não pedi, não!
É claro que não. Estava apenas afirmando que não gostava de ver um homem implorando na minha frente. Não sei como isso poderia ser mal-interpretado.
De qualquer forma, eu culpo Ryan por tudo isso. Se ele estivesse lá quando Lola sumiu com Robbie, teria alguém para me impedir de fazer besteira com jogadores de hóquei gostosos.

— Anastasia. — Ele segura meu rosto com as mãos para eu olhar apenas para ele, não para Lola, que está enxugando as lágrimas de tanto rir. — Se uma mulher me diz que a única situação em que quer me ver de joelhos é se eu enfiar a cara no meio das pernas dela, eu vou fazer alguma coisa. Se fosse eu, também te beijaria.

— Bom, tecnicamente — murmuro, me afastando —, pra ser completamente sincera, eu beijei ele.

— Sua safada — diz Lola, feliz da vida. — Não acredito que não ia contar pra gente! — Ela dirige o olhar para Ryan, fazendo uma careta de novo. — Bom, pra mim. Vocês dois são estranhos. Não sei sobre o que vocês conversam, mas não acredito que não ia me contar!

— Não vai acontecer de novo, Lols, então pode ficar calma.

Ryan resmunga ao meu lado e esconde o rosto entre as mãos.

— Tasi, você sabe que eu te amo, mas você tem que parar de ser tão teimosa. Hawkins é um cara legal. Você pode transar com ele ou não, mas desde quando evita as pessoas com quem fica?

— Você definitivamente deveria transar com ele — diz Lo, mais empolgada do que imaginei.

— Concordo. Pelo menos uma vez, Tasi. Pela ciência.

Uma estudante de teatro e um de literatura, as pessoas menos de exatas que conheço, olham para mim ao mesmo tempo, sincronizados, e dizem:

— Pela ciência.

Capítulo dez

NATHAN

Você já viu uma mulher correr de salto alto? Eu já.

Semana passada. Mal havia me levantado quando as mãos de Anastasia ajeitaram seu vestido e giraram a maçaneta. Ela me lançou um último olhar, as bochechas rosadas com o brilho de quem acabou de gozar, então saiu correndo como se fosse o Papa-Léguas.

Foi tão rápido que não sei como não deixou um rastro de fumaça. Eu tive que deixá-la sair, senão andaria pela casa, cheia de visitas, com um pau duro impossível de esconder.

Eu sabia que isso ia acontecer quando a levei para meu quarto? Não. Para mim, o melhor que poderia acontecer era ela achar que eu estava sendo legal e, talvez, concordar em sermos amigos. Pensei que existia a possibilidade de ela acabar gritando meu nome e eu sentindo o gosto dela nos meus dedos? Acho que nenhum homem pensaria isso, considerando nossa situação.

Relembro aquela cena toda vez que me masturbo? Óbvio.

Está na cara que ela se arrependeu, porque toda vez que me vê, sai correndo na direção contrária. Primeiro achei que fosse vergonha, mas depois de vê-la na cama com Rothwell ontem, volto a achar que o interesse não é recíproco.

Achei que ela talvez estivesse namorando Rothwell, como Henry disse. Talvez o que aconteceu no meu quarto tenha sido um erro, um momento de fraqueza, mas precisei parar com essa linha de pensamento porque ela estava começando a me deprimir. Eu odeio traição, e alguma coisa me dizia que não era esse o caso. Me senti imediatamente melhor quando vi que Ryan e Liv Abbott estavam bem íntimos.

Não sei que tipo de relacionamento Tasi e Ryan têm, mas seja o que for, não é nada com exclusividade.

Decidi que hoje seria o dia em que iríamos conversar sobre isso. Ela não tem problema em expressar o que sente, isso ficou claro várias vezes. Obviamente só tem problemas em se expressar com homens que a chuparam.

O plano é encontrar com ela depois do treino, já que ela treina com o Babacão antes de nós às sextas. JJ está puto que não vamos ter tempo de parar no Dunkin' Donuts e começou a resmungar alguma coisa sobre seus direitos constitucionais. Prometo comprar para ele dois donuts semana que vem, e isso parece acalmá-lo. Ele está empolgado para emboscar — essa foi a palavra que usou — Tasi comigo e me ver ser rejeitado.

Muito otimista da parte dele achar que vou conseguir chegar perto o bastante para isso.

Me concentrar em conquistar Anastasia foi a distração perfeita para ignorar o motivo do meu pai me ligar sem parar há três dias, sem perspectivas de parar tão cedo.

Presumindo que esteja ligando para falar sobre o grande saque da minha poupança que usei para bancar a festa do Robbie, não estou a fim de falar com ele. Tenho certeza de que um cara com um pai normal pensaria que a ligação seria para desejar boa sorte, já que o nosso primeiro jogo da temporada é amanhã. Mas, infelizmente, meu pai não é normal.

O sr. H foi mais um pai para mim do que o meu próprio, e a visita dos Hamlet para o aniversário de Robbie foi ótima. Para mim, mas talvez não tanto para Lola, que teve um encontro imprevisto com eles no domingo de manhã enquanto vestia apenas uma camiseta de Robbie.

Parecia que a sra. H ia explodir de tanta felicidade, enquanto o sr. H erguia os dois polegares para Robbie. Lo parecia um gato assustado, e Robbie estava pior ainda.

JJ estava com uma expressão que eu nunca tinha visto antes. Parecia que era um dos melhores momentos da vida dele, e ficou melhor ainda quando Henry perguntou em voz alta para Lola se ela se arrependia de não ter vestido nada por baixo.

Ter os Hamlet nos visitando me lembrava da minha casa, mas na época boa, antes da minha mãe morrer. Falar sobre nossas estratégias com eles me lembra por que amo hóquei, e agora estou empolgado para começar a temporada.

Sei que já disse isso antes, mas agora é verdade. Este ano vai ser diferente.

MARIAS PATINS

ROBBIE HAMLET
Estou morto.
BOBBY HUGHES
Que jeito estranho de anunciar, mas ok.

KRIS HUDSON
Posso ficar com seu quarto?

JOE CARTER
Pode me dar o número da Lola?

ROBBIE HAMLET
Vai se foder, Carter.

NATE HAWKINS
Descanse em paz.

ROBBIE HAMLET
Olha ele aí.

NATE HAWKINS
Qual o teu problema?

ROBBIE HAMLET
Sabia que Tasi, Summer e Kitty moram no mesmo prédio?

NATE HAWKINS
Tá zoando com a minha cara?

ROBBIE HAMLET
Eu jamais brincaria com algo tão engraçado.

JAIDEN JOHAL
Maple Tower? Cacete. Acho que vou me mudar.

HENRY TURNER
Não entendi qual é o problema.

KRIS HUDSON
Elas são vizinhas, Hen.

HENRY TURNER
Tá... Mas nenhuma delas quer transar com ele, então qual é o problema?
Nenhuma delas vai chamar o Nate pra lá.

MATTIE LU
Atirou pra matar.

KRIS HUDSON
Certeza que Hawkins tá cansado.

JOE CARTER
Cansado de esperar Turner dizer que foi uma brincadeira kkkk

JAIDEN JOHAL
Tão ouvindo alguém chorando?

> **NATE HAWKINS**
> Vou pro time de basquete. Seus merdas.

> **HENRY TURNER**
> Vai ter mais chance com ela se for mesmo.

> **NATE HAWKINS**
> Por quê?

> **HENRY TURNER**
> Ela com certeza pega o Ryan Rothwell. Talvez prefira jogadores de basquete.

> **NATE HAWKINS**
> Você não sabe se isso é verdade.

> **HENRY TURNER**
> Sei sim. Ela me contou.

> **NATE HAWKINS**
> Por que caralhos ela te contaria isso?

> **HENRY TURNER**
> Porque eu perguntei.

> **JAIDEN JOHAL**
> Sem querer botar lenha na fogueira, capitão... Mas Rothwell com certeza já comeu Summer também.

> *NATE HAWKINS saiu do grupo Marias Patins.*
> *JOE CARTER adicionou NATE HAWKINS ao grupo.*
> *NATE HAWKINS saiu do grupo Marias Patins.*
> *MATTIE LIU adicionou NATE HAWKINS ao grupo.*

> **NATE HAWKINS**
> Babacas.

Eu gostava do Ryan Rothwell, até agora.

Tomo a decisão fácil e estratégica de colocar meu celular no bolso e tentar me concentrar em aprender alguma coisa, ou pelo menos aprender algo não relacionado a Ryan Rothwell e onde ele está se enfi... Foda-se.

Na verdade, me concentrar faz a aula passar mais rápido, mas assim que vejo JJ, desejo ter demorado mais. A partir do segundo que o vejo do lado de fora do laboratório até quando estacionamos no rinque, ele fica rindo de mim.

Felizmente, ele decide me dar privacidade para fracassar sozinho e promete esperar no carro até o resto do pessoal chegar.

Quando passo pelas portas duplas, ouço "Clair de lune" tocando nos alto-falantes da pista. Há outros patinadores por perto, mas apenas um casal no gelo, o que quer dizer que cheguei na hora. Largo minha bolsa de hóquei nos bancos e vou para a borda da pista, dando um "olá" educado para Brady quando ela me vê e resmunga.

Nunca tinha visto Anastasia patinar. Geralmente, quando um chega, o outro está indo embora, então nunca a vi treinando, mas hoje cheguei vinte minutos adiantado.

Ela é hipnotizante. Eu patino desde criança e nunca, nunca, me movi como ela agora. Nem parece que está patinando, parece flutuar; não consigo tirar os olhos.

Ela estica os braços na direção do Babacão. Eles nem olham um para o outro, mas têm uma conexão perfeita. Antes que eu possa entender o que está acontecendo, ela está no ar, apoiada em uma das mãos dele, girando, segurando a lâmina do patins para manter a perna erguida.

Acho que ele está prestes a deixá-la cair quando a abaixa rapidamente, mas de alguma forma ela gira no ar, uma combinação de movimentos que nem consigo acompanhar. Enxugo o suor das sobrancelhas quando seus patins voltam para o gelo e solto o ar que nem percebi que estava segurando.

Os dois aceleram, voando pelo gelo. Sei que algo está prestes a acontecer ao ver a postura de Brady mudar: ela segura as laterais do rinque com força e prende a respiração.

Tasi e Aaron estão se movendo em sincronia, ambos se virando para patinar de costas. Eles batem a ponta dos patins no gelo, girando em uma velocidade que meu cérebro nem consegue processar. Meus olhos sequer entendem o que está acontecendo até ver Aaron aterrissar, deslizando graciosamente para finalizar o movimento, e o corpo de Anastasia voa pelo gelo, batendo com força na mureta oposta do rinque.

Merda.

Já me empurraram contra tantas muretas que perdi a conta, mas estava usando equipamento protetor dos pés à cabeça. Ela está com uma legging e um top de manga comprida, que não a protegem de nada, nem mesmo de uma batida leve.

A música para de repente quando Aaron a ajuda a levantar, checando toda parte do corpo dela, inclusive o topo da cabeça, para onde ela aponta. Tasi o afasta quando ele tenta carregá-la e só aceita a mão dele para ajudá-la a patinar até a lateral onde Brady e eu estamos.

Sinto como se devesse ir embora, mas meu coração está apertado. Preciso saber se ela está bem, mesmo que não seja da minha conta.

O trajeto curto ao longo da pista dura uma eternidade. Eles finalmente chegam, e ela me olha, mas parece não saber quem sou, porque não demonstra nenhuma reação em seu rosto. Nem um pingo de irritação.

Ela deve estar realmente machucada para não ficar irritada com a minha existência. *Merda.*

Brady segura seu rosto de um jeito quase protetor, maternal, e o inclina para todos os lados até ficar satisfeita com o que vê.

— Vamos tirar da coreografia, Anastasia. Você vai fazer o triplo.

— O quê? — grita ela, confusa. — Tá tudo bem! Eu só preciso de um tempo. Vamos de novo. Eu vou acertar. Sei que vou.

— Anastasia, acabei de assistir você bater com toda a força contra uma estrutura sólida! Assunto encerrado.

Tasi olha para Aaron com a boca aberta, lágrimas se formando nos olhos. Ele passa o braço por cima dos ombros dela, puxando-a para seu peito quando ela começa a soluçar.

— Um triplo também é difícil, Tasi. Não há vergonha em abrir mão do quádruplo. Muita gente nem consegue fazer um triplo, e os seus são perfeitos.

Seu corpo inteiro treme, e ela leva as mãos aos olhos para enxugar as lágrimas. Seu corpo estremece com a dor de mover o braço esquerdo, o lado que absorveu o impacto.

— Mas eu consigo fazer o quádruplo. Estou trabalhando nisso há tanto tempo. Preciso tentar de novo. Eu errei na largada, mas posso consertar.

Os olhos dela se voltam para mim enquanto enxuga as lágrimas na manga. Tento lhe lançar um sorriso empático, mas fico horrorizado ao ver sangue escorrendo do seu cabelo e descendo pela têmpora.

É como se todos víssemos ao mesmo tempo. Todos nos aproximamos dela de uma só vez, sua expressão ficando mais confusa quando a examinamos.

— Treinadora, eu sei primeiros socorros — digo rapidamente. — Ela precisa ir ao hospital, mas a ferida precisa ser limpa e enfaixada antes.

Os lábios de Brady se apertam até formarem uma linha reta, e sua expressão é preocupada, mas ela concorda.

— Tasi — falo em um tom gentil. — Vou te carregar até a sala de primeiros socorros, ok?

— Por que está falando comigo como se eu fosse uma criança?

Aaron ri ao seu lado, passa a mão pelo rosto e olha para o teto com uma expressão no rosto de divertimento e desespero. O cara é um babaca, mas não dá para negar que se importa com ela. Parece preocupado e nem briga comigo quando começo a examinar o machucado.

— Fico feliz que esse galo na cabeça não tenha afetado sua personalidade cativante — brinco. — Vou te carregar porque você não está com protetores de lâmina nos patins. Além disso, se você for andando e desmaiar, vou ter que te segurar, e fico com medo de machucar mais essa área onde você já vai ficar com um roxo gigante. Posso te levantar?

Ela resmunga baixinho e concorda com a cabeça enquanto revira os olhos.

— Sou pesada — resmunga ela quando meu braço passa por baixo de suas pernas e ao redor de sua cintura.

Deixamos Brady e o Babacão para trás e ando em direção ao vestiário, onde fica a sala de primeiros socorros.

— Para com isso, Anastasia. Você não pesa nem metade do que eu puxo no aquecimento.

Ela se remexe em meus braços, e percebo que está tentando me dar uma cotovelada nas costas. Estou ocupado demais tentando abrir a porta com a minha bunda para me preocupar com a irritação dela. Depois de colocá-la na maca, dou um passo para trás e, assim que nossos corpos se separam, ela dá um soco no meu braço.

— Não me manda "parar com isso" quando estou machucada.

— Agora *eu* que tô machucado — resmungo enquanto seguro meu braço. — Meu Deus. Quem te ensinou a bater assim?

— O pai da Lola. Ele é treinador de boxe.

Pego os materiais que preciso do armário: soro fisiológico, gaze e uma bolsa térmica gelada; vai ser o suficiente até ela ir ao hospital. Lavo as mãos com cuidado, seco e pego luvas.

— Você não tem alergia a látex, tem?

Ela aperta os olhos, a boca comprimida em uma linha.

— Não, Nathan. Não tenho alergia a látex.

Seguro o riso, ignorando as conotações sobre látex que a fazem olhar desse jeito para mim.

— Que bom. Não quero adicionar uma reação alérgica à sua ficha médica.

Acho que consegui um sorriso dela, mas pode ter sido minha imaginação.

Começo com o sangue que começou a secar em seu rosto, então limpo a área com cuidado até chegar no cabelo. Devo ter chegado ao corte porque ela estremece, e sua mão puxa meu moletom.

— Desculpa — digo baixinho, tentando trabalhar o mais rápido possível e com um toque leve.

O sangue molhou seus cabelos, e toda vez que toco com a gaze, ela sai suja. Sua mão continua me segurando, os pés balançando no ar, e tudo indica que ela não gosta de estar nessa situação.

Preciso distraí-la, mas não consigo pensar em nada que não a faça se lembrar do fato de que está me evitando.

— Você é uma patinadora incrível, Tasi. Não consegui tirar os olhos de você.

— Até eu voar pelo gelo e tentar derrubar as paredes com meu corpo, né?

Os olhos dela encontram os meus, e agora tenho cem por cento de certeza de que vejo um sorriso; não é minha imaginação.

— Sim, até essa tentativa de demolição foi impressionante.

— Obrigada — responde, olhando para as mãos. — Por que chegou aqui tão cedo?

Junto as gazes usadas agora que o ferimento está o mais limpo possível e jogo no lixo hospitalar. Não sei como responder sem estragar esse momento seminormal e gostoso que compartilhamos.

— Eu queria te ver. Você andou me evitando, e queria checar se está tudo bem. Pode levantar o braço esquerdo pra mim? Foi esse lado que bateu na parede, certo?

— Sim — repete ela, ignorando o resto do que falei. Ela faz uma pequena careta, mas o movimento está normal, e não parece ter quebrado nada. Prendo a bolsa gelada no ombro dela onde está mais inchado e dou mais uma olhada.

— Deixe a bolsa gelada por no máximo dez minutos, tá bom? Está se sentindo tonta? — Ela nega com a cabeça. — Enjoada? Com dor de cabeça? Zonza ou confusa? — Ela nega de novo e dessa vez arqueia uma sobrancelha também.

Me abaixo para desamarrar seus patins e os coloco atrás dela.

— Quero que você vá ao hospital. Eles precisam fazer uns testes pra se certificar de que está tudo bem, e você precisa descansar esse fim de semana.

Ela ri alto, tampando a boca com a mão.

— Desculpa, isso foi grosseria. É que eu tenho uma competição amanhã. Não posso descansar.

— Anastasia...

— Vou ficar bem. Terminou, dr. Hawkins? — pergunta ela, se soltando de mim e tentando sair da maca.

Por instinto, minhas mãos seguraram seus quadris para mantê-la de pé, mas a solto na hora, como se fosse feita de lava. Seus olhos se encontram com os meus, e reparo uma incerteza em seu olhar.

— Nate, eu...

A porta se abre e o Babacão entra carregando uma bolsa rosa. Como se eu precisasse de mais motivo para acabar com esse cara. Ele coloca a bolsa atrás dela, entrega um par de tênis, e ela os calça. Examina a cabeça de Anastasia como se soubesse o que estava fazendo.

Otário. Acho que ele estuda história ou alguma coisa assim.

Por causa da situação da Tasi, eu ignoro nossos problemas pessoais e sou educado:

— Você pode levá-la ao hospital?

Ele responde com um "uhum" distraído, e nem se dá ao trabalho de olhar para mim quando pega a bolsa dela de novo e tira um suéter da UCMH de dentro.

— Não deixe ela dormir antes de chegar ao hospital, e peça para a Lola ficar de olho nela mais tarde, quando estiver dormindo.

— Eu fico de olho — responde ele, casualmente, guardando os patins dela na bolsa.

— Não, quis dizer à noite, quando ela for dormir.

— Eu sei — diz ele, falando devagar como se eu não entendesse. — Eu fico de olho nela. Você sabe que a gente mora junto, né? Meu quarto é tão perto do dela quanto o da Lo.

Que porra é essa?

— Ah, ok — respondo, tentando não demonstrar o choque na minha voz. — Melhoras, Tasi. Boa sorte amanhã pra vocês.

— Você também — responde o Babacão.

Estranho.

Anastasia olha por cima do ombro e me observa por um segundo antes de ir embora. Quando termino de limpar a sala e vou até onde os rapazes estão esperando, eles já sabem o que aconteceu e me lançam olhares de falsa empatia.

— A coitada prefere ter uma contusão do que falar contigo, Hawkins. É foda, irmão — diz Robbie, que ouve um monte de risadinhas em resposta.

— Ei, engraçadinho — respondo. — Sabia que o pai da sua garota é boxeador?

Ele fica pálido.

— Por favor, que seja uma piada.

— Ah, eu jamais brincaria com algo tão engraçado.

Capítulo onze
ANASTASIA

Se tem um dia em que eu me sinto extremamente grata por Aaron, é em um dia de competição.

Em contraste ao meu jeito nervoso e ansioso, Aaron fica calmo e relaxado, falando para mim que vai dar tudo certo. Enquanto isso, estou vomitando de tão ansiosa.

Como já esperado, pelo menos por ele, deu tudo certo, e vamos para as seccionais. Brady até brincou que eu patinei melhor do que nunca graças ao meu ferimento na cabeça.

Vai entender.

Eu sempre fico assim: quanto mais velha fico, mais tenho em jogo e mais ansiosa fico. Aaron continua tão calmo quanto na época que começamos a patinar, no primeiro ano, talvez até mais. Acho que a diferença é que ele nunca deixou de se classificar para uma competição, nunca caiu nem saiu voando pelo gelo, e, ainda bem, nunca me derrubou.

Ele nunca se deu um motivo para não se sentir confiante.

Passamos por isso hoje, mas a pressão para as seccionais mês que vem aumentaram. Se passarmos, vamos para o campeonato nacional em janeiro.

Desde o primeiro dia, Brady ficou irritada comigo por não ter me esforçado mais quando era mais nova. Ela disse que tenho talento e não entende por que nunca fui para campeonatos internacionais antes. A resposta sincera é que meu parceiro da época, James, não era bom o bastante, e eu não queria encontrar outra pessoa porque eu o amava.

Ela descreve isso como um "absurdo".

— Você foi incrível hoje — diz Aaron, olhando para mim do banco do motorista. Geralmente viajamos com Aubrey, mas Aaron foi dirigindo hoje, já que a competição era perto de casa. — Mal posso esperar para mostrar o vídeo para Lo.

Depois de algo assim, Lola sempre exige uma descrição detalhada da nossa apresentação. Ela disse que viria nos ver ao vivo, já que era perto, mas Robbie pediu para ela assistir ao primeiro jogo em casa da temporada do Titans.

Eu estava esperando Aaron agir como um babaca quando ela comentou isso de manhã, mas ele estava com uma atitude bem positiva e disse que ela sempre poderia ver a próxima.

— Você também. Não teria conseguido sem você.

— Somos um bom time, Tasi. Brigamos às vezes, mas não conseguiríamos fazer isso com outras pessoas. Não seria a mesma coisa.

Infelizmente, preciso concordar.

— Eu sei.

— Vamos longe, Tasi. Tenho certeza. Se continuarmos assim, e você seguir o seu plano alimentar, vamos arrasar.

— Quer jantar ou algo assim? Duvido que a Lola já tenha voltado do jogo do Titans.

— Não dá, foi mal. Combinei de sair com Cory e Davey; vamos sair pra beber.

Meu celular vibra no apoio de copo, eu pego e vejo o nome de Lola na tela.

LOLS
Teu boy é lindo demais, socoooooorro.

        Ele não é meu boy.

Pois devia. Ele acabou de empurrar alguém na parede e juro que senti alguma coisa aqui.

        O que tá acontecendo?

Sei lá. Não entendo nada de hóquei ainda.
Robbie está de terno e gritando com todo mundo 🎤

        Uau. Eles estão ganhando?

Sim! Nate está deslizando pelo gelo que nem deslizou pela sua pepeca.

        Te odeio.

Vem brincar com o taco dele, Tasi.

        Te bloqueando agora.

> Quer sair mais tarde pra comemorar?

> Não se for com o time de hóquei.

> Estou ansiosa para ver você mudar de ideia 😏

Conheço Lola o bastante para saber que não adiantava tentar evitar os rapazes. Pode ser divertido porque, infelizmente, gosto de muitos deles.

Eu disse para ela que de jeito nenhum iria no aniversário de Robbie semana passada, depois tive que ficar lá, sentada, observando o sorriso presunçoso dela me maquiando para uma festa que eu disse com absoluta certeza que não iria.

Se ela e Aaron vão sair hoje, não tem por que eu ficar em casa sozinha, né?

— Tudo bem. Lo mandou mensagem dizendo que quer sair hoje — digo para ele, colocando o celular de volta no apoio de copo.

— É típico da Lola se envolver com um jogador de hóquei — reclamou ele, olhando para o retrovisor antes de fazer a curva. — Pelo menos o Rothwell não é um babaca completo.

Faço uma nota mental para me lembrar disso. Ryan vai ficar feliz de saber que é apenas um pouco babaca, e não por completo.

Apesar de quaisquer sentimentos que tenho ou tive sobre jogadores de hóquei, Robbie é ótimo para Lola. Ele é carinhoso e gentil, e o mais importante de tudo: ele a trata com o respeito que ela merece. Até os pais dele foram muito legais quando ela os conheceu por acaso, a prova de que Robbie teve uma boa criação.

Diferente de certas pessoas que eu conheço.

— Ele a faz feliz e isso não é da nossa conta.

— Vai ser quando ela acabar grávida e sozinha.

— Isso não… — Não vale a pena falar. — Vai dar tudo certo.

— Você deveria ficar longe deles, Tasi. Não são gente boa. Você não tem que fazer tudo que Lola fala.

Minha resposta está na ponta da língua, mas eu a engulo, fazendo o que precisar para não estragar o que seria um ótimo dia.

— Aham.

Nem me dou o trabalho de dizer que vou passar a noite com aquelas mesmas pessoas que ele quer que eu evite. Apesar de não querer passar um tempo comigo, ele também não quer que outros passem.

— Estou tentando cuidar de você, Tasi. Eu gosto de você. Somos parceiros para além da patinação. Você faria o mesmo por mim.

Eu passo pano para Aaron pelo apego que sinto aos momentos bons que passamos juntos. Ele realmente se importa comigo e com Lola. Mas às vezes, como agora, ele diz coisas que me fazem questionar seus motivos.

Tem situações em que a possibilidade de ele falar qualquer coisa ruim sobre uma de nós é impossível. Quando é absurdamente leal e protetor, sem ser tóxico, e ficamos os três aninhados juntos na sala de estar, rindo e assistindo a filmes.

E aí tem ocasiões, como agora, em que essa veia maliciosa aparece. Às vezes, vem do nada e me atinge como um chicote, e isso me faz questionar se o conheço de verdade.

Espero o carro parar do lado de fora do nosso prédio antes de me inclinar para abraçá-lo.

— Também gosto de você, Aaron.

Estou quase pronta quando Lola entra de repente no meu quarto, chapada de uma mistura de cerveja com jujuba.

— Eu amo hóquei! — Não é difícil de acreditar, já que ela está vestindo a camisa do uniforme e uma touca do Titans, e estou com um pouco de inveja de não poder ter ido. — Claro que não tanto quanto amo patinação no gelo. Mas o hóquei é mais dramático; foi como uma ópera, mas com tacos. Estou viciada. — Ela olha ao redor e percebe que estou sozinha em casa. — Cadê a Princesa do Gelo?

— Bebendo com amigos. Perguntei se queria jantar comigo, mas ele disse que não. Ah, e que os meninos do hóquei são uns merdas e não tenho que fazer o que você manda, o que é uma grande novidade.

Ela resmunga, se jogando no sofá ao meu lado.

— Sério, esse cara é tão dramático. Vamos pro Honeypot, não nos casar.

O Honeypot é a balada mais famosa de Los Angeles. É superdifícil de entrar; só conseguimos porque Briar, nossa vizinha, trabalha lá. Lola tomou como missão pessoal ficar amiga dela quando descobriu que morávamos no mesmo prédio.

Lo odeia fazer exercício. Não, mais do que isso. Lo odeia exercício de corpo e alma, mas ela foi para a academia todo dia até conquistar Briar.

Ela sempre foi sincera sobre seus motivos, e, por sorte, Briar achou isso engraçado. Toda vez que vamos para a balada, Lo me faz comprar um drinque para ela em reconhecimento de seu sacrifício.

— Sem casamento? Então não é para eu usar meu vestido de madrinha? — Eu termino a provocação cutucando-a bem onde ela sente cócegas.

— Para! — ela me implora e se afasta. — Não pode me cutucar depois do tanto de cerveja que bebi. — Lo se espreguiça, tira os tênis e pega o cobertor jogado no sofá. — Assim que eu tirar uma sonequinha vou começar a me arrumar. Prometo.

A sonequinha de Lola vira uma soneca de verdade, e passei os últimos quarenta e cinco minutos ouvindo-a xingar e correr pelo apartamento, se arrumando às pressas.

Ela está colocando a culpa em mim, mas não se lembra de como me xingou cada uma das cinco vezes que tentei acordá-la.

Fico perdida em meus pensamentos enquanto espero, e não consigo ignorar o fato de que estou nervosa com a possibilidade de encontrar Nate. Ele pediu a Robbie para mandar mensagem para Lola me desejando boa sorte, o que foi fofo.

Está na hora de fazer as pazes. Está na cara que ele é um cara legal, como todo mundo disse. Agora que já se passou uma semana, tive tempo para processar e não me sinto envergonhada com minha falta de autocontrole semana passada.

Somos adultos. Às vezes, adultos deixam outros adultos provarem que não precisam de instruções para achar um ponto G. É normal.

— Ok, tô pronta!

Lola está incrível em um vestido sem alças midi preto da Max Morgan. É o que ela sempre veste quando não sabe o que vestir; diz que precisa fazer o vestido valer o quanto pagou nele. Ela comprou ano passado em um passeio raro na Rodeo Drive. É lindo, mas o pai dela não ficou feliz quando recebeu a fatura do cartão de crédito.

Seu cabelo está liso e caindo pelas costas, ao contrário dos cachos que costuma usar, e ela fez um delineado perfeito que destaca os seus olhos. Ela me encara e sorri:

— Sei que estou gata, mas temos que ir. Faz cinco minutos que Steve está esperando.

Ao cruzar o saguão em direção ao Uber que nos espera, Lola ri sozinha, algo muito suspeito.

— O que foi?

— Nada.

— Lola...

— Estava me perguntando se alguém ia tirar sua calça hoje, mas percebi que você não está usando calça.

— Você tem doze anos.

— Como é?

— Você deveria pedir desculpas.

Ela pisca e segura a porta do carro para mim.

— Você quer que eu fique de joelhos e implore pelo seu perdão?

— Te odeio.

— Claro que odeia. Assim como demonstrou seu ódio por Hawkins gozando na cara dele.

Steve, o motorista do Uber, quase se engasga, mas não fala nada. Isso é o suficiente para eu lhe dar cinco estrelas quando nos deixa na festa.

O Honeypot está lotado, como sempre está aos sábados à noite. Conversamos com Briar um pouco antes de alguém falar com ela pelo fone de ouvido e ela ter que sair correndo para resolver a situação.

Os meninos reservaram uma das cabines da área VIP, prontos para comemorar a primeira vitória da temporada. Estou muito empolgada para ver Henry; acho que não preciso explicar por quê.

Parece que não somos os únicos que colhem os frutos de uma amizade com Briar. Quando Lola me falou sobre a cabine mais cedo, também disse que Nate tinha dado um jeito para que Henry não fosse barrado por causa da idade. Nate sabia que Henry não iria para uma festa de faculdade sem eles, e não queria que ele ficasse sozinho em casa.

Tento não pensar no quanto isso é fofo.

Comprei o drinque da Lo e agradeci pela milionésima vez pelas seis semanas que ela passou na academia. Indo para a cabine, sinto um frio na barriga.

Bobby é o primeiro a nos ver e nos esmaga com um abraço.

— Que bom que vocês vieram! — grita ele, mais alto que a música.

Mattie vem em seguida e mostra seu olho roxo com orgulho. Ele conta os detalhes da briga aos berros, olhando para Lola em busca de confirmação de que o confronto foi mesmo tão legal quanto ele está descrevendo.

Os outros rapazes estão conversando, esperando conseguir levar alguém para a cama ao fim da noite. Mas por acaso está faltando uma pessoa, o que não me incomoda. A única pessoa com quem vou voltar para casa hoje é Lola. Eu disse isso no Uber vindo para cá. Ela me respondeu com um "Ah, tá" e continuou a trocar mensagens com Robbie.

Estou na parte mais tranquila da balada com Joe e Kris, observando Henry conversar com duas mulheres. O melhor jeito de descrever como me sinto é em choque. Elas são lindas pra caralho, estão jogando o cabelo para trás enquanto riem de tudo que ele fala. *O que ele está falando para elas? Cadê o Henry quietinho que eu conhecia?*

Joe ri da minha expressão de choque.

— É assim toda vez que a gente sai. Todas as mulheres o amam.

Não brinca.

Kris bufa e vira seu copo de Coca-Cola com uísque.

— Eu só queria saber como ele faz isso pra eu poder fazer também.

Estou ocupada ouvindo as teorias deles e não percebo quando sinto mãos pousarem na minha cintura e uma respiração no pescoço.

— Você não deveria beber. Teve uma contusão.

Eu me viro para encará-lo e imediatamente vejo um corte feio na bochecha dele. Chego mais perto e passo o polegar com cuidado no corte.

— Tentou fazer um quádruplo Lutz também, não foi?

Nate ri, e o corpo dele estremece contra o meu.

— Pois é. Parecia fácil, então achei que valia a pena tentar.

Meu corpo está vibrando com a proximidade entre nós. Não, é o álcool. Com certeza é o álcool. Não estou nervosa com a nossa proximidade. Também não me incomoda o jeito como ele está sorrindo para mim.

Anastasia Tranquilíssima Allen.

— O que aconteceu? — pergunto, tentando manter a conversa rolando para não surtar.

Ele leva o copo à boca e sorri.

— Parece que o pessoal de Washington não é muito gentil.

— Que mentira deslavada, Hawkins. Somos mundialmente famosos por sermos gentis.

Ele dá de ombros e continua a sorrir.

— Você vai precisar me dar provas disso, porque tá difícil de acreditar.

— Prepare-se para ficar deslumbrado.

— Já estou deslumbrado com você, Anastasia — diz ele, piscando. Em seguida, dá um passo para o lado e vai para a cabine.

O que foi isso?

Capítulo doze

NATHAN

Nada melhor para o humor do que ganhar o primeiro jogo da temporada.

Jogamos demais. Foi bom pra cacete voltar a jogar com os caras e levá-los à vitória. Até Faulkner ficou feliz, e ele nunca fica feliz, então devemos ter jogado tão bem quanto acho.

Estávamos ansiosos para provar para ele que, apesar das merdas que aconteceram nas últimas semanas, todos merecemos estar no time.

O treinador e Robbie nos sentaram ao redor de uma mesa e nos fizeram analisar o jogo enquanto tudo ainda estava fresco na nossa cabeça. Essa é a parte que costumo odiar, especialmente depois de uma vitória, que é quando eu quero comemorar com uma cerveja (ou dez).

Meu corpo, cheio de adrenalina, não quer ficar fechado em uma sala e analisar cada passe e ponto feito. É assim que o pessoal se sentia ao se sentar: dava para notar, pelas pernas balançando e cabeças acenando para cada palavra do treinador.

Pela primeira vez na vida, eu estava calmo.

Não posso cometer erros este ano; tudo tem que ser perfeito.

Robbie queria terminar cedo, seus olhos disparando toda vez que o *smartwatch* acendia. Eu sabia que Lola estava em algum lugar por aqui usando o uniforme que mandei para ela.

Os rolês pós-jogos sempre foram históricos. Começamos com uma festa na avenida das fraternidades, que não é meu lugar favorito, mas já que metade do time é menor de idade e não pode ir para uma balada, é legal beber com eles antes de nos separarmos.

Depois, vamos para o Honeypot que é, na minha opinião, a melhor balada em West Hollywood. B, a colega de quarto da Summer e pior mixologista da Terra, trabalha lá e reserva umas mesas para nós.

Agora que Henry mora com a gente, B fez um acordo secreto comigo para deixá-lo entrar sem mostrar a identidade, já que ele ainda não tem vinte e um anos. Tive que prometer nunca contar para ninguém, senão metade do campus iria aparecer na porta dela, e em troca, eu guardo os melhores lugares dos jogos em casa para ela, Summer e Cami.

É uma promessa fácil de manter, porque se o resto do time soubesse o que eu estou fazendo por Henry, nunca mais teria um dia de paz.

Poucos minutos depois de chegarmos, a cabine já estava cheia de garrafas e, obviamente, depois de alguns drinques, metade do time estava bêbado.

JJ e Robbie parecem estar tendo uma conversa muito séria, cheia de tapinhas nas costas e soquinhos nos braços. Eles brindam toda hora e não faço ideia do que estão celebrando.

Joe e Kris ainda estão observando Henry como se ele estivesse no Discovery Channel, tentando desesperadamente aprender suas manhas.

Bobby, Mattie e mais alguns caras sumiram para fazer amizade com um grupo de uma despedida de solteira do outro lado da pista.

Finalmente, JJ e Robbie se afastam e me encaram enquanto continuo a observar as pessoas e beber. JJ ri e aponta com a cabeça para onde Anastasia e Lola estão dançando.

— Já vacilou com ela hoje?

— Provavelmente.

Nem me dou o trabalho de mencionar meu plano de conquistá-la, ou como ela ficou surpresa quando me aproximei dela e depois a deixei sozinha com meus amigos. De agora em diante, ela vai ter que vir até mim.

HORAS SE PASSARAM E só consigo pensar na sua pele bronzeada, macia e brilhante. Ela está usando um vestido lilás que é tão apertado que parece cobrir o seu corpo como uma segunda pele.

O decote desce por entre os seios dela e é nesse momento que perco qualquer capacidade de descrever o que ela está vestindo, porque assim que meus olhos viajam pelo material fino cobrindo seus peitos, todo o sangue da minha cabeça vai para o meu pau.

O cabelo castanho-claro dela está ondulado, caindo pelas costas e parando logo acima da curva da bunda dela, uma bunda que sei que é uma delícia de apertar. Ela rebola no ritmo da música, sorri e leva a bebida até a boca.

A música se mistura com a próxima; vejo ela cutucar Lo e apontar para a cabine, o que significa que posso parar de encará-la como um psicopata. Eu teria ido dançar com ela, mas não quero ser o cara que invade o espaço pessoal de uma garota quando ela está curtindo um momento com uma amiga. Tenho que seguir o plano e não vacilar. Sem falar que não sei dançar.

Quando os rapazes percebem que a maioria das mulheres da despedida de solteira é casada, voltam para nossa mesa com os rabos entre as pernas, e as garrafas ficam vazias bem mais rápido.

Lola aparece primeiro, as bochechas coradas por causa da bebida e um sorriso bêbado no rosto. Ela olha para Robbie como se ele fosse a melhor coisa que já viu na vida, corre para pressionar a boca na dele e se senta em seu colo.

Ele passa a mão pelo queixo dela e murmura algo que a faz enfiar o rosto no pescoço dele.

Anastasia está logo atrás, parecendo ainda mais linda de perto. Os olhos dela avaliam a cabine à procura de um lugar para se sentar, e faz uma careta ao ver que está cheia de jogadores de hóquei de quase cem quilos, mas quando seus olhos param em mim, ela me analisa de cima a baixo sem disfarçar.

Enquanto faz isso, morde o lábio inferior e os dedos batucam no copo que está segurando. Estou prestes a convidá-la para se sentar comigo, mas ela se inclina e sussurra algo no ouvido do JJ.

Pego Kris batendo no peito de Mattie para chamar sua atenção e depois apontando para ela. Lanço um olhar mortal para ele.

O vestido dela mal cobre a bunda, e estou a um milésimo de segundo de correr para cobri-la com meu casaco. Ao se esticar de novo, rindo de algo que Jaiden disse, ela coloca o cabelo atrás da orelha e me lança um olhar por cima do ombro.

JJ abre bem as pernas, deixa Anastasia se posicionar no meio delas e se sentar no colo dele. Ela coloca um braço ao redor do pescoço dele e fico surpreso de ainda não ter quebrado o copo em minha mão, considerando a força com que estou segurando.

Foda-se o plano. O ciúme está me deixando louco. Eu viro o restante da bebida, deixando o álcool gelado apagar o calor que sobe pelo meu peito.

Antes que consiga compreender essa demonstração bêbada e ciumenta, estou de pé e passando por cima das pernas dos meus colegas de equipe. Ou ela está tentando me irritar ou não está nem aí para mim; de qualquer forma, estou a um palmo de distância dela agora.

Eu me inclino para ela, minha boca a milímetros do seu ouvido, e pergunto:

— Quer dançar comigo?

Sinto um calor se espalhar pelo meu corpo quando ela dá de ombros, porque amo suas reações. Me afasto para dar espaço para ela. Em vez de se levantar, ela olha por cima do ombro, a língua passando pelo lábio inferior e molhando-o, os olhos azuis brilhando para mim:

— Pode ser. Só peça com jeitinho.

Ela sorri quando um riso de choque sobe pela minha garganta. Estico a mão, ela aceita e me deixa ajudá-la a levantar.

Eu sei que o time inteiro está assistindo a essa novela, mas foda-se. O corpo dela se molda ao meu, o rosto muito mais perto graças aos saltos altos. Tenho certeza de que esses são os sapatos que deixaram marcas nas minhas costas, e quando meu pau começa a se erguer, me lembro de que não é uma boa hora para pensar nisso.

— Estou pedindo com jeitinho. Quer dançar comigo?

— Só porque você ganhou a partida hoje — ela responde com um brilho malicioso no olhar.

Ela coloca nossas mãos dadas na altura do cóccix e nos guia pela pista de dança.

Caralho, nem sei dançar. Só sei que quero sentir o corpo dela no meu, e se ficasse mais um segundo vendo-a tocar em JJ, iria arrancar a cabeça dele.

Chegamos no meio da pista, onde as luzes piscam, mas ela continua andando, me guiando em meio aos bêbados, até uma área escura aonde as luzes da balada não chegam.

— Nosso público vai ter que achar outra coisa pra assistir.

Apesar de todo o álcool no meu corpo agora, tenho total ciência da sensação do corpo dela contra o meu.

— Não sei dançar.

— Eu te ensino.

A música muda para algo mais lento, sombrio e sexy. O corpo dela se vira, a bunda encostando em mim com tanta força que não tem mais espaço entre nós. A cabeça dela se apoia em meu ombro e ela guia minhas mãos pelo corpo até meus dedos pousarem nas coxas dela.

Balançando de um lado para o outro no ritmo da música, a sua bunda roça em mim até eu ficar com o pau tão duro que chega a doer, e não tem como ela não ter percebido. Inclino a cabeça por cima do ombro dela e sinto seu cheiro doce.

— Caralho, você vai me matar, Tasi — murmuro contra seu pescoço. As mãos dela se entrelaçam por trás da minha cabeça e se cruzam, e, quando olho para baixo, para seu corpo, consigo ver seus mamilos duros pressionando o tecido leve do vestido.

Queria que não estivéssemos em uma balada lotada. Queria que estivéssemos em casa para eu poder passar as mãos nesses mamilos ou enfiar a cabeça entre as coxas dela, torcendo para que estivesse sem calcinha de novo.

Estou quase ofegante, meu corpo parece estar pegando fogo. Depois da vitória de hoje, não achei que poderia me sentir mais feliz, mas ouvir os gemidos de satisfação que Tasi solta quando passo as mãos em seus quadris e sussurro em seu ouvido o quanto é gostoso sentir o corpo dela contra o meu... Com certeza é bem melhor.

Estou agindo como se nenhuma garota tivesse se esfregado em mim antes, como se nunca tivesse ido para o canto escuro de uma balada com uma mulher bonita. Ainda assim, a atenção de Anastasia parece uma espécie de prêmio.

A música termina e ela se afasta de mim. Quando se vira, seu rosto está corado, o peito arfando, a pele brilhando. Passo um dedo por suas maçãs do rosto, sinto o calor emanando na minha pele, e vejo os olhos dela se arregalarem quando seu olhar se conecta com o meu.

Eu encosto em seu pescoço, os dedos na sua nuca, e sinto sua pulsação descompassada sob o meu polegar. Vê-la dessa maneira é meu vício. Da maneira como ela fica quando esquece esse joguinho que estamos fazendo, quando seus olhos me engolem, suas mãos agarram a parte da frente da minha camisa como se estivesse com medo de que eu fosse sair correndo.

Nossos rostos estão quase se tocando; sinto a respiração dela em meus lábios.

— E aí, casal? Prontos pra ir embora? — Lo grita às minhas costas. Minha testa toca a de Tasi e me sinto arrependido por não ter aproveitado o momento.

Ela solta minha camisa, dá um passo para trás, os dedos sobre os lábios.

— Sim, vamos.

Se sentir o corpo de Anastasia roçando em mim na balada foi um prêmio, ficar com ela sentada em meu colo no Uber de volta para casa é meu castigo.

Eu dei cinquenta pratas a mais para o motorista levar todo mundo. Senão, teríamos que pedir outro carro só para duas pessoas. Henry e Bobby estão na frente com o motorista; JJ, Kris e Robbie estão no banco do meio e Lola está atravessada entre eles; estou no banco de trás com Anastasia no meu colo.

Ela queria se sentar no colo de Henry, mas ele foi muito educado e recusou. Então, agora, ela não para de se mexer, se inclinando para a frente para falar com Lola, e estou aqui: observando como a curva da cintura dela se ergue sobre sua bunda e tentando não pensar em como minhas mãos encaixariam ali se eu estivesse me... Deixa pra lá.

— Tasi, você precisa se encostar. Eu tenho que passar o cinto de segurança em você — digo com cuidado, puxando seus ombros de leve.

Ela não resiste; se recosta no meu peito e me deixa colocar o cinto. Eu não sei onde colocar as mãos, então seguro no assento para tentar não complicar a situação.

— O que você tá fazendo? — pergunta ela, virando a cabeça até o nariz tocar minha mandíbula.

— Como assim? — Apesar de o carro estar cheio de gente rindo e gritando, estamos sussurrando.

Ela me cutuca com o nariz.

— Você não tá encostando em mim... — Suas mãos correm por meus antebraços até onde minhas mãos estão apertando o banco, e as colocam ao redor de si. Ela solta uma risada maligna. — E tá de pau duro.

Não consigo controlar o gemido de vergonha que escapa de mim.

— Sim, meu pau tá duro porque não entende que essa rebolada que você tá fazendo não é pra ele.

Se isso é possível, ela relaxa ainda mais o corpo contra o meu, entrelaça nossos dedos e os coloca sobre as coxas. Com isso eu consigo lidar. Se ela não rebolar nem se mexer, consigo chegar a Maple Hills. É só ficarmos assim, relaxados e de mãos dadas. Tranquilo, sem estresse.

— Não sei se essa informação vai te ajudar a não se sentir tão envergonhado... — sussurra, movendo nossas mãos direitas para a parte interna da perna até eu sentir o calor irradiando do ponto em que suas coxas se encontram. — ... mas eu tô muito molhada. — Abrindo as pernas, ela aproxima mais nossas mãos. — E sem calcinha.

Capítulo treze
ANASTASIA

A escuridão no banco traseiro deste Uber está me deixando mais confiante do que deveria.

Talvez seja o álcool, ou a felicidade de ter me qualificado hoje; talvez seja como o corpo do Nathan se encaixa no meu e como ele está inflando meu ego me falando que eu sou a pessoa mais gostosa que já viu na vida.

A mão dele está a poucos centímetros de tornar essa corrida muito mais interessante, mas, em minha defesa, eu tentei evitar que isso acontecesse. Tentei me sentar com Henry, alguém que eu sabia que faria de tudo para que nos tocássemos o mínimo possível.

Porra, ele provavelmente teria me forçado a me sentar no chão do banco do passageiro, e por mim, tudo bem. Mas agora, aqui estou, lidando com as consequências das minhas ações, com minha boceta molhada e latejando, e uma culpa que não é de mais ninguém além de mim mesma.

Meus quadris me traem e começam a se mexer sozinhos, e eu solto um gemido desesperado quando Nate começa a mover lentamente os dele para a frente, nossas mãos ainda entrelaçadas no meio das minhas pernas.

Sua outra mão está na minha coxa, e eu instintivamente ergo o braço para enfiar os dedos em seu cabelo escuro. Minha respiração desacelera quando ele espalma a mão contra meu corpo e passeia com ela pela minha barriga, pelo meu peito, circulando o mamilo, mas de um jeito muito suave, que não alivia minha vontade.

— Nathan… — gemo, impaciente. O riso dele é sombrio e malicioso, e me diz que não está nem aí para o que eu quero que faça. Ele passa a mão pelo meu outro peito, com o mesmo toque leve que me faz arquear as costas para sentir mais. — Nathan, por favor…

Uso a mão ainda em seu cabelo para puxá-lo, tentando ignorar os arrepios que percorrem a minha pele toda vez que seu hálito quente toca meu pescoço.

Finalmente, seus dedos apertam meus mamilos duros, ele empurra minha cabeça para o lado com o nariz, a barba por fazer me arranhando o pescoço, e ele começa a mordiscar minha orelha.

— Você só gosta de mim quando está bêbada e com tesão — sussurra.

— Não é verdade. — Finalmente solto a mão entre minhas pernas, deixando que ele acaricie minha coxa com cuidado. Me viro para olhar para ele, e seu olhar sombrio e perdido encontra o meu. — Eu nunca gosto de você.

Os lábios dele encontram os meus e sua mão segura a parte da frente da minha garganta. É forte e intenso, avassalador e quente, e muitas outras coisas que meu cérebro não consegue processar no momento. Ele aperta minha garganta enquanto explora minha boca com a língua, e geme quando meus dentes mordem seu lábio.

Não é o bastante; eu quero, preciso dele mais perto. Ele relaxa a mão e passa a boca pelo meu queixo, beijando e chupando meu pescoço, e sua voz fica rouca à medida que roço meu quadril nele.

— Não pode dizer que não gosta de mim quando consigo sentir que até suas coxas estão molhadas, Anastasia.

— Você sentiria isso na sua mão se fizesse *algo* a respeito.

Estou prestes a fazer algo eu mesma, apesar de não ter certeza de como ficaria nossa relação meio amigos, meio inimigos, depois que eu me masturbasse no colo dele. Uma pessoa normal ficaria preocupada com o público, mas eu poderia gritar até estourar os vidros das janelas e nenhum dos nossos amigos iria notar, de tão bêbados que estão. Além dos altos níveis de álcool, começa a tocar "Cruel Summer", da Taylor Swift, no rádio do carro, e Kris colocou o volume no máximo.

Estamos no nosso mundo particular aqui atrás; a temperatura sobe, o ar fica mais pesado, a tensão rouba todo o oxigênio dos meus pulmões.

Nem sei dizer quanto falta para chegarmos no campus ou quanto tempo faz que estamos no carro, eu no colo dele. Seus joelhos fazem os meus se abrirem mais, a boca se aperta na minha de novo, com mais força, mais vontade, e seu nariz roça contra o meu.

— Vai ser boazinha e ficar quieta?

Concordo com a cabeça, pronta para finalmente sentir seus dedos longos e grossos dentro de mim. Em vez disso, ele só passa o dedo de leve no meu clitóris inchado, e não consigo controlar o suspiro indignado que solto.

— Estou quase resolvendo a situação sozinha. Me avisa se não souber o que está fazendo, Nathan.

Da última vez que tentei provocá-lo dizendo que ele não conseguia dar prazer a uma mulher, ele provou que eu estava muito, muito errada.

Nate enfia a mão livre em meu cabelo, na base da cabeça, e o puxa para me forçar a encará-lo. Ele aumenta a pressão no meu clitóris, e solto um gemido, baixando o queixo ao sentir a onda de prazer se desenrolar pelo meu corpo tenso e frustrado.

Ele muda o jeito como segura meu cabelo e puxa com força.

— Um dia, eu vou foder essa sua boquinha, e você vai deixar de ser essa garota malcriada, mandona e impaciente.

Ele cobre minha boca com a dele, engolindo meu gemido quando seus dedos me penetram, forçando a entrada.

Não devia ter prometido que ficaria quieta.

O barulho molhado dos dedos de Nate entrando e saindo de mim deveriam ser o suficiente para todo mundo saber o que está rolando sem eu precisar falar nada. A música continua a tocar no último volume, nossos amigos não nos dão um pingo de atenção, e um prazer quente e familiar cresce em mim.

— Sua boceta é tão perfeita — diz ele no meu ouvido. — Molhada e apertadinha.

Meus quadris se movem contra a mão dele, enquanto pedidos e gemidos incoerentes escapam da minha garganta. Meus joelhos tentam se fechar, meu corpo tentando se proteger do clímax que se aproxima.

Nate usa as próprias pernas para manter as minhas abertas, e me sinto prestes a desmaiar.

— Vai gozar pra mim? Goza na minha mão, Anastasia, me mostra como vai ser quando eu meter meu pau em você.

Soltando meu cabelo, ele tapa minha boca com a mão para conter os barulhos que faço quando o orgasmo me domina, e parece mesmo que estou tentando quebrar os vidros das janelas.

Cada pedacinho de mim está tremendo, ondas de prazer me percorrendo até meus olhos revirarem e minhas costas arquearem. Ele continua metendo os dedos até os espasmos pararem e eu relaxar, mole e satisfeita, recostada no peito dele.

Ele tira os dedos com cuidado e beija minha têmpora úmida.

— Abre a boca — diz ele com um brilho curioso no olhar.

Faço o que ele diz, feliz demais para questionar algo, e espero de boca aberta. Ele coloca os dois dedos molhados na minha língua, e sinto o sabor do gozo, ao mesmo tempo doce e salgado.

— Chupa. Vai ver como o seu gosto é bom.

— Na...

A música para de repente e meu corpo inteiro paralisa, meus olhos se arregalando ao mesmo tempo que Nathan tira os dedos da minha boca e solta minhas pernas para eu poder fechá-las.

— Alguém quer McDonald's?

PROMETO A MIM MESMA que os últimos dez minutos até chegar a Maple Hills vão ser normais.

Lola me lança um olhar suspeito por cima do ombro quando abre a janela.

— Tá, tipo, muito quente aqui. Preciso de ar fresco.

Olho para Nathan me sentindo meio bêbada, com sono, satisfeita, e espero ele olhar para mim antes de falar:

— Estamos cheirando a sexo?

Ele ri e beija meu nariz de um jeito carinhoso.

— Só consigo sentir o cheiro do seu xampu. Depois disso, vou ficar de pau duro toda vez que sentir o cheiro de mel e morango. Nada prático, hein, Allen?

Nate tem razão; não é nada prático, mas não estou nem aí. Ele me abraça, e continuamos conversando e rindo até chegarmos em casa.

Todo mundo corre em direção à porta, alguns carregando sacos do McDonald's e outros tentando levantar os amigos do chão.

Sigo Lola pela casa enquanto Nate ajuda a carregar Robbie e JJ, que estão tão bêbados que dormiram. Assim que ficamos longe o suficiente do restante do pessoal, ela puxa meu braço e me leva para a cozinha.

— Você transou no Uber?

Pela voz, ela parece estar chocada, mas seu rosto diz que está orgulhosa. Muito, muito orgulhosa.

— Não transei, não! — Tecnicamente, não é mentira.

— Alguma coisa você fez, Anastasia Allen.

Braços imensos envolvem minha cintura por trás, e sinto a boca dele beijar meu ombro.

— Lo, o Robbie disse para você ir lá pegar seus nuggets de frango.

Lola arregala os olhos, e, se a conheço bem, é bem provável que tenha se esquecido deles. Quando ela corre para a sala de estar, Nate me vira em seus braços para ficarmos frente a frente, e vejo que está com um sorriso no rosto. Ele coloca meu cabelo atrás da orelha.

— Quer ir pra cama?

— Com certeza.

Ele pega duas garrafas de água da geladeira, entrelaça os dedos nos meus e nos guia pela escada, passando pelos amigos bêbados na sala.

Nate me deixa ir na frente, com uma mão em minha cintura para se certificar de que não vou me desequilibrar nesses saltos ridículos.

— Para de olhar pra minha bunda, Hawkins.

— Para de ter uma bunda dessas.

Finalmente chegamos na porta dele, eu digito a senha e fico confusa quando o teclado fica vermelho em vez de verde. Tento de novo. Vermelho.

— Sua fechadura tá com defeito — resmungo e tento mais uma vez.

— Tava funcionando umas horas atrás. Digitou o código certo?

— Sim! — Digito mais uma vez — Dois-cinco-três-nove... Tá errado.

— Esse não é o meu código — diz ele, passando por mim para digitar outros quatro dígitos. Imediatamente, o teclado fica verde.

— Como assim não é o seu código? Você trocou? — Ele confirma com a cabeça e me guia para dentro. Tenho certeza absoluta de que estou certa, até que a neblina do álcool se dissipa por uma fração de segundo e percebo que estou falando besteira. — Não, foi mal. É a tequila falando. Esse é o código pro quarto do Ryan.

É como se a temperatura do quarto caísse enquanto vejo vários sentimentos passarem pelo rosto dele ao mesmo tempo. Ele abre uma das garrafas d'água e toma um grande gole, balançando a cabeça como se estivesse chegando a alguma conclusão.

Ele tira os sapatos, as meias, desabotoa o jeans e puxa a calça pelas coxas musculosas, então passa o braço por cima da cabeça para tirar a camiseta.

Não me parece justo presenciar isso pela primeira vez bêbada. Estou com medo de não reparar em um músculo específico, um sinal no seu peito. Ele é inacreditável, e nem reage quando o encaro na maior cara de pau enquanto ele passeia pelo quarto de cueca boxer cinza.

Nate pega uma camiseta com o logo do Titans e me entrega. Suspira e finalmente fala algo:

— Ah, verdade, Ryan. Me esqueci dele. O cara com quem você tá trepando.

Eu sabia que essa conversa ia acontecer.

— Não estamos juntos.

Eu o sigo com os olhos, observo ele se sentar na cama, os músculos dos ombros tensos.

— Você disse pro Henry que tava transando com ele. Até o vi na sua cama.

Ele não parece irritado. Parece... sei lá. Não sei descrever; não sei dizer no que está pensando.

— Tínhamos um esquema de amizade colorida. Ele quer namorar com a Olivia, então paramos. — Dou de ombros, esperando que a minha explicação breve seja o suficiente, mas dá para ver que não. — Nem fizemos nada aquele dia; vimos um filme e fomos dormir. Ele é meu melhor amigo, Nate, e isso não é da sua conta. Por que tá com ciúme?

Ele ignora minhas perguntas e me puxa pelos quadris até eu ficar na frente dele. Fico esperando que fale mais alguma coisa, mas ele permanece em silêncio mais uma vez.

Nate solta as tiras da minha sandália e me descalça. O alívio de sentir os pés tocarem o chão depois de horas de tortura é melhor do que o orgasmo que Nate me deu agora há pouco, mas acho que é melhor não comentar isso em voz alta neste momento.

Ele passa as mãos gentilmente pela parte de trás das minhas coxas.

— Estou com ciúmes porque quero você só pra mim, Tasi, e fico com ciúmes de qualquer cara que ganha sua atenção. Porra, tenho ciúmes até do Henry, e eu amo o moleque.

— Ryan e eu funcionamos bem porque não tínhamos ciúmes um do outro. A gente não se importava com o que outro fizesse fora do nosso acordo...

— Que bom — responde ele, sarcástico — Mas eu não sou o Ryan.

Ele segura na parte de trás das minhas coxas e me puxa até meus joelhos ficarem firmes ao lado dos seus quadris, me encaixando no corpo dele. Nesta hora, me lembro de que estou sem calcinha porque meu vestido começa a subir e só para quando ele aperta minha bunda, então usa essa posição para se esfregar na minha boceta.

— Eu não quero te dividir com outros caras. Sei que consigo te satisfazer por conta própria, de todas as maneiras que você quiser.

Isso parece muito papo de exclusividade, algo em que não tenho interesse. Tiro o cabelo dele da frente de seu rosto e beijo o canto da boca dele.

— Para de pensar e me come. Não precisa levar as coisas tão a sério.

Nate me deita de costas na cama e se posiciona entre minhas pernas, me apertando exatamente como eu quero. Meus dedos afundam nas costas dele, e eu o puxo para ficar em cima de mim, de forma que posso sentir cada respiração dele. Preciso de mais contato, mais pressão, mais *dele*.

— Tem camisinha?

Ele esfrega o nariz no meu, uma, duas vezes, e solta um gemido gutural quando esfrego os quadris na ereção contida pela cueca.

— Eu me odeio por dizer isso, mas a gente não vai transar.

De todas as coisas no mundo que eu esperava que ele dissesse, essa não era uma delas.

— Quê?

— Eu não quero transar contigo. Não. Porra, claro que eu quero, mas não agora. — Ele apoia a testa na minha e abaixa o tom de voz. — Eu quero que você me queira quando estiver sóbria, Anastasia. Não aguento mais uma semana de você me evitando. Eu odeio isso.

O sentimento de rejeição se espalha em mim, e sinto como se não pudesse respirar.

— Ah, ok. Tudo bem. Pode sair de cima de mim, por favor?

— Eu não queria falar assim, desculpa. Apenas não quero ser alguém que só você pega quando bebe. Veste a camisa. A gente pode conversar ou dormir, o que quiser.

O que ele está dizendo faz sentido, mas, por algum motivo, não alivia a vergonha que sinto. Meu lábio está tremendo, apesar de eu tentar me concentrar no fato de que ele me quer, sim. Só que parece que ele me quer apenas se eu puder lhe oferecer mais do que posso. Minha mente está em conflito entre o desejo de lhe dar prazer e fugir dele, e isso é sufocante.

— Tasi, por favor, não chora. Merda. Eu te quero tanto; só não quero que a nossa primeira vez seja algo de que você se arrependa depois.

Sem mais nada a dizer, pego a camiseta do Titans e vou ao banheiro. Depois de tirar o vestido, ainda estou com as bochechas vermelhas e os olhos marejados, e Nate já está deitado na cama, então me deito ao lado dele.

Ele se aproxima e beija minha têmpora várias vezes.

— Quer ficar de conchinha?

Encosto a cabeça no travesseiro.

— Não gosto de ficar de conchinha.

Nate ri e me beija mais uma vez.

— Boa noite.

Espero ele pegar no sono para chamar o Uber.

Capítulo catorze
NATHAN

Às vezes eu não uso o bom cérebro que tenho.

É vergonhoso e vou admitir que mereço o gelo que vem pela frente.

Eu sou um babaca do caralho. Provavelmente o maior babaca da história. Que tipo de cara tem uma mulher debaixo de si, uma mulher com quem vem sonhando há semanas, e diz que não vai transar com ela quando ela pede uma camisinha?

Não poderia ter escolhido uma situação mais íntima para rejeitá-la, e nem era minha intenção. Espero que ela entenda isso. De qualquer forma, mesmo que entenda, ficou magoada, ainda que eu tivesse a melhor das intenções.

É que eu estava bêbado e cheio de ciúmes depois que ela tentou usar o código do quarto do Ryan para entrar no meu. Estraguei tudo por besteira.

Parabéns, Hawkins.

Eu queria mostrar para ela que não a quero só quando estou bêbado, que a quero a todo momento. Gosto do jeito dela e quero conhecê-la melhor, mas realmente estraguei tudo.

Só percebi que ela não estava ali quando me virei, meio sonado, tentando colocar o braço na cintura dela. Óbvio que ela me esperou cair no sono para ir embora, e não posso julgá-la por isso.

Desde quando acordei, tentei ligar, mas a ligação vai direto para a caixa postal. Ela só me deu seu número ontem à noite, e quase caí no chão em choque. Depois de gozar, ela ficou fofa, sonolenta e calma, sentada no meu colo, falando besteira, me perguntando várias coisas e olhando para mim com aqueles olhões azuis.

Eu peguei meu celular do bolso para ver a hora, e ela comentou algo sobre tomar cuidado para não deixá-la ver todos os nudes que eu recebia. Desbloqueei o celular e entreguei para ela, dizendo que podia ficar à vontade. Ela foi para a seção de contatos e digitou seu telefone.

— Qual nome eu coloco?

— O seu nome geralmente é uma boa — provoquei.

Ela riu e tamborilou as unhas na capinha do celular.

— Hum… Sem graça… Eu quero ser… "a puta que peguei no carro". Não, muito longo. "Puta do Uber". Perfeito.

Não consegui segurar o riso.

— Tá de brincadeira, né? — perguntei, mas ela já estava digitando.

Então agora estou tentando falar com a Puta do Uber.

PUTA DO UBER

> Atende o celular, Tasi.
> Por favor.
> Atende o celular ou vou mudar seu nome.
> Vai ser algo sem graça tipo Tasi ou Anastasia.
> Vai ser o fim da Puta do Uber.
> Espero que consiga se lembrar dessa conversa.

Só me falta ela achar que estou chamando ela de puta.

Depois de encarar o teto do quarto por uma hora e não receber nenhuma ligação ou mensagem, me arrasto para fora da cama.

JJ, Robbie e Lola estão comendo na cozinha quando finalmente desço; estão acabados e de ressaca, mas estão todos rindo. Bom, até eu aparecer e os olhos de Lola se semicerrarem.

— Cama vazia, Hawkins?

Passo a mão pelo rosto e me arrasto até eles. Apoio os cotovelos na ilha da cozinha e me preparo para a tortura.

— Eu sei, Lols, eu sei. Como *você* já sabe disso? Nem foi pra casa ainda.

— Porque a gente viu ela sair vestindo sua camiseta uma hora depois que vocês subiram.

Pela primeira vez na vida, JJ e Robbie estão em silêncio; encaram as tigelas de cereal como se fossem as coisas mais interessantes do mundo.

— Estou ligando sem parar, mas ela não atende. Qual é o número do apartamento de vocês? Eu vou lá.

— Levou pancada demais na cabeça, menino? Ela tá lá em cima. — Lola pega sua xícara de café e leva aos lábios, sem tirar os olhos de mim enquanto bebe. — Eu não ia deixar minha amiga pegar um Uber bêbada, triste e vestindo só uma camiseta. Ela dormiu no quarto do Henry.

— E onde Henry dormiu? — pergunto com toda a calma possível.

— Não sei, talvez tenha se aconchegado com ela. — O sorriso de Lola é imenso, quase sinistro. — Eles não desceram ainda. Dizem que homens já acordam de pau duro. E ele é tão gentil e legal; são sempre os mais quietinhos, né? Henry vai cuidar bem dela.

Mesmo correndo escada acima, ainda consigo ouvir a risada de Lola. Correr de ressaca não é uma boa ideia.

— Não foi engraçado, Lola.

O quarto de Henry é do lado do meu, então não ter ouvido nada é um bom sinal. Bato à porta e espero alguém me deixar entrar. Agora que estou do outro lado da porta consigo ouvi-la rindo. Bato de novo, mas ninguém responde.

Foda-se.

Aperto o zero quatro vezes; Henry tem pavor de ficar trancado do lado de fora e não conseguir entrar para pegar suas coisas.

Ela ainda está deitada embaixo dos lençóis, de rosto limpo e cabelo molhado, e segura uma caneca de café nas mãos. Está rindo de algo que Henry disse, mas, quando me vê, a diversão desaparece, e sua expressão se torna um sorriso forçado.

Para o meu alívio, Henry está sentado em um colchão inflável meio vazio. Ele olha para mim, para ela, então se levanta.

— Vou tomar café da manhã.

Ele passa por mim, desconfortável, e quando escuto seus passos na escada, entro no quarto e me sento na beirada da cama. Ela se senta e apoia as costas na cabeceira. Ainda está vestindo minha camiseta e, puta merda, como é linda.

— Tasi, me desculpa.

Ela continua com o sorriso forçado.

— Não precisa pedir desculpa, Nathan. Você tem o direito de dizer não a qualquer momento. Eu nunca, jamais, ficaria chateada com você por mudar de ideia. — Ela respira fundo e repousa a caneca na mesa de cabeceira. — É que...

— Tasi, para — interrompo, e me aproximo um pouco. — Fico muito feliz que você saiba disso, e é claro que tem razão, mas não é esse o caso. Eu não estava mudando de ideia nenhuma, só estava com ciúme. — Nossa, como me sinto idiota de admitir isso. — Eu achei que, se a gente transasse, você ia acordar hoje de manhã e sumir. Odeio quando fica chateada comigo, e toda vez que parece que consigo passar pelos muros que você coloca entre a gente, algo acontece e volto à estaca zero.

Ela escuta tudo que tenho a dizer: sem discutir, sem revirar os olhos, sem responder.

— Eu tenho problemas com rejeição — diz ela, baixinho. — Nunca lidei bem com isso, desde criança. Ontem me senti rejeitada e ansiosa. Eu só queria ficar contigo, e você começou a falar sobre não me dividir com ninguém.

Ela se mexe na cama, brinca com as pontas dos cabelos, e percebo que está se sentindo desconfortável.

— A minha sensação é que você quer um relacionamento ou alguma coisa que está além do que posso te oferecer. Eu me sinto muito atraída por você, Nate, mas a gente mal se conhece. Desculpa por ter ido embora. Eu só não gostei do que rolou e senti uma necessidade de fugir da situação.

Ela tem razão. Eu gosto dela, mas não levei em consideração o que ela queria.

— Eu gosto que você saiba falar sobre seus sentimentos.

Ela ri e puxa os joelhos para o peito, enfiando-os por baixo da minha camisa.

— Eu já fiz terapia pra cacete. Demorei anos para conseguir dizer "eu tenho problemas com rejeição". O dr. Andrews vai ficar muito feliz por eu ter conseguido dizer isso em uma situação real.

— Você pode ser a paciente modelo dele. Olha, sinto muito que você tenha se sentido assim. Não era minha intenção.

— Isso é muito estranho. Eu queria cavalgar você a noite inteira, Nathan, não causar uma cena dessas. Preciso ser sincera: eu não curto esse negócio de exclusividade. Não gosto de compromisso. Não tenho tempo. Minha agenda já está cheia.

Mais clara e direta impossível. Eu não gostei de nada do que falou, além do fato de querer me cavalgar, porque eu quero isso também, mas não posso dizer que ela não se comunicou bem.

— Entendi, Allen, em alto e bom som. Fobia de compromisso, saquei. Queria deixar registrado que, agora que estamos entendidos, você pode me cavalgar quando quiser.

— Ah, Nate — ela fala com uma voz fofa e arrogante ao mesmo tempo, com um sorriso imenso estampado no rosto. — Não estou mais bêbada. Você voltou pra minha lista de inimigos, ok? Vou considerar te tirar dela quando me devolver meu rinque.

— Achei que eu estava sob observação. Quando isso virou uma lista de inimigos? Estou pelo menos no topo? Sou o número um?

— Sem dúvida alguma você é o número um.

FICAR NO TOPO DA lista de inimigos de Tasi é a coisa mais fácil que já fiz na vida.

Treinamos antes dela e de Aaron todos os dias da semana, porque Brady mandou que eles fizessem alguma merda lá para *compensarem os erros que cometeram na competição regional*.

O problema é que todo dia o treino começa e termina em atraso, porque Faulkner fica reclamando das coisas. Ela fica em pé, bufando, de braços cruzados, tentando me matar com o olhar.

— Tasi... — tento falar enquanto saio do gelo e passo por ela.

— Nem começa, Nathan, a menos que queira que eu te bata com seu taco de hóquei — diz ela com uma voz tão calma que é ainda mais assustadora do que um grito. Na hora eu sinto um calafrio.

Ontem, estávamos ocupados ganhando nosso jogo em San Diego, então ela teve o rinque inteiro para si, mas hoje acho que não saio daqui vivo. Consigo vê-la pela visão periférica enquanto patino de um lado para o outro do rinque. Ela está usando uma roupa azul-bebê; é estranho ver alguém tão furioso vestindo uma cor tão delicada.

Apesar de não conseguir ver seu corpo, imagino que a roupa está marcando todas as curvas dela, então pelo menos vou ter uma bela visão antes de morrer.

Vejo ela discutindo com Aaron, o que me deixa mais feliz do que deveria, mas me distrai o suficiente para deixar JJ se chocar comigo, e saio voando até as laterais.

— Presta atenção, otário.

Olho para o relógio e sei que estamos uns quinze minutos atrasados. Faulkner disse para não pararmos até ele mandar, e ele não vai fazer isso até ver Brady parada ali, batendo o pé.

Todos os músculos do meu corpo doem, porque ele está fazendo a gente treinar como se fosse o exército, e ele...

O que caralhos ela tá fazendo?

Ela está patinando até o meio do rinque com um olhar determinado no rosto e parece pu... *Ela vai começar a fazer a coreografia? Vai ser esmagada.*

Cacete, cadê Aaron e Brady?

— Tasi, sai da pista! — Ela nem olha para mim, só levanta o dedo do meio e continua o que está fazendo enquanto os caras patinam ao seu redor.

Bobby para do meu lado.

— Ela vai se machucar, capitão. É melhor você fazer alguma coisa.

Ela está deslizando pela pista em meio ao time, e sinto como se estivesse tentando pegar uma borboleta. Um vulto azul girando e deslizando, ignorando o perigo ao redor. Metade dos caras nem percebeu a presença dela ainda, então não desaceleraram e, infelizmente, está difícil alcançá-la.

Sou o capitão de um time de hóquei e não consigo acompanhar o ritmo de uma patinadora artística de um metro e sessenta... Nunca vou conseguir superar essa.

Ela finalmente desacelera para fazer umas piruetas elaboradas e consigo alcançá-la, então a agarro e a coloco no meu ombro, ignorando os gritos de raiva. Seus punhos batem nas minhas costas, e fico feliz por estar usando o equipamento de proteção.

Não disse uma palavra, mas ela sabe que sou eu.

— Nate Hawkins, me solta *agora*.

Minha mão segura a parte de trás das suas coxas; eu aperto de leve.

— Cala a boca, Anastasia. Está tentando se machucar?

Ela tenta se desvencilhar, mas estou segurando firme, então só consegue me bater e, sinceramente, não é tão ruim quanto pensei.

— Para. De. Me. Mandar. Calar. A. Boca! Me solta, Nathan! — A raiva borbulha a cada sílaba e sei o que vem pela frente assim que eu a soltar.

Quando a coloco no chão do lado de fora do rinque, seus olhos parecem em chamas, suas bochechas estão vermelhas e as mãos, fechadas em punhos.

Suas mãos vão para os cabelos, seus dedos se entrelaçam quando ela balança a cabeça, nervosa, seu peito arfando. Estou tentando me concentrar na fúria, não nos peitos dela, mas é difícil.

— Anas...

— Se você... — seu olhar trava no meu, e congelo ao ouvi-la falar em voz baixa — ... tocar em mim de novo, Nathan Hawkins, eu te garanto que o único trabalho que vai conseguir em uma pista de patinação vai ser dirigindo um nivelador de gelo. Entendeu?

Eu mordo a língua porque, puta merda, quero tanto beijá-la agora. Suas mãos descem até o quadril. Ela fica tão gostosa quando está com raiva.

— Entendi.

— Você está atrasado e atrapalhando minha agenda. Eu tenho planos para hoje e vou me atrasar porque você não sai da porra da pista e me deixa patinar.

— Quais são seus planos?

Ela bufa e cruza os braços.

— Não é da sua conta.

— Hawkins! — grita o treinador para chamar minha atenção para a pista. — Chega de papo!

Eu olho mais uma vez para ela.

— Você tá linda hoje.

Anastasia abre e fecha a boca em seguida, e sei com certeza que a peguei de surpresa com essa. A raiva em seu rosto começa a se dissolver, o olhar relaxa, e por uma fração de segundo, como se fosse mágica, o mundo desaparece.

— Ah, vai se foder, Hawkins — grita ela ao se afastar de mim, pisando forte.

Me sinto uma espécie de detetive tentando descobrir para onde ela vai hoje.

— Stalker é a palavra que a polícia usa pra isso, Nate — comenta Henry do outro lado da sala. Eu nem duvido que ele saiba aonde ela vai; deve ter simplesmente perguntado e ela falou. É essa a dinâmica entre esses dois, né?

Pego meu celular e torço para ela ter pena de mim agora que terminou seu treino.

PUTA DO UBER

Vai pra onde hoje?

Quem é?

Você sabe quem é.

Desculpa, acho que é engano.

Humm.
Acho que não. Festa?

Encontro com uns motoqueiros.
Enormes.
Cheios de esperma.

Adorei a referência.
Você é tão malcriada.

Vamos fazer o seguinte, Hawkins. Se conseguir
me encontrar antes da meia-noite, eu deixo você
finalmente foder essa "minha boquinha".
Assim vou deixar de ser "essa garota malcriada,
mandona e impaciente"? O que acha?

Você vai ficar tão linda com meu pau na sua boca.

Boa caçada!

Anastasia tem um talento para usar minhas próprias palavras contra mim, mas agora me deu o incentivo perfeito para encontrá-la.

Merda.

Henry tem razão; eu pareço mesmo um stalker.

Capítulo quinze
ANASTASIA

Estou muito feliz comigo mesma.

Nate está a dez minutos daqui e faltam apenas quinze minutos para a meia-noite. Ele me mandou mensagens a noite inteira, me implorando para dar uma pista. Nem eu, nem ninguém que me jurou segredo deu o braço a torcer.

Toda festa à qual ele vai tentando me encontrar sem sucesso o deixa mais irritado. Ele gastou muito tempo indo em festas de fraternidades, o que diminuiu suas chances, e agora estou esperando o tempo acabar.

Doze minutos.

Aceito a chamada de vídeo dele e sorrio quando vejo seu rosto irritado preencher a tela.

— Você ainda está em Los Angeles, né?

— Tique-taque, Hawkins. Seu tempo está acabando.

Ele passa a mão pelo cabelo e solta um suspiro pesado.

— Isso é castigo, né? Por ter passado do horário do treino? Ainda tá com raiva por isso, não tá?

Eu me levanto da cama e passeio pelo quarto com os olhos fixos nele enquanto seguro o celular.

— O que você acha?

— É claro que você está com raiva. — Ele suspira. — Eu sei.

Ando pelo quarto e vejo a expressão dele mudar ao entender onde estou.

— Você não devia atrapalhar minha agenda de treinos, Nathan.

Nove minutos.

— Você está no meu quarto — diz ele, sério. — Por que me fez correr pelo campus inteiro se está no meu quarto?

— Ninguém te disse que estava rolando uma festa na sua casa? Que estranho.

— Vou matar eles.

— Que pena que você está tão longe e não vai chegar antes da meia-noite. — Solto um suspiro dramático, me deliciando com a situação. — Acho que vou lá pra baixo, ser mandona com outra pessoa. Se cuida, Hawkins.

— Anastasia, espe…

Foi tão fácil convencer os amigos do Nate a zoar com ele.

JJ

Preciso de um favor.
Vai acabar com o dia do Nathan.

Sou todo ouvidos.

Eu disse pra ele que poderia fazer coisas comigo.
Coisas que ele quer muito fazer.
Mas só se me achar em algum lugar do campus
antes da meia-noite.

E como posso ajudar?

Que tal dar uma festa depois que ele sair de casa?
Mas ele não pode saber de nada até perto da
meia-noite.

Você é malvada demais.
Pode deixar comigo.
Ele tá mandando mensagem no grupo
perguntando se alguém quer sair hoje kkkk.

JJ e eu formamos uma amizade baseada no prazer mútuo em sacanear Nathan. Começou semana passada, quando não tinha lugar para sentar. Nate estava olhando para mim, praticamente me comendo com os olhos, então decidi zoar com ele.

Jaiden me deixou sentar no colo dele e apostou que, se Nate não viesse falar comigo em até um minuto e meio, ele pagaria a conta inteira. Foram apenas vinte e sete segundos.

Também foi ele que me impediu de sair correndo depois do meu momento de ciúmes e me pôs pra dormir no quarto de Henry. Na sua opinião, Nate não iria agir racionalmente se me visse no quarto dele, mas daria o benefício da dúvida para o colega mais novo.

A razão disso, de acordo com o próprio JJ, é porque ele é um amante incrível e, portanto, uma ameaça para Nathan.

Foi divertido ficar no quarto do Henry. Tem uma caixa de itens essenciais no banheiro dele com coisas tipo xampu, lenço umedecido, elástico de cabelo e absorvente. Eu perguntei se foi alguma ex dele que esqueceu tudo aquilo lá, mas ele disse que mantém essas coisas caso alguma mulher passe a noite. Ele gosta de se certificar de que ela teria tudo o que precisasse, porque mulheres sempre esquecem esses apetrechos.

Eu queria ter uma irmã para casar com Henry, porque ele é tudo para mim.

Quando vou para a cozinha me juntar ao pessoal, fica claro que todo mundo está empolgado. É um milagre terem mantido essa festa em segredo. Mattie aparece com uma garrafa de champanhe na mão.

— Três minutos!

Robbie distribui copos de plástico enquanto Mattie abre a garrafa.

— Um minuto para a meia-noite — diz Henry, olhando para o relógio.

Apesar de ser outubro, parece que é uma festa de Ano-novo, considerando a empolgação de todo mundo e as pessoas olhando para o relógio.

Tem algo no ar, e quem não é do nosso grupo não faz ideia do que está acontecendo. Fico feliz, porque é uma coisa absolutamente idiota, mas os caras estão amando. Pelo que percebi, estão cansados de ver Nate pegar qualquer mulher que queira.

Três.

Dois.

Um.

Eles comemoram, virando o champanhe e se cumprimentam. Um braço pesado cai sobre meus ombros e olho para o rosto sorridente de JJ.

— Formamos uma boa equipe, Allen. Ele está a uns trinta segundos de distância. Vamos nos divertir?

Bobby e Kris ficaram na Vigília Hawkins a noite inteira, mandando atualizações da localização e irritação dele. Supostamente, ele não se importa com a minha oferta; só não quer perder para mim, porque seria insuportável.

Isso deve ser a única coisa em que concordamos.

Da ilha da cozinha onde estamos temos uma visão perfeita para a porta da casa. Quando Nate entra, a primeira coisa que faz é balançar a cabeça ao ver a sala cheia de gente.

— Ele parece meio puto — diz Lola, com uma risada.

— Sim, e é comigo — diz JJ, entornando o copo de uma vez, sem tirar o sorriso do rosto. — Se ele não reagisse assim, eu não faria essas coisas. É fácil demais.

Eu decido encontrá-lo no meio do caminho, em parte porque estou com medo de ele ir até a cozinha e matar Jaiden, e na mesma hora uma menina aparece e o abraça pela cintura.

Nate parece surpreso, mais do que todo mundo. Lola se aproxima e estreita os olhos.

— Essa é a Summer Castillo-West?

Summer mora no mesmo prédio que a gente com nossa amiga do Honeypot e, neste momento, está nas pontas dos pés sussurrando no ouvido do Nate. O olhar dele encontra o meu, ele sorri com o canto da boca e pisca.

Eu termino a minha bebida.

— Sim, ela mesma.

Um sentimento quente e desconfortável se espalha pelo meu corpo, mas não sei dizer o que é. Não quero senti-lo de novo; ele se espalha pelo meu estômago, que revira ao ver Nathan pegar na mão de Summer e levá-la para as escadas.

Não é raiva, é mais profundo do que isso. Algo agonizante e irritante, que me inflama como o riscar de um fósforo. Acho que é ciúmes. *Merda*.

JJ coça a nuca e uma expressão confusa toma conta do seu rosto delicado. Ele olha para os amigos, como se pedisse ajuda, mas todos estão olhando para seus copos e evitando fazer contato visual. Ele limpa a garganta e olha de novo para mim.

— Nate está atrás dela desde o primeiro ano, mas ela nunca deu bola. Eu, hã... Não sei o que está acontecendo.

Somos dois, então.

Enquanto Nate e Summer estão lá em cima, eu mal pisco. Uns dez minutos depois, finalmente a vejo descer as escadas, mas sozinha. Ela se junta de novo ao seu grupo e continua a beber. Não parece que acabou de se pegar com alguém.

Vou em direção às escadas e começo a pensar que talvez não seja uma boa ideia. Estou cheia de álcool, ciúmes e talvez um pouco de choque. Afinal, o que pode acontecer?

Parte de mim espera encontrar com Nate descendo as escadas enquanto fecha o zíper, ou algo nojento assim, mas não. Digito o código no painel da porta, o certo, e a luz pisca verde.

Nate está sentado na cama, no mesmo lugar onde estive mais cedo, quando nos falamos pela chamada de vídeo. Ele parece infinitamente mais feliz do que estava ao entrar na casa, e isso me deixa irritada.

— Que caralhos foi isso? — pergunto o mais calmamente possível e, ao me ouvir falar, percebo que "o mais calmamente possível" é *zero calma*.

— Está com ciúmes, Anastasia?

— Estou irritada. — Ele ajeita a postura e sorri quando me aproximo. — Você me fez de idiota na frente dos nossos amigos!

Nate ri.

— Você me fez rodar o campus inteiro enquanto estava literalmente onde eu queria que estivesse a noite toda. Imagina o quanto eu me senti idiota.

— Você comeu outra garota enquanto eu estava lá na cozinha!

Ele se levanta; é imponente e muito mais alto que eu, e o aroma doce do perfume começa a mexer com os meus sentidos. Ele coloca uma mecha do meu cabelo atrás da orelha, ignorando minha tentativa de afastar sua mão.

— Nem toquei nela. Ela ficou menstruada e precisava usar o banheiro urgente. Eu fiquei aqui em cima, esperando você vir e brigar comigo. — Ele segura meu queixo de leve e passa o polegar pelo meu lábio inferior. — Fiquei curioso para saber como funciona aquele negócio que você falou sobre não ter ciúmes.

— Eu... — *Cacete.* — Bom, estou puta contigo, Nathan.

— Que bom.

— Puta de verdade.

— Perfeito.

Nossas bocas se chocam, movidas por uma frustração e um desejo sexual desesperado, intenso e bêbado. Ele me pega pela parte de trás das coxas e me levanta, colocando minhas pernas ao redor da cintura. Minhas mãos mergulham em seu cabelo enquanto nossos corpos se movem como um só para ficarmos o mais perto possível.

Não tem nada romântico nesta cena. Meu corpo está entre o dele e a porta, nossas línguas lutam entre si, e as mãos dele apertam minha bunda. Deixo escapar um gemido desesperado quando ele pressiona a virilha contra mim, e sinto o quanto ele está duro.

Passando a boca pelo meu queixo, ele mordisca o lóbulo da minha orelha e faz meu corpo tremer.

— Fala que você quer que eu te coma, Anastasia.

— Fala *você*. — Minha resposta severa perde a força quando ele suga meu pescoço e eu gemo. Antes que eu consiga acompanhar a situação, ele me coloca na beirada da cama, se agacha aos meus pés e começa a tirar meus sapatos.

É impressionante como ele consegue mudar de intensidade em questão de segundos. Agora sem sapatos, coloco os pés embaixo da bunda e o observo se levantar.

Por um breve momento de silêncio, apenas nos olhamos. Meu coração martelando no peito, sangue queimando sob a superfície, meu corpo inteiro hipersensível.

Seu olhar está concentrado em mim, então não deixo de ver a surpresa dele quando estendo as mãos para o seu cinto.

— Você quer isso?

— Pra caralho.

Ele me ajuda a tirar as roupas até estar em pé, na minha frente, apenas de cueca, e então percebo que ele não vai caber na minha boca nem em qualquer outro lugar.

Nate está sorrindo enquanto fico ali parada, em choque. Saio do transe porque não sou de desistir e com certeza não vou lhe dar a satisfação de comentar como é grande.

— Eu fiz testes recentemente e não tenho nada, mas posso colocar uma camisinha, se quiser — pergunta ele enquanto passo as mãos pelas suas coxas.

Nego com a cabeça e observo ele tirar a cueca, segurar a base do pau com a mão e se preparar. Ele se inclina e beija minha testa.

— Me avisa se quiser que eu vá mais devagar, ok?

Uma das mãos segura minha nuca e a outra guia o pau duro na minha direção.

— Coloca a língua pra fora, sua gostosa. — Faço o que ele manda e vejo sua satisfação quando passo a língua pela cabeça, sentindo o gosto salgado. — Isso aí.

Envolvo a cabeça com os lábios e chupo de leve. Ele tira a mão da minha nuca e enfia os dedos no meu cabelo.

— Cacete, Tasi.

Ele geme alto e na mesma hora desisto de esperar por suas instruções.

Coloco as mãos na frente de suas coxas, me inclino para a frente e o coloco na boca até quase tocar o fundo da garganta e eu me engasgar.

Uma série de xingamentos toma conta do quarto. A outra mão dele também vai para o meu cabelo quando eu tomo controle da situação. Seguro a base e mexo os dedos no mesmo ritmo da boca, gemendo e me engasgando, olhando para ele com os olhos marejados.

Nate está com a cabeça caída para trás, os músculos do abdômen tensionados, e ele solta gemidos guturais de prazer enquanto mexe o quadril para a frente, enfiando mais.

— Que delícia. Você é gostosa demais.

Os movimentos dele ficam mais fortes e irregulares, o que quer dizer que está prestes a gozar. Quando pego suas bolas com a outra mão, já era.

— Puta que pariu, Tasi. — As mãos dele apertam meu cabelo enquanto ele treme e eu engulo tudo que me dá, os olhos ainda úmidos e a garganta, seca.

Limpo os cantos da boca com o polegar e lambo.

— Ainda estou me sentindo mandona — provoco. — E impaciente.

Ele ri com gosto, e fico um pouco surpresa com isso. O brilho pós-orgasmo deixou suas bochechas vermelhas, os olhos brilhantes e intensos, e ele está lindo.

— Você é impossível.

Nathan me levanta pelos braços, então começa a puxar a alça do meu vestido.

— Isso precisa sumir.

— Quem está sendo mandão agora?

Eu me viro para Nathan poder abrir meu zíper. Seus lábios traçam meu ombro, e ele me beija todinha quando tira meu vestido, deixando-o cair aos meus pés.

Estou tomada por uma energia inquieta e selvagem. Ele está agindo de forma controlada e lenta, me torturando de propósito, atrasando o prazer inevitável. Quando pega meus seios por trás e começa a brincar com os mamilos, esfrego a bunda nele.

— Pede com jeitinho — sussurra ele no meu ouvido. — E vou te comer gostoso.

Quanto mais Nate me fala para pedir com jeitinho, mais quero mandar ele ir se foder. Tiro suas mãos de mim e me arrasto até o meio da cama, me acomodando de costas entre os travesseiros. Ele apoia o joelho na cama, pronto para me seguir, mas eu estico o pé no peito dele e o impeço de se aproximar.

— Fica no pé da cama.

Ele parece confuso, mas está curioso, e estreita os olhos enquanto obedece. Puxo a calcinha pelas pernas com as pontas dos dedos.

Seus olhos se arregalam quando entende o que vou fazer. Ele se inclina para a frente e segura a base da cama. Eu abro as pernas o máximo que consigo, de modo que ele consiga ver como minha boceta está molhada; também não vai ter problema nenhum para ver meus dedos me penetrarem.

— Hummm, Nathan...

O som molhado é o único que ressoa pelo quarto, além dos meus gemidos e do "puta merda" que ele solta.

O pau dele está duro de novo, quase saltando da pélvis com um pouco de gozo na ponta. Eu revezo entre passar os dedos no clitóris inchado e enfiá-los em mim, e Nate parece que vai entrar em combustão espontânea.

Acho que é o fato de estar gemendo o nome dele e a maneira como minhas costas estão arqueando enquanto me esfrego.

— Pede com jeitinho — provoco. — E eu *deixo* você me comer.

— Você é do mal — resmunga ele enquanto passa a mão no rosto. — Me deixa te ajudar, Tasi.

Ele se aproxima de uma gaveta e pega um pacote de camisinhas, abre e coloca o preservativo. Subindo em mim devagar, ele se acomoda entre minhas coxas e pega um travesseiro, então me fala para erguer os quadris para que possa colocá-lo sob a minha lombar.

Não consigo me concentrar no que deveria fazer porque ele está de joelhos no meio das minhas pernas, e seu corpo parece ter sido esculpido pelos deuses, com um pau grande, grosso e duro.

— Quer que eu te coma, Anastasia?

— Quero. — Sim, quero demais.

Nathan se inclina sobre mim, um braço apoiando o peso do corpo e o outro segurando minha cabeça. Estico a mão entre nós e esfrego a cabeça do seu pau no meu clitóris, o que faz nós dois nos arrepiarmos, e o posiciono.

— Vou devagar — murmura ele, passando o nariz de leve no meu.

Eu mordo seu lábio inferior com força, e depois passo a língua no mesmo lugar.

— Nada disso. Me come com força, como se você me odiasse.

Capítulo dezesseis

NATHAN

Vai ser assim toda vez que eu ficar a sós com ela no quarto?

Tipo, por mim tudo bem, mas parece bom demais para ser verdade. Faz semanas que pensava em como seria ter Tasi nua, debaixo de mim.

Eu pensei em como seria transar com ela quando me chamou de "estrela de hóquei de família rica" e falou o quanto não estava nem aí para o esporte.

Deveria saber no que estava me metendo.

Não sei como vou sair vivo dessa, porque minha imaginação não fez justiça à realidade, nem de longe. Eu diria que ela vai arruinar todas as outras mulheres para mim, mas não consigo pensar em mais ninguém além dela.

Quando Summer apareceu na minha frente, sabia que Anastasia não iria gostar disso. Ela já tinha me chamado de ciumento, então ao ver uma oportunidade de fazê-la provar do próprio remédio, mas sem precisar rejeitá-la, tive que aproveitar.

Eu sei como aquilo pareceu. Vi a descrença no rosto de todos eles. Os meninos sabem quanto tempo passei atrás da Summer, mas, pela primeira vez, não estava mais interessado. É, me surpreendeu também. Peguei uns absorventes pra ela no armário do banheiro do Henry e só fiquei observando enquanto ela descia de novo.

Achei que Anastasia iria aguentar mais tempo. Summer mal deve ter pisado no térreo quando Tasi subiu.

Talvez ela não gostasse tanto de Rothwell quanto gosta de mim, e ela gosta mesmo de mim, ainda que diga o contrário.

É perfeito que ela esteja aqui esse tempo todo. Agora posso ficar com ela no meu quarto a noite inteira e transar até o ciúme passar. Toco o nariz dela de leve com o meu.

— Vou devagar.

De repente, ela morde meu lábio inferior com força, e depois passa a língua no mesmo lugar.

— Nada disso. Me come com força, como se você me odiasse.

Cacete.

— Não vou fingir que te odeio, Anastasia.

Ela treme, desesperada por algo que alivie o desejo. Seus olhos se estreitam e ela se ergue na cama, de forma que ficamos cara a cara.

— Por quê?

— Porque eu jamais conseguiria te odiar. — Seguro a nuca dela para deixar sua boca colada à minha, engolindo seu gemido alto quando a penetro devagar. — Vou te comer como se essa bocetinha apertada fosse minha. E você vai ficar quietinha pra mim, não vai?

O choque faz nós dois ficarmos em silêncio, exceto por nossas respirações sincronizadas e pelo gemido suave dela quando mexo os quadris. Ela está toda molhada e apertada de um jeito tão gostoso que é difícil acreditar que vou precisar fazer outras coisas depois disso.

Estou me controlando para ficar parado e deixar ela se ajustar, ciente de que, com o jeito mandão dela, vai me dizer quando estiver pronta. É só quando estou por cima, assim, que percebo o quanto sou maior que ela.

— Você tinha que meter tudo, não é? Seu exibido de merda. — Os dedos dela viajam pelas minhas costas ao mesmo tempo que seu quadril começa a se mexer, sinal de que preciso tirar e meter de novo.

— Estou colocando só metade. — Os olhos fechados dela se abrem de repente, e ela se levanta para olhar o ponto onde nossos corpos se conectam. — Mas acho que você aguenta mais.

Me afasto, depois enfio o máximo que consigo até sentir uma resistência. As unhas dela afundam em meus ombros e suas costas arqueiam, pressionando a barriga na minha.

— Meu *Deus*!

— Você é muito gostosa, Anastasia, cacete, que boceta gostosa. — As pernas dela se enrolam em volta do meu quadril, os tornozelos se cruzam no final das minhas costas, me prendendo no lugar, bem fundo.

— Nate — sussurra ela como se fosse um segredo. — É tão grande. Caralho. *Ah.*

Ela está tentando me fazendo gozar só com palavras, e porra, se continuar assim talvez consiga. Minha cabeça encosta no ombro dela; beijo sua clavícula, depois o pescoço até nossas bocas se encontrarem, uma briga entre lábios e língua.

Uma das mãos puxa meu cabelo, a outra aperta minhas costas. Ela está quase lá; sei disso pelo jeito como se mexe debaixo de mim, o jeito como sua respiração acelera quando meu pau toca no ponto G dela, o jeito como seu rosto se contorce de prazer quando meto fundo.

Tiro a mão que apoia a cabeça dela e a coloco entre nós, meu polegar esfregando o ponto inchado até seu corpo inteiro tensionar e ela abrir a boca.

— Goza no meu pau, Tasi. Goza pra mim.

Seu corpo inteiro tensiona quando ela me grita em meu ombro, as unhas cravadas tão fundo que fico surpreso de não estar sangrando. Sua boceta pulsa ao meu redor quando desacelero, beijo sua testa e a puxo até ficar deitado de costas e o corpo macio e mole dela estar sobre meu peito, com meu pau ainda dentro dela.

— Isso foi... — Ela está ofegante. — Você... Você gozou?

— Ainda não. Quero ver você sentar em mim.

Todas as vezes que tomei banho essa semana, sonhei acordado com essa imagem. Não penso em outra coisa desde que ela falou nisso. Pelo jeito como seus olhos brilham quando me encara, pelo sorriso que aparece em seu rosto, sei que vem coisa boa aí.

Ela se senta, ereta, e desliza devagar até envolver meu pau inteiro. Olho para o espaço entre suas pernas onde estamos conectados e nada mais passa ali.

Caceeeete.

— Assim? — pergunta ela, baixinho, tirando o cabelo do rosto. Eu concordo com a cabeça e seguro o quadril dela, sem conseguir falar direito. Seus quadris giram e esfregam, fazendo minha respiração falhar. — Ou assim?

— Isso, linda, assim mesmo — digo, com a voz rouca.

Sei que Tasi é flexível por causa da patinação. Então não sei por que fico surpreso quando ela estica as pernas para os lados, fazendo um espacate.

— Ou assim?

Não consigo falar nem pensar. Meto ainda mais; não sei como ou de onde vem nem para onde vai. Ela coloca as mãos na minha barriga e se mexe para cima e para baixo. A onda de prazer toma conta de mim, e agarro seus quadris com tanta força que vai deixar marcas.

— Você é incrível, puta merda.

Cada movimento dela é no ritmo perfeito e estou enlouquecendo. Ergo o quadril no mesmo momento em que ela desce e joga a cabeça para trás.

— Isso, bem aí, isso...

Ela cai no meu peito, os dedos puxando meu cabelo. Ela continua a sentar, e o som delicioso das peles batendo ecoa pelo quarto. Neste momento, fico feliz por ter uma festa barulhenta do lado de fora.

O corpo de Tasi é perfeito; forte e flexível, com a bunda redonda e carnuda e os peitos grandes. Nada disso importa tanto quanto a sensação de sentir ela tendo um orgasmo.

— Vai gozar de novo pra mim, Anastasia? — provoco quando suas pernas tremem e as unhas se enfiam na minha pele.

Ela murmura algo incompreensível, a pele bronzeada brilhando sob a luz do quarto, o cabelo grudado na testa e uma expressão de cansaço e prazer no rosto enquanto sua boceta engole cada centímetro do meu pau como se fosse feita pra isso.

Envolvo sua cintura com o braço para segurá-la no lugar e coloco a outra mão entre nós. Pressiono seu clitóris de leve, e ela se desfaz.

Mereço uma medalha por não gozar na hora, porque seu corpo inteiro fica ainda mais tenso, o que achei que fosse impossível. Ela está tremendo, os quadris tendo espasmos enquanto aproveita o orgasmo e chama meu nome.

— Você é um monstro. — Ela se aproxima, me beija na boca, nossos corpos colados do melhor jeito possível. — Um monstro de verdade.

— Nunca achei que você fosse dessas que desistem fácil, Allen. — Coloco uma mecha de cabelo atrás da orelha dela e seguro seu rosto. Paro um segundo para olhá-la. Seus bochechas estão vermelhas e seu sorriso, cansado, ao virar o rosto para beijar a palma da minha mão.

— Você é linda demais, sabia?

— Você já tá transando comigo, Hawkins. Não precisa puxar meu saco.

Olha ela aí.

A garota carinhosa e dócil pós-coito se foi, e o jeito mandão voltou. Dou um tapa na bunda dela e faço ela se deitar de costas de novo. Saio de dentro dela e dou uma risadinha do gemido triste e depois do som de surpresa que ela faz quando a viro de barriga para baixo de novo.

— Não aguento mais uma. — Ela geme. — Não consigo.

Eu puxo seus quadris até ela ficar com a bunda no ar, e é com essa imagem que vou sonhar toda noite.

— Quer parar? — Ela olha para mim por cima do ombro e nega com a cabeça. — Que bom, então segura na cama.

Anastasia estica as mãos e segura nas barras da cabeceira da cama, encostando a cabeça em um travesseiro e tentando me olhar enquanto me posiciono atrás dela.

Eu sinceramente acho que nunca fiquei tão duro assim.

Esfrego meu pau para cima e para baixo, ao mesmo tempo em que massageio o clitóris supersensível dela e faço seu corpo tremer. Quando ela geme, impaciente, finalmente me posiciono e a penetro.

Ela quica a cada pulsada, sua bunda batendo na minha virilha, me deixando ainda mais excitado. O encaixe das minhas mãos na curva da cintura dela é perfeito, e os sons que ela faz não estão ajudando a me controlar.

— Eu disse que ia comer essa boceta como se fosse minha, porque ela *é* minha.

— Nathan... — Ela geme, mas ainda consegue me provocar. — Vai sonhando.

— Solta a cama. — Sinto uma onda de satisfação ao ver ela me obedecer imediatamente, pela primeira vez na vida. Puxo ela para perto de mim, porque eu quero, preciso dela mais perto, e passo a língua pelo ombro até o pescoço, sentindo o gosto salgado de sua pele.

Uma das minhas mãos passeia pelo corpo dela até seus peitos e a outra fica entre as pernas, sentindo meu pau entrar e sair enquanto ela quica em um ritmo incrível. Seu corpo inteiro está tremendo, o peito arfando, a boceta pulsando.

— É demais pra mim, Nate. É bom demais, não aguento.

— Não desiste, Anastasia.

Meus dedos provocam seu clitóris, de leve, e ela está quase gozando. Sua boca vira para mim, seus quadris se movem, os olhos se reviram. Eu aperto minha boca na dela quando ela grita, a boceta me apertando com tanta força que não resisto mais, enchendo a camisinha.

É como se meu corpo estivesse em chamas que me consomem e me sufocam. Estou tremendo com os espasmos, ainda dentro dela, muito depois de termos parado, tomados pelo prazer.

— Foi melhor do que sexo com raiva? — resmungo e apoio a testa no seu ombro.

Ela começa a rir, o corpo se mexendo nos meus braços.

— Ai. Meu. Deus. Cala a boca, Nathan.

O LADO RUIM DE estar com a casa cheia de gente, além de, obviamente, estar com a casa cheia de gente, é tentar sair sem que ninguém note.

Depois de me forçar a sair de dentro dela, eu joguei a camisinha fora e vesti uma calça de moletom. Ela olha para mim da cama e faz uma careta quando percebe que tenho uma missão pela frente.

— Você derreteu todos os meus ossos — diz Anastasia. Ela está nua na minha cama, o estômago se movendo com a respiração. Ela está linda. De uma maneira inacreditável, depois de tudo isso, meu pau se move, mas se eu sugerir mais uma, ela vai me matar. Tasi me vê atravessar o quarto até a porta. — Aonde você vai?

Eu beijo sua testa e a cubro, ignorando a careta.

— Vou abrir a porta. Quer arriscar que alguém do lado de fora veja sua bunda?

— Ela dá de ombros. — Vou roubar umas coisas do Henry. Já volto.

Henry salvou o dia, e acho que vou na Target amanhã comprar uma caixa dessas coisas que ele guarda no banheiro. Aperto todos os zeros e entro, ficando em total choque quando vejo Henry de cueca, beijando uma menina seminua na cama dele.

— Merda! — grito e cubro meus olhos. — Desculpa, irmão, merda. Eu preciso daquela caixa de coisas do teu banheiro. Me desculpa...

— Daisy — diz a menina.

Cubro os olhos e vou até o banheiro, fecho a porta depois de passar e logo encontro o que estava procurando. Roubo sabonete líquido, xampu, condicionador, um elástico de cabelo e uma escova. Eu dou mais uma olhada, então decido pegar meias também. Seguro tudo com um braço e uso a outra mão para cobrir os olhos quando me preparo para sair.

— Ela já saiu. Pode tirar a mão — diz Henry, sério.

— Me desculpa, irmão. Não achei que estaria aqui. Quem é?

— Uma conhecida minha. A irmã mais nova da Briar. — Ele suspira, e me sinto culpado. — Da próxima vez que estiver com alguém, capitão, não deixe a garota sozinha, senão vou roubá-la pra mim.

Maravilha.

— Você provavelmente conseguiria, cara. Não vou voltar, prometo. Corre atrás dela.

Anastasia está na mesma posição quando volto para meu quarto.

— Eu acabei de ser empata-foda do Henry por acidente. Chega de ser amiguinha dele, Allen. Ele disse que, se eu te deixar sozinha, vai acabar te roubando de mim.

Mesmo depois de ter guardado as coisas no banheiro e voltado para a cama para carregá-la, ela continua rindo.

— Ele conseguiria, viu? Ele tem aquele jeitinho gentil e misterioso.

Eu sei bem disso. Toda mulher é louca pelo Henry. Eu ligo o chuveiro na pressão e temperatura certas, entramos e a coloco em pé de novo. Pego o xampu e ela bufa.

— Nathan, posso fazer isso sozinha.

— Por que faria isso se estou aqui para fazer por você?

Ela não discute enquanto mexo meus dedos pelo seu cabelo, cobrindo-o de espuma e depois enxáguo.

Meus dedos se afundam nos ombros dela e seu corpo relaxa, então ela se encosta em meu peito, suspirando. Está calmo e silencioso aqui, um contraste marcante com alguns minutos atrás — isso é, até eu pegar o tubo de condicionador e encarar as instruções.

— Onde raios eu devo aplicar isso?

Ela se acaba de rir.

— Nas pontas.

Esfrego ela dos pés à cabeça e, quando terminamos, eu a enrolo na toalha mais fofa e gigante que tenho. Tasi vai de calma e passiva para estressada mais rápido do que qualquer pessoa que já vi, mas ninguém diria isso ao vê-la aconchegada no meu peito.

Pego a camiseta do Titans na minha gaveta e coloco nela, visto uma cueca boxer, e a deito na cama, me aconchegando ao seu lado.

Não me importo com a festa barulhenta lá fora. Desligo as luzes e me deito com Anastasia, abraçando-a quando ela se aninha em mim. Ela coloca o corpo sobre o meu e cai no sono, roncando de leve em meu peito.

Em vez de dormir, fico deitado no escuro, ouvindo-a respirar e tentando bolar um plano para convencê-la a não querer fazer isso com mais ninguém.

Não consigo pensar em nada.

Capítulo dezessete
ANASTASIA

É difícil ficar feliz por ter tido a melhor transa da sua vida quando o cara com quem você fez isso é tão irritante.

— Olha o meu pescoço, Nathan! — grito ao ver meu reflexo no espelho quando saímos do chuveiro. Eu nem pensei em olhar ontem à noite, mas as marcas de chupão no meu pescoço estão grandes e fortes hoje. — Parece que eu fui atacada por sanguessugas! Quem é você? A porra do Conde Drácula?

— Eu vou comprar um cachecol pra você quando for na Target — diz ele, tranquilo, admirando seu trabalho. Eu o olho pelo espelho e percebo sua expressão indisfarçável de orgulho. — Para de ser dramática.

— Parar de ser dramática? Se você me der um cachecol, vou te estrangular com ele — respondo, pegando a toalha para me enxugar. — Preciso dar aula para criancinhas hoje. Sabe no que as crianças reparam? Em tudo.

— Você tem muita raiva no coração para alguém tão pequena e fofa — ele me provoca, beijando as marcas horrorosas no meu pescoço.

— Eu te odeio.

— Não odeia nada.

A mão dele viaja pela minha barriga e me puxa para perto de si. A toalha presa em seu quadril não ajuda a esconder o quanto ele quer que eu não vá trabalhar. Com uma voz intensa, ele sussurra no meu ouvido:

— Eu quero você de novo.

— Hum. Dá pra ver.

— Larga seu emprego pra gente voltar pra cama.

Por que bastam apenas algumas palavras para me deixar molhada?

Por que, por uma fração de segundo, eu considero fazer isso mesmo?

É isso que é ficar hipnotizada por pau?

— Nem todo mundo tem uma herança na manga, Hawkins — digo, saindo do transe e me afastando dele, xingando baixinho.

Continuo ameaçando enchê-lo de marcas enquanto ele me leva até o carro, ainda sorrindo como um idiota.

Ontem à noite foi uma loucura. Não sei se foi tensão sexual acumulada ou a empolgação do jogo, mas o homem sabe como usar o pau para um bem maior.

Acho que não dormi. Devo ter desmaiado de exaustão depois daquela foda tão boa. Hoje de manhã, quando entramos no banho, comentei que estava com dor entre as pernas e ele perguntou se poderia me beijar lá para passar.

E fez mesmo isso. Duas vezes.

— Quer que eu suba? — pergunta ele quando nos aproximamos do meu prédio para eu poder me trocar antes do trabalho.

Nego com a cabeça.

— Você vai me distrair. Não vou demorar.

O verdadeiro motivo é que não tenho energia para lidar com a reação de Aaron se eu aparecer em casa com Nate, coberta de chupões no pescoço.

Por sorte, Aaron ainda está dormindo quando entro no apartamento. No quarto, decido que a única roupa admissível para hoje é uma blusa de gola rolê. Depois de ter coberto as monstruosidades no meu pescoço, desço para encontrar Nate.

— Não conseguiria me concentrar se você fosse minha professora de patinação. — Nate estica o braço e coloca a mão na minha coxa, e seus dedos me acariciam até chegarmos no rinque. Quando ele estaciona do lado de fora, se vira para mim com um olhar ansioso: — Posso assistir à sua aula?

— Nem pensar — respondo enquanto saio e pego minha bolsa. — Obrigada pela carona.

— Tasi — grita ele quando fecho a porta. — Posso te ver mais tarde?

Enfio a mão na bolsa e pego o planner, passando as páginas até o dia 23 de outubro. Trabalho, aulas, academia, jantar.

— Não, desculpa. Estou ocupada. Tchau, Nate.

— Tasi! — ele grita de novo e me faz parar de repente. — E amanhã?

Meus olhos passam para a página do dia 24 de outubro.

— Não. Ocupada. Tenho que ir, e se gritar comigo de novo, vou chutar o seu carro. Não posso me atrasar, tchau!

Mal cheguei na portaria quando meu celular começa a vibrar.

NATE

Segunda?

                                      Ocupada.

Terça?

                                      Ocupada 👎

Quarta? Você não tá me ajudando, Allen.

                      Você tem um jogo no Arizona.

Cacete. Como você sabe?

                Lola Mitchell, especialista em hóquei.

Quinta? Você tem treino depois do nosso.
Posso te esperar?

                   Tenho que ir ao shopping na quinta
                 comprar uma fantasia de Halloween.

Eu também.
Que coincidência.
Vamos juntos.

                                  🙂 Claro.

Coincidência. Até parece.

    As crianças parecem estar com mais energia do que nunca hoje e, quando chega a hora do meu intervalo de almoço, já estou exausta. Estou tentando decidir o que comer quando meu celular vibra e o nome de Nate aparece na tela.

NATE

Posso te buscar no trabalho?

                        Não precisa, eu pego um Uber.

Isso não faz sentido. Eu te busco.

                            Você não faz sentido.

Porque você me tirou o juízo.

                                          Pqp.

Às 15h?

> Sim, não se atrase!
> Tem que me levar direto pra casa.

Sem enrolação. Palavra de escoteiro.

> Até parece que você foi escoteiro.

Fui, mas fui expulso.

> Por quê?

Eu acidentalmente taquei fogo no
Robbie quando a gente tinha oito anos 🔥

Como prometido, às 15h em ponto ele já estava me esperando no estacionamento.

— Ei, piromaníaco — digo ao entrar pela porta do passageiro. Ele se aproxima e segura meu rosto com uma das mãos, me cumprimentando com um beijo que deixa meu corpo inteiro arrepiado.

Estou tentando não pirar. Eu não pensaria nada de mais se Ryan me beijasse, e esse homem fez coisas obscenas comigo ontem à noite… e hoje de manhã. Eu não deveria me preocupar com um beijo.

— Oi — diz ele, feliz, engatando a marcha e dando ré. — Falando em fogo, me dá aqui esse planner, Allen.

Eu abraço a bolsa com força e dou um tapa na mão dele.

— Não. Por que essa raiva toda?

— Porque essa coisa está acabando com a minha semana. Por que você é tão ocupada? — A mão dele para na minha coxa e me distrai por um instante. — O que você tanto tem para fazer que não sobra tempo pra mim?

Eu não me importo com a mão na coxa. O que acaba comigo são os apertões e os carinhos. Essa porra está fazendo minha boceta gritar e não sei se ela está pronta para as consequências de se tornar uma putinha cheia de tesão… de novo.

— Sei lá, Nate. Talvez estudando para me formar na faculdade? Treinando para realizar meu sonho de entrar no time olímpico de patinação? Fazendo minhas tarefas? Comendo? Trabalhando? — Os dedos dele apertam minha coxa de um jeito brincalhão, e eu me remexo. — Você vai me ver antes e depois do treino, e estou livre nas quintas à noite. É quando eu tenho tempo para tran… ficar com meus amigos.

Não diz "transar", Tasi.

— Já que é para realizar seus sonhos, posso aceitar. Quando você começou a ter uma vida tão planejada?

— Quando tinha nove anos.

— Nove?! — pergunta ele, surpreso. — Você tinha um planner organizado por cores quando tinha nove anos?

— Não era bem assim. — É difícil decidir quando começar a se abrir para uma nova amizade. Não é um segredo, não é algo que me deixe com vergonha, mas mesmo assim. — Posso explicar se quiser, mas talvez seja profundo demais para uma tarde de sábado.

Nate aperta minha coxa de novo e me olha quando paramos em um sinal fechado. Ele acena com a cabeça.

— Eu gosto de ir fundo. — Ele fecha os olhos. — Não nesse sentido.

Ah, eu sei que sim, mas isso é outra conversa.

Se concentra, Anastasia.

— Ok, então. Eu sempre soube que fui adotada. Meus pais são maravilhosos. Sempre quiseram tudo de melhor pra mim. — *Bom começo.* — Eles me colocaram em todas as atividades extracurriculares possíveis, porque queriam me dar o melhor. Eu comecei a patinar e era muito boa, e fui melhorando até alguém perceber: "Tá, ela é patinadora artística."

Encaro minhas mãos e cutuco o canto das unhas.

— Eles me diziam como tinham orgulho de mim todo santo dia. Diziam que eu ia ser uma patinadora famosa, que iria para as Olimpíadas.

A mão de Nate massageia minha perna de leve.

— Parece muita pressão para uma criança.

— Eu sentia uma pressão terrível que, agora que sou adulta, percebo que era uma ansiedade forte. Mas amava patinar e queria ser a melhor para eles. — Nate entrelaça os dedos com os meus. — Eu achava que não iriam mais me querer se não fosse a melhor.

— Tasi… — Ele suspira.

— Vendo isso como adulta, sei que é ridículo, porque eles me amam muito. Mas eu tinha medo de que me rejeitassem se não me saísse bem, e isso se transformou em uma forte obsessão.

Ele não fala nada, e eu fico feliz por isso.

— Eu não sabia explicar como me sentia e acabava ficando chateada e frustrada, então me colocaram na terapia. Por um bom motivo: eu estava virando um monstro. O dr. Andrews me ensinou a comunicar melhor meus sentimentos.

— E o planner?

— Começou como um exercício da terapia. Eu me sentia fora de controle, o que é inacreditável para criança tão pequena. Eu tinha que sentar com meus pais no domingo à noite e escrever o que tinha que fazer na semana.

— Boa.

— Três categorias. O que eu tinha que fazer, o que gostaria de fazer se tivesse tempo e o que eu ia fazer que não tivesse nada a ver com escola ou patinação.

Me remexo no assento, me sentindo desconfortável, porque tenho certeza de que estou falando demais, mas ele olha para mim e assente, me encorajando a continuar.

— Quando eu era pequena, era uma tabela ótima. Me ajudou a sentir que podia fazer tudo sem surtar, e com o tempo, virou um planner.

— Então vo...

— Por favor, não me pergunte se eu sei quem são meus pais biológicos — interrompo. — Estou muito feliz com meus pais e não tenho interesse algum no passado.

— Não ia perguntar isso, Tasi. — Ele leva as costas da minha mão até a boca e beija os nós dos dedos. — Ia perguntar se aquelas citações motivacionais ridículas que você posta são coisa da terapia também, ou se está só fingindo não ser a pessoa mais assustadora, mandona e temperamental do planeta.

— Dá licença. Eu não sou temperamental nem mandona.

Rindo da minha expressão de choque, ele beija minha mão de novo.

— Acho que as evidências estão a meu favor. — Finalmente chegamos no meu prédio, e ele estaciona em vez de só encostar no lugar de sempre. — Obrigado por me contar tudo isso.

— Obrigada por ouvir. Sei que é... é muita coisa.

— Isso não me incomoda. Além do mais, eu gosto de saber quais são seus pontos sensíveis. É importante pra mim poder apoiar meus amigos, e saber desse tipo de coisa ajuda, acho. — Abro a boca para responder, e na mesma hora ele a cobre com sua mão grande. — Não vai dizer que não somos amigos. Somos, sim.

Eu mordo a palma da mão dele, fazendo com que ele a puxe de volta enquanto ri.

— Não ia dizer isso. — Ele me encara com um olhar cético. — Tá, não era a *única* coisa que ia dizer. Eu ia dizer que seus amigos passaram um bom tempo me convencendo de que você é uma boa pessoa, então o que quer que esteja fazendo está funcionando.

Um sorriso convencido toma conta do rosto dele.

— Você acabou de admitir que me acha uma boa pessoa? Você... me elogiou?

— Meu Deus. Tchau. Obrigada pela carona.

Nate não me deixa ir; em vez disso, ele se aproxima e me beija até eu perder o ar. E eu deixo. Por vinte minutos.

Passo toda a viagem de elevador até meu andar tentando controlar minha expressão, porque nunca pareço tão feliz assim quando volto do trabalho. Quando entro no apartamento, Aaron e Lola estão em casa, brigando por alguma besteira, como sempre.

Sinto a ansiedade bater quando Aaron me vê e imediatamente fica com uma expressão estranha. Eu largo a bolsa no chão e pego um copo para beber água.

— E aí?

Ignorando meu cumprimento, ele se aproxima de mim e usa um dedo para puxar o tecido que cobre meu pescoço. É isso que me faz perceber que a blusa não está onde deveria. *Merda.*

— Você precisa falar para o Rothwell comer antes de chegar perto de você, Tasi. — Ele bufa ao falar. — Tá parecendo uma qualquer. Não vou patinar contigo nas seccionais se estiver assim.

— Deixa os peguetes dela em paz, Princesa do Gelo — grita Lola do sofá. — Larga de encher o saco só porque você não está comendo ninguém e Tasi finalmente se juntou ao grupo dos fãs de hóquei.

— Fãs de hóquei? — Ele olha para nós duas, atordoado, e meu coração vai parar no estômago. — Você tá dando pro Nate Hawkins, é?

Lola arregala os olhos ao perceber o que fez.

— Não é da sua conta. — Não é *mesmo* da conta dele. Eu sou uma mulher adulta e posso fazer o que quiser, mas isso não me impede de ter certeza de que vou ouvir um sermão de Aaron, algo que realmente queria evitar. Ao longo dos anos, aprendi quais batalhas posso ganhar com ele. Aquelas nas quais ele já decidiu odiar alguém definitivamente não estão nessa lista. — Nem vem.

— Por que você faz essas escolhas de merda? Caramba. Parece que você não se res…

— Termina a frase — rosna Lo enquanto vem em nossa direção. — Quero ver se tem coragem de terminar a merda dessa frase, Carlisle. Termina e vai ver quais são as escolhas que *eu* faço.

Ele bufa e revira os olhos, então sai pisando forte para o quarto, resmungando alguma coisa sobre morar com mulheres.

Quando a porta se fecha, Lola se agarra em mim e me esmaga com um abraço apertado.

— Desculpadesculpadesculpadesculpa.

— Uhum. Vai ter troco, Mitchell.

* * *

Quinta chega e Aaron, após cinco dias de birra, continua de birra, posso confirmar. Ele mal falou comigo desde que cheguei em casa no sábado, e tudo bem por mim, mas isso torna a convivência difícil.

Eu me mantive ocupada e, depois do que eu chamo de "mágica do planner", consegui me adiantar com as tarefas e ter um tempo livre no domingo.

— Nada de celular. — Henry nem tira os olhos do caderno de desenho enquanto briga comigo. — Ou eu vou tomar de novo.

Eu obedeço e guardo o celular no bolso de trás. Henry tem sido meu colega de estudo a semana inteira, me fazendo companhia na biblioteca e confiscando meu celular quando me distraio com mensagens de certos jogadores de hóquei irritantes. Falo no plural porque JJ é quem mais me manda mensagem.

Até agora, Henry não estudou muito também, porque prefere procrastinar até o último segundo para depois estudar sobre pressão, mas ele me desenhou como se eu fosse uma girafa, o que foi bem legal.

Estou terminando um trabalho quando ouço o lápis de Henry bater na mesa da biblioteca.

— Você sabe que Nathan não te largaria, né?

— Quê?

— Ontem. Você disse que ficaria feliz de se apaixonar por mim, porque eu não te largaria. Nathan também não.

Como na maioria das minhas conversas com Henry, suas palavras me pegam desprevenida, como fica claro pela mistura de riso e engasgo que sai da minha boca.

— Era brincadeira, Hen.

Ontem, em troca de chocolate quente e marshmallows, Henry me deu um relatório completo sobre como faria eu me apaixonar por ele caso Nate fizesse besteira. Naturalmente, minha primeira reação foi dizer que eu não teria problema algum em me apaixonar por ele e, de trouxa, falei que seria impossível ele me abandonar, então era só me avisar quando sua hora chegasse. Isso ficou na mente dele.

— Você não precisa mentir pra mim, Anastasia. Uma menina legal como você não é solteira sem motivos; não precisa me contar, mas eu queria que você soubesse que ele não te abandonaria. — Ele parece tão sincero quando fala isso que quase me faz chorar. — Ele nunca me deixou na mão, e sou apenas amigo dele. Ele te vê nua e isso é bem melhor. Antes que você diga que não rolou, saiba que meu quarto é do lado do dele e você é bem barulhenta quando goza.

Sinto o sangue deixar meu rosto.

— Bom saber... E, depois dessa, acho que é hora de irmos pro rinque.

Henry e eu guardamos as coisas e cruzamos o campus até a arena. Conversamos um pouco sobre assuntos que não envolvem os sons que faço quando tenho um orgasmo. Ser amiga de Henry é fácil; você sabe que ele está falando a verdade, não tem mentira ou segundas intenções. Esta semana, esse tipo de sinceridade tem sido um alívio por causa da tensão com Aaron, e fico triste quando chegamos no rinque e ele se afasta.

Bem que ele poderia ser um patinador artístico, né?

Tento me concentrar no meu aquecimento e não no quanto Nathan fica gato gritando instruções para o time. Quando entro no gelo, estou corada, mas Aaron acaba com a minha graça na hora porque aquele humor de merda dele é como uma nevasca forte.

— Ele está te distraindo, Anastasia. Você está desleixada. Para de desperdiçar meu tempo se não vai se esforçar — reclama Aaron, apontando para Nate, que nos assiste nas arquibancadas. Hoje é o dia em que eu e Nate vamos ao shopping, e eu disse que ele poderia me assistir patinando. Na hora que concordei, sabia que era um erro, já prevendo que Aaron seria um babaca, mas ele pediu com tanto jeitinho que não consegui recusar.

— Não estou distraída!

A única distração agora é a atitude de Aaron. Os movimentos dele estão fechados e curtos, não estamos sincronizados e, quando ele se move para me levantar, me aperta mais do que o normal. É desconcertante e irritante, e, quando terminamos, sinto uma vontade de me trancar num quarto e chorar.

Assim que terminamos, ele corre para os vestiários e Nate vem andando até mim. Eu nem preciso falar nada; esse treino terrível disse tudo. Estávamos péssimos.

— Eu quebro a cara dele, se você quiser. — Ele segura meu rosto com uma das mãos e me aconchego no seu calor.

— Se você machucar o Aaron, não vou poder competir nas seccionais daqui a duas semanas.

— Entendido.

— Mas, se não nos qualificarmos e você, por acaso, acontecer de passar com o carro por cima dele, aí não é problema meu.

— Entendido também. — Ele ri e se aproxima para beijar minha testa. Tenho certeza de que Brady está em algum lugar, observando e me julgando, mas quando abraço Nate e deixo a tranquilidade dele tomar conta de mim, não consigo mais me importar com a opinião dela.

Eu faço minha respiração acompanhar a dele e na hora sinto menos vontade de chorar.

— Obrigada por me esperar.

— Posso fazer uma sugestão pros nossos planos? — diz ele, cautelosamente, enquanto ergue meu rosto. — Não quero atrapalhar o planner, mas sinto que o seu humor agora justifica algumas mudanças.

Ele está sendo tão gentil comigo, tão cuidadoso, que sinto como se fosse me quebrar. Ele se inclina para a frente, deixando o rosto a poucos centímetros do meu, me esperando.

— Não vou te beijar até ouvir a proposta.

O sorriso dele é tão lindo que quase me destrói, mas eu aguento firme, me concentrando em movimentar o ar para dentro e para fora dos meus pulmões, de forma que continue parecendo um ser humano normal na frente desse homem lindo de morrer.

— Em vez de ir ao shopping, compramos comida para viagem no seu restaurante favorito e procuramos as fantasias na internet. Você pode dormir lá em casa porque comprei um monte de coisas pra você na Target no sábado depois de te deixar no trabalho, e acho que vai ser bom ficar longe do Aaron agora.

— Você supôs que iria conseguir convencer outra pessoa a passar a noite contigo? — provoco, já me sentindo melhor.

— Você não tem noção da qualidade dessas paradas. A caixa do Henry não é nada comparada com a minha. Você vai implorar para dormir lá.

— É um bom plano, Hawkins.

— É um ótimo plano. Eu até te levo para casa de manhã para trocar de roupa, e depois para a sua aula. Deve ser o melhor plano do mundo.

Eu acabo com a distância entre nós e pressiono os lábios nos dele. É difícil lembrar que estamos em público quando sua língua se enrosca na minha. Ele se afasta.

— Isso é um sim?

— Sim.

Capítulo dezoito
NATHAN

Paramos na frente da minha casa três minutos depois e, até agora, ela não tentou fugir do carro, então estamos sentados em um silêncio quase confortável.

Ela está segurando as alças da bolsa com um olhar distante e o corpo visivelmente tenso. Sei que está perdida em pensamentos, ansiosa, então deixo ela quieta por mais alguns minutos, sem interromper.

Mais um tempo se passa e seus lábios continuam tensionados, então estico a mão e passo os dedos pela bochecha dela, de leve, e limpo a garganta para chamar sua atenção. Brinco com uma mecha de seu cabelo, e Tasi se vira para ouvir o que vou dizer.

— Quer brincar de casinha?

— O quê? — Ela parece confusa, o que faz sentido. Linhas aparecem em sua testa quando ela me olha de um jeito estranho. — Casinha?

— Tipo quando era criança.

A careta se desfaz e os cantos da boca levantam um pouco.

— E como seria isso? Vamos fingir ser os pais dos meninos?

— Vamos esquecer o mundo lá fora até amanhã. Bom, se JJ te chamar de mamãe, vou bater nele, mas fora isso... Como é aquela sua farsa motivacional? *Só energias positivas*.

— Não é farsa! Eu *sou* uma pessoa positiva — insiste ela, mentindo para nós dois. Ela bufa e cruza os braços, contrariada, mas não consegue manter o fingimento, e a expressão falsa de irritação se desfaz. — Você sempre foi gentil assim? Não é bem o que eu esperava.

— É, minha mãe me criou assim. Se eu gosto de você, eu gosto de você. Sempre fui assim, tudo ou nada.

Sinto um pouco de pânico ao pensar que Tasi pode entender errado o que quis dizer depois de termos conversado sobre suas intenções, mas felizmente ela ri.

— Eu imaginaria que, pelo seu status no campus, você teria comido metade da Maple Hills até agora. Transar muito vem no pacote com o título de capitão, não é?

— Já comi, sim. E, sim, vem mesmo.

Não sei bem se é a resposta que ela esperava, porque seus olhos se arregalam, e ela me encara.

— Ah.

— Você está julgando minha vida sexual, Anastasia Allen? A rainha das relações casuais? — O queixo dela cai e começa a gaguejar enquanto tenta uma réplica, mas estou curtindo vê-la sem palavras e não lhe dou tempo para responder. — Pegar pessoas e gostar de pessoas são coisas diferentes. Se eu gosto de uma pessoa, quero ficar perto e conhecê-la melhor. Não é sempre que quero algo a mais com alguém, então, quando quero, é uma prioridade.

— Credo, que grudento — reclama ela, e suas bochechas ficam vermelhas. Sua mão toca na maçaneta da porta e a outra segura a bolsa. — Vamos entrar antes que as crianças toquem o terror.

É incrível quando seus melhores amigos gostam da pessoa com quem você está saindo, mas nós mal acabamos de passar pela porta quando os rapazes veem Anastasia atrás de mim e se transformam em golden retrievers. Se não testemunhasse com meus próprios olhos, não teria acreditado. Conheço esses caras há anos e nunca vi nenhum deles agir que nem quando Tasi e Lola estão aqui.

Henry começa.

— O que você está fazendo aqui? Quer ver um filme com a gente? Vai dormir aqui?

Passando o braço pela minha cintura e se encostando em mim, ela sorri para mim antes de olhar de volta para Henry.

— Nathan me sequestrou porque quer brincar de casinha.

— Você pode me chamar de *papi* quando quiser, Tasi — grita JJ do sofá.

— Sobe. — Eu a empurro com o quadril escada acima. — Para de palhaçada, Johal. Ela não te quer.

JJ bufa alto.

— Não acredito nisso. Todo mundo me quer.

Henry faz uma careta quando Tasi começa a subir as escadas e resmunga:

— *Eu* não te quero, JJ.

Estar com Tasi quando ela está sóbria é meu novo hobby favorito.

Eu amo conversar com ela. Parece óbvio, mas amo ouvi-la mergulhar completamente em uma história. A forma como segura uma risada quando comenta algo que Lo disse, ou o sorriso triste quando fala de Seattle. Sua imitação da treinadora Brady com um sotaque russo me faz rachar de rir mesmo que seja a vigésima vez que ouço.

Ela tem opiniões e interesses e, por trás do comportamento competitivo e absurdamente organizado, é apenas uma mulher que quer ser bem-sucedida. Isso faz eu me sentir péssimo por tê-la julgado como dramática, porque, vamos ser sinceros, ela tem, sim, seus momentos, mas no fim das contas é uma questão de compromisso e medo.

Outra descoberta interessante que fiz sobre a Tasi sóbria é que, para alguém que não gosta de pessoas grudentas, ela é bem grudenta.

Tipo, literalmente, ela não larga de mim.

Que nem um coala.

Ou um bicho preguiça.

Seu corpo inteiro está enroscado no meu. O rosto fica enfiado no meu pescoço, o cabelo faz cócegas no meu nariz, as pernas envolvem minha cintura e minha única opção é equilibrar o notebook na bunda dela, então, com uma das mãos, pesquiso um site de fantasias e, com a outra, faço carinho nas costas dela.

Por mais que eu queira que ela não se sinta mal, especialmente porque Aaron está puto por minha causa, fico feliz por ela estar aqui e não me mantendo afastado.

— Você tem alguma gordura no corpo? — bufa ela, se esfregando em mim até envolver minha cintura e se sentar para ficarmos cara a cara. — Parece que estou deitada no chão. Você é completamente plano.

Fecho o notebook, coloco-o no chão e dou atenção para a bela mulher em cima de mim.

Minha camiseta está imensa nela, outra coisa que eu amo. É estranho, eu sei. Isso me faz pensar se existe uma justificativa psicológica para o fato de vê-la usando minhas roupas me deixar tão excitado.

— Desculpa se o corpo pelo qual me esforço tanto não serve como colchão para você. — Passo o polegar pelo seu lábio inferior, e, quando ela mordisca a ponta, com uma expressão cruel no rosto, todo o sangue do meu corpo vai para o meu pau. — Mas tenho certeza de que você tem outros motivos para gostar do meu corpo.

Os quadris dela se esfregam na ereção que luta para escapar da cueca e eu juro por Deus, um movimento ínfimo, e essa mulher vai me deixar doido.

— Sabe o que eu quero? — ela me provoca, traçando com o dedo cada músculo abdominal até meu umbigo.

— Me conta, Anastasia, o que você quer?

— Comida. — Ela ri, se deitando de novo no meu peito, apoiada nos antebraços. — Estou morrendo de fome.

Tentei fazer ela escolher algo para comer desde quando chegamos. Tem sido uma tarefa impossível, talvez a mais frustrante da minha vida.

Sugeri pedirmos comida. Sugeri que eu cozinhasse. Sugeri comprar algo para nós. Todas as sugestões foram recebidas com um resmungo e um balançar de cabeça. Então tento de novo, me inclinando para beijar a ponta do nariz dela porque está fofa demais.

— Hambúrguer?
— Muitas calorias.
— Pizza?
— Calorias.

Estou prestes a sugerir comida tailandesa pela milésima vez quando o celular dela toca.

— Desculpa, preciso atender... Oi, Ry. — Ela afasta o celular, e o rosto dele preenche a tela.

Ótimo.

— E aí? — acrescenta ela, empolgada.

— Ei, acabei de buscar a Liv no ensaio e encontrei a Lo. Ela disse que Aaron tá te irritando e queria saber como você tá. — Estou tentando não olhar para o celular dela por cima do meu ombro, porque não sei se estou aparecendo nesse ângulo. — Vamos pro Kenny's comer asinhas de frango, quer ir?

Ouço um barulho de leve no fundo, e ele ri.

— Liv mandou um oi; aparentemente eu sou muito alto e estou tapando ela.

— Oi, Olivia! Pois é, Aaron está sendo um poço de doçura como sempre, mas tudo bem. Só está estressado porque acha que estou sendo irresponsável com... as coisas.

Eu. Eu sou "as coisas".

— E ele sempre fica irritado quando chega na época de competição, mas acho que ele vai ficar de boa no dia, e isso é tudo que importa. Eu adoraria comer no Kenny's, mas não dá. Obrigada de qualquer maneira.

— Eu sugeri asinha de frango e você disse que não — resmungo baixinho.

Ela revira os olhos pra mim e responde baixo:

— Calorias.

— Você disse "calorias"? — diz Ryan em um tom sério. — Ele está tentando controlar o que você come de novo? Espera... quem está aí com você?

— Estou com Nathan — diz ela, esticando o celular para o lado, de forma que ele consiga vê-la deitada em cima do meu peito nu. — E ninguém está controlando nada, nem começa. As seccionais são em duas semanas, Ryan. Nem todo mundo pode viver à base de gordura saturada e carboidratos.

Para minha surpresa, quando olho para o celular dela e aceno com a cabeça, Ryan está com um sorriso imenso no rosto.

— Bom saber que você seguiu meu conselho, Allen. Não quero atrapalhar a noite de vocês. Tchau, gente! Avisem se quiserem encontrar com a gente.

Tasi desliga e coloca o celular de lado sem falar nada.

— Que conselho você seguiu?

— Hum? Ah, ele... Ryan disse que eu deveria parar de ser tão dura contigo e te dar uma chance. Disse que você era um cara legal e que eu deveria parar de ser teimosa.

Eu sempre disse o quanto gosto do Ryan. Sempre disse que ele era um cara legal e sábio, que todo mundo deveria ouvir. Retiro tudo de ruim que disse antes.

— Depois disse que eu deveria transar com você, pela ciência, e Lo concordou.

Eu gosto dos amigos da Anastasia. Gente boa demais.

— Então você está me dando uma chance?

Estou pronto para o que vier. Ela ainda está aqui na minha cama. Não importa o que diga. Eu entendo seus limites e fico feliz de estar onde estou agora.

— Sim, acho que sim. Mas, se você não me der comida logo, vou ficar furiosa de tanta fome e sei lá o que vou dizer ou fazer com você.

— Vou pedir comida do Kenny's. Você quer asinha de frango, então vai comer asinha de frango.

Ela enfia a cara no meu peito e resmunga besteiras sobre engordar.

— Ah, cala a boca, Anastasia. — Dou uma risada e me encolho quando ela bate nas minhas costelas por ter mandado ela calar a boca de novo. — Calorias não existem em realidades alternativas. É uma refeição apenas, e você queima centenas de calorias extras por dia. Ok?

Ela brinca com as pontas do cabelo, ansiosa. Finalmente, faz que sim.

— Ok.

— Não precisamos falar sobre isso agora, mas eu quero saber o que o Ryan quis dizer dessa história do Aaron controlar o que você come. Então, o que quer que eu peça?

Uma hora depois, estou com uma mulher bem mais feliz ao meu lado.

Depois de um pote gigante de asinhas e batata frita com queijo, ela está com um sorriso radiante no rosto e me olhando como se eu tivesse criado o Sol. Só fiz o pedido e fui buscar na porta, mas é o suficiente para ela.

Henry não sabia para onde olhar quando ela passou por ele a caminho da cozinha vestindo a minha camiseta. Ninguém sabia para onde olhar quando ela literalmente gemeu quando deu a primeira mordida. JJ ficou boquiaberto, mas até ele achou por bem ficar quieto; melhor assim, porque temos jogo no sábado e não quero perder um zagueiro.

Mas nada impede Henry e sua expressão preocupada. Ele tem tentado não falar a primeira coisa que vem à sua mente, mas nem sempre tem sucesso.

Tasi morde outra asinha, e o cenho dele franze ainda mais.

— Eu sei que vou ter que ouvir você fazer esse barulho mais tarde, Tasi. Não parece justo ter que ouvir durante o jantar também.

— Cacete, Hen — grita JJ, cuspindo a bebida na ilha da cozinha.

Tasi fica com a boca aberta e nem eu sei como ela vai reagir. Essa é minha deixa para tirá-la de perto dos meus amigos. Quando ela termina de comer e lavar as mãos, arrasto-a para o quarto.

Assim que que fecho a porta, ela me empurra contra a porta, abraça meu pescoço e puxa meu rosto para perto do dela.

O corpo macio de Tasi se molda ao meu, e ela afunda os dedos no meu cabelo.

— Por que a pressa? — pergunto enquanto tiro a calça de moletom, porque não sou idiota de ficar fazendo mil perguntas quando ela me beija assim.

— Henry disse que eu faço barulho quando gozo, então quero transar antes de ele ir dormir.

Meu Deus.

Essa não estava sequer na lista de respostas que achei que ela poderia dar.

Minha mão desliza pelo material leve da camiseta que ela ainda está vestindo e entra no meio das suas pernas, e dedilho o lado de fora da calcinha. Ela se esfrega nos meus dedos, buscando a pressão, e aperta meus braços enquanto a língua busca a minha.

Seus barulhos e movimentos me deixam louco. Gemendo e tremendo, sua respiração ficando mais pesada quando beijo seu pescoço e agarro a parte de trás das coxas para enroscá-la no meu quadril, nos afastando da porta.

Estou desesperado para estar dentro dela. Só consigo pensar nisso desde sábado. O quadril dela se movendo contra o meu, o arrepio se espalhando por mim.

— E se eu gostar de quando você faz barulho?

— Então faz algo pra me fazer gritar, Hawkins.

Eu a coloco de pé, seguro as laterais da calcinha e puxo até os tornozelos, após ela concordar com a cabeça. A camiseta é a próxima, e ela fica nua, coxas se tocando, as bochechas rosadas e olhos brilhando. Ela é a mulher mais sexy que já vi na vida, e acho que não sabe disso. Deixo-a em pé ali e me jogo na cama de costas.

— O que você está fazendo? — Ela coloca as mãos na cintura e inclina a cabeça, confusa.

— Estou esperando você vir aqui e sentar na minha cara, Anastasia. O que acha que estou fazendo?

Eu amo brincar de casinha.

Capítulo dezenove
ANASTASIA

Eu amo Halloween quando gosto da minha fantasia.

Apesar de Nate e eu não termos comprado nada, eu sabia o que queria quando acordei na manhã seguinte na cama dele.

Quando abri os olhos, Henry estava sentado no pé da cama com uma cara de culpado. Nate estava em pé ao lado dele, de cueca, os braços cruzados e uma expressão de pai irritado.

— Fala — ordenou.

Henry se mexeu, desconfortável, girando o celular nas mãos.

— Me desculpa, Anastasia.

— Pelo quê?

Eu olho para Nate, que ainda está com aquela mesma expressão rígida, o que é um pouco excitante.

— Me desculpa por ter feito você ficar com vergonha das suas experiências sexuais e pelo jeito como come frango. Volume é algo relativo, acho, e você é bem mais silenciosa do que a Kitt…

— Ok, ok, cala a boca, chega — interrompeu Nate, tirando-o da cama e o empurrando até a porta. — Cai fora.

De nós três, eu que senti mais vergonha, e isso me desperta uma sede de vingança contra esse homem superprotetor que fez essa cena toda.

Nate parecia tranquilo quando voltou para a cama, o corpo imenso me cobrindo ao deitar entre minhas pernas. Eu ainda pensava no quanto estava irritada quando ele começou a se esfregar em mim e a beijar meu pescoço.

— Como você consegue pensar em sexo depois de acabar de me envergonhar na frente do seu melhor amigo?

Ele parou na hora e moveu a cabeça para que eu pudesse ver sua expressão confusa.

— Primeiro, estou sempre pensando em sexo com você... Ai — resmungou. — Não me belisca. Desculpa se você se sentiu envergonhada, não era minha intenção. Não gostei do que ele falou pra você. Quero que você se sinta confortável aqui.

— Eu me sinto confortável aqui... Mas não agora. Agora eu quero me esconder para sempre.

O sorriso dele foi de orelha a orelha.

— Isso me deixa feliz, tirando a parte de querer se esconder. Sinto muito por você estar envergonhada, mas ele não pode falar o que quiser só porque é fofo.

— Ele é mesmo fofo — concordei. — Adoro ele, Nathan, e, tipo, isso está virando um problema. Eu quero apertar ele até seus olhos saltarem. Não quero que Henry ache que arrumou confusão por minha casa.

— Ele é muito adorável. — Nathan beijou a ponta do meu nariz, me distraindo por um segundo. — Mas, se ele não aprender, um dia vai realmente magoar alguém. Eu me preocupo em como ele vai ficar sozinho depois que nos formarmos, então preciso ensinar algumas coisas pra ele.

— Por mais que não goste de acordar e ver a cara de culpado do Henry, gostei dessa sua postura de pai preocupado e sexy.

— Nem brinca, Anastasia. — Sua postura inteira mudou e ele voltou a se esfregar em mim. — Porque eu te engravido agora mesmo e você vai passar o resto da vida ensinando minipatinadores teimosos que nem a Brady.

— Sai fora — respondi, brincando, empurrando o peito dele e ignorando seu choramingo. — Preciso tomar meu anticoncepcional.

Ele riu, saindo de cima de mim e se sentando sobre os calcanhares, os quase dois metros de altura apoiados nas coxas grossas e definidas. Eu deveria receber um prêmio por saber o quanto Nathan é gostoso quando está pelado e ainda conseguir sair de seu quarto. Juntar a motivação para tirá-lo de cima de mim foi descomunal. Até meus ovários estão gritando.

Quando chego em casa depois do trabalho no sábado, Lola está pelada no meu quarto, vasculhando meu guarda-roupa.

— Ei, gata — cumprimenta ela. — Como foi o trabalho?

Jogo minha bolsa no chão e me sento ao pé da cama.

— Bem, obrigada. Não que eu não goste de ver a sua bundinha linda, mas por que você está pelada no meu quarto?

— Estou saqueando seu guarda-roupa. Preciso de algo pra vestir hoje à noite.

O Honeypot está organizando uma grande festa de Halloween e, graças à nossa vizinha favorita, temos ingressos.

Os rapazes pediram para nos encontrarmos lá porque querem que suas fantasias sejam surpresa, o que é ótimo para mim, já que a minha também é. Eu checo a hora no meu celular e vejo uma mensagem de JJ dizendo que está a caminho.

— JJ está trazendo minha fantasia.

— Você deveria esperar na porta — diz ela, pegando um vestido verde-esmeralda do cabide e colocando na frente do corpo. — Se Aaron encontrar um jogador de hóquei neste apartamento, é capaz de atear fogo no prédio inteiro.

Lola tem razão.

— Ele ainda não está aqui. Não sei onde está. Não me atende.

As coisas com Aaron estão piores do que nunca. Somos amigos há tanto tempo que eu me acostumei com as mudanças de humor dele. Um hora ele sai dessa, pede desculpa e passa algumas semanas sendo especialmente legal.

Faz uma semana que ele descobriu que eu fiquei com Nathan e ainda está puto, mas não consigo entender o motivo. Nate me deixou no rinque ontem de manhã, mas Aaron chegou tarde e nem falou comigo. No treino da tarde, quando percebeu que eu não ia embora com Nathan, seu humor pareceu melhorar um pouco.

Me dá vontade de gritar toda vez que alguém fala que é porque ele está apaixonado por mim, mas ninguém me escuta, por mais que eu diga que não. Quando digo "alguém", quero dizer todo mundo no time de hóquei do Nate, incluindo ele mesmo.

Minha teoria é que Aaron nunca aprendeu a dividir as coisas, e isso ainda vai piorar.

Encontrar nossos amigos em uma balada cheia de gente deveria ser impossível.

Bom, seria mesmo, se não houvesse um grupo de figuras amarelas na área VIP quando olhamos do mezanino.

JJ é o primeiro a nos ver chegando em meio à multidão. A julgar pelo seu olhar empolgado, está prontíssimo para o que vem pela frente. Ele cutuca o cara ao lado dele, que chama o outro, até termos doze caras vestidos em pijamas de minions nos encarando.

O último minion está sem capuz; é Bobby. Ele toca no ombro de Nate e interrompe a conversa dele com Robbie.

Nate está vestindo calças pretas, uma jaqueta com zíper e um cachecol listrado no pescoço. Ele agarra o peito de Robbie, sem tirar os olhos de mim. Robbie está vestindo um jaleco branco, uma camiseta amarela e óculos de armação grossa, e meus poderes de dedução movidos a vodca me dizem que os meninos estão vestidos de *Meu malvado favorito*.

O olhar de Nathan continua fixo em mim até chegarmos na cabine e pararmos na entrada. Começa nos meus pés, subindo pelas botas, que vão até as coxas. Sei que chegou na parte em que mostro mais pele quando o vejo engolir em seco, o pomo de adão subindo e descendo, e ele umedece os lábios.

Seus olhos sobem pelas minhas coxas, passam pela borda da camisa dos Titans e pelo cinto que marca minha cintura, então passam pelos seios até encontrarem os meus. Ele solta o ar pela boca e passa uma das mãos no rosto.

É uma experiência intimidadora ter tantos caras me encarando, mas é tarde demais para desistir. JJ está sorrindo mais do que todo mundo e começa a comemorar.

— Dá uma voltinha, Tasi!

Jogo o cabelo por cima do ombro e giro devagar, parando por dois segundos quando fico de costas. É tempo suficiente para o riso e as palmas começarem, e ao me virar, o rosto de Nathan está gélido.

As juntas das mãos estão brancas de tanto apertar o copo. Ele ainda não disse nada, então não tenho confirmação, mas acho que é porque ele não esperava que eu me vestisse de JJ pro Halloween.

— Você tinha razão, isso é hilário. Ele parece muito puto — diz Lola, sorridente, quando entramos na cabine.

Estou prestes a me juntar a ela quando uma muralha de músculos me para.

— Vem comigo.

Não sei se posso dizer que estou andando, pois meus pés não tocam o chão.

Nate está, de um jeito bem gentil, me arrastando pela multidão, mas não disse para onde vamos. Não falou nada. Mesmo quando está com raiva, seu toque é suave, e ele usa o corpo como um escudo humano para atravessar o mar de Coringas e Coelhinhas da Playboy, o que facilita bastante.

Pelo menos a minha fantasia é original.

Nate murmura um "valeu" para um segurança assustador enquanto entra em um corredor escuro. Ele para na frente de uma porta preta e acena com a cabeça.

— Entra.

Talvez seja aqui que ele vai me matar, e vou me tornar assunto para os podcasts de *true crime* para sempre. Cruzo os braços e balanço a cabeça.

— Só se for à força.

— Como quiser.

Estou de cabeça para baixo, pendurada no ombro dele, antes que consiga reagir. Nate passa por uma porta, depois por outra, até que finalmente me coloca de pé.

Olho ao redor e percebo que estamos em um banheiro chique.

— Você não gosta de fazer xixi sozinho? Podia ter pedido com jeitinho — provoco.

— Tira isso, Anastasia.

É difícil não abrir um sorriso de Cheshire. Eu amo irritá-lo; entendo por que os caras fazem isso, porque é tão fácil e divertido.

— Tirar o quê?

Nathan anda na minha direção, e, a cada passo dele, dou um para trás, até minhas costas encostarem na parede. A empolgação cresce quando me concentro no rosto furioso dele e, por algum motivo masoquista, o ponto entre minhas pernas está excitado e pulsando.

Ele coloca as mãos dos lados da minha cabeça e se abaixa para ficar na minha altura.

— Tira a camisa do Jaiden ou vou arrancar ela de você.

— Você parece irritado, Nathan — provoco enquanto passo o dedo pelo cachecol dele. Com seu rosto a poucos centímetros, esfrego o nariz no dele, me deliciando com a sua respiração lenta quando sussurro: — Acho que você precisa achar um jeito positivo de canalizar a sua raiva.

— Eu estou tão puto com você — responde ele com a voz ríspida, e pressiona a boca na minha. Ele me levanta e me empurra contra a parede, e se eu não estava molhada antes, agora já era.

Não sei no que me concentrar, nas mãos dele viajando pelo meu corpo ou no seu quadril contra o meu. Ele está achando isso tão excitante quanto eu. Está duro feito pedra, abaixando o zíper da calça, e quando rebolo, ouço um gemido lhe escapar da garganta.

Eu deveria estar no controle desta situação. Não estou, nem de perto. Estou carente e desesperada, gemendo quando seus dentes arranham meu pescoço.

— Última chance, meu bem. Quem de nós dois vai tirar?

— Mas JJ é meu jogador favo...

Eu mal termino a frase e Nate abre meu cinto, deixando-o cair no chão. Ele puxa minha camisa pela cabeça em um único movimento e a joga do outro lado do banheiro.

Cada centímetro do meu corpo parece queimar; é sufocante, enlouquecedor. Não estou nem bêbada, mas me sinto intoxicada por ele, seu toque, seu cheiro. É inacreditável; porra, o homem está vestido de Gru, mais um toque dele e estou prestes a explodir.

Ele olha para o meu corpo e bufa. Agora que arrancou minha primeira fantasia, consegue ver meu minúsculo uniforme de animadora do Titans. Ele segura meu queixo entre o polegar e indicador.

— O quanto você gosta de conseguir andar?

Aperto as pernas na cintura dele, a excitação prestes a explodir.

— Não faço questão.

— Que bom.

O barulho seguinte é uma mistura de gemidos e sons, um cinto abrindo, um pacote sendo aberto, até ele estar protegido e começar a me provocar com a cabeça do pau.

Eu sei o que está fazendo: quer que eu implore por ele, mas vai ficar querendo, porque eu não imploro por nada.

— Deixa eu colocar a camisa de novo para você ver o nome do JJ enquanto me...

Eu não termino a provocação, porque ele mete o pau inteiro de uma vez, com força, roubando todo ar dos meus pulmões.

Os dedos de Nate apertam minha bunda, e ele me segura firme para me comer com ainda mais força, e a partir daí, não tem mais jeito.

Cada movimento é tão delicioso e punitivo quanto o último. O barulho de pele se chocando ecoa ao nosso redor, e ele morde minha boca enquanto geme e grunhe, me forçando mais contra a parede.

O orgasmo vem do nada e me atinge como um trem descarrilhado, mas ele não para, nem mesmo desacelera.

Ele me deixa gritar em seu peito e agarrar seus ombros, e quando finalmente paro de tremer, passa o braço por baixo da minha perna e a leva até seu ombro, depois faz o mesmo com a outra.

Estou dobrada ao meio, e ele me segura apenas com as mãos. *Que homem é esse?* Só consigo pensar: *Graças a Deus, sou flexível, e ele é forte.*

— Que bocetinha apertada, Anastasia. Toda minha — diz ele contra a minha boca. — Acha que vai me irritar, é? Acha que não sei que porra de joguinho é esse? É no meu pau que você goza. Mesmo quando usa o nome de outro cara nas costas... É o meu nome que você grita.

Cada palavra faz eu me segurar com mais força, o ângulo, a frustração, o controle, ele está acabando comigo. Estou rebolando e me chocando contra ele. Cada célula do meu corpo está tensa e pronta para ele me desintegrar inteira.

Eu tento me segurar, não dar a ele a satisfação de pensar que esse discursinho tem algum efeito sobre mim, mas quando ele me chama com um grunhido contra o meu pescoço é tão erótico que meu corpo me trai.

Juro que vejo estrelas. Meu corpo tensiona, derrete e pega fogo porque é tão bom; nem sei mais o que estou sentindo.

Os movimentos dele ficam mais irregulares, os gemidos mais altos, e quando a boca dele atinge a minha, ele desacelera, tremendo e xingando enquanto ejacula em mim, preenchendo a camisinha.

A testa dele encosta na minha, e então Nate me solta, e eu fico de pé muito, muito trêmula. Nossas respirações estão pesadas; ele planta um beijo na minha testa e respira fundo.

— Gostei da sua fantasia de animadora de torcida.

— Hum.

Não é nem uma resposta. É só um som aleatório que parece um pouco positivo. Ele não estava brincando quando perguntou sobre não poder andar, mas não mencionou nada sobre não conseguir nem falar.

O braço de Nathan está na minha cintura, e quando olho para ele, vejo um sorriso convencido no seu rosto. Quando chegamos na mesa, Nate joga a camisa na cara de JJ.

— Espero que esteja preparado para patinar até cair no próximo treino, seu merdinha.

Estou cheirando a sexo e com o cabelo bagunçado de quem acabou de transar, mas não consigo me importar. Tentei me arrumar antes de sair do banheiro, mas depois de alguns minutos tentando me pentear com os dedos, desisti.

Os meninos estão nos encarando quando vamos pegar bebidas.

Todos, menos um.

— Você devia ter se vestido de minion que nem a gente — disse Henry ao avaliar minha fantasia de cima a baixo, completamente desinteressado. — Estaria muito mais confortável agora, e a gente não precisaria correr o risco de ver a sua bunda.

Ele tem razão, e ano que vem vou usar um pijama de minion. Nathan me puxa para o colo dele, coloca uma bebida na minha mão e beija meu ombro.

— Ninguém vai ver a sua bunda, Allen — sussurra ele no meu ouvido, o que faz meu corpo inteiro tremer. — Tenho certeza de que tem marcas das minhas mãos nela.

Com o canto do olho, vejo Lo se aproximar da mesa e, quando me viro na direção dela, Aaron está vindo ao seu lado, segurando o braço. Os olhos dela se arregalam ao me ver, e ela me lança um olhar que, depois de dois anos de amizade, entendo como um aviso de que vai dar merda.

Olho para Aaron e abro um sorriso caloroso, mas ele não corresponde.

— Ei! Que bom que está aqui. Tudo bem? — Meus olhos vão para o braço que ele está segurando, e sinto náuseas quando percebo que não é uma fantasia. — Aaron, o que aconteceu com o seu braço?

Ele semicerra os olhos e olha para mim com tanto ódio que mal consigo respirar.

— Pergunta pro seu namorado, Anastasia.

Capítulo vinte

NATHAN

Já faz mais de vinte e quatro horas que estou com uma enxaqueca fodida.

Tudo começou quando Aaron Carlisle apareceu na minha frente com o braço e o quadril machucados, e me culpou por isso. Foi quando senti uma pontada na base do crânio, seguida por um calor que se espalhou pela cabeça até se tornar tão doloroso que senti até nos olhos.

A situação toda virou um caos. Lola gritava com Robbie, JJ chamava Aaron de mentiroso, e eu segurei Anastasia, nervoso, prometendo que não havia nem tocado nele.

Ela voou para Aaron, sem se importar com mais ninguém, examinando o braço com cuidado, e disse o nome dele com a voz mais triste que já ouvi.

— Não vamos poder competir nas seccionais.

Não conseguia ver o rosto dela, mas eu sabia. Todos sabíamos. A agonia, o entendimento, a dor. Ela estava em choque, e quando o abraçou e começou a chorar, eu não fazia ideia do quanto as coisas poderiam dar errado tão rápido.

Não sabia o que dizer para ela. Nunca encostei em Aaron, apesar de brincar sobre isso e ela me dizer para parar. Eu nunca colocaria os sonhos dela em risco.

Aaron passou a mão na cabeça dela para acalmá-la. Minha vontade era arrastá-la para longe dele e jurar que não havia feito nada daquilo, mas ele a levou para longe. Lo foi com eles, e eu os deixei partir.

O time inteiro ficou tão confuso quanto eu, todos me prometendo que não tinham nada a ver com a situação. Nada de trote, nada de confusão, todos ficaram longe do cara, como eu mandei. Não fazia sentido.

Liguei para Anastasia assim que cheguei em casa, mas ela não atendeu. Nem na primeira, nem na segunda vez. Na terceira vez, Lo atendeu e disse que ela estava dormindo. Eu tentei explicar que não havia feito nada, mas tudo o que falou foi que não era ela quem precisava acreditar nisso.

No domingo, Tasi me mandou uma mensagem dizendo que precisava de um tempo, porque não sabia no que acreditar. Estava presa numa encruzilhada entre mim e seu parceiro, os dois jurando que estavam dizendo a verdade, e precisava processar o fato de que não ia poder competir.

Eu disse que estava com saudade, mas ela não respondeu.

Passei o domingo inteiro indo de casa em casa para falar com todos os caras que não foram à boate, e todos me juraram que não tinham feito nada. Pode me chamar de ingênuo, mas acredito neles.

Estava sentado no sofá nojento de uma fraternidade com três calouros na minha frente. Seus olhos estavam vermelhos e pareciam que, juntos, somavam cinco minutos de sono. Era como eu deveria estar, se meu sábado não tivesse sido destruído da pior forma possível.

— Não fizemos nada, capitão. Johal disse para não mexer com os patinadores, mesmo quando fossem babacas. Ele disse que a gente não podia chatear sua garota, ou você e Robbie nos deixariam no banco.

Sua garota. Agora, ela estava mais longe do que nunca de ser minha. Na noite passada, parecia que estava bem perto disso, mas agora não voltei nem à estaca zero. Saí até da competição.

Agora que o fim de semana acabou, estou tentando me preparar para as aulas daqui a uma hora, mas nem mesmo a escuridão do quarto está me ajudando com a dor de cabeça.

Meu celular começa a vibrar, mas não é Tasi, e sim mensagens do time.

MARIAS PATINS

ROBBIE HAMLET
E-mail do Faulkner. Reunião na sala de troféus, às 7h30.

BOBBY HUGHES
Bom. Foi um prazer conhecer vocês.
Boa sorte.

MATTIE LIU
Porra, eu deveria ter entrado
no time de basquete.

HENRY TURNER
Você não tem coordenação motora suficiente
pra jogar basquete, Liu.

NATE HAWKINS
Parece que meu cérebro está derretendo
ao mesmo tempo que tenta congelar.

JAIDEN JOHAL
Quer Tylenol, irmão?

NATE HAWKINS
Quero que alguém enfie uma
pá na minha cabeça.

KRIS HUDSON
Garanto que Faulkner faria isso pra você.

Já era esperado, então não dá para fingir surpresa. Aaron contou para sua treinadora que tinha algo no chão na frente do armário dele, e ele escorregou. *O time de hóquei está fazendo trotes de novo*, foi o que ele disse.

Aaron disse para Anastasia que alguém me viu fazer isso e contou para ele, mas falou que não sabia o nome da pessoa e que não contou para Brady que tinha sido eu. Não, ele deixou para contar para Anastasia, com o argumento de que não queria me causar problemas porque estava preocupado com *ela*.

Eu só sei disso por causa de Robbie, que tem que lidar com o nervosismo da Lo. Ela está no meio da situação, sem poder escolher um lado nem fazer qualquer coisa para ajudar. Todos os amigos dela estão sofrendo.

Lola sabe que eu nunca faria nada para magoar a Anastasia.

Tudo isso é uma grande mentira.

Quando menos espero, já são 7h30 e não sei como consegui me arrastar da cama e ir para a reunião do Faulkner. A sala fica em silêncio enquanto o treinador se senta e nos encara, e pela primeira vez, não sei interpretar o humor dele.

Não sei o que ele está esperando. Uma confissão? Um olhar admitindo que fui eu?

— Todo mundo teve um bom fim de semana? — pergunta Faulkner, provocando.

Já participei de muitas reuniões ao longo dos anos e sei bem que essa é uma pergunta retórica, que ele não está nem aí para o nosso fim de semana.

Henry olha para mim para ter certeza, e eu balanço a cabeça com um olhar de aviso.

— O meu foi ótimo — continua o treinador. — Passei o sábado no jogo de vôlei da minha filha, cheio de orgulho. O time dela ganhou e eu não podia estar mais feliz. Até planejei passar o dia em família no domingo para comemorar.

Se tem uma coisa que aprendi nos meus quase quatro anos jogando nesse time é: não atrapalhe o tempo em família do Faulkner.

Ele viajava muito quando jogava profissionalmente — ossos do ofício —, mas odiava ficar longe da esposa e da filha recém-nascida, Imogen. O acidente fez com que ele desacelerasse e agora não tem nada que valorize mais do que passar um tempo com elas.

— No domingo, recebi uma ligação do reitor. — Ele leva a garrafa térmica de café até a boca, mas mantém os olhos nas pessoas que se remexem, desconfortáveis. — Ah, sim, é para vocês ficarem desconfortáveis pra caralho. Não foi o diretor Skinner, não, foi alguém acima dele. O reitor queria saber por que o meu time talentoso, com atletas de primeira divisão, machucou outro estudante de propósito.

— Treinador, a gente…

— Cala a porra da boca, Johal — grita ele, batendo a garrafa na mesa. — O reitor recebeu uma ligação da mãe do aluno, que ameaçou cancelar a grande doação que fez para o novo prédio da faculdade de artes. Ela estava muito chateada, e com razão, porque o garoto não só foi ferido dentro do campus da faculdade, mas também porque ele tem uma competição daqui a duas semanas.

Ele não precisa nos dizer isso. Sabemos das seccionais. É o que Anastasia sempre grita quando tenta nos expulsar do rinque.

Kris disse que ele tomaria um shot toda vez que ela dissesse "seccionais", e os caras ao redor riram. Eu estava pronto para intervir, mas ela o paralisou com um olhar tão sombrio que senti um calafrio, sem que nem olhasse para mim.

Tasi o olhou de cima a baixo bem devagar, e eu vi Kris estremecer, mas depois lhe lançou um sorriso gentil e deu uns tapinhas no ombro dele.

— Eu poderia tomar um shot toda vez que você perdesse um gol, mas não tenho tempo para ficar com uma ressaca tão pesada assim esta semana.

É por isso que eles amam Anastasia, mesmo que ela passe a maior parte do tempo nos chamando da ruína da sua vida e dizendo que precisamos aprender a ver as horas. Ela não precisa de ninguém cuidando dela e é engraçada quando está brava.

— Estou te deixando entediado, Hawkins? — eu escuto alguém falar baixinho, só me dando conta de que o treinador está falando comigo quando Mattie me cutuca.

— Não, senhor. Estou com uma enxaqueca, mas estou ouvindo.

Ele semicerra os olhos para ponderar se estou mentindo, mas estou branco como um fantasma e com olheiras fundas. Seria difícil ele dizer que não estou doente.

Eu tinha enxaquecas quando morava em casa por causa do estresse de passar tanto tempo com meu pai. Eram insuportáveis, por isso sei que, se tomar uns analgésicos, consigo funcionar. Se deixar sair de controle, daqui a pouco vou começar a vomitar e fugir de luzes fortes que nem um vampiro.

— Então, você entende que estamos numa situação complicada aqui. Agora, me digam, quem fez isso?

A sala continua em silêncio porque, como eu disse, todo mundo garantiu que não fez nada. A coisa normal a se fazer seria falar algo, dizer para Faulkner que ele está enganado e trabalharmos juntos para descobrir o que aconteceu.

Mas não é assim que os Titans agem.

Ele decidiu que somos culpados porque não lhe demos motivos para acreditar que diríamos a verdade.

Aturou anos de merdas e papo furado quando, no fim das contas, o culpado era mesmo alguém do time. Ele não vai nos dar o benefício da dúvida porque não merecemos isso.

— Todos estão banidos do time até alguém admitir a verdade.

O silêncio da sala irrompe em caos quando todos ali tentam argumentar com o treinador. O volume das vozes aumenta e minha cabeça dói, até que ele finalmente dá um berro e todo mundo para de falar.

— Estou pouco me fodendo sobre perder de WO. Vou fazer esse time terminar a temporada em último lugar se vocês não deixarem de agir como meninos e se tornarem homens de verdade!

Eu disse que ele era assustador. A raiva dele está tão à flor da pele que é impossível ignorá-la, mas quando você olha além do rosto vermelho e do volume da voz, ele está decepcionado. Robbie aperta a ponte do nariz e encara o colo por cinco minutos, também decepcionado, porque não pode treinar um time que não existe.

— Hóquei é um privilégio! Faculdade é um privilégio! — grita Faulkner. — Quando eu tiver uma resposta, vocês podem voltar a jogar.

Limpo a garganta e evito contato visual com meus colegas de equipe.

— Fui eu, treinador.

Sei que o efeito do Tylenol está passando porque sinto uma náusea me dominar.

O treinador está falando com o reitor no telefone, soltando apenas "hum" e "sim". Já recebi umas vinte mensagens com uma infinidade de insultos, que eu diria que mereço.

Faulkner não acredita em mim. Sei disso pelo jeito como está me encarando enquanto fala no telefone, mas suas mãos estão atadas, e eu dei a ele uma escapatória que ele tanto precisava.

Ele poderia perder o time, sabe-se lá por quanto tempo, porque ninguém iria se acusar. Em vez disso, ele pode me tirar da equipe temporariamente e me trazer de volta no auge da temporada. Admito que é arriscado, ainda mais porque não sei qual vai ser a punição, porém, quanto mais demora, mais meus colegas sofrem, e mais eu quero quebrar a cara do Aaron.

Pelo menos se eu acabar com ele vou poder admitir minha culpa por algo que realmente aconteceu.

Ele encerra a ligação.

— Você não vai poder jogar até ele voltar para o rinque. Foi o que o reitor disse. Você pode ir aos jogos com o uniforme, mas tem que se sentar no banco e assistir. Não pode treinar nem participar de nenhuma atividade ligada ao time além das viagens.

— Você sabe quanto tempo vai demorar para ele melhorar?

— Não. Ele vai fazer uma consulta com um especialista hoje e aí vamos saber. Pelos hematomas no pulso e quadril, pelo menos umas duas semanas. Não quebrou nada, então a situação deve se resolver com repouso e alguns exercícios, mas os pais do garoto querem uma segunda opinião por via das dúvidas. — Ele passa uma das mãos pelo rosto e, quando olho de novo para ele, Faulkner parece estar tão mal quanto eu. — Obviamente ele levanta a namorada quando patinam, então não querem arriscar se ele não estiver melhor em duas semanas.

— Ela não é namorada dele. — As palavras escapam antes que consiga me conter, e na mesma hora o olhar do treinador trava no meu. *Merda.*

— Se eu descobrir que isso foi por causa de uma mulher, Hawkins, eu juro por Deus que te mato pessoalmente. Não sou idiota. Sei que isso não faz sentido, mas o que posso fazer se você mesmo admitiu?

Faulkner aperta a ponte do nariz, e eu queria ter alguma explicação para ele.

— Eu não tenho energia para gritar com você agora; estou decepcionado demais. Sugiro que você conte para seu pai sobre essa merda toda, porque não quero receber e-mails raivosos dele quando você ficar de fora dos jogos. Agora sai da porra do meu escritório. Eu te ligo daqui a uns dias.

O trajeto até meu carro parece uma maratona, mas finalmente chego e, na mesma hora, pego um analgésico e a garrafa d'água que mantenho no porta-luvas.

Meu celular está vibrando sem parar e enfim me forço a ver as mensagens, porque os caras precisam de uma resposta.

MARIAS PATINS

JOE CARTER
Hawkins, seu merda. Que porra foi essa?

BOBBY HUGHES
A última vez que fiquei estressado assim foi quando descobri que camisinhas não tem 100% de eficácia.

JAIDEN JOHAL
Como é? Quem disse isso?
KRIS HUDSON
Como vamos jogar sem um capitão?
JAIDEN JOHAL
Vamos voltar pra essa história da camisinha, por favor????

NATE HAWKINS
Não posso treinar ou jogar até o Aaron voltar a patinar.
MATTIE LIU
Quanto tempo?

NATE HAWKINS
🤦
Vou na casa da Tasi tentar falar com ela
Falo com vocês depois.

Minha cabeça continua a latejar, e nunca fiquei tão feliz por ter um carro com autodireção quanto agora.

JJ me mandou o número do apartamento dela porque nunca fui convidado para lá. Ele veio no sábado, quando deixou a camisa do uniforme, então aposto que ela não tirou o nome dele da lista de visitas e uso isso para passar pelo porteiro. Funciona, e ainda bem que ele não me pede para mostrar identidade. Ele me dá um código temporário para usar no elevador e me diz que funciona por vinte e quatro horas.

Fico feliz que ela more em um prédio seguro. Quando não estiver com raiva de mim e eu não estiver cometendo fraude para ter acesso, vou mencionar que consegui mentir e entrar.

Mas não agora.

Dizem que a Maple Tower é uma das melhores acomodações no campus da faculdade e entendo o motivo: o quarteirão inteiro é luxuoso e bonito. Parte de mim questiona como Tasi consegue bancar isso, porque duvido que as aulas de sábado paguem o suficiente, e eu sei que a bolsa de estudos dela não cobre moradia. Mas, quando chego na porta dela, no apartamento 6013, vejo que logo abaixo do número está escrito, em cursiva: Residência Carlisle.

Respiro fundo e bato na porta, firme, mas calmo. Não quero que ela ache que apareci para arrumar briga.

Não sei se a dor no estômago é ansiedade ou meu corpo e cérebro definhando. Mas sinto uma ânsia de vômito quando a porta se abre e Aaron está do outro lado, vestindo apenas bermuda de basquete.

— Estou aqui para falar com a Anastasia. Pode chamá-la para mim, por favor? — peço calmamente. Quero gritar com ele, chamá-lo de mentiroso, enfiar meu punho na sua cara metida e idiota, mas me controlo.

Ele sorri para mim. Juro que não estou imaginando coisas. Ele sorri, chega para o lado, para me deixar passar, e abre mais a porta, esticando o braço enfaixado para me convidar para dentro.

— Ela está no quarto — responde ele, então fecha a porta depois de mim.

— Eu não sei qual é o quarto dela — digo, erguendo uma sobrancelha. — Nunca vim aqui antes.

Ele dá de ombros, e o sorriso falso some.

— Porta do meio. Ao lado da mesa com flores.

— Valeu — murmuro em resposta ao andar. Ele está sendo muito gentil, muito tranquilo, e isso está me deixando irritado. Estou esperando pela coisa que está lhe dando tanta satisfação.

Eu bato de leve na porta, mas sem resposta. Tento de novo, e dessa vez ouço um soluço.

— Vai embora, Aaron.

Eu arrisco e abro a porta, e então entendo por que Aaron ficou tão feliz em me deixar entrar. Ryan está encostado na cabeceira da cama dela, um braço ao seu redor e o outro fazendo carinho no cabelo, enquanto ela está sentada no meio das pernas dele e chora em seu peito. Era isso que Aaron queria que eu visse, mas a única dor que sinto agora é ver o estado dela.

Os dois olham para mim ao mesmo tempo com expressões completamente diferentes, mas a dela é facilmente reconhecível.

Traição.

— Sai daqui — diz ela, com a voz trêmula. Ela se remexe nos braços de Ryan e usa as costas da mão para enxugar as lágrimas. — Você mentiu para mim de novo! Jurou que não tinha feito nada e mentiu, Nathan.

— Tasi, por favor. Podemos conversar? Eu juro que não fiz nada.

— Pare de jurar coisas! — grita ela, e seu corpo inteiro treme enquanto soluça. Ryan enfia a cabeça no cabelo dela e murmura algo que não consigo ouvir, mas o olhar dela não sai de mim. — O reitor contou para os pais do Aaron, Nate! Eu sei que você está suspenso! Eu sei que foi você.

Sinto como se não pudesse respirar. Minha cabeça está pulsando, e quero tanto contar para ela tudo que aconteceu hoje, mas só consigo pensar na pontada de dor na minha cabeça e na queimação em meus olhos.

Ryan levanta Tasi e a coloca na cama ao seu lado.

— Você está bem, Hawkins? — pergunta ele, saindo da cama. — Não parece muito bem, irmão. Quer se sentar? Um copo d'água?

Minha cabeça começa a girar quando sinto o braço de Ryan em meus ombros me guiando para trás até chegar em uma cadeira, onde eu me sento.

— O que está acontecendo com ele? — pergunta ela, sua voz em pânico.

Eu coloco as mãos nos olhos e posiciono a cabeça entre as pernas, respirando fundo. Não posso tomar mais nada, então não adianta pedir para eles.

Esperar tanto no escritório do treinador abriu uma janela de tempo muito grande entre as doses, e agora estou pagando o preço.

Maravilha.

As mãos macias dela tocam na minha testa, e não consigo não me apoiar no toque. Ela nunca vai me deixar chegar perto dela de novo. Eu só queria que esse momento não fosse arruinado pela dor quente em meu cérebro e meu corpo sentindo como se estivesse sendo esmagado.

— Enxaqueca. Vou pra casa. Volto quando a gente puder conversar. — É tudo que consigo falar.

A última coisa que ouço é:

— Ele não pode dirigir assim.

Capítulo vinte e um
ANASTASIA

Eu mudei o iPad de lugar umas dez vezes, mas não consigo não mexer mais um pouco.

Tudo que preciso está na minha frente, organizado por prioridade. Meu planner, água e uma caixa de lenços, a maior que encontrei.

Já fiz isso mil vezes, então não sei por que estou nervosa, mas os sentimentos de ansiedade estão à tona. Lola e Aaron foram no Kenny's para comprar asinhas de frango e me dar privacidade, e o silêncio no apartamento me deixa mais inquieta.

Na hora, o nome do dr. Andrews aparece na tela do iPad.

Ao apertar "aceitar", meu coração fica apertado ao ver a paisagem de Seattle e a decoração neutra do consultório.

Ele está sentado à sua mesa com um caderno apoiado nas pernas e uma caneta nos dedos.

— Boa tarde, Anastasia. Como está se sentindo hoje?

Saudade é a palavra na ponta da minha língua. Pela primeira vez desde quando vim para a faculdade, queria estar em Washington.

Eu vi Seattle em filmes e séries um milhão de vezes, e nunca senti nada. Agora, a vista da cidade por uma janela que conheço há dez anos me faz querer pegar o próximo voo.

— Estou bem, obrigada — respondo enquanto sorrio para a câmera e enxugo as mãos suadas na calça.

— Tem certeza de que é essa resposta que quer que eu escreva?

O dr. Andrews está na casa dos quarenta agora, mas tinha acabado de completar seu PhD quando me tornei sua paciente. Ele não mudou nada; o rosto tem as mesmas ruguinhas suaves ao redor dos olhos, e o cabelo continua no tom castanho-claro, com alguns fios grisalhos.

Graças à faculdade de medicina, é o que ele dizia quando eu perguntava, aos nove anos, e provavelmente de um jeito muito rude, de onde eles vieram. De certa forma, acho que ele não ter envelhecido é reconfortante para mim. Talvez seja algo que eu deva comentar em algum momento.

Ele não fala nada enquanto penso no que dizer em seguida. Não é que eu ache que esconder coisas do meu terapeuta seja uma boa ideia. Só não sei como verbalizar meus sentimentos agora, por isso voltei a fazer terapia.

— A vista da sua janela está me deixando triste.

— Pode me dizer o que na vista está te incomodando?

O barulho da caneta no papel começa, um barulho com o qual me acostumei ao longo dos anos.

— Faz quase um ano que não volto para casa. Estou com saudade de Seattle.

Ele se senta ereto na cadeira, se vira um pouco e, talvez de forma inconsciente, tapa um pouco da vista. Eu relaxo os punhos, algo que não tinha percebido que estava fazendo até minhas mãos começarem a doer por causa das unhas enfiadas nas palmas.

— Os seus pais te visitam em Los Angeles?

— Nunca. Eles pedem, mas estou sempre ocupada, e eles não gostam de viajar de avião, então evito. Estou ocupada demais para ir visitá-los.

— Conversamos muito sobre seus pais, Anastasia. Você me disse que se sentia sobrecarregada pela necessidade de ser bem-sucedida por eles, mais do que por você mesma. — Ele empurra os óculos que escorregam no nariz e olha para a câmera. — Essa pressão ou sentimento que você sente diminui quando eles não estão por perto?

— Nunca some por completo. A primeira coisa que eles perguntam quando me ligam é sempre sobre a patinação. — Sinto um nó se formar na garganta e tento engolir. — Quando não falo com eles me sinto, hum... sinto alívio.

Ele acena com a cabeça, fazendo anotações no papel.

— Esse alívio faz você se sentir culpada?

Meu Deus, por que estou lacrimejando?

— Sim.

— Quais são seus interesses além da patinação artística, Anastasia?

Tento responder imediatamente, mas, quando abro a boca, percebo que não tenho nada a dizer; patinar é minha vida inteira.

— Não tenho nenhum.

— E se você perdesse uma competição ou decidisse que não quer mais patinar, acha que seus pais iriam ficar chateados? Para e pensa um pouco sobre isso.

Não preciso pensar. Assim que ele pergunta, a resposta vem até mim imediatamente.

— Não, acho que eles ficariam confusos no começo, mas eles querem que eu seja feliz.

— Com base nas nossas sessões juntos, e nas com seus pais presentes, eu sei que você tem uma ótima imagem deles. Seria correto dizer que você acha que eles te apoiam, seja com coisas relacionadas à terapia, à escola ou ao esporte?

— Com certeza. Eles são ótimos.

— Pais, bem, quero dizer, pais bons como os seus, que têm filhos bem-sucedidos em áreas específicas, às vezes têm dificuldade para saber sobre o que conversar além desses interesses. — Ele junta as mãos e as apoia na barriga enquanto se recosta na cadeira. — Os seus pais disseram, nas nossas sessões juntas, que eles entendem que patinar é a sua prioridade número um. Talvez eles sempre perguntem sobre isso quando vocês se falam porque é o jeito deles de mostrar que continuam a te apoiar, apesar de não te verem com frequência.

Meu peito dói com o sentimento de culpa. Me sinto culpada porque sei que meus pais me apoiam. Porque não os vejo há tempo. Porque não os valorizo como deveria.

Fico com os olhos grudados na tela do iPad, encarando sua gravata porque, se olhar para o rosto dele, vou chorar.

— Eu sei que eles só querem o melhor para mim.

— É normal entender algo de forma racional, mas sentir é diferente. Amar uma pessoa, mas sentir alívio por não falar com ela, é um grande conflito na mente de alguém, mas isso não te faz uma pessoa má, só humana. — *Isso é difícil.* — Voltando para a paisagem, Anastasia. Você acha que a minha janela te incomoda não porque você está com saudade de Seattle, e sim dos seus pais?

Eu aceno com a cabeça, os olhos marejados fixos na gravata.

— Talvez.

— Assim como crianças, adultos precisam de limites. Eu gostaria que você dissesse para seus pais que não quer conversar sobre patinação. Mesmo que seja só durante uma ligação, ou uma visita, para ver como se sente sabendo que o assunto não vai surgir. Consegue fazer isso?

Pisco para me livrar das lágrimas que ameaçam cair, olho de volta para o rosto dele e forço um sorriso.

— Claro.

Eu parei de ter sessões regulares de terapia quando me mudei para Los Angeles, dois anos atrás. Fiquei tão imersa na experiência universitária que não precisei. Mas às vezes algo acontece e eu faço uma sessão, então prometo a mim mesma voltar à terapia regularmente, mas nunca sigo com o plano.

Terapia não fica mais fácil. Você só aprende a aceitar que essas conversas difíceis valem a pena quando começa a conseguir lidar melhor com seus sentimentos. Metade da sessão já passou e agora consigo respirar, mas, por experiência, sei que isso pode mudar até o final.

— Na nossa sessão da semana passada, você falou que a incerteza da competição estava lhe deixando extremamente ansiosa. Pode me contar como está se sentindo esta semana?

— Estou bem — respondo a verdade. É bom falar de algo positivo. — O médico liberou Aaron ontem para competirmos amanhã.

— Fico feliz em ouvir isso. Deve ser um grande alívio para você. — Aaron e eu matamos aula para praticar e, ainda bem, tudo deu certo. — E como está seu relacionamento com Aaron? Na semana passada, você mencionou que estava se sentindo sufocada.

Sufocada não é nem metade. Aaron passou as últimas duas semanas grudado em mim e tem sido excessivo. De certa forma, fico grata por, apesar de ter sido ele quem se machucou, ele ter me dado tempo para o meu luto. Porque foi isso que senti nas últimas duas semanas: luto. Luto pela perda das coisas que poderia ter tido.

Mas, apesar das melhores intenções que poderia ter, às vezes a bondade de Aaron sai de controle. Eu poderia chorar, mas apenas se fosse por causa da patinação. A ansiedade que eu sentia ia melhorar, mas apenas se ele estivesse do meu lado para ajudar.

— Aaron me deu um espaço — explico. — Eu disse que precisava processar as coisas sozinha, ainda mais porque tenho minhas dúvidas sobre o que aconteceu. Ele ficou irritado no começo, mas parece ter se esquecido disso agora que foi liberado para patinar.

— Você acha que ele se irrita com você com frequência?

— Hum, só posso dizer que fazer terapia seria bom para ele. — Eu controlo minha vontade de rir de nervoso, porque nem sei por onde começar. — Os pais do Aaron estão sempre manipulando um ao outro; não é nada saudável, e ele cresceu vendo que é assim que você consegue as coisas. Ele quer ser melhor do que os pais, e tenta fazer isso. Muitas vezes, é um ótimo amigo.

— Mas ele se irrita com você com frequência?

— Quando está de mal humor, com certeza sobra para mim lidar com isso, mas sou a pessoa que mais passa tempo com ele. Às vezes parece que está tudo perfeito, e de repente as coisas mudam e não sei o que fiz de errado.

— Parece difícil.

— É, sim. Ele me trata diferente, tipo... Eu não sei explicar. Se Lola faz algo, então tudo bem, mas se eu fizer exatamente o mesmo, não.

— Você acha que as regras são diferentes para você?

— Sim, exato. Quando ele está de bom humor, não importa, mas se estiver mal, é difícil ficar por perto. Mas eu não abandonaria Lola se ela estivesse com problemas, então não quero abandonar Aaron também.

— Muito admirável da sua parte, Anastasia. — Ele anota alguma coisa e, às vezes, eu queria poder ler suas anotações. — Eu gostaria que você lembrasse que, mesmo que todo mundo possa evoluir, é importante você priorizar o seu bem-estar. As amizades são importantes, mas viver em um ambiente saudável também é.

— Entendi.

— Eu gostaria de falar sobre Nathan, se possível. Eu gostaria de saber o impacto dele na sua vida.

Eu sabia que isso ia acontecer, mas ainda não estava preparada. Seu terapeuta não vai se esquecer de quando você encerrou uma sessão mais cedo porque não conseguia parar de chorar por causa de um cara que só conhece há dois meses.

Semana passada eu fiz um resumo para o dr. Andrews do que aconteceu até Nathan e eu criarmos nossa amizade inusitada. Foi quando comecei a falar sobre brincar de casinha que comecei a chorar.

— Não falo com ele há duas semanas. Eu gritei com ele, e acho que o nosso, bom, seja lá o que for, acabou.

Ele folheia as páginas grossas e toca em uma delas.

— Você estava com raiva porque ele admitiu ser o responsável pelo acidente do Aaron depois de ter jurado que não tinha sido ele.

— Isso.

— E ele já havia prometido algo antes que era mentira. Para proteger um colega de equipe, certo?

— Isso mesmo.

— Mas você acha que ele deve estar falando a verdade, e por isso fica emocionada de falar sobre ele?

Duas semanas atrás, depois de Ryan se recusar a deixar Nathan dirigir, Bobby e Joe vieram buscá-lo. Nate havia desmaiado depois de vomitar várias vezes, e eu quis desmaiar também. Bobby olhou para o meu rosto inchado e molhado e tentou me convencer de que Nate não havia feito aquilo, apesar de ter admitido. Joe foi o próximo a tentar defender Nate, dizendo que o treinador Faulkner iria cancelar todos os jogos se alguém não assumisse a culpa.

Ambos juraram que Nathan nunca faria nada para me magoar, o que foi ainda mais difícil de ouvir e aceitar.

O dr. Andrews está com o dedo apoiado nos lábios, esperando pacientemente que eu explique. Só quero encerrar essa ligação, mas sigo em frente.

— Nate resolve as coisas. Ele cuida dos amigos dele. Eu sei que tem muito orgulho de confiarem nele para o cargo de capitão da equipe. Faz sentido ele assumir a culpa para não ferrar o time.

— Parece que as coisas estão sendo difíceis para todo mundo. O que especificamente está te incomodando? A mentira de novo?

Eu estava me perguntando a mesma coisa. Suspiro, mais alto do que gostaria, e tento explicar.

— Mais ou menos. Mais do que tudo, me sinto ingênua. Nathan e Aaron não podem estar falando a verdade ao mesmo tempo. Aaron não ganhou nada com isso; não tem por que mentir.

— E Nathan?

— Nathan... — *Meu Deus. Por que estou ficando emocionada?* — Quando estávamos juntos, eu sentia que ele cuidava de mim. Fazia eu me sentir desejada. Não acho que ele iria prejudicar minha competição, mas não confio em mim mesma porque comecei a gostar dele.

— Você disse isso para ele?

Nego com a cabeça, finalmente admitindo a derrota e pegando um lenço.

— Como eu disse, faz tempo que não falo com ele. Pensei em ligar várias vezes, mas fico com medo.

— Medo de quê?

— De ser tarde demais. Ele vai ouvir o que eu tenho a dizer e me rejeitar porque não acreditei nele.

Dói admitir isso em voz alta. Querê-lo apesar da possibilidade de ele não sentir o mesmo dói. Não confiar em mim mesma para resolver as coisas dói. Sentir falta dele dói.

Eu consegui evitar todo mundo indo praticar no rinque onde trabalho.

Brady não gostou disso, mas não lhe dei opção. Mattie me cumprimentou de um jeito triste quando tivemos uma aula juntos, mas não se aproximou. Lola está sob ordens rigorosas de não me falar nada sobre o time de hóquei.

— Rejeição é algo assustador, mas o mesmo pode ser dito de viver sem saber o que poderia ter acontecido se você tivesse sido sincera. Acho que você precisa falar sobre os seus sentimentos com ele. Qualquer relacionamento, amizade, ou algo a mais, não sobrevive com desonestidade.

— Parece injusto que eu tenha que me abrir. — Eu fungo alto enquanto enxugo as bochechas com um lenço. — Não sou eu que estou contando mentiras. É o resto do mundo. Estou no meio de tudo, como uma idiota.

O dr. Andrews sorri, controlando uma risada com a mão.

— Sim, eu vejo a ironia da situação, mas ninguém acha que você é idiota, Anastasia. Como é aquele ditado? Seja a mudança que você quer ver no mundo, ou algo assim. Lidere com sinceridade. Parece que você tem boas pessoas ao seu redor, e é importante lembrar que as pessoas cometem erros.

— Eu não tenho problema com erros. Não espero que ninguém seja perfeito...

— Só você mesma.

Reviro os olhos porque ele me pegou, mas não temos tempo suficiente nesta sessão para lidar com isso. Dez anos depois e ainda não temos tempo suficiente.

— Só eu mesma, mas não meus amigos.

Um timer apita, nosso lembrete de que a sessão está acabando. Só quando tenho uma dessas que lembro o quanto é cansativo fazer terapia. Dá uma sensação parecida com uma ressaca. Eu sempre preciso dormir depois, mas quando acordo, me sinto melhor.

— Falamos de muitas coisas, mas recapitulando: o que você aprendeu com esta conversa?

Parece que falamos de muita coisa, mas na verdade eu poderia passar mais algumas horas obcecada com tudo isso.

— Eu preciso colocar limites com meus pais para poder aproveitar meu tempo com eles sem me preocupar.

— Bom. O que mais?

— Eu preciso me priorizar quando Aaron estiver sendo difícil. Eu posso ser uma boa amiga e ao mesmo tempo colocar meu bem-estar em primeiro lugar.

— E?

— Eu preciso conversar com Nathan. Preciso ser sincera em relação aos meus sentimentos.

— E por último?

— As pessoas cometem erros.

Ele fecha o caderno e me lança um sorriso torto.

— Nota dez, muito bem. A competição é amanhã, certo?

— Sim, na hora do almoço.

— Eu vi você passar por várias competições e sei que o conceito de perder não é algo agradável para você nem para nenhum outro atleta. Como se sente mentalmente com relação a isso? Está pronta para a possibilidade de não se qualificar?

— Sim — minto. — Porque dei meu melhor e prefiro tentar e perder a não tentar.

— Você me dá essa resposta exata toda vez, Anastasia, e confesso que, desde que você tinha nove anos, ela não me convence. — Ele coloca o caderno e a caneta na mesa e arruma a gravata. — Eu realmente espero que você tenha o resultado pelo qual trabalhou tanto, especialmente em meio a tanta tristeza.

— Eu também.

Capítulo vinte e dois

NATHAN

Os últimos catorze dias foram os mais longos da minha vida.

Passei esses dias me lamentando pelos cantos, morrendo de inveja dos meus colegas de equipe, me martirizando por causa de uma garota que me odeia.

Em resumo, fui um bosta por duas semanas.

Sinceramente quase chorei de felicidade quando Robbie me ligou falando para ir me arrumar para o treino, porque o Babacão tinha sido liberado para patinar de novo.

Não jogar com meu time me fez perceber o quanto amo hóquei. Sei que parece absurdo, porque eu já deveria saber disso, né? Achei que sabia. Mas passar um tempo longe me deu mais foco e clareza.

A segunda coisa que me veio à mente foi Anastasia e o fato de que os sonhos dela eram possíveis de novo. *Meu Deus*, eu quero tanto vê-la.

Meu banheiro está cheio de produtos cheirosos como ela. Eu nunca gostei tanto do cheiro de mel e morango como agora, já que não a vejo há tempos.

Mas ela não me quer por perto. Eu vi na expressão dela quando achou que eu tinha mentido de novo. Quero ligar para ela; pensei em fazer isso um milhão de vezes, mas tenho medo de piorar as coisas.

Mattie me disse que a viu uma vez numa aula e ela parecia triste, e eu odeio ser a razão disso. Ela deve se importar um pouco comigo, mesmo que não perceba isso. Quando eu estava quase morrendo por causa da enxaqueca e vomitei várias vezes, e de um jeito nada atraente, ela ficou ao meu lado, com a mão nas minhas costas.

Quando desmaiei na sua cama, ela se aproximou para medir minha temperatura, eu liguei o foda-se e coloquei a cabeça no colo dela. Eu queria me esconder da luz que estava fritando meu cérebro, e ela fez carinho no meu cabelo por um tempão. Tentei ficar acordado para aproveitar o momento, mas não consegui.

Lola está de saco cheio de tanto eu perguntar como está a melhor amiga dela. Toda vez que menciono Tasi, ela me diz que o Departamento de Polícia de Los Angeles tem uma infinidade de casos não resolvidos os quais eu posso confessar. Talvez a polícia me ache menos irritante que ela.

É uma resposta elaborada, e você imaginaria que depois de duas semanas ela teria criado uma versão mais curta, mas não, Lola é determinada. Por mais que ela goste de implicar comigo, sei que está numa posição difícil e muito chateada. Robbie me disse que Anastasia proibiu Lola de mencionar o nome de qualquer um de nós, e isso faz eu me sentir ainda pior.

Eu queria mandar uma mensagem e desejar boa sorte na competição, mas desisti quando pensei que isso poderia estressá-la. Nunca desejei tanto que as coisas voltassem ao normal.

Sair de Maple Hills e ir acabar com o UT Austin por 8 a 3 foi um ótimo jeito de esquecer esse drama todo.

Estava preocupado de estar enferrujado, mas tudo foi perfeito, com a exceção de Joe e JJ praticamente acamparem no banco de pênaltis de uma maneira que estávamos quase dando uma barraca para eles dormirem. Vou deixar Robbie se resolver com eles porque não estou com saco pra isso.

Por enquanto, pelo menos... meu mau humor não vai durar muito, já que estou me esgueirando pelo hotel com duas sacolas de bebidas.

Tecnicamente, não é ilegal, porque eu tenho vinte e um anos, mas Faulkner não ficaria nada feliz se me visse distribuindo garrafas de Jägermeister. Eu estava disposto a correr o risco; os caras disseram que eu estava devendo essa porque eles tiveram que aturar Robbie enquanto eu estava no banco.

Coloco o cartão no lugar para abrir a porta e giro a maçaneta quando a luz verde acende. A maioria do pessoal já está no quarto que divido com Robbie e Henry, colocando seus pés suados na minha cama.

Parece que estou entrando em um funeral em vez do quarto de um time que acabou de ganhar um jogo.

— Quem morreu? — Eles se viram para mim com expressões sérias. — Estava brincando, mas agora estou com medo. Por que estão me olhando assim?

Eles se entreolham, e Kris é o primeiro a limpar a garganta e falar:

— Faulkner está te procurando, cara.

— Eu nem abri uma garrafa ainda. — Dou uma risada, colocando a sacola na mesa. — Como que já estou encrencado por causa disso?

— Não é isso — diz Robbie, passando a mão pelo rosto. — Aaron não vai patinar, Nathan. Você vai voltar pro banco.

— Como assim ele não vai patinar? — grito. *Vou ter outra enxaqueca.* — Eles competiram?

Silêncio.

— Alguém pode me dizer que caralhos está acontecendo?

— Ele derrubou a Anastasia — explica Henry, sem emoção, indo em direção às bolsas e pegando uma garrafa. — O pulso dele cedeu quando estavam patinando, e ele não aguentou.

Estou sentado em frente à Maple Tower há trinta minutos e ainda não consegui entrar.

Quinze desses minutos foram no telefone com Lola, tentando convencê-la a dar meu nome para o porteiro para que eu receba o código do elevador. Os outros quinze foram me preparando emocionalmente para ser expulso por Anastasia.

Quando encontrei Faulkner, ele confirmou o que o pessoal disse. O pulso de Aaron cedeu quando estavam no gelo; ele tentou segurar Anastasia durante a queda, o que só piorou as coisas.

— Sinto muito, Hawkins — disse Faulkner, me entregando uma cerveja do minibar. — Vamos saber mais na segunda-feira, mas Skinner quer que você fique no banco, pelo visto.

Não estou nem aí para mim agora. Estou pensando no meu time, como sempre, mas em primeiro lugar estou pensando nela. Não vou conseguir tirar isso da cabeça até ver com meus próprios olhos que ela está bem.

Sinto um aperto no estômago enquanto subo no elevador. Ainda bem que Lo não pediu que me expulsassem do prédio e consegui entrar. Bato na porta três vezes e dou um passo para trás. O aperto fica mais forte e meu coração parece bater fora de ritmo.

Do outro lado da porta, consigo ouvir o sotaque brusco do Brooklyn com o qual estou acostumado a lidar. A porta abre, e Lola se apoia no batente.

— Se você fizer ela chorar, Nathan, eu juro que seu pau vai morar em um potinho no meu quarto e vai ser minha nova missão de vida garantir que você nunca mais seja feliz.

— Entendido.

Ela me arrasta pelo moletom e bufa ao fechar a porta.

— Ela está no quarto e não sabe que você está aqui. Seja paciente; ela é durona, mas está num momento vulnerável. — Atrás dela, Aaron abre a porta para olhar para fora e fecha com força quando me vê. — Tudo fugiu do controle, Nate. E ela não é o tipo de garota que gosta de não estar no controle das coisas.

— Eu sei. Quero vê-la porque estou com saudade dela e preocupado.

Lola assente com a cabeça de leve e me deixa passar.

— Ela sente sua falta também.

Não tenho o direito de querer nada agora; fico feliz de ter chegado até aqui. Mas uma pequena parte egoísta de mim espera não encontrar Ryan Rothwell do outro lado da porta.

Bato de leve na porta e ouço um "pode entrar" baixinho antes de abrir.

Ela fica surpresa e se senta ereta na cama, estremecendo por ter feito um movimento súbito.

Ela está vestindo minha camiseta.

— Oi.

Bom começo, Hawkins.

Ela pisca para mim e não parece entender que sou eu ali. Entro no quarto e fecho a porta, ainda mantendo distância dela.

— Oi — responde ela, baixinho.

— Eu sei que você não me quer aqui, mas fiquei sabendo do que aconteceu. Mesmo que você arranque minha cabeça, eu precisava te ver, Anastasia. Precisava ver com meus próprios olhos que você está bem.

Ela leva os joelhos ao peito, puxa a camiseta sobre as pernas e assente. Definitivamente não parece nada bem.

— Você parece melhor do que da última vez que esteve aqui. Não sabia que tinha enxaquecas. Foi assustador.

Dou um passo para a frente, e ela não tem uma reação ruim, então me aproximo mais.

— Eu não queria te assustar e, hum, sinto muito por vomitar aqui. E sinto muito por tudo. Eu fiz merda, mas não do jeito que você acha.

— Eu sei.

— Sabe?

Ela apoia o queixo no topo dos joelhos e suspira.

— Sei, Nathan.

Ela parece arrasada. O rosto está pálido e inchado, e os olhos, vermelhos de tanto chorar ou esfregar, ou as duas coisas. O cabelo, que costuma estar brilhante e esvoaçante, está amarrado em um coque e seu corpo inteiro parece murcho.

— Tasi, posso te abraçar? Parece que você precisa de um bom abraço, e eu senti muito a sua falta.

— Seria legal — responde ela, tão baixo que quase não escuto.

Tiro meus tênis e subo na cama em direção a ela. Ela estica as pernas e na mesma hora vejo os hematomas de ontem. Sem saber onde me posicionar, me sento ao seu lado, apoiado por mil travesseiros, perto o bastante para nossas pernas se tocarem.

Parece que duas semanas longe fizeram a gente esquecer como se comportar perto um do outro, mas quando a envolvo com o braço, ela entra no meio das minhas pernas e enfia o rosto no meu peito.

Meu corpo reage melhor do que meu cérebro. Eu a puxo para perto e a abraço. Toda a tensão do meu corpo some, e consigo respirar de novo. Até seus ombros começarem a tremer e seus dedos puxarem meu moletom. Eu coloco os lábios na sua testa quando ela chora cada vez mais alto.

— Shh, meu bem. Vai ficar tudo bem.

— Tudo está... — a voz dela falha — ... uma merda.

Segurando o pescoço dela, passo o polegar pela bochecha até que o choro para, e ela fica quietinha em meu peito.

Mantenho os braços ao redor dela, sem dizer nada, e a abraço até ela estar pronta para conversar. Estou ouvindo o barulho tranquilo da sua respiração quando ela finalmente fala algo:

— Me desculpa por chorar.

— Ei, eu vomitei e desmaiei em cima de você, Tasi. Um chorinho não é nada. Quer conversar sobre o que aconteceu?

Ela se afasta de mim e, por um segundo, acho que vai fugir, mas em vez disso, monta em mim, com uma perna de cada lado, e ficamos cara a cara.

Eu passo as mãos pelas coxas nuas dela enquanto Tasi limpa o rosto com as costas das mãos, tirando as lágrimas.

— Você já caiu de uma grande altura na frente de centenas de pessoas?

— Caí do teleférico de esqui uma vez.

Ela solta uma risada e balança a cabeça.

— Claro que caiu. — Ela brinca com um fiapo da minha calça de moletom e não olha para mim. — Tudo estava indo bem. Praticamos várias vezes e ele estava indo bem. Estávamos no final da coreografia, fizemos o levantamento, e aí o pulso dele simplesmente *cedeu*.

O jeito como a voz treme quando ela fala é como se estivesse me dando um soco no estômago. Enfim, ela olha para mim com os olhos marejados.

— Eu a-achei que ia quebrar a cabeça. Foi tudo tão rápido; Aaron me pegou quando caí, mas eu bati na perna dele quando ele me segurou. Ele está com uns cortes e hematomas horríveis; me sinto tão culpada.

Passo o dedo por um hematoma bem feio na parte interna da coxa dela.

— Você também não saiu ilesa.

— Eu caí em pé em vez de cair de cabeça, Nate. Poderia ter sido muito pior.

— Seu corpo inteiro está tremendo em cima de mim, e não sei o que fazer. — Ele me segurou para eu cair de pé e me disse para continuarmos patinando. Aí conseguimos terminar.

— O que aconteceu depois?

— Eu vomitei e chorei. — Ela bufa. — Nós esperamos pela nota e, por um milagre, conseguimos nos qualificar. Fomos perfeitos até ali, então sei lá. — Ela ri, mas sem humor na voz. Aos poucos, o riso se transforma em algo mais parecido com um choro. Tasi dá de ombros porque acho que também não sabe o que está acontecendo.

Puxo o corpo dela para perto de mim e faço carinho em suas costas enquanto ela volta a chorar, Tasi passa os braços em volta do meu pescoço e apoia a cabeça no meu ombro. Seus fungados e suspiros fazem cócegas no meu pescoço, e eu me sinto perdido.

A bochecha dela está tocando na minha e sua respiração fica mais pesada. Depois, ela pressiona o nariz no meu e suas mãos param no meu rosto, onde ficam até ela me beijar.

Tudo parece mais devagar do que o normal. Não tem a urgência de sempre, a pressa movida pela frustração sexual ou os impulsos bêbados. Somos apenas eu e ela, sóbrios, seu corpo macio sob minhas mãos e sua língua se movendo devagar na minha.

Ela se afasta, a mão acariciando minha barba por fazer enquanto um milhão de perguntas passam pelos seus lindos olhos azuis.

— Nathan, quer brincar de casinha comigo?

— Sempre.

Eu imagino que lavar o cabelo de uma mulher não deva demorar tanto assim, mas não consigo parar.

Eu tentei não encarar ou reagir quando ela tirou a camiseta e entrou no chuveiro. Deu para ver as manchas roxas nas costelas e na barriga por causa do impacto de quando Aaron a pegou, e me sinto enjoado.

Estou acostumado a ver pessoas machucadas e com hematomas. Faz parte de ser um jogador de hóquei e ser amigo de um monte de palhaços. Mas nunca algo assim. Ela me dá um sorriso triste e estica a mão, me chamando para entrar no chuveiro com ela.

— Não é tão ruim quanto parece, prometo.

Brincar de casinha, que significa esquecer da vida real por algumas horas, foi a melhor ideia que ela já teve. Me lembrando do que Lola falou sobre controle, perguntei para Anastasia o que ela queria fazer. Imediatamente ela respondeu que queria lavar o cabelo, porque não ia conseguir desembaraçar tudo sozinha.

Eu estou bom em massagear o couro cabeludo dela com essas coisas. No começo, fiz meio forte, mas agora acertei e consegui tirar todo o resíduo de produto.

Estar no chuveiro dela é fascinante; tem um monte de coisas cheirosas que nem sabia que existiam. Descobri que existe um negócio chamado esfoliante corporal e fiquei chocado.

— É por isso que você está sempre tão macia?

É bom pra caralho ouvi-la rir.

— Hum, sim, talvez.

Depois que nós entramos no chuveiro, o corpo dela relaxou junto ao meu. Não tinha nada sexual nesse banho, e eu não quero que tenha. Quero cuidar dela e me sentir grato por ela querer o mesmo.

Quando gira para me encarar, ela fica na ponta dos pés e massageia minha cabeça.

— Posso lavar seu cabelo?

Os olhos dela estão mais vivos, as bochechas, coradas, a cor voltando ao seu rosto. Faz cinco minutos que estou tentando fazer o cabelo dela ficar em pé, tipo um moicano. É longo demais, e toda vez que consigo juntar espuma de xampu nele, os fios caem e batem no rosto dela. Eu levo uma cotovelada no estômago, e ela fica cheia de xampu na boca.

— Você nem alcança direito a minha cabeça — provoco, entrelaçando os dedos.

— Quer pezinho?

Ela parece prestes a reclamar, mas deve ter percebido que não tem outra opção, porque acena com a cabeça.

Eu a levanto devagar, colocando suas pernas na minha cintura. Deixo as mãos embaixo dela para apoiá-la; bom, na verdade é para ela não tocar na minha ereção. Meu pau não entende que a mulher pelada e molhada, enrolada na gente, rindo, não quer se sentar nele.

Ela esfrega xampu nas mãos e as afunda no meu cabelo, e acho que chego a gemer.

— Obrigada, Nathan. Eu precisava disso.

— Eu também.

Capítulo vinte e três
ANASTASIA

Quando acordei hoje de manhã, prometi a mim mesma que não iria chorar esta semana.

Eu estava falando sério. Parecia possível; até postei a frase "nova semana, novo começo". Estava realmente convencida de que as coisas iriam dar certo. Chorei tanto nas últimas duas semanas que é impressionante não ter inundado o prédio. Mas a noite de ontem marcou o fim do choro.

Bom, foi o que eu pensei.

O dia não começou bem quando tive que me arrastar para fora da cama. A cabeça de Nate estava enfiada no meu pescoço, seu corpo quente abraçado ao meu. Só de pensar em ter que me afastar dele me dava vontade de chorar.

Ele foi tão gentil ontem à noite. Não: ele *é* tão gentil. Deitarmos juntos depois de ele ter lavado e penteado meu cabelo foi a experiência mais relaxante da minha vida. Naquele momento, foi fácil para os dois falar sobre tudo que aconteceu.

— Não acredito que você achou que eu iria te rejeitar, Anastasia — disse ele, em choque. — Você não faz ideia, né? Do que eu faria se você deixasse. Do que eu faria para te fazer feliz.

Meu coração fez uma coisa estranha da qual eu só tinha ouvido falar. Uma mistura entre uma batida e uma parada, o tipo de coisa que me faz questionar se ele continuaria a funcionar de verdade.

Estar com Nate me dá uma sensação avassaladora de segurança, como se fosse resolver qualquer problema que eu dividisse com ele. Em um mundo onde sinto que posso ser levada pelas ondas a qualquer momento, ele é minha âncora. Eu valorizo isso, ter ele do meu lado.

— Sinto muito por ter gritado com você — murmurei contra o peito dele, onde estava apoiada.

— Eu mereci — admitiu ele, beijando o topo da minha cabeça. — Eu poderia ter agido de outra maneira. Poderia ter te ligado antes de você falar com os pais do Aaron e explicado. Eu poderia não ter admitido ter feito algo que não fiz. — Ele riu. — Sinto muito por você ter pensado que eu faria algo que poderia atrapalhar seus sonhos.

— Eu gosto de você, Nathan — eu disse, olhando para ele. — E me dói de diversas formas admitir que agora sou o tipo de pessoa que gosta de um jogador de hóquei. Mas eu gosto. É tão difícil, porque Aaron está completamente convencido de que foi você, mas estou confiando no meu instinto.

— Eu gosto de você também. As últimas duas semanas foram uma merda.

Nossa conversa foi interrompida por Aaron fazendo barulho pelo apartamento, provavelmente incomodado pelo fato de Nate estar aqui.

Aaron está sofrendo também, tanto física quanto mentalmente, mas ainda não achou um jeito saudável de conversar comigo. Ele me derrubou, e isso o fez se odiar pra caralho. Ele pediu desculpa um milhão de vezes, está obcecado com cada mínimo detalhe que não foi culpa dele, e não consigo tirar ele dessa.

Não o culpo: foi um acidente que nenhum de nós esperava. Tirando alguns comentários, estou tranquila. Eu disse o quanto estava agradecida por ele ter me segurado, mas Aaron acha que não foi o suficiente.

Estou com medo do quanto isso vai nos afetar quando ele voltar, porque só de pensar em ser erguida me enche de medo. Mesmo no chuveiro com Nathan, quando ele me levantou para ficar mais perto da cabeça dele, meu coração quase parou.

Não sei como não o esmaguei; minhas pernas estavam tão tensas ao redor dele que provavelmente deixaram marca. Ele não parecia se importar. Acho que ele estava se concentrando em não me cutucar com o pau.

Estou acostumada a me preocupar com Aaron, mas você só pode ajudar alguém quando sabe qual é o problema da pessoa.

O barulho da porta batendo — Aaron, com certeza — me acordou hoje de manhã e preferi ficar acordada, ouvindo a respiração de Nate, a voltar a dormir.

— Consigo ouvir as engrenagens na sua cabeça girando, Tasi. Diz aí, no que você está pensando de manhã tão cedo? — Ele bocejou e beijou meu ombro carinhosamente.

Nessa hora, eu já tinha declarado que minha semana seria sem lágrimas, então não queria falar sobre meu problema com Aaron.

— Estou tentando decidir se você colocou um taco de hóquei na cama entre nós ou se só está muito feliz de acordar ao meu lado.

Ele se esfregou na minha bunda, gemendo contra o meu cabelo. Ele é um cara vocal e isso faz *alguma coisa* comigo. É como se apertasse um botão e de repente tenho as Cataratas do Niágara no meio das pernas.

— Se eu disser que é um taco de hóquei, você vai brincar com ele?

— Meu *Deus*. Você é muito cafona. Eu odeio hóquei, acredita?

— Eu poderia fazer você se apaixonar por hóquei, Anastasia — sussurrou Nate, fazendo meu corpo inteiro se arrepiar. — Com as ferramentas educativas corretas, claro, e prática.

Não acho que ele estava falando do pau.

Deixando uma fileira de beijos pelo meu pescoço, a mão dele seguiu para a minha calcinha, tocando de leve o tecido entre minhas coxas.

Eu queria arfar como um cachorro. É vergonhoso, mas é verdade. No fundo, eu sabia que precisava sair da cama e não começar nada.

— Eu aprendo fazendo… mas infelizmente não tenho tempo para treinar, *capitão*.

— Cacete. — Ele virou minha cabeça para trás e me beijou. — Me chama de capitão de novo.

Me afastei e estreitei os olhos.

— Acho que isso é algo que vamos precisar explorar.

— Estou completamente aberto a explorações.

— Quis dizer psicologicamente.

Ele sorriu.

— Hum, cheia de taras. Gostei.

Foi nessa hora que eu devia ter cancelado minha segunda-feira e ficado na cama. Eu podia ter deixado Nathan montar em mim, mostrado o quanto sentimos falta um do outro, e ficado escondida o dia inteiro.

Mas fui tola e ingênua, achando que minha segunda-feira não ia ser uma merda completa.

— Mais uma vodca com Coca diet, por favor?

Quando você não pode chorar para lidar com seus problemas, a segunda melhor opção é o álcool. Eu nunca achei que seria o tipo de pessoa que ia querer ficar bêbada sozinha, mas não ter um parceiro de patinação por oito semanas faz isso com as pessoas.

O bartender coloca um novo descanso de copo na minha frente e serve meu drinque em cima. Digo um "obrigada" baixinho e levo o canudo aos lábios, fechando os olhos com força quando bebo um grande gole.

Oito semanas. A pior parte? Nem estou preocupada com a maneira como ele vai estar depois de oito semanas; estou preocupada comigo mesma. Estou preocupada com o meu medo de ser levantada e minha capacidade de acompanhá-lo. Aaron pode tirar um ano de folga; não acho que ele vá voltar nem um pouco menos incrível.

O campeonato nacional é daqui a oito semanas e não faço ideia se vamos estar bem o bastante para competir, o que me assusta. Aaron não está atendendo às minhas ligações e não apareceu para o treino nem para conversar. *Maravilha*.

O fato de Nate ter ligado para dizer que não vai poder jogar até Aaron poder patinar é a gota d'água, e assim que desligamos, chamei um Uber.

Eu disse para Lo que ia no rinque de Simone para praticar, mas fui para um boteco a dois quarteirões de distância de lá.

Estava quieta no meu canto havia uma hora, sem problema algum, mas um grupo de caras sentados perto de mim está fazendo cada vez mais barulho e sendo mais e mais irritante.

Toda vez que eles se levantam para ir ao banheiro, se sentam mais perto de mim quando voltam. Pouco a pouco, acabam bem do meu lado.

Sentindo o desespero deles, termino minha bebida e peço a conta.

— Deixa eu te pagar uma bebida, gatinha — diz o cara que está mais perto de mim, se aproximando. — Você parece tão sozinha.

— Não, obrigada. — Não estou sendo muito simpática nem muito rude, seguindo o que toda propaganda que coloca a culpa nas mulheres me diz para fazer ao lidar com homens bêbados. — Estou indo embora agora.

— Não vai, não. A diversão está só come...

— Pronta para ir, amor? — Eu reconheço a voz antes de ver quem é, e fico extremamente aliviada de ver o rosto jovem de Russ me encarando quando ergo o olhar. Ele se abaixa para pegar minha bolsa do chão, coloca no ombro e me dá a mão. — Desculpa o atraso.

— ... Tudo bem... benzinho — digo, pegando a mão dele. Coloco dinheiro no bar, pulo do banco e só percebo que estou bêbada quando toco o chão.

Como esperado, os caras bêbados não falam mais nada. O tamanho de Russ é intimidador; ele não teria problema nenhum se o provocassem.

Ao abrir a porta, a brisa gelada de novembro me atinge quando saímos para a rua.

— Bem, isso foi bizarro.

— Desculpa, meu nome é Russ. Nos conhecemos há algumas semanas, naquele evento de socialização. Sou do time de hóquei.

— Eu sei quem você é, Russ.

As pontas das orelhas dele ficam cor-de-rosa.

— Aqueles caras são terríveis. Estão sempre ali, bebendo e incomodando as pessoas. Eu ouvi você dizer que estava indo embora e não queria que te importunassem.

— Obrigada por isso, de verdade.

As pontas das orelhas dele vão de rosa para vermelhas quando ele responde:

— De nada.

— Preciso pedir um Uber.

— Tem um café na esquina, posso esperar com você se quiser. Eu te daria uma carona, mas geralmente vou a pé para casa.

— Eu ia gostar da companhia, mas não se sinta obrigado a nada.

Virando a esquina, o Café Kiley é tranquilo e tem apenas algumas pessoas comendo e bebendo. Nós nos sentamos a uma das mesas externas e pedimos dois cafés.

— Então, Russ. O que fez você passar a noite de segunda-feira em um bar sozinho, sendo que é menor de idade e mora a quilômetros de distância? — Junto minhas mãos e me inclino para a frente, com os cotovelos na mesa, como se estivesse o interrogando.

Ele coça a nuca e se remexe no assento.

O garçom coloca nossas bebidas na mesa e vai embora: devemos parecer um casal prestes a terminar: meus olhos estão vazios, e ele parece muito desconfortável.

Russ toma um gole do café, prolongando o silêncio até não aguentar mais.

— Eu trabalho lá à noite. Na cozinha e tal — diz ele, meio envergonhado.

— Eu trabalho no rinque da Simone aqui perto. — Até onde eu sei, os outros meninos do hóquei não trabalham. Como em toda universidade nos Estados Unidos, a disparidade econômica é real. — Não sou rica, mas tenho amigos ricos, então preciso de grana. Eles gostam de comer coisas caras, e trabalhar me ajuda a cobrir minha parte. Tenho muita sorte de meus pais me ajudarem a pagar as coisas da patinação, mas preciso ganhar o resto.

A tensão em seus ombros se dissipa e eles relaxam, e a resistência que eu estava sentindo vai sumindo.

— Sim, os caras da minha fraternidade têm investimentos de família. Eu tenho uma bolsa de estudos que paga pela maioria das coisas, mas trabalhar me ajuda a pagar minha parte, sei lá. Como você disse.

— Eu entendo — digo, sinceramente.

— Por que *você* estava sozinha em um bar numa segunda-feira?

— Imagino que você saiba que Nate voltou pro branco? — Ele faz que sim com a cabeça. — Meu parceiro de patinação não me atende e eu me proibi de chorar. Álcool é a segunda melhor opção, né?

— Eu não bebo com frequência. Uns goles de cerveja aqui e ali, mas meu pa... — Ele se interrompe e imediatamente pega o café, tomando goles longos para se calar. Quando acaba, olha de novo para mim. — Sinto muito sobre o seu parceiro, mesmo que ele seja um babaca com você. O que vai fazer agora?

— Ele não é um babaca com... — Aperto meus olhos — Você não gosta de falar sobre si mesmo, né? Você fez isso no evento. Fez eu ficar falando de mim e não descobri nada sobre você.

— Não tenho nada interessante para falar, Anastasia. — O jeito como ele fala isso é de partir o coração. Com confiança, ensaiado. Como se tivesse dito a mesma coisa um milhão de vezes.

— Eu me recuso a acreditar nisso. Estou interessada no que você tem a dizer.

— Você chamou o seu Uber? — pergunta ele, mudando a conversa.

Merda.

— Não, esqueci. — Ele parece desconfortável de novo, e quando seus olhos vão para o celular, entendo o porquê. — Você contou pro Nathan, não contou?

— Eu mandei mensagem pra ele quando te vi no bar. Desculpa.

— Ele está a caminho, né?

— Em minha defesa, eu não disse onde você estava. Ele faz o time inteiro usar um app de localização caso a gente tenha problemas e ele precise nos encontrar.

— Ah, Russ. Eu estava começando a gostar de você. Você *tinha* que me dedurar.

As bochechas dele ficam vermelhas de novo, e ele se afunda na cadeira.

— Você é menos assustadora do que o capitão. — O Tesla branco de Nathan para ao nosso lado, e Russ deixa dinheiro na mesa. — Acho.

Demoro um pouco para convencer Russ a deixar Nathan lhe dar uma carona, mas, depois que ele entra no carro, Nathan fica quieto enquanto tento fazer Russ falar sobre si. Quando encostamos na frente da fraternidade onde mora, ele lança um sorriso desconfortável para Nate.

— Obrigado pela carona, capitão.

— Sem problema — responde Nate em um tom frio.

Me inclino para trás para abraçar Russ.

— Tchau, benzinho. Que pena que nosso relacionamento tenha que acabar.

Ele ri, nervoso, os olhos indo de Nate para mim rapidamente, e balança a cabeça.

— Tchau, Tasi.

Quando Russ sai e eu volto para o meu assento, percebo a expressão confusa de Nathan.

— Benzinho? Relacionamento? Eu juro que se você usar a camisa de Russ eu peço transferência para a UCLA.

— Nosso amor foi curto, mas profundo. — Eu suspiro. — A conexão que o Russ e eu tivemos vai ser eterna, mas fico feliz por ter acontecido em vez de ficar triste porque acabou, sabe?

— Você está bêbada. — Ele sorri, tirando o cabelo do meu rosto. — Por que você ficou bêbada sozinha, gata?

— Estou proibida de chorar.

Ele concorda com a cabeça, volta a dirigir e coloca a mão na minha coxa.

— Eu não entendo o que uma coisa tem a ver com a outra, mas tudo bem. Quer conversar?

— Eu que deveria te perguntar isso — resmungo, traçando a mão dele. — Eu sei que você disse que está bem, mas está mesmo?

— São as consequências dos meus atos, Anastasia. Skinner está me usando de exemplo. Tudo bem. O time vai jogar sem mim. Eu volto daqui a pouco. Vai, me conta o que está rolando dentro desse seu cérebro gigante.

— Aaron está me evitando. Você não pode jogar hóquei. Eu não posso treinar e estou com medo de me levantarem. — Mordo a parte interna da bochecha, lembrando que não posso chorar. — Ninguém consegue substituir Aaron porque todo mundo já tem compromissos ou parceiros, e eu só…

— Eu posso ser seu parceiro.

Eu me engasgo com as palavras. Literalmente. Ele bate nas minhas costas de leve enquanto tento fazer meus pulmões funcionarem.

— Com todo o respeito, tá?

O caminho da casa de Russ até a minha é curto, e Nathan para no acostamento. Ele se vira para mim com uma expressão séria no rosto.

— Eu posso ser seu parceiro. Tenho que patinar e fazer exercício de qualquer forma, então posso fazer isso com você. Vou viajar quando tivermos jogos fora, mas sou seu todo o resto do tempo.

Passo a mão pelo cabelo, sem conseguir concordar de imediato, pensando em todos os motivos pelos quais esta é uma péssima ideia.

— Patinação artística não é como hóquei: você não pode simplesmente mudar de um para o outro. Não vai dar certo, Nate.

— São oito semanas, Tasi. Posso não conseguir saltar como Aaron, mas posso te ajudar a praticar e te levantar.

— Você não pode me levantar. Não tem experiência.

Ele coloca a mão no meu pescoço e o polegar me acaricia de leve na bochecha.

— Você vai ter que me mostrar o que fazer, mas sou mais do que capaz de te levantar em segurança. — Ele suspira, e a sensação estranha no meu coração acontece de novo. — Sou um excelente patinador, e sou forte. Muito mais forte do que Aaron. Eu viraria um tapete humano para não te deixar cair no gelo.

Mordo o lábio, pensando no que ele acabou de falar.

— É muito gentil da sua parte, mas isso não vai dar certo.

— Me dê um bom motivo por que não daria certo. — Ele leva minha mão até a boca, a beija de leve e me dá o motivo real para isso. — Só um.

— Por causa disso — respondo em voz baixa. — Não posso misturar patinação com essa coisa que somos. Eu gosto de você, e me dói muito dizer isso em voz alta, mas você se infiltrou na minha vida e me fez gostar demais do tempo que passamos juntos. Agora eu sou legal com você. É a maior representação do quanto a gente mudou. Pode-se dizer que é até um desastre.

Ele ri e me encara com um olhar de adoração que me faz perder o ar.

— Você está falando um monte de coisa, bobinha, mas não está falando nada que faça sentido.

Justo.

— Preciso me concentrar, Nate. Não consigo fazer isso se for para sua cama todo dia.

— Que tal dia sim, dia não?

Eu reviro os olhos, segurando o riso que está ameaçando meu tom sério.

— Nathan...

— Se você acha que não consigo deixar meu pau fora dessa, está enganada. Dois meses atrás, achei que você ia arrancá-lo e me fazer comer. Olha aonde chegamos.

Meus olhos estão cheios d'água. Traidores.

— Você adora ficar mandando em mim. Imagina como vai ser legal me ensinar patinação artística. Por favor, diz sim.

— Eu não acho que é uma boa ideia...

— Mas diz que sim de qualquer jeito.

Solto um suspiro exausto que alivia toda a tensão do meu corpo, e assinto.

— Ok. Vamos ser parceiros. Sim.

Capítulo vinte e quatro

NATHAN

Quando acordei hoje de manhã, dar carona para Tasi e Russ depois de um encontro em um café parecia tão improvável quanto eu me tornar um patinador artístico, mas aqui estou.

Leva cerca de trinta segundos para o pânico bater. A pequena ruga entre as sobrancelhas dela aparece, como todas as vezes em que ela começa a pensar muito.

— Eu vou dar trabalho, Nate — diz ela com uma voz trêmula. — Eu sei que você acha que Aaron é mandão comigo, mas não é assim. Às vezes a gente tem brigas no meio do gelo.

Eu me aproximo dela, coloco uma mecha de cabelo atrás da orelha e seguro seu rosto de leve.

— Por que você está me falando que dá trabalho como se eu já não soubesse disso?

A linha fica mais funda, mas ela solta uma risadinha. Para mim, a segunda-feira começou maravilhosa, ficou uma merda e agora parece que vai terminar bem. Eu não sei de onde veio essa minha ideia; acho que cheguei ao meu limite de vê-la chateada.

Não sei se vou me dar bem nisso, mas não vou derrubá-la, e é disso que ela precisa.

— Você não faz ideia do que está prometendo. — Ela esfrega o rosto na minha mão e suspira. — E se não gostar mais de mim no fim disso tudo?

— Anastasia, eu não gostar de você daqui a oito semanas não é algo com o que você precise se preocupar. Mas saiba que, se eu perder um jogador, vou esperar que você se voluntarie para jogar hóquei. Acho que a sua hostilidade funcionaria muito bem no time.

Eu consigo segurar o braço que voa na minha direção e puxo até Anastasia passar por cima do console e se sentar em mim.

— Quando você sair deste carro, seremos parceiros, e não vou poder te tocar até janeiro — explico. — Se eu soubesse que hoje de manhã seria a última vez que iria te beijar, teria feito coisa melhor. Saideira?

— Você não tá falando sério.

— É claro que estou falando sério. Se você não tivesse bebido, eu teria pedido para te comer no banco de trás. Então, um beijo é mais tranquilo.

Revirando os olhos, ela se aproxima e para a poucos centímetros dos meus lábios.

— O seu charme é impressionante, Hawkins.

Enfiando as mãos no cabelo dela, eu a beijo com tudo que tenho em mim. É um momento estranho, que parece ser o começo e o fim de algo, e quando seus quadris rebolam sobre mim, não sei se fico feliz ou triste.

— Ainda posso pensar em você quando bater uma, né? — pergunto quando ela começa a sair do carro. — Ou isso é contra as regras? — *Por favor, que não seja contra as regras.*

Ela ri tanto que chega a roncar. Como um porquinho.

— Se vale pra você, vale pra mim. Eu sempre penso em você. Combinado?

Mas que merda. Eu assinto, sem conseguir falar, porque meu cérebro começa a imaginar uma cena muito inapropriada.

As próximas oito semanas vão ser terríveis.

Quando chego em casa, todo mundo já sabe, porque Tasi mandou mensagem para Lola. Eu liguei para Faulkner do carro; ele disse que acha que isso vai ser bom para a minha reputação, e disse que vai preparar uma dieta para eu perder peso. Patinação no gelo vai contar para o meu tempo de treino no rinque, então *acho* que ele gosta do meu plano. Acho, porque depois ele me chamou de menino mais bizarro que já precisou aturar e me disse para me divertir usando legging.

Lo colocou todos os caras sentados ao redor da mesa do escritório para dobrarem panfletos da apresentação do clube do teatro de *Hamilton*. Assim, fica mais fácil contar para todo mundo a história inteira ao mesmo tempo, mas faz a risada ser dez vezes mais alta.

— Já que você é tão bom em ajudar as pessoas com seus trabalhos, pode sentar aí. — Ela me entrega uma pilha de papéis para dobrar e aponta para a cadeira ao lado de Mattie. — Mal posso esperar para te ver de legging, Hawkins.

— Estou mais preocupado com ele ficar de pau duro — complementa Henry, se concentrando em alinhar as pontas do panfleto. — Ele fica tarado que nem um coelho perto da Tasi.

— Nossa, valeu. Que nada, não vai ter nada disso. Ela quer se certificar de que não vai se distrair. Apenas amigos.

A risada começa de novo; imagino que vou ouvir muito isso ao longo dos próximos dois meses.

A PRIMEIRA DESCOBERTA DESTA minha aventura como patinador artístico é que minhas aulas de terça bateram com as da Anastasia, e nós dois saímos às 14h. Era para estarmos estudando, mas acabamos de chegar no shopping de Maple Hills.

Sabe quando tem um botão vermelho em um filme, mas ninguém pode tocar nele, e você grita com a televisão quando alguém acaba fazendo isso? Anastasia é meu botão vermelho. Eu sei que não deveria tocar nela, mas eu quero, e ela vai gritar se eu fizer isso.

Ela está tão bonita agora, explicando cuidadosamente a importância de usar a roupa certa para patinar.

— Para de olhar para a minha boca e presta atenção — resmunga ela.

— Estou prestando atenção. Ainda não entendi por que não posso usar calça moletom.

— Porque não, tá? Vamos comprar leggings.

Tão bonita.

— Sim, senhora.

A primeira loja não tem nada para homens, a segunda não tem nada que passa das minhas coxas, mas a terceira é perfeita.

— Que tal essas? — pergunta ela, mostrando um par do meu tamanho.

— É de oncinha, Anastasia.

— Eu sei. O que achou?

Eu ergo minha sobrancelha e me apoio em uma arara.

— Bom, o fato de que a estampa é de oncinha não é suficiente? Por que não deixamos de lado as estampas de animais para acelerar o processo?

Assim que ela se prepara para responder, somos interrompidos por uma ligação no meu celular.

Pai. Rejeitar.

Coloco o celular de volta no bolso, e ela levanta outro par quando a olho.

— Então estampa de zebra também está proibida?

— Exato.

— Tem *certeza*? Suas coxas iriam ficar ótimas nelas.

— Se você quer ver minhas coxas, posso patinar de cueca. Problema resolvido. Vamos comer? — Ela nem se dá o trabalho de responder. — Acho que isso é um não.

Procurando por um universo de leggings pretas sem estampas de bichos, encontro algumas do meu tamanho. Ela fica resmungando e reclamando das minhas roupas "sem graça", e saímos da loja.

Quando vou pegar na mão dela, paro na hora, então finjo me espreguiçar. Andamos em silêncio até a praça de alimentação e, pela expressão em seu rosto, percebo que tem alguma coisa a incomodando. Quando estou prestes a perguntar, meu celular toca de novo.

Pai. Rejeitar.

Nos sentamos a uma mesa mais afastada, onde é mais silencioso, e ela ainda está com aquela expressão.

— No que está pensando, zangado?

— Na NHL.

Inesperado.

— Sou a favor da diversidade no esporte, Tasi, mas acho que você é meio pequena para ser jogadora de hóquei — brinco. — Por que está pensando na NHL?

— Estou pensando em como vai ser meu último ano, já que você vai pro Canadá para lutar contra alces ou algo assim. — Ela dá de ombros e sorri. — É besteira. Deixa pra lá.

— Fico impressionado que você ache que eu consiga lutar contra um alce, mas não acho que costumam frequentar o centro de Vancouver. — Dou uma risada. — Não sei se você sabe disso, mas tem voos de Los Angeles para Vancouver. Se quiser fugir da rotina um pouco e me visitar.

Ela está prestes a responder e a porra do meu celular toca de novo.

Pai de novo. Eu rejeito, *de novo*. Ela passa a mão pelo cabelo e suspira.

— Você pode atender o celular na minha frente.

— Eu sei.

— Eu não vou surtar se você conversar com outra mulher. — Ela coloca os cotovelos na mesa e apoia a cabeça nas mãos. — Só porque não pode me comer não quer dizer que não pode comer mais ninguém.

Reviro os olhos e empurro o celular pela mesa.

— Três-nove-nove-três.

Imediatamente ela nega com a cabeça e tenta empurrar o celular de volta.

— Nathan, eu não preciso...

Eu mesmo digito os números, já que ela parece querer respeitar minha privacidade. Eu a vejo lutar contra si mesma antes de finalmente olhar para a tela do meu celular e ver a palavra *Pai* enchendo meu histórico de ligações.

— É complicado.

— Ah, ok, bom... — ela se enrola para falar. — Eu estou falando sério. Tipo, eu não espero que você fique na seca por dois meses.

Rindo, eu vejo os olhos dela se arregalaram, inseguros.

— Estamos prestes a passar tanto tempo juntos, Anastasia. Vou ser seu empata-foda sempre que conseguir. Você pode fazer o que quiser, *claro*. Mas boa sorte tentando transar com alguém além de mim.

Os olhos dela ficam brilhantes, e vejo o rosto ficar vermelho na hora.

— Era para isso ser fofo? Parece um pouco possessivo e tóxico.

Os cantos da minha boca sobem. Estou amando esse dia.

— Nem vem com essa. Eu vi o que você tem na sua estante, safada. — Ela fica de boca aberta. — Agora, o que quer comer?

— Estou bem. Vou comer quando chegar em casa, mas pode comer o que quiser.

— Você tem alguma coisa contra comer fora?

— Não, mas preciso seguir minha dieta.

— Dieta? — Qualquer um que passe um tempo com Anastasia consegue ver que ela tem um relacionamento difícil com comida. Eu juro que metade das vezes em que ela está de mau humor é porque está com fome.

— Aaron e eu temos um plano alimentar. Eu preparo todas as minhas refeições ao longo da semana; temos que ser organizados.

— É legal que você seja tão disciplinada — digo com cautela. — Nutrição é uma parte importante do meu curso, então faço muitos desses planos alimentares. Eu adoraria olhar o seu, se não se importar.

Ela mete a mão na bolsa e puxa meu pior inimigo: o planner. Passa pelas páginas até achar uma folha de papel e me entrega.

— Fique à vontade.

Cacete. Folhas. Legumes. Um pouco de proteína. Salada. Eu pego o celular e abro a calculadora para fazer as contas.

— Quem montou este plano alimentar?

— Aaron.

A resposta é tão surpreendente quanto decepcionante. Primeiro, estou em choque. Minha opinião sobre Aaron Carlisle não é boa e sinto que tenho motivos para isso, mas isso aqui é bizarro pra cacete. Ou ele não sabe nada sobre nutrição, ou faz isso de propósito.

— Anastasia, você está subnutrida. Não está *nem perto* de ingerir o que é necessário para viver.

Estou tentando não fazer parecer que estou dando uma lição ou julgando; ela não tem culpa. Ela pega o papel e relê tudo.

— Como assim?

— O seu corpo queima calorias para te manter viva. Então você precisa abastecê-lo. Alguém que queima tantas calorias quanto você, com a patinação e o treinamento, precisa comer muito mais do que isso para que seus músculos se recuperem.

— Eu estou bem.

— Não comer o bastante faz com que você tenha tendência a se machucar e desenvolva problemas sérios de saúde. Você sempre ficou com hematomas tão fortes quanto os que tem agora?

A mente dela está voando. Está paralisada, tentando entender o que estou dizendo.

— Talvez? Não sei.

Eu percebi há algum tempo que ela sempre está cheia de machucados. Presumi que fossem das quedas e tal, mas agora que vi de perto, percebo que são bem feios.

— Machucados assim podem ser um sinal de falta de nutrientes. Você fica cansada com frequência? Irritadiça sem motivo? Mudanças no seu ciclo menstrual?

— Caralho, Nate. — Ela bufa e olha ao nosso redor para ter certeza de que ninguém está ouvindo, e fala mais baixo. — Estou cansada, ansiosa e irritada porque me esforço para cacete. Com certeza você sabe melhor do que ninguém que isso faz parte.

— Tasi...

— E falando do meu ciclo menstrual, que não é da sua conta, tomo um anticoncepcional que para a menstruação por completo. Faz anos que não menstruo.

Ela cruza os braços e se recosta na cadeira. Revolta, irritação, um traço de incerteza. Não era minha intenção deixá-la chateada, mas também não vou permitir que coma assim.

— Quase não tem carboidratos nessa dieta.

— E daí?

— Você precisa de carboidratos, Tasi. Não estou pedindo para você se encher de McDonald's, mas você precisa de mais calorias, meu bem. Posso preparar um plano novo para você; vamos mostrar os dois para Brady e deixar ela escolher.

— Tá. — Ela dá de ombros. — Tanto faz.

— Ryan já viu esse plano alimentar?

Ela franze o cenho.

— O quê? Não. Por quê?

Aquela ligação no mês passado me volta à mente, e faz tempo que quero perguntar a respeito do que Ryan disse, mas não tive uma oportunidade depois de tudo que aconteceu.

— Ryan disse uma vez que Aaron estava tentando controlar o que você comia.

Ela revira os olhos.

— Ignora ele. Ryan me faria comer KFC toda noite, o que é absurdo. Eu não tenho o metabolismo dele. Aaron diz que tem dificuldade para me levantar às vezes, e isso deixa Ryan irritado.

Caralho.

— Ele disse que tem dificuldade para te levantar?

— Quando eu não sigo o plano alimentar, sim. Às vezes meu peso varia um pouco.

Passo a mão pelo rosto para controlar a raiva que me sobe. Isso de dividir o rinque não inclui apenas o gelo, mas a academia também. Eu já vi Aaron levantar, com facilidade, o dobro do peso da Anastasia. Ele pode não ser grande, mas é forte.

— Ele é completamente louco, Tasi.

— Você está sendo dramático.

— Eu não quero discutir isso porque não é sua culpa. Mas esse cara está te controlando, e mostrar isso aqui para Brady vai ser a prova de que você precisa.

Ela bufa e esfrega as têmporas, de olhos fechados.

— Você está me dando dor de cabeça.

— É porque eu me importo com você.

— Pode se importar de um jeito que não vai me causar problemas?

— Vamos dar um jeito nisso juntos, eu prometo.

Ela estica a mão por cima da mesa, a coloca sobre a minha e aperta de leve.

— Vou pegar comida pra gente, já volto.

Estou tentando não pensar em como a voz dela fraquejou quando disse isso.

Capítulo vinte e cinco

ANASTASIA

— Por que está demorando tanto?

Consigo ouvi-lo andando de um lado para o outro do vestiário ao lado, mas ele não apareceu ainda. É nosso primeiro treino e vamos nos atrasar para entrar no rinque, o que não é um bom começo para os próximos dois meses, ou para as chances de Nate continuar vivo.

— Nathan! — grito, batendo na porta.

— Não posso sair.

Estou encarando a porta, ciente de que pareço uma idiota fazendo isso, mas não posso encará-lo, já que ele não sai dali.

— Por quê?

— A calça. É colada demais. Dá para ver *tudo*.

— Se você não sair, eu vou entrar!

Ele coloca a cabeça para fora da porta.

— Estou falando sério. Está... Dá pra ver *tudo*.

— Sim, já entendi. Você tem um pau grande. Blá-blá-blá. Acabou a hora do biscoito? Estamos atrasados. Vamos, vamos começar. — Brady se aproxima na hora que Nate sai de trás da porta vestindo a calça legging mais reveladora que já vi na vida. Parece uma pintura corporal; dá para ver *formas*. Formas muito, muito definidas. — Meu *Deus*.

Brady o olha de cima a baixo, depois mais uma vez. Ela coloca as mãos na cintura e balança a cabeça.

— Sinto muito, sr. Hawkins. Não posso deixar você usar essas calças. — Nate parece um coelho assustado e se esconde atrás da porta de novo. — Você tem outra coisa para vestir?

— Eu tenho uma bermuda no armário que posso colocar por cima.

— Seria uma boa ideia. — Nate desaparece, entrando no vestiário, e sinto a presença da treinadora perto de mim. Eu me viro para encará-la, e ela balança a cabeça.

— É um caminho sem volta, Anastasia.

— Não sei do que está falando. — É uma mentira. Uma grande mentira. *A maior de todas.* — Vamos aquecer?

— Use camisinha. Pergunte para Prishi. Sua bexiga nunca mais vai ser a mesma.

— Não estamos fa...

Ela me interrompe acenando a mão na minha cara.

— Somos adultas. Não insulte minha inteligência. Eu vejo como esse homem olha para você. Eu quero ver minha melhor patinadora de pé em um pódio, não sentada em uma bola em uma sala de parto. Ficou claro?

— Transparente, treinadora.

O que ela não considerou com esse discurso é a probabilidade de sua *melhor patinadora* morrer de vergonha.

E por que ela só me chama disso quando não tem testemunhas por perto?

Nate finalmente sai do vestiário e me cutuca na costela.

— Pronta para começar, Allen?

— Não, não esbarra em mim.

— Nada de esbarrar, nada de bolas de indução de parto... Tantas regras, Anastasia.

Meus olhos se arregalam quando olho para ele, seu sorriso convencido voltado para mim. A felicidade dele é reconfortante e prova que ele não está tão nervoso quanto eu. Prova que ele não faz ideia de que, se esse experimento falhar, pode ser que eu não me recupere.

Estou perdida em pensamentos quando ele entrelaça os dedos nos meus.

— Vai ficar tudo bem — sussurra ele quando chegamos na área de aquecimento.

— Talvez seja até divertido.

Eu rio alto.

— Se for divertido, você não está se esforçando.

Ele ri e recebe um rosnado de Brady em resposta.

— Falou como uma verdadeira tirana.

Depois do aquecimento, finalmente chegou a hora de descobrir se isso foi uma péssima ideia.

— Para isso funcionar, preciso que você se lembre da coreografia, Nathan. — A treinadora aperta seu casaco de pele falsa, se abraçando. Nunca parei para pensar que talvez a maior preocupação de Nathan não seja eu. — Não sei que palhaçadas o treinador Faulkner permite no gelo, mas na minha arena você faz o que eu mando.

Ele assente, sem nenhum traço do sorriso.
— Entendido.
— Deem uma volta. — Ela se concentra em Nate. — Concentre-se em ser gracioso, não rápido, mas acompanhe Tasi.
— Gracioso. Devagar. Entendi… Ai! Por que você sempre me belisca? — resmunga ele, massageando a barriga.
— Não sou devagar! Eu já provei que sou mais rápida do que você uma vez. Preciso fazer isso de novo?
A boca de Nate se abre, mas antes que consiga responder, Brady bate palmas.
— Que parte de "gracioso" fez vocês entenderem que eu quero ver uma corrida? Façam o que mandei, agora!
Partindo, Nate acompanha meu ritmo. Quando ficamos longe o bastante para nos sentirmos seguros, ele se aproxima.
— Qual é a das palmas?
É divertido ver outras pessoas vivenciarem as manias de Brady pela primeira vez. Depois de dois anos trabalhando com ela, nem percebo mais.
— Eu gosto de imaginar que, em outra vida, ela treinou cachorros.
Voltamos para onde começamos, e eu reparo no desgosto da treinadora na mesma hora. É muito fácil reconhecer algo que você vê seis vezes por semana. O coitado do Nate parece orgulhoso de si mesmo e, para ser sincera, ele conseguiu de fato me acompanhar.
— Como foi?
Ela estala a língua.
— Como um cervo bêbado e perdido pisando em um lago congelado.
— Tem muitos cervos bêbados em Montana, treinadora? — pergunto, me lembrando de dizer Montana, e não Rússia, no último segundo.
— Não faça piada comigo, Anastasia. Vocês dois, de novo. *Graciosamente*. — Fiz mais voltas do que saltos até Brady ficar satisfeita com a graciosidade de Nate. — Muito melhor, Nathan. Você não está jogando hóquei. Ninguém vai te atacar no gelo.
— Com todo o respeito, treinadora — ele olha rapidamente para mim —, não acho que possa me prometer isso.
Quando pegamos o ritmo das coisas, começo a gostar do meu treino pela primeira vez em *muito* tempo, e acho que Brady também.
Vamos para o centro do rinque e fico ao lado de Nathan para ensiná-lo os saltos mais simples. Ele não precisa fazer nada complexo para me ajudar, mas ter certeza de que ele está no lugar certo e indo na direção certa é essencial para quando eu estiver fazendo a parte técnica de verdade.

Mais do que tudo, preciso que ele conheça os nomes das coisas, para ele saber o que estou fazendo e não entre no meu caminho sem querer.

— Eu vou facilitar para você. Só preste atenção nos meus pés.

— Tasi — ele começa. — Tenho quase certeza de que comecei a patinar antes de aprender a andar. Você não precisa facilitar as coisas para mim. Eu devo saber mais do que você imagina.

Arrogância. Eu adoro lidar com gente arrogante.

— Ok, gênio. Qual fio você tira quando vai fazer um Lutz? — Ele fica na minha frente, e vejo na sua expressão que não faz ideia. — Rá, rá, você acabou de provar que precisa calar a boca e me escutar.

— Rá, rá. Eu nem sei o que é um Lutz.

— Você é o homem mais irritante do mundo.

— Não me importa o que você acha de mim, desde que eu esteja no topo da lista.

Como vou aguentar isso seis vezes por semana?

Mesmo quando é irritante, ainda quero me pendurar nele. A camiseta de manga comprida que compramos mais cedo está marcando todos os músculos, suas bochechas estão coradas, e toda vez que ele olha para mim e os cantos da sua boca se erguem, esqueço tudo.

Durante o treino, estive completa e totalmente enlouquecida por um homem. Eu me odeio por ficar distraída, sabendo que cada fragmento do meu feminismo morre com covinhas e coxas grossas.

— Por que parece que você está tendo uma crise?

Porque estou mesmo.

— Preste atenção. Não vou explicar de novo.

— Ei, não sou eu que estou divagando.

— Existem seis tipos de saltos na patinação artística: toe loop, flip, Lutz, Salchow, loop e Axel. Eles são divididos entre duas categorias, saltos toe e saltos edge. Consegue adivinhar quais são os toe?

— São os que usam aquela merda de ponta afiada inútil?

A única coisa de que Nate não tem gostado é dos patins novos. Diferente dos patins de hóquei, os patins que usamos têm dentes na ponta da lâmina, o toe pick. Fizemos um treino rápido no rinque de Simone quando saímos do shopping e perdi a conta de quantas vezes ele saiu voando. Sem falar que frear usando patins novos é uma merda.

— Não é inútil, você vai precisar dela. Mas, sim, você pula quando chuta o gelo com aquela "merda de ponta afiada inútil". Os saltos edge começam do fio interno ou externo. Simples, né?

Ele resmunga algo que parece um "sim" e observa meus pés com atenção enquanto eu giro, esticando a perna esquerda para trás, e bato a ponta no gelo.

— Um toe loop simples.

Ele imita meus movimentos e, em sua defesa, entende até que bem — com exceção da aterrissagem trêmula —, então continuamos.

— Que movimento estava fazendo quando saiu voando como uma bola de boliche algumas semanas atrás? — pergunta ele enquanto se levanta e limpa o gelo da bunda.

— Estava tentando fazer um Lutz quádruplo. — *Tentando* é a palavra-chave aqui. — Lutz é um salto toe.

— Parecia difícil.

— *É* difícil.

— Sinto que não quer falar disso.

— Não tem o que falar. — Eu suspiro. — Brady fez a gente tirar ele do programa depois de eu bater a cabeça. Não é comum na patinação artística feminina e é praticamente inédito na patinação em dupla. Ela achou que era um risco desnecessário.

— Então por que fazer? — Ele não está sendo grosseiro. Acho que está realmente interessado. — Só estou tentando entender seu *modus operandi*, Tasi. Não quero fazer você se sentir mal.

Não sei como explicar. Parece ser algo para levar para a terapia, não uma conversa aleatória no meio de um treino, mas preciso ser sincera com ele.

— Eu desperdicei anos patinando com alguém que não estava no meu nível porque ele era meu namorado. — *Clássico*. — Não me leve a mal, éramos bons, mas não incríveis. Com um parceiro diferente, eu poderia ter ido mais longe. Eu não quero ser um fardo para Aaron.

— E Aaron consegue fazer, né?

— Claro que consegue. — Eu rio. — Ele passou horas e horas tentando me ajudar a acertar, mesmo não acreditando que eu conseguiria. Tem um motivo para não ser comum, mas sou teimosa. Vou continuar tentando, mas não vai ser nesta temporada.

— Eu gosto da sua determinação — diz ele com um tom gentil.

— Se vocês querem ficar olhando apaixonados um para o outro, façam isso nas suas horas vagas! — grita a treinadora do outro lado do rinque, nos lembrando que era para estarmos patinando, não conversando.

Ele solta um suspiro pesado e coloca as mãos no quadril.

— Ela me bota um medo da porra. Qual é a do casaco? Ela não sabe que estamos na Califórnia?

— A estética dela é Cruella de Vil. Você vai se acostumar.

* * *

Nathan geme e resmunga alto quando entramos no carro dele.

— Você está sendo dramático — falo com uma risada ao jogar minha bolsa nos pés. — Não foi tão ruim.

— Eu não fui feito para balé e ioga, Tasi — resmunga ele, engatando a ré. — Minhas pernas estão queimando.

— Você não é nada flexível, né? Parecia o tronco de uma árvore.

Ele me olha do banco do motorista e ergue uma sobrancelha.

— Eu não preciso ser flexível porque *você* é flexível, o que faz da gente um casal perfeito.

— Você foi bem, Nathan. Sério, eu sou muito grata. Obrigada.

— Eu passei metade do treino de joelhos e caindo de cara. Nunca me concentrei tanto dando voltas. Estava morrendo de medo de tropeçar. Tem certeza de que não posso usar meus patins?

— Eu prometo que você vai se acostumar com esses.

— Ou você vai se acostumar a me ver de joelhos. — Ele franze o centro. — Não daquele jeito. Ou sim, se quiser. Daquele jeito é o meu favorito.

— Um dia. — Eu bufo. — Você aguentou um dia.

Nate me faz rir todo o caminho de volta para meu apartamento, a maior parte do tempo às custas dele, o que não é problema. Saio do carro, pego a bolsa e me inclino na janela.

— Te vejo de manhã.

— Traz café — grita ele quando fecho a porta.

Eu estava com medo de voltar para casa, e agora que vejo os números do elevador mudarem, queria estar em qualquer outro lugar do mundo, menos aqui. Eu não contei para Nathan, mas Aaron tem me ignorado desde que contei sobre meu novo plano de patinação quando cheguei em casa, ontem à noite.

Como se não fosse o bastante, não consigo parar de pensar no que Nathan disse sobre meu plano alimentar de tarde. Preciso admitir, nunca fui atrás de aprender sobre nutrição. Quando morava com meus pais, minha mãe cuidava disso, e na faculdade eu deixei Aaron tomar conta dessa parte e confiei nele quando disse que sabia o que estava fazendo.

Eu sei que Lola está no ensaio, o que quer dizer que Aaron deve estar sozinho, então acho que é a oportunidade perfeita para conversar com ele. Ênfase no *acho*.

Entro no apartamento e imediatamente o vejo sentado no sofá da sala vendo um filme.

— Ei.

Ele vira a cabeça, olha para mim, mas não responde ao meu cumprimento. Eu engulo o nó se formando na garganta e enxugo as mãos suadas na barriga quando me aproximo dele.

— Podemos conversar?

Mais uma vez, ele não responde, porém pausa o filme e olha para mim quando me sento e largo a bolsa aos meus pés.

— Hum, eu estava pensando... Você acha que meu plano alimentar tem calorias suficientes? E é, tipo, variado o suficiente para me manter saudável?

— Por que caralhos está me perguntando isso? — responde ele com raiva.

Respiro fundo e dou de ombros.

— Falamos disso hoje. Me disseram que eu estou comendo menos do que o necessário. Eu queria checar com você, assim a gente...

— Quem disse isso? Hawkins? — O jeito como ele fala o nome de Nathan é quase venenoso. — Você chupa o pau dele algumas vezes e do nada ele sabe do que você precisa mais do que eu?

As palavras dele me tiram o fôlego. Minha resposta fica presa na garganta com a surpresa. *Abismada* é a melhor palavra para o que estou sentindo agora. À medida que o sentimento de choque passa, vem a dor.

— O quê? Não! Por que está sendo tão maldoso? Eu só queria checar com você, assim a gen...

Ele me interrompe de novo, fica em pé e passa uma mão pelo rosto.

— Quer saber, Anastasia? Vai se foder. Se Nate Hawkins é tão inteligente, vá pedir a ajuda dele pra tudo. — As mãos dele estão tremendo, e o olhar travado fica em mim. — Mas quando ele se cansar de você, não vem chorar pra cima de mim, porque é você que dá para qualquer um que usa uniforme.

Meu coração parece prestes a saltar do peito quando ele sai pisando forte até seu quarto, batendo a porta com tanta força que parece que o prédio inteiro tremeu. Me afundo no sofá, enfio a mão na bolsa e pego meu celular.

— Já está com saudade? — Nathan fala com uma risada assim que aceita a ligação.

Seco as lágrimas com as costas da mão e limpo a garganta.

— Pode vir me buscar?

Capítulo vinte e seis

NATHAN

— Uma pitada de sal. *Não*, uma pitada. Uma pitada, Robbie! Isso não é uma pitada!

Anastasia respira fundo, e força um sorriso enquanto tenta tirar a montanha de sal que Robbie colocou na comida.

— Foi mal — murmura ele, pegando apenas uma pitada dessa vez.

— Tudo bem. Me desculpa por gritar.

Tasi está ensinando Rob a cozinhar. Na verdade, *tentando* ensinar é uma descrição melhor. Apostei dez dólares que Tasi iria se irritar com ele antes de a panela esquentar. Ela disse que seria fácil, mas acho que ele está suando de tão estressado, e toda vez que ela vai dizer algo, seus olhos param em mim primeiro, e depois suas palavras saem tranquilas.

— Você tem que deixar tudo na panela se conhecer — explica Tasi com meia cota de paciência. — Mas não pode deixar queimar.

— Sem queimar. Amigos na panela. Entendi.

Dando a volta na ilha da cozinha, Tasi se senta no banco ao meu lado enquanto estou estudando, pega seu livro e continua a ler.

É estranho que, agora que estou sob o domínio do planner, estou em dia com todos os meus deveres da faculdade pela primeira vez desde que comecei. Nós treinamos juntos, escovamos os dentes lado a lado, cozinhamos as mesmas refeições. Não faço ideia do que somos, mas eu gosto. Deixamos a casa em outro nível.

Ela não fala nada sobre a aposta quando se senta ao meu lado e se concentra no trabalho. Só deixa a perna encostar de leve na minha.

É nesse nível que estou agora: feliz por tocar na perna dela. Ter ela sempre por perto, mas não poder tocá-la, tem sido difícil, continua a ser difícil e deve se tornar impossível para um caralho.

Faz duas semanas desde que Aaron reagiu do jeito mais Aaron possível, xingando ela e insinuando que ela é uma vadia. Tasi estava acabada quando fui buscá-la naquele dia, chorando em pé do lado de fora do prédio com uma mala de mão.

Ela prometeu que seria apenas por uma noite, então construímos um muro de travesseiros para respeitar nosso acordo de não passar dos limites da nossa amizade. Isso foi duas semanas atrás e ainda estou dormindo do outro lado do muro. O lado bom é que estamos nos conhecendo de verdade. Quando nos deitamos à noite, cada um do seu lado, conversamos sobre tudo até alguém pegar no sono. É sempre ela, porque eu nunca me canso de Tasi falando de si mesma.

Por algum motivo estranho e bizarro, fico feliz. Se fosse diferente, eu teria passado as últimas duas semanas dentro dela em vez de aprender sobre ela. Não teríamos chegado a lugar algum. Talvez eu teria largado a faculdade para ficar em casa e descobrir de quantos jeitos consigo fazer ela gritar meu nome...

Mas não posso pensar sobre isso porque agora somos amigos, e a única hora em que ela grita meu nome é quando estamos no gelo.

— Tasi? — chama Robbie. — Acho que são amigos agora. O que eu faço?

Pulando do banco, seus dedos tocam minhas costas quando ela passa, causando um arrepio no meu corpo inteiro. Ela olha para a comida e assente, orgulhosa.

— Está com uma cara boa. Muito bem.

— O que *nós* vamos comer, chef? — pergunto para ela, brincando, ao fechar meu livro, oficialmente entediado pelo conteúdo.

Meus cálculos estavam corretos, e ela não estava comendo o suficiente por seguir o plano alimentar de Aaron. É uma das únicas vezes na vida em que odiei estar certo. Brady aprovou o plano que montei, chocada que Anastasia estivesse comendo tão pouco. Tasi não queria envolver Aaron nisso, argumentando que ainda tinha que patinar com ele, e que contar esse fato para a treinadora só iria atrapalhar mais a vida dela no futuro.

Anastasia e Lo não acreditam que Aaron é tão insano que faria isso de propósito, e disseram que ele é teimoso demais para admitir quando não sabe o que está fazendo, mas isso é papo para outro dia.

Uma das mudanças no plano alimentar de Tasi é ter refeições mais interessantes do que salada e frango. Nós nos revezamos e ensinamos diferentes pratos para ela, ou ela encontra algo na internet que gosta e adapta para os seus macros. Eu não acho que nenhum de nós esperava o medo que ela desenvolveu por comer tão pouco.

Ela consegue justificar até certo ponto comer o que chama de uma refeição "lixo", mas é claro que mudar noventa e nove por cento dos seus hábitos alimentares tem sido um processo muito drástico. Eu tentei planejar as coisas com calma, mas ela disse que não tem tempo para nada devagar, então vai pular de cabeça. Eu sei reconhecer os sinais de que um problema está se formando, mas ela prometeu conversar sobre isso com o terapeuta dela, então não posso falar mais nada.

Não é que ela não goste do que está comendo; o problema é que ela tem um medo constante de ganhar peso e ficar pesada demais para ser levantada ou não caber nas roupas de patinação. É assustador, praticamente um condicionamento, pensar quantas vezes ela ouviu isso.

— JJ quer me ensinar a fazer um curry indiano de verdade. Eu por acaso disse que nunca tinha feito nada que não viesse em um pote e ele disse algo sobre ofender seus ancestrais. — Ela pega o celular no bolso e, sem precisar olhar, sei que está olhando o aplicativo de calorias. Ela olha para mim buscando aprovação. — Dá pra encaixar, né?

— Comida indiana tradicional é ótima para você. É praticamente toda feita de vegetais, temperos, carne, lentilha, e o que mais quiser colocar. Nutritivamente falando, é muito completa — eu explico, focando nos benefícios. — É a versão ultraprocessada que é feita aqui no Ocidente que é cheia de merda. Em algum momento, a culinária inteira ficou malvista. Com certeza conseguimos dar um jeito nisso.

— Tá bom, ele deve chegar em breve da academia. — Ela guarda o celular e estica a mão para mim. — Vamos te alongar, meu patinadorzinho.

Eu resmungo e lhe dou a mão, deixando que me arraste para a sala de estar.

Foram duas semanas de coxas doloridas, toe picks e balé. Duas semanas de Tassi provando que é melhor patinadora do que eu. Duas semanas de Brady me encarando como se conseguisse enxergar minha alma e estivesse aprendendo todos os meus segredos. Tudo dói pra caralho: minha bunda, minhas coxas, minhas panturrilhas. Eu posso até ser forte, mas aprendi que não sou flexível.

Deitado no chão, ergo as pernas. Usando o peso do corpo, ela se apoia nelas e se inclina para a frente, alongando minhas coxas.

Eu gemendo com as pernas no ar é o momento perfeito para JJ e Henry chegarem em casa. É difícil ver a expressão deles da minha posição no chão, mas eu ouço JJ rir e dizer:

— Eu sou o próximo, Tasi.

Henry fica em pé ao nosso lado, com a cabeça torta, enquanto analisa o que estamos fazendo.

— É estranho estar deste lado do alongamento, Anastasia?

Ela me pressiona um pouco mais, fazendo meus músculos gritarem. Eu amo e odeio ao mesmo tempo, mas o desconforto me faz não processar o que Henry diz até ela responder:

— Quer saber, Hen? Sim, é estranho, sim.

Por mais que seja às minhas custas, fico feliz que o pessoal mantenha Tasi distraída para não pensar tanto em Aaron. Ele tem mandado mensagens sem parar pedindo desculpas. *Foi um momento de raiva*, disse, não queria gritar com ela. Mas ela está magoada e questionando seu próprio bom senso.

— As amizades são importantes, mas viver em um ambiente saudável também é — eu ouvi ela falar para si mesma depois de rejeitar a décima ligação dele. — Todo mundo tem que evoluir.

Eu digo todo dia que ela pode ficar quanto tempo quiser. De um jeito egoísta, adoro tê-la por perto, e os caras também. Eles querem que Tasi fique tanto quanto eu, e quando sugeri reservar um quarto de hotel para nós dois, eles me mandaram parar de ser idiota. Assim como eu, eles não querem que ela volte a morar com Aaron.

Depois que Lola chega em casa e engole a comida que Robbie fez, ela e Anastasia dizem que estarem cercadas de tanta testosterona está derretendo seus cérebros, então eu as deixo no cinema para terem uma noite só de mulheres.

Não quero ficar do lado do planner, mas Tasi tem preenchido seu tempo com coisas desnecessárias. Morar aqui tem sido um choque cultural para ela, porque nada acontece como ela planeja.

Eu vejo como ela fica desconfortável quando se atrasa, então faço tudo que posso para seguir o cronograma, mas ao mesmo tempo tento lembrá-la de que mudar os planos é bom às vezes, como para uma saída espontânea para ver uma comédia romântica.

Ao voltar para casa depois de deixá-las, tem um carro que não reconheço estacionado na minha vaga. Meu telefone toca quando giro as chaves e, quando ela abre, não preciso perguntar quem está ligando ou por quê.

— Nathaniel — diz meu pai, em um tom severo. — Que bom saber que está vivo.

— Mas o que você está fazendo aqui? — respondo.

— Quer dizer, na casa que eu paguei, onde meu único filho mora? Ou na Califórnia?

O tom de superioridade faz eu sentir o gosto de bile na boca. Eu realmente não sei como eu e Sasha fomos criados por alguém tão arrogante sem ficarmos igual.

Visualmente, é como se eu estivesse olhando num espelho do meu futuro. Mesmo cabelo, mesmos olhos, praticamente o mesmo rosto. Infelizmente, não há dúvidas de que sou filho dele. Mas a personalidade, *meu Deus*. Seria como se eu tivesse a personalidade de Aaron, ou algo assim.

— Ambos.

— Você não retornou às minhas ligações.

— Você voou milhares de quilômetros porque eu estava ocupado demais para atender ao telefone? É sério isso?

Eu não tinha reparado que os rapazes estavam aqui até vê-los pelo canto do olho no escritório. É sempre estranho para mim, porque todos os pais deles são legais. As mães de Henry moram em Maple Hills e até aparecem do nada às vezes.

— Eu viajei porque tenho negócios a resolver na Califórnia. Estou aqui porque queria ver você. — O papel de pai atencioso é um dos favoritos dele; quem não conhece que te compre. — Como eu disse, você não tem atendido às minhas ligações.

Eu me sento no sofá e imito a pose dele na poltrona à frente. Muito suspeito. Meu instinto me diz que tem alguma coisa errada aqui.

— Que tipo de negócios você teria aqui? Você sabe que aqui não neva, né?

— Não finja que não sabe nada sobre os negócios da nossa família. — O disfarce cai. — Você não se importa de gastar nosso dinheiro na sua educação, ou nesta casa, ou no carro de cem mil dólares que dirige. Só não quer ajudar com nada.

Eu me inclino para a frente, apoio os cotovelos nos joelhos e suspiro, me recusando a repetir a mesma conversa que temos desde quando me formei no ensino médio e disse que não ia estudar administração na Colorado State.

— Por que você veio, pai?

— Sua irmã está infeliz. — *Não brinca.* — Preciso que converse com ela. Ela disse que quer abandonar o esqui.

Sasha não quer abandonar o esqui. Ela diz isso porque é a única coisa que ela fala que ele de fato escuta.

— O que mais ela disse?

Ele franze o cenho e esfrega o rosto com as mãos. *Cacete*, temos até os mesmos tiques.

— O que quer dizer?

— Ela não vai simplesmente chegar para você e dizer que vai parar de esquiar. O que ela está dizendo que você está ignorando? O que ela quer? *Porra*, eu não deveria te ensinar como ser um pai para sua filha de dezesseis anos.

— Olha como fala, Nathaniel.

— Você nem escuta ela! — Minha voz fica mais alta, a raiva subindo pelo peito. — Ela não é um maldito cavalo de corrida, é uma menina. Ela não existe apenas para ganhar troféus pra você. Ela tem sonhos! Você tem sorte que ela não pediu para se emancipar.

Eu quero que ele grite de volta, que a gente brigue, mas ele me encara com uma expressão vazia.

— Ela ama esquiar, você sabe disso. Ela não seria tão boa se não amasse. Mas precisa descansar. Precisa de cuidado e atenção, e precisa saber que o quanto você a ama não depende da próxima colocação dela.

— Ela quer tirar férias no Natal.

Eu sabia que ele sabia. Não ficaria surpreso de saber que ela tem pedido isso há meses, e que ele tem ignorado.

— Viu? Fácil. Leve ela para St. Barts ou algo assim. Deixe ela deitar na praia, ler um livro, beber uma piña colada sem álcool.

Na mesma hora ele ignora o que eu disse e acena para as escadas com a cabeça.

— Parece que tem uma garota morando no seu quarto. Onde ela está?

Ele me pega desprevenido, o que era a sua intenção. Geralmente é sua *única* intenção, como dá para provar pelo fato de ter aparecido aqui sem convite. Quando o choque inicial passa, entendo a situação e, pela primeira vez, fico feliz por Anastasia não estar aqui.

— Como entrou no meu quarto?

Ele se levanta e arruma o paletó.

— Eu me lembro do aniversário da minha própria esposa. — O clima está diferente. Frio. Isso me sufoca. Não sei por quê. — Bom, você está obviamente ocupado e não me quer aqui. Estou hospedado no The Huntington, se conseguir tolerar o homem que te dá tudo que você sempre quis pelo tempo de uma refeição juntos. Eu volto para casa daqui a dois dias.

E, com esse cena dramática, depois de ter conseguido o que queria, eu o vejo ir embora.

Capítulo vinte e sete

ANASTASIA

Apesar de serem feitas para ajudar você a se sentir melhor, afirmações são uma merda. Elas não funcionam. Não me sinto mais positiva. Não me sinto mais afirmativa. Por que faço isso?

Nate se coloca atrás de mim para ficarmos próximos, suas mãos seguram firme na minha cintura e o calor dos dedos se infiltra na pele exposta da minha barriga. Ele se mantém perto de mim e sua boca encontra minha orelha. Então sussurra:

— Pronta, Allen?

Meu coração está prestes a pular fora do peito e minha mente está confusa. Passaram-se semanas e não sei se estou pronta. Não. Eu sei que não estou. Eu não quero.

— Três, dois, um...

— Não! — Seguro firme em seus pulsos, e não preciso de muita força para me soltar. — Não, não consigo!

Ele me solta e me deixa patinar para longe, enquanto me livro da sensação de formigamento na nuca. Eu sei que isso está ficando cada vez mais ridículo. Consigo sentir a frustração dele quando faço ele parar antes de me erguer. Ele nunca desconta em mim, nunca diz nada, mas sei que está frustrado.

Nate patina na direção oposta, mãos nos quadris, pegando fôlego.

— Nate, desculpa! — grito pela milionésima vez.

Ele desliza até mim, e quero ceder aos meus instintos. Deixá-lo me erguer, me carregar e me encher de carinho. Eu quero me enrolar nele e deixar ele sussurrar juras na minha pele dizendo que nunca vai me decepcionar.

Ele segura meu rosto e ergue gentilmente minha cabeça. Eu quero que ele se aproxime e me beije, mas ele não vai fazer isso, porque eu disse que não podia.

Outra coisa que eu fiz que me irrita.

— Por que você não confia em mim? — A voz dele é calma, o que torna tudo mais difícil. — Tasi, eu não vou te deixar cair.

— Eu... — Não tenho uma resposta para ele. Toda vez que a ansiedade toma conta do meu estômago, não consigo respirar. Estamos praticando na academia e sei que ele consegue me erguer, mas, por algum motivo, estar aqui e fazer isso pra valer é demais para mim. — Eu confio em você. Não sei qual é o meu problema.

Vamos em direção a Brady, que está com o olhar clássico de irritação.

— Vocês precisam resolver isso. Anastasia, se quiser ser uma patinadora em dupla, precisa conseguir trabalhar com o seu par.

Ela diz isso como se eu não estivesse obcecada.

— Eu sei, treinadora.

— Quanto mais tempo deixar esse medo tomar conta de você, mais vai sofrer. Resolva isso, e logo.

Contendo as lágrimas, saio do gelo com Nate e calçamos os protetores de lâmina. A pior parte é que estou me divertindo demais treinando com Nate e, agora que ele se acostumou com os patins, está aprendendo muito rápido.

Apesar de ele estar aqui para me ajudar, fico muito orgulhosa quando ele acerta um salto. Vou ser sincera, ele caiu de bunda milhares de vezes, uma queda mais engraçada que a outra, mas agora, quando está no chão, ele me derruba toda vez que tento ajudar e me pega no colo.

Meu amor pela patinação foi revitalizado, e Nate é grande parte disso. Ele coloca o braço por cima dos meus ombros quando saímos em direção aos vestiários.

— Vamos conseguir. Eu vou fazer um plano. Vamos superar isso juntos.

Ele para de andar, e sigo seu olhar até a última pessoa que esperava ver.

— Aaron, o que está fazendo aqui?

— Podemos conversar? — Seus olhos se viram para Nate, e seu corpo fica tenso.

— De jeito nenhum — responde Nate.

— Nathan... — A última coisa de que preciso agora é uma briga. — Eu não tenho nada a dizer para você, Aaron.

— Então não fala nada — diz ele. — Só escuta e eu vou embora.

O braço de Nate me segura com mais força, e eu não gosto da sensação de ficar no meio dos dois. Aaron e eu nunca passamos tanto tempo sem conversar, e não é porque eu não esteja desesperada para ouvir ele dizer algo que resolva tudo isso, e sim porque estou cansada de aturar os abusos dele.

— Deixa eu me trocar primeiro — digo. — Te encontro no escritório daqui a pouco.

— Anastasia — diz Nathan, com um tom firme, e consigo sentir o nervosismo dele, mas não posso evitar Aaron para sempre.

Aperto a mão dele apoiada no meu ombro, tentando confortá-lo.

— Vai ficar tudo bem, vai ser rápido.

Entro no vestiário e meu humor melhora ao ouvir algumas patinadoras novatas fofocando antes de o treino começar.

— Ele é muito gato.

— É o capitão do time de hóquei.

— Que safada sortuda.

— Certeza de que estão se pegando sem Aubrey saber.

— Ouvi dizer que foi ele que machucou Aaron.

— Achei que ela estava com o cara do time de basquete.

— Ainda bem. Aaron é bizarro.

— Não, eu sigo ele, e ele está sempre postando com uma menina loira chamada Olivia.

— Certeza. Aposto que Aubrey já descobriu tudo.

— Eu arriscaria encarar a fúria dela se ele me olhasse desse jeito. Você ouviu dizer que ele teve que colocar um short porque tem um p...

— Meninas? — digo, tentando não rir. — A treinadora Brady está esperando vocês.

Daria para ouvir um agulha cair no chão. Elas não falam mais nada até passarem por mim, morrendo de vergonha.

Parte de mim não tem pressa alguma para me trocar e encarar Aaron. A outra quer acabar logo com isso. Nathan está me esperando quando finalmente saio do vestiário.

— Não gosto disso — ele fala de imediato, colocando a mão na minha bochecha. Não consigo resistir a me apoiar nela. — Eu quero que você faça suas próprias escolhas, mas, por favor, lembre-se de que você não deve nada a ele. Não deixe ele fazer você se sentir culpada.

— Espera por mim no carro?

Ele faz que sim, se aproxima, então muda de ideia e se afasta, depois pensa melhor e me dá um beijo na testa antes de sair.

A caminhada até o escritório parece ter duas vezes a distância de sempre por saber quem está me esperando, mas decido encarar a situação e abro a porta.

Aaron está sentado à mesa, o pulso machucado em uma tala junto ao peito, o que faz parecer ser algo muito sério. Fecho a porta depois de passar, me sento de frente para ele e me concentro na minha respiração.

— Faz semanas que eu queria vir aqui — diz ele, baixinho, encarando a mão livre apoiada na mesa. — Mas eu estava com raiva de você, e não teria sido bom para nenhum dos dois.

Eu fico surpresa por meu queixo não bater no chão. Aaron praticamente me perseguiu, me implorou para voltar para casa, mas aparentemente estava com raiva de mim?

— Por que raios você estaria com raiva de mim?

— Está de brincadeira? Você se mudou sem falar nada e foi morar com o cara responsável por eu não poder mais patinar?

Minha mandíbula estala enquanto tento manter a calma.

— Ele disse que não teve nada a ver com isso.

— Você acreditaria em qualquer coisa que ele diz. Esse é o seu problema, Tasi — diz ele, com escárnio, e me encara. — Você é ingênua. Você finge ser a Senhorita Positividade e diz que quer se comunicar, mas é tudo mentira. Você é uma mentirosa.

Estou delirando? Isso não pode ser verdade. Não sei o que comentar primeiro. Eu deveria sair daqui e nunca mais falar com ele, mas infelizmente não posso.

— Se vai ficar aqui me atacando, eu vou embora.

— Não estou te atacando. Eu quero conversar. Quero resolver as coisas entre a gente.

— Como você não consegue perceber que está me atacando? Você está com raiva de mim por eu ter saído de casa, mas mandou eu ir me foder. — Estou tentando não deixar ele me irritar, mas meu cérebro quer gritar e meu coração quer chorar. — Eu estava subnutrida, Aaron. Estava mais propensa a me machucar há *meses*, e você que está chateado? Eu confiei em você!

— Você é dramática pra caralho. Por que está agindo como se eu estivesse te impedindo de comer? — Ele resmunga alto, olha para o teto e depois de novo para mim. — Eu achei que estava tudo bem! Você nunca reclamou e é uma adulta, Anastasia. Podia comer mais se ficasse com fome! Por que é minha culpa se você não escuta o próprio corpo?

— Ah, e ficar ouvindo você me falar que preciso caber na minha roupa? Ou ouvir você resmungar toda vez que me levanta?

— Então eu sou o vilão da história porque estava te ajudando a ser responsável?

— Isso não é responsabilidade, Aaron, é uma obsessão! Você se importa demais com o que eu faço e com quem faço. — Minha voz fraqueja e eu odeio isso. Odeio que ele consiga ver o efeito que tem sobre mim. — Você quer me controlar e está destruindo nossa amizade, nossa parceria!

— Quando vai voltar para casa? — pergunta ele, do nada. — Eu sinto sua falta.

A mudança de assunto repentina me choca e me faz lembrar que, no fundo, Aaron está perdido.

— Não posso voltar para casa até você entender de verdade o que fez e eu acreditar que vai mudar. — Eu me levanto e coloco a bolsa no ombro. — Não consigo confiar em você agora, Aaron. Mas somos uma dupla, por bem ou por mal, então vou precisar lidar com isso de alguma forma.

Ele balança a cabeça concordando, o rosto sem expressão.

— Eu sei que você acredita em tudo que ele fala, mas por que eu colocaria você em risco, Anastasia? — Suspirando, ele deixa os ombros caírem. — Se não acredita que eu me importo com você, tudo bem. Mas você sabe que me importo comigo mesmo, então por que colocaria meus próprios objetivos em risco, me machucando?

Se não fosse uma situação horrível, o que ele disse seria até engraçado. Ele tem razão: a coisa que Aaron Carlisle mais ama é ele mesmo.

— Eu não entendo por que você faz muitas das coisas que faz. Mas isso não quer dizer que você deixa de fazer isso.

— Eu não gostei de ver você patinar com outra pessoa. Quero consertar isso, Tasi. Juro.

— Eu acredito em você, mas neste momento a sua palavra não é o bastante.

Quando entrei no carro de Nathan mais cedo, adrenalina correndo pelo meu corpo, perguntei se ele queria fazer algo irresponsável.

Dar uma festa na semana antes das provas finais é algo irresponsável para mim, assim como jogar jogos de bebida com um homem trinta centímetros mais alto e cinquenta quilos mais pesado do que eu. Para equilibrar o jogo, o drinque de Nate é duas vezes mais forte que o meu, não que ele tenha notado. Por sorte, o jogo da vez é Eu Nunca, e pelo visto Nate passou muito do seu tempo na faculdade experimentando coisas.

Mattie limpa a garganta para chamar a atenção de todo mundo para sua vez.

— Eu nunca acidentalmente liguei para Faulkner quando estava transando.

— Ah, puta merda — Nate murmura e bebe. Ele nem olha para mim. — Você não quer ouvir essa.

— Ok, ok. — JJ esfrega as mãos. — Eu nunca saí da balada com uma mulher mais velha... — vários dos meninos erguem os copos, e JJ diz para esperarem — ... e depois descobri que já fiquei com a filha dela quando vi as fotos da família na parede na manhã seguinte.

Nathan xinga baixinho e balança a cabeça para o melhor amigo quando bebe mais uma vez.

— Meu Deus! — O meu queixo está quase no chão, Lola está morrendo de rir ao meu lado e Jaiden está absurdamente feliz consigo mesmo. É minha vez e não consigo pensar em nada tão ousado quanto o que os meninos falaram, mas tenho uma coisa que sei que vai fazê-lo beber. — Eu nunca caí do teleférico.

Nate ri e pega o copo. Ao lado dele, Robbie também bebe.

— Você também? — Eu dou risada quando ele bebe e estremece ao sentir que o drinque está forte. Lola fez esse também, então só Deus sabe o quanto.

— É, esse merda me arrastou junto.

O jogo continua e, naturalmente, os meninos usam a brincadeira como um jeito de contar histórias comprometedoras. Lola e eu nos afastamos para conversar sobre o dia e, depois de uma hora trocando teorias e basicamente xingando Aaron, vou procurar Nate.

Eu o encontro no escritório, completamente ignorando duas meninas que estão tentando conversar com ele. Assim que me aproximo, ele me puxa para o colo e enfia o rosto no meu pescoço.

— Onde você estava? Senti saudade.

— Com Lo. Como pode sentir saudade? Você me vê todo dia.

Ignorando a pergunta, sinto ele mordiscar minha orelha.

— Eu não lembro por que não posso mais te beijar, mas eu quero muito, *muito* mesmo. — Ele está tão bêbado que está falando arrastado, mas a verdade é que eu também não me lembro. — Você é tão linda, Tasi.

Eu me viro no colo dele para olhá-lo de frente, e seu gemido me diz que não foi a melhor decisão. Ele coloca a mão no meu rosto e faz um bico.

— A gente transa tão bem. Vamos, deixa eu te lembrar disso.

Eu vou levá-lo para cama, mas com certeza não vai ser para isso.

— Vamos, seu bêbado.

Levá-lo escada acima é como tentar controlar uma criança bagunceira. Ao entrar no quarto, Nathan logo tira a roupa e as joga para todo lado. Enquanto recolho as peças, ouço o chuveiro ligar e pouco depois, uma versão muito alta e desafinada de "Last Christmas" ecoa junto ao som da água corrente.

Ele aparece alguns minutos depois, cheirando a mel e morango, então sei que usou meu xampu. A toalha está pendurada em seus quadris, gotas d'água descendo pelo peito reto.

Puta merda.

Nem aí para o fato de estar encharcado, ele anda pelo quarto e para na minha frente.

— Quer dançar sem roupa comigo?

— Não. Eu quero que você se deite na cama e durma.

Ele parece realmente chocado.

— Por que não?

Eu o empurro na cama, e ele cai de um jeito que não lembra nenhuma posição normal para se dormir.

— Por que você acha?

Depois de pensar um pouco, ele entende.

— Você está bêbada, e eu estou sóbrio. Quer dizer que... — ele cantarola e faz um X com os braços. — Nada de dormir pelados.

Não é exatamente isso, mas ele acertou a parte que importa.

— Bingo. Deita direito, por favor.

Me ignorando, ele boceja e fecha os olhos.

— Pessoas bêbadas não podem consentir, Tasi.

— Isso mesmo, querido — digo enquanto ergo as pernas incrivelmente pesadas dele, tentando movê-lo. — Nate, você pode me... Ai, dormiu. Maravilha.

Lo faz uma careta quando me junto a ela no térreo.

— Por que está tão suada?

— Nathan está bêbado e é pesado.

— Já percebeu que está se apaixonando por ele?

— Eu conheço ele faz cinco minutos, Lols. Não estou me apaixonando nem estamos namorando — respondo, olhando por cima do ombro para ter certeza de que ninguém ouviu.

— Faz quase três meses e vocês praticamente moram juntos há um mês. Acho que isso faz toda a coisa de namoro meio redundante.

Lola passa uma hora me enchendo o saco e fazendo sugestões para o casamento quando de repente grita e me assusta.

— Eu me esqueci de contar porque estava com pressa! Aaron está pegando Kitty Vincent!

Me sinto como um daqueles personagens de desenho animado cujos olhos saltam da cabeça.

— Me diz que você está brincando.

— Eu nunca brincaria com algo tão terrível. Eu vi com meus próprios olhos. Nada a ver com isso, mas quando voltar para casa, vamos precisar queimar o sofá. Rosie é maravilhosa, mas Kitty é terrível. Tipo, muito, muito ruim.

Kitty foi nossa amiga no primeiro ano e estávamos nos aproximando de Rosie também, sua colega de quarto. Rosie é filha de Simone, minha chefe, e foi ela que me indicou para a vaga.

Como Lola disse, Rosie é um amor, mas Kitty era uma vaca convencida e terrível, e essas não são palavras que eu costumo usar para descrever outra mulher. Cientistas deveriam estudar a amizade delas porque faz dois anos e eu ainda não entendi como é possível.

Infelizmente, elas moram no nosso prédio, então as encontramos às vezes, e não conseguimos nos aproximar de Rosie e evitar Kitty, porque elas são inseparáveis.

Antes de conseguir processar a informação que Lo me deu, gritos de comemoração soam pela casa. Lola arregala os olhos e suas mãos voam para a boca enquanto ela ri e ronca ao mesmo tempo.

Eu me viro para ver o caos e na hora vejo Nathan andando em meio à multidão vestindo apenas uma cueca. Seus amigos aparecem no escritório, também procurando o motivo da gritaria, e todos pegam os celulares.

Nate está andando pela casa cheio de propósito, e eu queria que ele estivesse indo em direção aos amigos.

Eu queria muito, mesmo, que ele estivesse indo até eles.

Mas não: ele para na minha frente, fazendo um bico e com olhos sonolentos e apenas meio abertos.

— Você não estava lá quando eu acordei.

— Meu Deus do céu. Cadê sua roupa?

— Volta pra cama — resmunga ele, alto o bastante para as pessoas ouvirem. — Sem safadeza. Só fica de conchinha comigo.

— Isso é maravilhoso — diz Lola atrás de mim e, quando olho por cima do ombro, ela também está com o celular na mão.

Todos estão assistindo à cena, e vários estão morrendo de rir. Um deles parece estar hiperventilando. Contra minha vontade, deixo Nathan me levar para cima com ele, e lanço um olhar severo para todos.

— Obrigada pela ajuda, pessoal.

— Mas você está fazendo um trabalho tão maravilhoso — grita Robbie de volta.

Quando chegamos no quarto, Nate se joga na cama e vejo que conseguiu destruir o muro de travesseiros. Ele já está roncando quando fico pronta para me deitar ao lado dele, mas ele sente que estou ali e me puxa para perto.

Depois de três semanas com a separação de travesseiros, ficar colada nele é bom demais. Nem me esforço para manter os olhos abertos.

Capítulo vinte e oito

NATHAN

Meu celular está cheio de mensagens e não preciso abrir todas porque já vi uma e tenho certeza de que o restante é a mesma coisa.

Todas contêm um vídeo em que eu apareço andando pela sala de estar, bêbado e praticamente pelado, tentando arrastar Anastasia para o quarto comigo, como um bebê carente.

Ela ainda está aninhada comigo, sua respiração faz cócegas no meu peito, os cabelos castanhos decoram meu bíceps. Vejo que o que sobrou do nosso muro de travesseiros está jogado no chão do quarto.

Não consigo me lembrar, mas acho que a culpa é minha.

Eu diria que o fato de estarmos deitados de conchinha agora também é culpa minha, mas a julgar pela expressão feliz no rosto dela enquanto dorme tranquila, acho que Tasi está tão feliz quanto eu com essa proximidade.

Eu nunca costumo ficar bêbado a esse ponto, porque meus amigos são irresponsáveis demais para ficar sem um adulto por perto. Mas ontem à noite fui intimado a jogar um jogo de bebida por uma mulher que acho que estava trapaceando.

Ela estava cuidando de mim, e não o contrário, o que praticamente confirma minhas suspeitas. Eu decido encarar o pior enquanto ela está dormindo e abro o grupo.

MARIAS PATINS

JAIDEN JOHAL
😬
Nate quando Tasi conversa com alguém que não é ele.

JOE CARTER
😢
Quando ele acorda e ela não está lá.

KRIS HUDSON
😍
Quando ele diz sem sexo, só conchinha.

A próxima mensagem é da minha irmã, Sasha.

SASH HAWKINS
Mds, que vergonha de você.
Vou tirar a UCMH da minha lista de possíveis faculdades.

Como você sabe disso?

Eu vi na página de fofocas da UCMH.
Preciso de terapia agora, valeu.

Maravilha.

Já estou puta porque você vai me abandonar no Natal.

Ah, deve ser tão ruim pra você.
Como lidar com isso em uma praia em St. Barts?
De nada, por sinal.

Bom.
Aproveita o Natal sozinho, seu esquisitão.

Meu pai seguiu meu conselho e ofereceu nos levar para tirar férias em St. Barts no Natal. Eu não sei quem ficou mais chocado: Sasha, por conseguir o que queria, ou eu, por ele ter seguido meu conselho.

Eu adoraria passar o Natal com Sasha, mas sinceramente prefiro nadar em águas infestadas de tubarões vestindo uma fantasia de foca do que passar duas semanas com meu pai em outro país.

Meu celular vibra com outra mensagem do time.

Ah, maravilha. Eu virei um meme.

Às vezes eu facilito muito a vida deles, mas essa foi demais. Eu não tive uma namorada desde que entrei na faculdade. Não que Tasi seja minha namorada. *Por que estou surtando, como se ela pudesse ouvir meus pensamentos?* Quando eu disse que era do tipo tudo ou nada, estava meio que brincando. Com certeza não estava esperando que ela se mudasse para cá.

A ideia de ela não morar comigo e os caras é estranha agora, e fico preocupado com o que vai acontecer depois. Ela disse uma vez que, depois que se resolvesse com Aaron, iria voltar a morar lá. É difícil de entender, ainda mais porque ela diz que esta casa é o *lar* dela.

Anastasia acha que ter começado nosso relacionamento — sim, ela usou a palavra "relacionamento" — de um jeito muito intenso nos fez ser fadados ao fracasso. Depois, ela me lembra que no fim do ano escolar eu vou me mudar para o Canadá e ela vai ficar sozinha aqui. Ela tem razão, mas isso ainda não me convenceu de que ela deveria voltar a morar com Aaron.

Ela se mexe nos meus braços, e parece uma boa hora para começar a roncar de mentira, mas seus olhos abrem de repente, e ela não parece nada impressionada.

— Por que está me encarando, seu esquisito? — Ela nem me deixa responder. — Nem diz que é porque estou linda. Eu consigo sentir a baba seca na minha bochecha.

— Eu adoro quando você fala safadezas pra mim.

— Você está em grandes apuros, rapazinho — diz ela ao bocejar, se espreguiçando. Não sei se é a ressaca ou ansiedade causada pela expectativa de ouvir uma bronca que faz meu estômago revirar, mas estou nervoso. — Como está a cabeça? Quer que eu faça panquecas pra você?

Olha só. Por essa eu não esperava.

— Eu te fiz passar vergonha e você quer fazer panquecas pra mim?

— Você se fez passar vergonha. — Ela ri. — E eu tenho *certeza* de que seus amigos vão acabar com a sua raça hoje. Talvez pro resto da sua vida, na verdade. Pode-se dizer que vou fazer essas panquecas por piedade. Quer gotas de chocolate?

Ela se senta ao meu lado, o cabelo bagunçado que nem uma juba, sonolenta, mas com olhos gentis. Não consigo deixar de tocar no rosto dela e acariciar sua bochecha.

— O que eu fiz para merecer você?

Ela beija a palma da minha mão e sai da cama passando por cima de mim.

— Você é muito bonzinho e muito bonito.

— E se eu for atacado por uma onça-parda e ela comer meu rosto, ainda vai gostar de mim?

Eu a vejo tentando segurar a risada enquanto aperta os lábios.

— Você tem passado muito tempo com JJ. Ele sempre me pergunta essas coisas. Hum, você ainda vai ser bonzinho quando não tiver rosto?

Penso um pouco.

— Sim.

— Vou continuar gostando de você.

Continuamos a conversa na cozinha, onde todo mundo está esperando impacientemente pelas panquecas de Tasi.

— E se ele for mordido por um tubarão, mas sobreviver e ficar com uma cicatriz massa, mas toda lua cheia se transformar em tubarão? Vai gostar dele mesmo assim? — pergunta JJ, recuando após tentar pegar uma panqueca da pilha que Tasi está montando e ela bater na sua mão.

— Quando ele for um tubarão, vai morar no mar ou numa banheira que eu terei que encher e tal?

Sem hesitação, JJ responde:

— No mar. Você só tem que deixá-lo em Venice Beach antes do pôr do sol.

— Sim, ainda vou gostar dele.

Ela serve as panquecas para todo mundo e cobre seu prato com morangos e calda. Ela está viciada em panquecas com whey porque significa que não precisa mais aturar o gosto dos shakes de proteína.

Henry está estranhamente quieto enquanto escuta Robbie, JJ e Lola montarem cenários absurdos, como se estivessem num show de improvisação. Ele não costuma ficar tão quieto assim por muito tempo.

— Então, se eu entendi bem, Tasi, desde que Nathan te trate bem, não tem nada que faria você não gostar mais dele?

Ela dá de ombros.

— Hum, acho que sim? Não sei. Não estou muito preocupada com a possibilidade de ele entrar na máfia ou só poder vestir roupa de palhaço pelo resto da vida, tipo, não é real, né?

— Pra mim, parece que você está apaixonada por ele. — Todo mundo arregala os olhos e se vira para Henry. Com a boca cheia de panqueca, ele olha para todos nós, confuso. — Que foi?

É bom saber que Tasi ainda gostaria de mim se eu tivesse mãos de lagosta? Claro. Eu quero que Henry fale esse tipo de coisa no meio do café da manhã, sendo que estamos esperando para ter essa conversa em janeiro? Não.

Ele bebe um gole d'água e limpa a garganta.

— A julgar pelo jeito como todo mundo está me encarando, acho que deve ser uma daquelas coisas que eu não deveria falar.

— As panquecas estão uma delícia, Tasi — diz JJ bem alto.

— As melhores — complemento e coloco mais uma garfada na boca.

Ela está bem concentrada em seus morangos, mas não consegue esconder as bochechas rosadas.

Interessante.

* * *

— Nate, o rinque não é aqui.

— Não vamos pro rinque.

Brady disse que precisávamos lidar com nosso problema de confiança, então é isso que vamos fazer. Problema de confiança é como estamos chamando isso, porque somos uma equipe. Dizer que Tasi está com medo coloca a culpa nela e faz ela se sentir pior.

— Não podemos matar um treino só porque você está de ressaca — resmunga ela.

— Eu comi três donuts hoje de manhã com JJ, não estou mais de ressaca. E não vamos matar o treino. Brady aprovou isso.

— O que vamos fazer?

— Vamos aprender a confiar um no outro.

O restante da viagem foi silencioso, com ela sentada e irritada porque me recuso a dizer para onde estamos indo. Mal sabe ela que eu gosto do bico que faz e do modo como franze o nariz quando está irritada.

Quando paramos no estacionamento da piscina da UCMH, sinto os olhos dela pairarem em mim.

— Nadar? Está de brincadeira, né?

— O time de natação está na Filadélfia para uma competição. Vamos ficar com a piscina inteira para nós. Vou provar para você que consigo lidar com qualquer coisa que você faça.

O princípio da coisa é bom, mas o jeito como o rosto dela murcha me deixa triste.

— Eu não trouxe roupa de banho.

— Levei Lola para casa na hora do almoço e ela pegou suas coisas. Você tem tudo que precisa e vai dar tudo certo.

— Se está dizendo — retruca ela, tirando o cinto de segurança.

Estou esperando por ela há quinze minutos na porta do vestiário e nada. Pensei até que ela poderia ter pedido um Uber, mas a cabeça dela finalmente aparece.

— Você fez algum pedido em especial para Lola quando pediu para ela pegar uma roupa de banho?

— Eu pedi para ela pegar algo que a gente pudesse usar na piscina, por quê?

Ela bufa e revira os olhos.

— Bom, saiba que a última vez que esse biquíni foi usado foi nas férias de primavera em Palm Springs.

A cabeça dela some e depois aparece o corpo inteiro, e eu me engasgo com nada. Ar? Saliva? Não sei, mas estou tentando respirar.

Chamar o que ela está vestindo de biquíni é um exagero. O que ela está vestindo é um retalho que não cobre nada. Ela dá uma volta e, sim, a bunda inteira está de fora, com uma linha rosa em cima de onde as nádegas se encontram.

— Você sinceramente achou que Lo iria me mandar algo prático?

Minha boca está seca como um deserto, e tenho dificuldade para engolir saliva. Ela tem trocado de roupa no banheiro desde o nosso acordo, então não tenho visto muita pele desde a última vez que tomamos banho juntos. Na última vez que transamos, ela estava mais vestida do que neste momento.

— Hum. — *Boa.* — Hum, vamos entrar na piscina?

Ela está tentando não rir e eu estou tentando não encarar, e nenhum dos dois está fazendo um bom trabalho. Ainda bem que o time de natação não está aqui. Não sei se conseguiria socar todos os caras que olhassem para ela, mas iria tentar.

O centro de natação tem algumas piscinas diferentes, então vamos até a mais rasa. O objetivo é fazer Tasi acreditar que não vou derrubá-la enquanto tem a segurança de que o pior que pode acontecer é engolir um pouco de água.

— Ah, ótimo — ela resmunga ao ouvir o plano, enquanto entra na água pela lateral da piscina. — Então não preciso me preocupar só com você me derrubar, mas também com a possibilidade de me afogar.

— Não vou te derrubar, e você não vai se afogar. Repete para eu ter certeza de que me ouviu — digo ao ficar do lado dela.

— Você não vai me derrubar.

— E?

— Você nunca deixaria eu me afogar.

— Muito bem. Então, o que vamos fazer primeiro?

Nunca me concentrei tanto em alguma coisa na vida. Mesmo com a água, até aqui cada movimento, que praticamos pelo menos umas dez vezes, foi muito fácil.

A profundidade da piscina é suficiente para dar a ela a segurança de que precisa, ao mesmo tempo que nos permite trabalhar com a nossa diferença de altura. Ela me disse que vamos começar com os movimentos mais difíceis, e o entusiasmo dela muda na hora.

— Eu me inclino para a frente e me estico a partir do seu quadril — diz ela, colocando as mãos na posição correta. — Eu vou me apoiar no seu ombro, assim. Você precisa meio que segurar minhas costas com os braços e se inclinar para trás. Quase como se fosse um contrapeso.

Eu faço exatamente o que ela diz, me inclinando para trás enquanto seu corpo sai da água, com as pernas eretas. Tenho uma bela visão da bunda dela agora, mas também estou feliz com o movimento.

O corpo dela desce e fico na posição até ela me dizer que posso parar. Seu sorriso é contagiante e fico aliviado ao ver que isso tudo parece estar funcionando. Fazemos mais algumas vezes até ela ficar satisfeita.

— Qual é o próximo passo, treinadora?

Ela pressiona os lábios com os dedos, as bochechas rosadas, e então balança a cabeça.

— Eu não quero mostrar.

— Prometo que não vou te derrubar.

Ela bate as mãos na água, olhando para tudo, menos para mim.

— Não é só isso. Hum, estou preocupada porque… você vai ter visão completa do meio das minhas pernas. Eu preciso abrir as pernas enquanto estou no ar.

Eu a vi fazer isso uma vez. Eu diria que é uma preocupação bem válida, considerando o pedacinho de pano que está vestindo.

— Não tem nada que eu já não tenha visto. Você sentou na minha cara, Anastasia. Eu sou um grande fã seu, talvez o maior de todos.

Ela resmunga um "puta merda" baixinho e se vira para ficar de frente para mim.

— Pronto?

Ela entrelaça os dedos nos meus e conta até três. Eu a empurro para cima, travando os braços quando suas pernas se abrem. Ela está um pouco trêmula e segura minhas mãos com força.

— Não fica nervosa. Eu tô aqui. Eu te pegaria antes de você bater na água, meu bem. Concentre-se.

Consigo ouvir ela falando consigo mesma, mas não entendo o que está dizendo, e, depois de alguns segundos, ela para de tremer e começa a rir. Ela abaixa as pernas e eu desço seu corpo até a água.

— Muito bom, você foi muito bem.

Praticamos mais algumas vezes até ela ficar satisfeita com nossos acertos, e todas as vezes que a desço de volta para a água, sinto seu medo se dissipando.

— Você é bem forte, sabia — diz ela, como se estivesse surpresa. Não vou ter essa conversa com ela, porque sei que ela deve ter se pesado hoje de manhã, e não é a hora certa.

— Por que não fazemos o movimento que você estava fazendo quando caiu? Não é esse que mais te preocupa?

Ela está flutuando na água na minha frente enquanto explica o movimento, mas não me deixa tocar nela. Eu afundo até os ombros estarem cobertos também e escuto ela me dizer onde colocar as mãos. Consigo ouvir a ansiedade na voz dela, e não posso nem imaginar como teria sido ruim se ela tivesse mesmo batido no gelo.

— Anastasia, me escuta. Eu não vou te derrubar, e mesmo se derrubar, você só vai cair na água. Esse é o pior que pode acontecer. Você vai molhar o cabelo e engolir a água nojenta da piscina da Maple Hills.

— Eu sei que estou sendo idiota, me desculpa. Eu confio em você. Juro.

— Vamos, chega de falar. Vamos fazer.

Ficamos na posição, e, antes que ela possa mudar de ideia, está acima da minha cabeça se equilibrando em uma das minhas mãos. Mesmo tocando apenas seu quadril, sinto que está tremendo e escuto sua respiração nervosa.

— Respira fundo.

— Me coloca no chão, não gosto disso.

— Tente se derrubar, Tasi. Se mexe. O quanto você quiser.

— Você está sendo um idiota!

— Tenta!

Ela resmunga alguns xingamentos quando começa a se mexer no ar. Demoro um segundo para colocar a outra mão no outro lado do quadril dela e, não importa o quanto ela se mexa, não vai a lugar algum. Eu deixo que ela se remexa por dez segundos, tentando se soltar, e então a desço até a água na minha frente, segurando sua cintura com cuidado.

— Viu? Você está segura.

O estômago dela está colado no meu, seus braços no meu pescoço, respirando pesado.

— O que eu fiz para merecer você?

Eu beijo a testa dela, pensando na melhor resposta para essa pergunta. Ela não existe, então eu escolho algo não tão bom:

— Não sei, mas também gostaria de você mesmo se tivesse mãos de lagosta.

Capítulo vinte e nove

ANASTASIA

Nunca fiquei tão feliz de me despedir da maratona de estudos e da semana de provas.

A casa dos meninos está passando por uma transformação para se tornar a caverna do Papai Noel, que é um sonho do Robbie. Para alguém que é geralmente muito tranquilo, ele fica muito estressado com toda a coisa da caverna… que começou por causa dele.

JJ diz que ele é um senhorzinho preso no corpo de um jovem e por isso tem permissão para ser rabugento às vezes. Henry diz que Robbie precisa de um motivo para mandar neles quando não estão no gelo. Lola diz que ele tem uma personalidade dominante e isso é excitante pra caralho.

Não sei qual deles está certo, mas quando chegou um pacote de galhinhos de visco que poderia encher a casa inteira, eu decido me afastar das decorações.

Lola e eu estamos dançando músicas de Natal enquanto tentamos adivinhar onde colocar as coisas. Em certo momento, tive que desistir porque era demais para mim. Decido voltar para minha outra tarefa: encarar meu computador e decidir se compro uma passagem para Seattle no Natal.

Henry para na porta da frente e processa a visão da nova sala de estar.

— Vocês duas são lentas demais. Eu e JJ já teríamos terminado.

Ele consegue desviar do enfeite que Lo joga nele, que acaba atingindo Robbie no peito quando ele passa pela porta. Ele o joga de volta para ela.

— Obrigada, amor. Estava com saudade também.

— Querida, cheguei! — grita JJ quando entra na casa de terno.

Eles tiveram um jogo em Utah, então passaram a noite fora. Apesar de Nathan não poder jogar, ele pode viajar e assistir. Porém, teve que dividir um quarto com

Mattie e Bobby, então acho que ele preferia não ter ido. Eles tentaram levar mulheres para o quarto e Nate acordou com barulho de Faulkner gritando com eles.

Nate me lança um sorriso maravilhoso quando entra, a mochila pendurada no ombro. *Sinto falta das minhas pernas estarem em volta dos ombros dele.* Ele tem ombros largos que ficam muito bem de terno. Ele inteiro fica bonito de terno. Estou pensando em como está apertado na região do quadril quando ele se senta no sofá ao meu lado e fala:

— Para de me comer com os olhos, Allen.

Ele tem razão. Estou praticamente babando, e não estou sendo nada discreta.

— Desculpa, é que você está absurdamente bonito de terno. Está difícil de lidar.

— Podemos lidar com isso juntos, se quiser — ele me provoca, me levanta e me coloca em seu colo. Ele olha para a tela do meu notebook e me lança um olhar gentil. — Ainda não decidiu?

— Estou tentando decidir há uma hora.

Nate passa as mãos pelas minhas pernas enquanto explico pela milésima vez que eu *quero* ir para casa. Ele sabe como eu me sinto porque já conversamos muito sobre isso, e ele entende que estou enrolando, mas não fica me cobrando.

— Por que você não vem pro Colorado comigo? — pergunta ele quando começo a listar minhas desculpas de novo. — Minha família não vai estar lá. Podemos patinar no lago no quintal e usar o spa no resort de esqui à vontade. Fala pros seus pais que são preparativos pra competição.

— Por que você está pesquisando voos saindo de Seattle?

— A gente pode ficar na casa dos seus pais por alguns dias, depois pegar um voo para Eagle County via Denver. Ou você pode ir, depois me encontrar lá. Acho que você deveria ir ver seus pais. Eu sinceramente acho que vai ficar triste se virar o ano sem fazer uma visita.

A ideia de visitar meus pais com Nate parece séria, mas, de certa forma, alivia minha ansiedade.

— Deixa eu falar com a minha mãe primeiro, ok?

— Tudo bem, mas faça isso logo. O Papai Noel está chegando.

Um dos principais motivos de o meu planner ser tão maravilhoso é que eu me preparo bem para o Natal.

Eu faço anotações ao longo do ano de coisas que as pessoas mencionam e, no Natal, escolho os presentes. Bom, com exceção de uma pessoa.

— O que você quer de Natal?

— Nada.

— Nate — insisto. — Me diz o que você quer de Natal ou vai ganhar carvão.
— Não quero nada.
— *Nathan!*

Estamos assim há dias, mas estou ficando sem tempo para comprar algo. Todo mundo facilitou a minha vida, mas Nate nunca diz o que quer, então não anotei nada.

Comprei um conjunto de lápis e tintas para Henry e coisas de hóquei para Robbie. JJ não comemora o Natal, então comprei um voucher de uma aula de culinária vietnamita para dois, para continuarmos nosso aprendizado culinário ano que vem, porque adoramos cozinhar juntos.

Mas nada para Nathan.

Nosso muro de travesseiros nunca mais foi o mesmo, então não é difícil subir nele e exigir sua total atenção.

— Por favor, me diz o que você quer. Eu quero te dar algo que vai te deixar feliz.
— Você já me faz feliz. Só quero ter você por perto.
— Mas eu já estou aqui — reclamo. — E você não pode me desembrulhar.
— Eu poderia te desembrulhar se você deixasse... — responde ele enquanto desliza a mão por baixo da minha camiseta e faz cócegas na minha barriga.

Sinto ele ficando duro entre minhas pernas e na hora esqueço tudo sobre distrações e conflito de interesses.

Quatro semanas não parecem grande coisa, mas, quanto mais eu o conheço, mais quero escalá-lo como se fosse uma árvore. É muito interessante saber que o filme favorito desse jogador de hóquei forte e musculoso é *Viva: a vida é uma festa*.

Isso mexe com uma pessoa.

Quando levanto meus braços, ele tira minha camiseta. Seus olhos castanhos ficam sombrios, e sinto o calor do seu olhar passeando pelo meu corpo, o que me deixa toda arrepiada. O próximo é meu sutiã e a língua dele vai imediatamente para o meu mamilo endurecido. Ele passeia pelo meu peito, beijando a pele sensível do pescoço, e segura meu rosto com as mãos.

— Estamos quebrando as regras? — pergunta ele contra a minha boca. Não tem espaço entre nós, e eu juro que este é o momento mais feliz das minhas últimas semanas.

— Com certeza.

Finalmente, os lábios dele encontra os meus, sua língua explorando minha boca ferozmente enquanto meus quadris ganham vida própria e se esfregam nele. Cada movimento do quadril envia uma onda de prazer pelo meu corpo.

— Caramba, como senti sua falta. — Ele mordisca meu lábio inferior, a voz baixa e preguiçosa. — Não vou me aguentar se você continuar fazendo isso.

— Me diz o que você quer de Natal ou não vou deixar você gozar — digo ao mesmo tempo em que coloco a mão entre nós para pegar nele sobre sua cueca. Sua risada logo dá espaço para um gemido gutural e forte quando o aliso. — Vamos, Hawkins, só um presentinho de Natal.

— Eu não sei! — Fico de costas no colchão quando ele me vira, seu corpo musculoso acima de mim. Ele desce pelo meu corpo, parando para beijar e lamber cada pedaço de mim até sua boca pairar sobre o ponto úmido na minha calcinha. Ele faz uma careta quando levanta o olhar e puxa a renda. — Isso está me atrapalhando.

Assim que a boca dele me toca, estou escalando, arqueando as costas e rebolando no rosto dele. Solto gritos de desespero e desejo, mas ele não está nem aí enquanto chupa meu clitóris, que lateja. Não aguento. Sinto prazer em todo meu corpo: uma vibração gutural vem da garganta dele quando sua língua me penetra, me tira do sério e me faz gritar o seu nome.

Você pode pensar que isso seria o suficiente, mas não. Nate prende minhas pernas com os braços e me segura firme enquanto a sensação de estar superestimulada e sensível faz eu tentar me mexer. É forte demais, e, se minhas costas arquearem mais, acho que vou quebrar no meio. Faz semanas que tem sido apenas eu e uma ducha, então vê-lo enfiar a cara entre minhas pernas e me devorar, gemer de felicidade, é demais para mim.

— Mais uma vez, meu bem.

É claro que meu corpo faz exatamente o que ele diz.

— Garota esperta — ele comenta enquanto sobe de novo até mim, tirando o cabelo úmido da testa. Eu puxo a cueca dele, deixo seu pau livre e o aliso para cima e para baixo enquanto vejo seus olhos revirarem.

— Me diz o que você quer de Natal, Nathan.

Ele mexe os quadris com meu toque.

— Como consegue pensar em Natal depois que eu te fiz gozar duas vezes?

— Porque é importante para mim fazer algo para você.

— Eu só quero você, Anastasia. Nada que você compre vai ser melhor do que ter passado essas últimas semanas com você. Me dê mais disso e vou ficar feliz.

Eu levo a boca dele até a minha, provando meu sabor na sua língua. Fico sem palavras. Como não? Esse homem acaba com todos os meus argumentos contra exclusividade. Por que eu iria querer me dividir com mais alguém, ou dividir ele?

Ele me beija, toca meu rosto e me dá toda a atenção e carinho possível. Quando ele estica o braço para a mesa de cabeceira, eu falo:

— Não precisamos usar camisinha... a menos que você queira. Estou tomando anticoncepcional e não estou transando com mais ninguém. Eu confio em você. — Eu respiro fundo. — E espero que você confie em mim.

Acho que nunca o vi ficar sem palavras. Depois de me encarar boquiaberto por trinta segundos, ele fala:

— É sério?

— Sim. Nunca fiz sem camisinha, mas não me sinto pressionada nem nada.

— Nem eu. Meu... Cacete. — Ele se prepara e a antecipação está me deixando louca. — Tem certeza?

— *Por favor*, já esperei demais.

Não sei explicar o que é a sensação de Nate me comendo sem nada. Tudo fica dez vezes mais intenso, e eu sinto cada centímetro dele. Ele está arfando no meu ombro, deixando que eu me ajuste depois de me penetrar.

— Meu Deus. Que *delícia* da porra, Anastasia. Você está tão molhada para mim.

Ele afasta o quadril e mete de novo, o barulho de pele ecoando pelo quarto. Minha pele parece prestes a entrar em combustão e todos os nervos do meu corpo estão ativados. Eu quero mais.

— Mais, mais — sussurro, enrolando as pernas ao redor dele e cruzando os calcanhares às costas.

— Não vou aguentar — ele geme. — Você é gostosa demais. Estou me controlando para não gozar agora.

Uso meus pés para mover meu quadril para cima e para baixo, rebolando quando chego na cabeça do pau dele.

Eu quero sentir Nathan quicando em mim e ver ele enlouquecer, mas ele é tão generoso que está mais preocupado em me fazer gozar e tremer loucamente. *De novo*.

— Não tem problema — falo sinceramente. — Pode vir, não se controla.

Ele coloca as mãos por baixo de mim e segura meus ombros. Eu tento controlar a expressão de felicidade no meu rosto, mas ele percebe e dá um sorriso.

— Me abraça e não esquece que foi você quem pediu.

Ninguém pode dizer que Nate Hawkins não sabe seguir ordens.

A mão dele me empurra para baixo quando ele mete, e cada investida me faz gritar na boca dele e enfiar as unhas em seus ombros. Minhas pernas estão tremendo e, toda vez que ele entra fundo, eu arqueio as costas e o aperto com as pernas.

— Nathan...

— Eu sei, meu bem. Eu sei. — Ele encosta a testa em mim, nossos narizes se tocando, nossas bocas se beijando desesperadamente. — Olha só como eu te como inteira, sua gostosa da porra.

— Estou quase lá — grito e aperto a nuca dele com uma das mãos e me toco loucamente com a outra.

— De quem é essa boceta, Anastasia? — Sua respiração está pesada e as investidas ficam mais fortes e descompassadas.

— *Ai, meu Deus.* Sua. É sua.

— Goza pra mim. Deixa eu sentir você.

— Nathan, *cacete...*

Meu corpo inteiro se remexe, tensiona, para e derrete ao mesmo tempo. Eu não sei qual sensação acompanhar, então escolho me desintegrar. O corpo dele cai sobre o meu, o peito arfando e o corpo tremendo quando sinto ele pulsar e gozar dentro de mim.

— *Caceeeeeeeeete.*

Ficamos deitados por alguns minutos, em silêncio, ele ainda ereto e dentro de mim, com beijos preguiçosos. Não sei como algo pode ser melhor do que isso, como posso aceitar menos do que isso.

Quando recupero o fôlego e os efeitos do orgasmo começam a passar, passo os dedos pelo cabelo.

— Não fiz você me falar o que você quer de presente de Natal — resmungo, decepcionada comigo mesma por ter sido hipnotizada pelo pau dele.

Ele ri, sua respiração fazendo cócegas no meu pescoço, onde está apoiando a cabeça.

— Acho que você acabou de me dar meu presente de Natal.

Feliz Natal, então.

Capítulo trinta

NATHAN

— Eu não vou comprar lingerie para ela — digo pela milésima vez.

— Olá, posso ajudar?

Todos nos viramos para a voz gentil que interrompeu a discussão mais idiota do mundo. A vendedora parece ter visto um fantasma, e acho que somos mesmo bem intimidadores quando estamos todos encarando alguém.

Suas bochechas ficam vermelhas, mas ela faz o melhor possível para manter contato visual e um sorriso amigável no rosto. Não tenho inveja de quem trabalha com atendimento ao cliente nessa época do ano.

— Sim, pode. Ajude a resolver essa questão, por favor — diz JJ, me tirando da frente. — Não é uma ideia terrível comprar pijama para a sua amiga colorida casual? — Os olhos dela arregalam, mas logo voltam ao normal. — Não acha que ela iria preferir algo assim? — Ele está segurando o corset de renda sobre o qual estamos discutindo há quinze minutos e a encara, esperando que concorde com ele.

Eu dou um soco no braço dele o mais forte que posso.

— Não chama ela assim. Ela não é isso.

— Ele tem razão, Jaiden — diz Henry com um sorriso irritante que significa que estou prestes a ficar puto com ele. — Você não pode chamá-la de amiga colorida se faz mais de um mês que ela não deixa Nate tocá-la. Agora é só uma amiga.

Eu não contei para ninguém sobre ontem à noite. Ou hoje de manhã. Eu passei a manhã tapando a boca dela para não acordar ninguém e sentindo ela me apertar inteiro. Com base no fato de Henry achar que estou na *friend zone*, parece que estamos sendo mais discretos.

Depois de passar a noite inteira — e esta manhã — tirando o atraso das semanas que passamos nos comportando, não sei como ainda tenho energia para andar neste shopping.

A menina ri alto, e a mão voa para a boca, em choque. Ela se recupera rápido, e veste de novo seu sorriso de vendedora.

— Desculpa, hum, lingerie é um tipo de presente muito íntimo, então talvez, se não tiver certeza, eu diria que um pijama é a melhor opção para você.

— E se eu comprar lingerie para ela? E aí? — JJ me provoca enquanto pega uma calcinha para combinar e a segura contra o corpo de Hen.

Henry está de olho na vendedora desde quando ela se aproximou, e agora acho que ela vai ter dificuldade para esquecer a visão dele com uma lingerie na frente. Ele fica vermelho e se afasta de JJ, chamando ele de várias coisas nada natalinas.

Eu coço a barba e suspiro, principalmente porque poderia estar na cama com Tasi, mas estou aqui, no shopping de Maple Hills, com esses otários.

— Eu acho que Faulkner vai ficar ainda mais puto comigo se eu arrancar cada pedaço do seu corpo.

Eu olho de volta para a seção de pijamas atrás de nós e acho que selecionei os melhores. Tasi disse especificamente que queria um pijama bom para usar quando estamos com o pessoal. Ela se sente confortável quando são só eles pela casa, mas, às vezes, quando desce para beber água vestindo só uma camiseta, alguns dos outros caras do time que ela não conhece estão lá jogando videogame, e ela fica meio sem graça.

Além disso, se eu fosse comprar lingerie para ela, não faria isso com JJ e Henry por perto.

Posso ouvir daqui Henry aterrorizando a coitada, acusando-a de ter recuado ou algo assim.

— Deixa ela em paz, Hen — digo para ele, e pego um pijama com estampa floral e coloco ao lado do que tinha escolhido.

Eu deixo os dois e analiso as outras opções ao meu redor. Quando dou a volta, ouço Henry contar para ela sobre o laço vermelho gigante na nossa porta e que seus amigos são viciados em atenção, o que me faz rir, mas Jaiden fica ofendido, o que torna tudo ainda mais engraçado.

Ela solta um grande suspiro.

— Ok.

— Ok, tipo, te vejo mais tarde? — diz Henry com uma voz animada.

Eu olho discretamente para JJ, que está me olhando com uma expressão de surpresa. Geralmente, não vemos a mágica acontecer. Na verdade, temos que sentar e observar mulheres se jogarem em Henry.

Ela é bonita, então eu sei que ele está interessado: alta, magra, cabelo castanho longo e brilhante, olhos grandes e castanhos, lábios grossos e pele marrom brilhante.

Eu diria que é bem o tipo de Henry, mas não tenho certeza de qual é o tipo dele, porque nunca o vi com a mesma garota duas vezes, e todas são diferentes.

— Qual é o seu nome? — grita ele quando ela tenta fugir.

— Hum. — *Coitada, está pensando em um nome falso.* — Gen.

— Tchau, Gen! — gritamos JJ e eu ao mesmo tempo, ignorando os olhares de outras pessoas na loja.

Dez minutos depois, não consigo decidir se vou comprar os dois, o que deixa JJ irritado. Eu os faço esperarem lá fora quando vou no caixa pagar e, assim que terminamos, volto para casa. Eu já comprei os presentes principais dela, então acho que estou pronto. Eu me aproximo do balcão e coloco os itens ali, e fico subitamente em choque quando é Summer que me atende.

— Oi, sumido — diz ela, educadamente, puxando os pijamas para si e escaneando as etiquetas. — Sua irmã?

— Não. — *O que é ela?* — Anastasia.

— Ah. Eu vi aquele vídeo, mas não tinha entendido que vocês estavam juntos... — diz ela, digitando no caixa.

— Estamos... Hum, ela é incrível. — Entrego meu cartão de crédito, ainda incerto de como chamá-la. — Você vem na festa mais tarde? Acho que Henry intimou uma colega de trabalho sua a ir.

— Hoje, não. Desculpa. — Ela coloca os pijamas na sacola e me entrega, e tudo parece estranho. Não parece a Summer que eu conheço. — Vamos para uma missa na igreja da Cami com a família dela, e Briar viaja amanhã para passar o Natal em Nova York. Ela vai pegar um voo cedo, então não vamos beber.

— Eu achei que B era da Inglaterra?

— Ela é. Os pais dela se mudaram para Nova York ano passado. Dois irmãos dela estão estudando lá. Mas Daisy, a irmã dela, está em Maple Hills.

— Nossa. Não sabia que era uma família tão grande.

Ela assente, forçando um sorriso.

— Coloquei o recibo na sacola, espero que ela goste. Tenha um feliz Natal, Nate.

— Você também, Summer.

Bom, isso foi desnecessariamente estranho.

Quando voltamos para casa, parece que um Papai Noel explodiu ali.

Acho que Lola botou álcool demais na gemada, porque Tasi está mais empolgada do que o normal enquanto dança pelo escritório em uma fantasia de elfo. Ela está chamando isso de fantasia de elfo, mas na verdade está só com um vestidinho verde e sapatos de elfo que comprou em uma loja de decoração de festas.

Robbie mandou eu colocar copos de shot aleatórios em um tapete de Twister e, em vez de ajudar, Henry está conversando com Tasi e Lo. Mais cedo eu fiz algo que agora entendi ter sido um erro: disse para elas que Henry deu em cima de uma menina quando estávamos comprando presentes de Natal, e elas estão obcecadas com isso agora.

Na mesma hora, Anastasia começou a perguntar sobre uma tal de Daisy, com quem Hen estava ficando até eu me intrometer e atrapalhar. Esta é a segunda vez que ouço esse nome. *Henry está de rolo com a irmã de Briar?* Não me lembro de tê-la conhecido. É então que me lembro do que aconteceu alguns meses atrás, quando Henry ameaçou roubar minha garota de mim.

JJ aparece com a tal da menina, e mais uma amiga, e eu vejo que Tasi está tentando não dar muito na cara que está encarando. Rob consegue manobrar até ficar em cima do tapete e limpa a garganta de um jeito muito Robbie para chamar a atenção de todo mundo.

Tomo um gole da minha cerveja. Eu adoro ver ele se tornar o centro das atenções.

— Bem-vindos ao primeiro jogo de Twister bêbado. As regras são muito simples: se tocar, bebe.

Bobby me cutuca na costela e grita:

— Vai ser o título do seu filme pornô.

Em resposta, Rob lhe mostra o dedo do meio.

— O jogo termina quando alguém cair, tirar a mão ou pé do tapete, ou se recusar a beber. Tasi, JJ e Joe vão jogar, e precisamos de mais duas pessoas.

Henry coloca o copo no parapeito da janela.

— Eu vou.

Tasi aponta para mim e diz "você" com os lábios, mas antes que eu possa me voluntariar, JJ grita:

— Gen vai jogar!

A coitada parece que vai morrer de vergonha quando todo mundo olha para ela. Ouço Mattie e Kris sussurrando sobre ela ser gata, mas seus olhos estão em apenas uma pessoa, e ele está olhando diretamente para ela. Não sei dizer se JJ está brincando de cupido ou se está torcendo para Gen se enrolar com ele, o que irritaria Henry.

Robbie bate palmas e, puta merda, parece que estou treinando com Brady. Nunca tinha percebido que Robbie é uma versão em miniatura de Faulkner até passar tanto tempo longe dele. Está na cara que ele tem um pouco de Brady também.

— Tasi, Joe, vocês ficam deste lado. Henry, vai ali com JJ e Gen. Todo mundo tem que tirar os sapatos e, hum, talvez se alongar? Sei lá.

Tasi vem até mim com um grande sorriso bêbado, tira seus sapatos de elfo e coloca os braços ao redor do meu pescoço, me beijando e rindo sozinha.

— Proteja meus sapatos com a sua vida.

Ela nem me deixa responder e já sai pulando para cumprimentar Joe. Se alguém não sabia o que estava rolando entre nós até então, agora sabe. Desde que a festa começou, estamos grudados. Nossos amigos não se importam, mas acho que rolaram algumas apostas.

Eu me viro para Robbie.

— Você sabe não ser tão mandão?

— Cala a porra da boca, Hawkins — responde ele ao revirar os olhos. Irritar Robbie tem sido minha principal fonte de entretenimento há quinze anos e não tenho intenção alguma de parar.

Ele termina de discutir comigo e começa o jogo. As meninas só têm movimentos com os pés, mas Joe e JJ estão bem, bem enrolados.

— Tasi, mão direita no amarelo — grita Robbie mais alto do que a briga entre JJ e Joe. Assim que ela se dobra, eu entendo por que todos os meus amigos olharam para mim assim que Robbie deu o movimento.

Henry bufa assim que a mão dela toca no amarelo.

— Anastasia, por favor, tira a sua bunda da minha cara.

— Nem tá na sua cara!

A bunda dela está bem obviamente na cara dele. Para piorar as coisas, o vestido dela mal está cobrindo a bunda; se subir mais um pouco, o time de hóquei inteiro e mais algumas pessoas vão ver todas as marcas de chupão que deixei nas coxas dela.

— Nathan — grita ele, girando o rosto para me encontrar no meio da multidão. — Como está sua pressão arterial agora?

É, o garoto me conhece.

— Bem alta, irmão.

— Viu! É porque a sua bunda está na minha cara, Anastasia. Você vai matar o cara.

O jogo continua até Henry tirar a mão do tapete para flertar com Gen, e Anastasia imediatamente vem saltitando até mim para pegar seus sapatos.

Ela fica na ponta dos pés, me beija de leve e abaixa o tom de voz.

— Estou com uma dor terrível no meio das pernas, mas eu te quero tanto.

É, Henry tem razão. Ela vai me matar.

Eu perdi meu elfo.

Enquanto estava no banheiro, os meninos foram bisbilhotar Henry, que tinha desaparecido misteriosamente na lavanderia com Gen. A curiosidade deles acabou assustando a coitada e acabando com as chances de Henry, que jurou vingança contra todos. Nunca fiquei tão feliz de não ter participado de uma zoação.

Não posso bater de frente com Henry por causa de Anastasia. Se eu estivesse lá quando eles deram uma de empata-foda com ele e agora não conseguisse encontrar Anastasia, o primeiro lugar em que iria procurar é no quarto de Henry.

O relacionamento deles não é sexual, mas eu acho de verdade que Anastasia seria perfeitamente feliz tendo um casamento platônico com ele.

Eu coloco o papo em dia com algumas pessoas que não vejo há tempos, tentando desviar das perguntas sobre o motivo de não estar jogando ao mesmo tempo em que fico de olhos abertos para achar minha garota.

Depois de um tempo, Tasi aparece ao pé da escada, seus olhos vasculhando o espaço. Não dá mais para ver seu vestido verde, porque ela está usando por cima uma camiseta do Titans imensa.

É estranho vê-la de longe assim, mas ela é tão linda que, mesmo se eu quisesse, não conseguiria parar de olhar. Enfim, ela me vê na cozinha, dá um sorriso que me tira o fôlego e não consigo descrever a satisfação de entender que ela estava procurando por mim.

Ela está na metade do caminho quando alguém a abraça, fazendo-a parar, e sinto uma sensação ruim na boca do estômago.

Ele enfia o rosto no pescoço dela e minha pressão arterial sobe de novo. Será que tenho o direito de sentir ciúmes? Tipo, ela não é minha namorada, mas é alguma coisa. Eu sempre vou ter ciúmes de Ryan Rothwell? Talvez, mas espero que não.

Eu sei que Olivia terminou com ele. Anastasia saiu com ele ontem para tomar um café e Ryan contou que Olivia tinha seus problemas e estava sempre pronta para terminar. Ele acha que vai voltar a sair com Anastasia?

Estou tentando não interromper, mas é difícil ficar parado. Lutar contra meus instintos é difícil, mas nada de bom virá se eu tentar forçá-la a ter um relacionamento exclusivo. Acho que ele estava falando no ouvido dela, porque ela se solta e se afasta dele.

Não consigo ouvir por causa da música, mas dá para ver que ele está muito bêbado e encosta nela sempre que pode. Tasi lhe dá um abraço amigável, e espero que seja porque está encerrando a conversa, e Ryan se abaixa para beijar o topo da cabeça dela. Quando ela dá outro passo, ele levanta o olhar e me vê encarando os dois. Ele coça o queixo e me dá um sorriso tímido.

Ainda estou olhando para Ryan, parado ali, desconfortável, quando sinto os braços de Tasi na minha cintura.

— Então, você conseguia *sim* me ver daqui. Por que não me salvou? — resmunga ela, ficando na ponta dos pés para me beijar no canto da boca.

— Eu não sabia que você precisava ser salva. — Seus grandes olhos azuis estão me encarando e suas sobrancelhas se juntam, confusas. — Eu sei que ele é seu amigo. Não queria que você achasse que estava me metendo.

— Ah, ok, senhor Diplomático. — Ela entrelaça os braços atrás do meu pescoço. — Da próxima vez, me salva. Eu amo Ryan, ele é um ótimo amigo, mas o único homem que quero agarrado em mim é você.

Cacete.

— Entendido.

— Ele gosta muito de contato físico e está bêbado, mas eu me entendi com ele. Não fica chateado; acho que ele está triste por causa da Liv.

Fico mais aliviado agora. Eu poderia ter saído daqui assim que ele tocou nela, ou pior, ido até lá e feito uma cena. Poderia ter me precipitado e estragado tudo. Tiro o cabelo do rosto dela, coloco atrás da orelha e apoio as mãos em seu pescoço, fazendo carinho de leve enquanto ela olha para mim.

— O que você disse para ele?

— Eu disse que estou com você e que ele não pode ficar me agarrando assim, porque não quero que você fique incomodado. Tudo bem? Desculpa, eu não sabia o que dizer.

Ela fica inquieta, batendo o sapato de elfo que está calçando. Eu me abaixo para beijá-la com força, e sinto o gosto da língua dela que se mexe contra a minha.

— Por mim, perfeito.

Capítulo trinta e um

ANASTASIA

Estar ao redor de uma fogueira me lembra de ir acampar quando era mais nova. Meus pais gastavam tudo que conseguiam economizar com as coisas da patinação, então não dava para fazermos viagens exóticas ou luxuosas quando eu era criança. Mas todo verão a gente ia acampar por alguns dias em Snoqualmie Pass, e eu amava.

Eu ajudava meu pai a fazer uma fogueira e minha mãe preparava as coisas para fazermos *s'mores*, depois nos sentávamos ao redor da fogueira a noite toda jogando baralho.

Uma fogueira no quintal de uma casa gigante em Maple Hills não é a mesma coisa que em uma floresta no estado de Washington, mas a companhia é boa. A festa começou a ficar mais barulhenta, e as pessoas, mais bêbadas, então os meninos acharam que seria uma boa ideia ir para fora e nos sentarmos nas cadeiras dobráveis, beber cerveja e jogar conversa fora, tipo gente velha.

Comecei a ficar sóbria depois de ter exagerado nas doses mais cedo. Agora, estou com sono e carente. Robbie está muito feliz com seu novo jogo, mas decidiu que, da próxima vez vai tirar os copos de refrigerante para dificultar as coisas e colocar mais um jogador. Eu nem sabia que tinha refrigerante, porque só bebi tequila.

Fico feliz que Henry tenha desistido do jogo, porque eu estava prestes a vomitar. Quando consegui falar com ele depois da situação com Gen, ele disse que tirou a mão do tapete de propósito porque estava preocupado que ela fosse se expor sem querer. Eu perguntei sobre mim, e o risco de eu me expor. Ele disse que era apenas uma questão de tempo até isso acontecer, e que eu deveria comprar mais calças.

Ele está de mau humor porque, quando tentou encontrar com a crush dele, ela e a amiga tinham sumido. Ele não se lembrou de pegar o telefone dela nem, tipo, o nome completo.

O crepitar do fogo é tão relaxante que talvez eu acabe dormindo aqui mesmo. Estou aninhada debaixo de um cobertor, no colo de Nathan, que faz carinho na minha coxa enquanto me segura como se eu fosse um bebê, o que não ajuda. Parece estranho dizer isso, mas estou ridiculamente confortável. Ele está rindo com os amigos, conversando sobre esportes, bebendo cerveja. Ele fica falando o nome de atletas dos quais nunca ouvi falar, e isso me ajuda a pegar no sono.

De vez em quando, ele olha para mim e me dá um beijo na testa, checando se estou confortável, se estou quentinha. Depois aperta o cobertor ao meu redor e se certifica de que nenhum pedaço de mim está exposto ao frio.

Tenho uma sensação quente e acolhedora no coração quando estou com esse time. É estranho e familiar ao mesmo tempo; sei que é uma contradição, mas é tão específica que parece ter sido feita sob medida para mim. É um sentimento do qual não sabia de que precisava até esses meninos entrarem na minha vida três meses atrás.

A cada segundo que passa, fica mais difícil manter os olhos abertos; o coração de Nathan bate onde minha bochecha está encostada, parecendo uma canção de ninar, e enfim chega o momento em que não consigo mais aguentar e fecho os olhos.

Não sei por quanto tempo fiquei apagada até começarem os gritos que me tiram do sono profundo, e é o pulo que Nate dá para se levantar que me acorda de verdade.

É tipo como quando você está dormindo e sente que está caindo, então acorda com a adrenalina correndo pelo corpo. Minha pele parece vibrar quando Nate me coloca na cadeira de onde acabou de se levantar. Olho rapidamente para a fogueira e vejo todos os meninos se levantando e correndo para dentro da casa.

— Fica aqui e não se mexe — diz Nate antes de sair correndo também.

Eu tiro o cobertor que me envolve e me movo para segui-lo, mas assim que ele chega na porta dos fundos, Nate olha para mim de novo.

— Anastasia, eu disse para ficar aí.

Eu congelo; metade de mim quer correr, e a outra metade não quer desobedecer a Nathan, porque ambas sabem que algo ruim está acontecendo. Meu celular começa a tocar e eu procuro o aparelho, nervosa, até encontrá-lo no chão, debaixo da cadeira.

— Cadê você? — grita Lola mais alto que o barulho.

— No quintal. O que está acontecendo? — pergunto enquanto corro para a porta dos fundos.

— Uma briga. Fica aí, vou te encontrar quando terminar.

— Quem está brigando?

Por favor, me diz que não é Nathan.

— Não sei! Estou no quarto do Robbie, estou ouvindo daqui.

Não tem ninguém no escritório quando passo pela porta do quintal; todo mundo está na passagem entre a cozinha e a sala de estar.

Os barulhos e gritos me deixam enjoada, assim como o fato de que não consigo ver nenhum dos meninos, o que significa que estão do outro lado da multidão. Ser baixinha tem suas vantagens, mas agora, enquanto tento passar pela multidão de bêbados, não consigo pensar em nenhuma.

Estou arfando quando chego no meio de tudo. Quando finalmente alcanço a fonte do barulho, sinto um aperto no coração.

Kris e Joe estão tirando Bobby de cima de um cara em um canto, e Mattie e JJ estão afastando Henry de outro cara. Meu sangue parece feito de ácido enquanto circula no meu corpo e faz meu coração disparar.

Vasculho a sala e vejo Nathan prendendo alguém na parede pelo pescoço. Tem sangue no rosto dos dois, e Nathan está com uma expressão fechada enquanto fala com o outro cara, quase rosnando. Só depois que JJ solta Henry e puxa Nathan que eu percebo que é Aaron.

Não consigo me mover.

O rosto de Aaron está inchado e machucado; ele nem me vê quando o cara que estava brigando com Henry o arrasta para fora da casa.

— Todo mundo pra fora! — grita JJ quando alguém desliga a música. — Fora daqui agora!

Eu me sinto como Mufasa sendo pisoteado quando todo mundo começa a empurrar. Eu preciso me mexer, mas não consigo. *Caralho, como isso aconteceu? Por que Aaron estava aqui?*

Sinto alguém puxar minha mão e deixo que Lola me arraste até onde Robbie está, com a cabeça nas mãos.

Nunca vi uma festa esvaziar tão rápido. A última pessoa vai embora, e a porta bate ao fechar, o que parece ser o sinal de privacidade que Robbie estava esperando.

— Que porra vocês estavam pensando? — grita ele. — Vocês têm sorte de a polícia não ter batido aqui!

JJ dá de ombros quando se joga no sofá, limpando o sangue do lábio com as costas da mão.

— Eles começaram.

Estou ocupada demais olhando para seus rostos machucados para reparar que Nathan parou na minha frente.

— Eu disse para você esperar lá fora — diz ele em um tom irritado.

— Fiquei preocupada.

Essa caverna de Natal agora parece ter saído de um pesadelo natalino. Tem uma árvore caída, com os enfeites espalhados pelo chão, e metade das luzes pisca-pisca foram arrancadas. Joe aparece com um monte de cervejas no braço e começa a distribuí-las, o que me irrita, porque cerveja não deveria ser uma prioridade agora.

— Vocês têm um kit de primeiros socorros?

— Você poderia ter se machucado, Anastasia! — grita Nate, e eu pulo de susto.

— Eu? Não sou eu que estou com o rosto sangrando! Alguém pode me contar que caralhos está acontecendo? — grito de volta.

— Aaron estava bêbado e falando merda com uns caras que não conheço — explica Nate, pegando uma cerveja do Joe e colocando no rosto. — Típico dele.

— Então você decidiu bater nele? Sério, Nathan? Skinner já está puto com você, e aí você pensou: *Como posso fazer isso ficar muito pior?*

Robbie para ao meu lado e coloca o kit de primeiros socorros nas minhas mãos trêmulas.

— Senta! — grito para Nate, e devo ter sido bem assustadora, porque ele obedece sem pestanejar.

Parece que eles estavam preparados para este tipo de situação, porque Robbie entrega outro kit para Lo, e ela começa a limpar o rosto do Bobby, que estremece a cada toque. Ela manda ele ficar quieto.

— Ah, cala a boca, seu bebezão.

— Você está gritando com o homem errado, Tasi — diz Nathan, resmungando quando passo o antisséptico no corte em sua bochecha. — Eu estava separando a briga. Por isso você deveria ter ficado lá fora, onde te deixei.

— Você não tem o direito de ficar chateado comigo agora!

— Tenho, sim, quando você me ignora e se coloca em uma situação perigosa!

Eu quero beijá-lo e estrangulá-lo ao mesmo tempo. Gritar e cuidar dele. Garoto irresponsável e inconsequente. Ele pega meus pulsos de leve e os abaixa. Só quando as mãos firmes dele estão nas minhas que percebo que estava tremendo.

— Fui eu que bati no Aaron. Pode gritar comigo, Tasi.

Acho que Henry era a pessoa que eu jamais teria esperado que fosse dizer isso, mas aqui estamos, ele bebendo uma cerveja e segurando uma bolsa de gelo na lateral da cabeça. Ele não está com cara de culpa nem tem um pingo de remorso na voz, só me informa que bateu em Aaron.

— Porra, como assim, Henry? — grito, me soltando das mãos de Nate quando ele tenta colocá-las nos meus braços e segurar meus ombros.

Ainda estou puta com ele, e ele não vai se livrar dessa só porque Henry decidiu dar uma de Muhammad Ali.

— Não vou pedir desculpa.

— Eu estou com o rosto fodido por lidar com a merda que você fez — grita Nate com ele enquanto coloca um curativo na bochecha. — Se ela quiser, você vai pedir desculpas, sim, caralho.

— Você quer que eu repita as coisas que Aaron disse sobre ela? Para ela entender por que ele mereceu? — diz Henry, olhando para Nathan com uma expressão séria. — Ele é um merda e eu não me arrependo. Você só está puto comigo porque deveria ter feito isso há meses.

— Cuidado com o que fala, irmão — responde Nate, irritado, e sinto meu estômago embrulhar.

— Pelo menos o seu banimento teria valido a pena. Ele veio aqui para causar confusão e conseguiu. Fim da história.

— Como assim, o que Aaron estava falando sobre mim? Podem parar de falar de mim como se eu não estivesse aqui?

Todo mundo está me encarando, mas ninguém fala nada. Parece que estou gritando em um vazio. Como se houvesse um grande segredo rolando e eu sou a única que não sabe.

— Não importa, Tasi — murmura Robbie. — Você não pode simplesmente bater nas pessoas quando elas falam merda, Hen.

— Eu discordo — diz JJ ao se levantar do sofá para pegar outra cerveja. — Só me avisa com antecedência antes, tá, cara? Eu estava prestes a pegar uma mina e sua cena me atrapalhou. Estamos quites pela situação com Gen.

— Alguém pode me contar que porra exatamente as pessoas estão falando de mim?

Eles estão conversando como se isso fosse a coisa mais normal do mundo, então preciso gritar para que me escutem.

Lola está completamente tranquila enquanto examina os ferimentos dos meninos e vai de um para o outro limpando os cortes.

— Lols, como você consegue ficar tão calma? — A onda de adrenalina está passando. Me sinto exausta e não fiz nada além de ficar cada vez mais confusa e gritar.

Ela dá de ombros e chuta Nathan até ele entender o recado e se mover para que ela se sente ao meu lado.

— Eu tenho irmãos. Nossa casa era assim quase todo dia. Isso aqui não é nada. — Ela olha para Nathan com uma careta. — Faça algo de útil e pegue algo pra gente beber, Rocky.

Ela passa um braço pelos meus ombros e me dá um beijo na testa.

— Às vezes é melhor não saber o que as pessoas estão falando pelas nossas costas, amiga. Acho que nós duas sabemos que Aaron é um merda e uma cobra, e acho que, quando você voltar do Colorado, vai ser o momento de a gente conversar sobre nossa moradia. — Eu inclino a cabeça para me apoiar no seu ombro. — Não pega pesado com ele — sussurra Lola para mim. — Ele só estava protegendo Henry.

Nathan retorna com duas garrafas d'água em uma das mãos e estica a outra para mim.

— Vamos para a cama. — Ele não está pedindo, está declarando, e por mais que eu queira ficar aqui, acho que vou conseguir mais respostas dele quando estivermos sozinhos.

Lo me beija na testa de novo.

— Vai, te vejo de manhã.

Capítulo trinta e dois

NATHAN

Como diabos estou mais encrencado do que Henry? Ela está pisando forte, nua, se preparando para dormir, e ignorando minha existência. Só posso imaginar como deve estar se sentindo, sabendo que, mais uma vez, Aaron está no meio de outro maldito desastre.

Eu nem sei o que ele disse desta vez. Porém, Henry está certo, eu estou irritado porque deveria ter feito algo a respeito semanas atrás. Eu entendo por que Anastasia quer lhe dar o benefício da dúvida, permitir que ele cresça e seja o amigo que acredita que pode ser.

Com base nas histórias que ela contou sobre a amizade deles e os bons momentos que tiveram, entendo a relutância dela em cortá-lo da sua vida. O problema é que eu sei o que ele diz pelas costas dela, e ela, não. Eu fiz uma escolha, certa ou errada, e não contei nada.

Estou sendo egoísta; não quero que ela associe a minha imagem com a dor que vai sentir quando ficar sabendo. Não quero ver o rosto dela cair quando perceber o quanto o cara é um babaca.

Tasi estava dormindo no meu colo quando ouvi o som característico de merda acontecendo. Brigas não são o tipo de coisa com que normalmente precisamos lidar em nossas festas: já temos o bastante durante os jogos, não precisamos dessa merda no nosso tempo livre.

Agora que temos Anastasia e Lola por perto o tempo todo, a vontade de manter a paz é muito maior. Quando finalmente consegui entrar, Henry estava socando o rosto de Aaron, e Bobby e JJ estavam tirando dois caras de cima dele. Eu nem acho que Henry percebeu que eles estavam lá, e assim que o afastei de Aaron, ele começou a bater em outro cara que nem um idiota.

Eu levantei Aaron do chão, sem começar nada, só querendo que ele saísse, e ele partiu para cima de mim. Ele soca como uma criança que nunca bateu em ninguém antes, mas me acertou no rosto e conseguiu abrir um corte na minha bochecha.

Eu já apanhei mais de Lola quando comi o resto do cereal favorito dela.

Quando o prendi na parede pelo pescoço, a tentação de descontar todo o meu ódio era incrível. Sentindo sua pulsação martelar sob meus dedos, minha pressão aumentou e seus olhos travaram nos meus. Ele lutou contra mim enquanto eu o ameaçava, dizendo que, se ele voltasse aqui, eu faria algo que finalmente daria a ele uma razão verdadeira para me criar problemas.

Mesmo no calor do momento, não sou imprudente o suficiente para não ver a armadilha que Aaron estava preparando. Skinner está esperando por uma oportunidade para me culpar por tudo; eu não posso dar isso a ele.

Tasi resmunga enquanto revira minha mesa, movendo os livros para o lado. A rotina dela é muito específica, então sei que ela está procurando sua escova de cabelo, porque pentear o cabelo vem depois de escovar os dentes. É incrível ter a garota mais previsível do planeta.

— Não me importo se você está me ignorando, Anastasia — digo a ela, observando sua bunda fofa se mexer. — Porque eu estou te ignorando.

Ouço um resmungo, mas ela não cai na provocação.

— E eu sei onde está sua escova de cabelo, mas não posso dizer, porque estou te ignorando.

Espero que ela corra até aqui e pule em mim, me prenda e exija a informação. Talvez me beije para descobrir? Não sei. Um cara pode sonhar. Mas ela não faz isso, nem chega perto; ela levanta o dedo do meio e continua procurando.

Sua frustração está aumentando, então estou esperando pacientemente até ela ceder. Ela olha para mim estirado na cama, e acho que está prestes a desistir, mas em vez disso, descobre onde está sua escova de cabelo e vem correndo.

Suas mãos pousam na cintura e o quadril estala para o lado.

— Para de olhar para os meus peitos e me mostra suas mãos.

— Oi, meu bem. É bom ouvir sua voz de novo.

— Eu sei que você está escondendo. Ficou me vendo procurar por quinze minutos sabendo que está com ela — retruca ela, se segurando para manter o sorriso longe dos lábios. Ela está lutando para segurar o riso em meio à frustração, porque sabe que eu a superei. — Eu te odeio.

— Não posso confirmar nem negar, porque atualmente estou te ignorando.

Ela dá um passo em minha direção, perto o suficiente para que eu possa agarrá-la e puxá-la, fazendo com que seu corpo caia no meu fazendo um som de "humf".

— Está atrás do travesseiro, não está? — Meus dedos cutucam suas costelas até ela começar a se contorcer, gritar e rir, e sei que a tenho de volta. — Você é *tão* irritante.

Seu corpo é quente e macio contra o meu. Ela olha para mim com as bochechas coradas e um sorriso relaxado. Eu afasto os cabelos soltos do seu rosto e beijo a ponta do nariz.

Ela suspira e passa o dedo de leve embaixo do curativo na minha bochecha.

— Não preciso que você me defenda — sussurra ela.

Seu jeito impertinente e teimoso é algo que eu espero, mas às vezes ela me surpreende com sua vulnerabilidade.

— Eu sei que não precisa, mas você é alguém que vale a pena defender. Cada corte, contusão, cada dor de raiva ou frustração. Tudo vale a pena. Eu usaria minhas últimas forças para dar um soco em sua defesa, porque você merece alguém que aja assim por você, e não tem ninguém mais qualificado para o trabalho do que eu.

Lágrimas contornam seus olhos, ameaçando cair, mas ela pisca para se livrar delas, então soluça.

— Me beija.

Ela não precisa me pedir duas vezes e, quando nossos lábios se encontram, nada parece dar errado. Tem algo diferente entre nós, algo mais profundo, real. Não sei como ela está se sentindo agora, sabendo que alguém de quem ela gosta está traindo sua confiança.

— Eu prometo te contar tudo de manhã, ok?

— Ok, meu bem.

ELA JÁ ESTÁ ACORDADA quando abro os olhos, e me pergunto há quanto tempo está pensando.

Também estou pensando na minha promessa de contar tudo para ela. A cabeça dela está no meu peito, suas pernas entrelaçadas nas minhas, e não sei se consigo mais acordar sozinho.

— No que você está pensando?

— Na ducha do seu banheiro.

Ergo as sobrancelhas.

— Por quê?

— Pressão forte. Minha favorita.

Finalmente entendo o que ela está falando, saio da cama e a arrasto comigo. Rindo alto, bato na bunda dela enquanto ela ri. Ela não se deu ao trabalho de se vestir ontem à noite, então eu a coloco no box sob a água quente enquanto tiro a cueca.

— Perna — digo, batendo no meu peito. Ela se apoia na parede e olha para mim com um brilho malicioso no olhar, então levanta a perna sem dificuldades. Eu pego a ducha da parede, ligo e me certifico de que está na configuração mais forte. — Pronta?

Ela assente, morde o lábio inferior e passa as mãos pelo meu peito. Aponto o jato para entre suas coxas, meu peito arfando de excitação quando seus olhos reviram.

— Hum. — Ela geme e seus dedos afundam na minha pele. Não demora muito, porque a pressão é intensa. As costas dela começam a arquear, e Tasi me aperta. Sei que está quase lá, então afasto a ducha e vejo seu rosto desmoronar quando ela sente o orgasmo indo embora.

Ela não fala nada depois de gemer, algo que, tenho certeza, é involuntário, então aponto com a ducha de novo, um pouco mais longe agora, e movo em pequenos círculos.

— *Nathan...*

— Sim, meu bem?

As unhas dela passam pelo meu umbigo e me arrepiam. Ela está com a cabeça inclinada para trás, a boca procurando a minha. Eu seguro sua garganta com a mão livre e mordisco seu lábio inferior. Ela está quase lá de novo, a perna tremendo contra meu peito, a voz desesperada.

— Por favor, me deixa gozar.

— Hum. — Tiro a ducha do lugar. — Não.

— Você está me torturando. — Ela geme de novo quando mais uma vez aponto a água para seu clitóris e deixo o orgasmo vir. Finalmente, cansado de tanta brincadeira, solto sua perna, e ela geme de novo. — Nate, por favor, me come.

— Mas eu achei que esse era o seu favorito.

Ela coloca os braços no meu pescoço e fica na ponta dos pés.

— Não tem nada que eu goste mais do que você. Você é meu favorito.

Eu a levanto para carregá-la em meus braços e desligo o chuveiro, pegando a toalha para enxugá-la ao sair. Assim que a coloco na cama, ela rola para ficar de barriga para baixo com a bunda no ar, com os quadris relaxando na cama, a cabeça virada para me ver. *Como tenho tanta sorte assim?*

— Em dez segundos eu vou voltar para o banheiro, Hawkins. Sozinha — diz ela com a bunda balançando de um lado para o outro, impaciente.

Eu me arrasto lentamente pela cama, devagar, ignorando o braço que me puxa para eu ir mais rápido.

— Que boceta mais linda, Anastasia — eu elogio, então passo meu pau em sua fenda e vejo suas costas se arrepiarem quando a cabeça toca nela.

— Vem logo, então. — Ela suspira quando eu me posiciono. — Por favor.

— Tão impaciente — eu brinco, segurando firme seu quadril quando a penetro, suspirando quando percebo o quanto ela está molhada.

Meus olhos reviram quando ela me aperta. Ela começa a se mover para trás, sua bunda batendo no meu quadril enquanto ela mesma se penetra e começa a gemer cada vez mais alto.

— Cacete, você é perfeita — digo, jogando a cabeça para trás.

Eu me sento nos tornozelos e puxo seu corpo para mim, enfiando cada centímetro do meu pau nela.

— Você é grande demais.

— Mas você aguenta.

Estou quase lá. Quase. O barulho da pele dela batendo na minha é a minha segunda coisa favorita, depois de ouvir ela gemer meu nome e vê-la brincar com seus peitos. Eu deslizo a mão entre suas pernas e esfrego o clitóris inchado, enquanto, usando a outra mão, viro a cabeça dela para mim.

— Vai gozar para mim?

— Ahhh.

— De quem é essa bocetinha?

O olhar dela trava no meu, e fico sem ar.

— Sua.

— Isso mesmo, amor — respondo. — Vou gozar...

Ela deve ter entendido isso como um desafio, porque seus movimentos começam a ficar mais fortes e descompassados, quicando em mim sem parar. O corpo dela está tremendo, os braços dobrados para trás para se enfiarem no meu cabelo e puxar. Depois, cada centímetro dela se tensiona, e ela praticamente grita:

— *Nathan*, meu Deus, ai, meu...

Era só disso que eu precisava para chegar ao clímax. Minhas bolas ficam tensas, e eu explodo dentro dela, então minha testa suada cai no ombro dela.

Eu não quero soltá-la, mas preciso porque, por mais incrível que seja gozar dentro, também é uma bagunça e quebra o clima.

— Você vai pegar um pano quente como fazem nos livros de romance? — ela me provoca.

— Posso te oferecer um pouco de papel higiênico e talvez um lenço umedecido, se tiver.

Se mexendo devagar, ela se levanta da cama e anda de um jeito estranho até o banheiro, com meu gozo escorrendo pela coxa.

— Vou começar a fazer você usar camisinha de novo. Você está metido demais.

— Para de me falar que tenho um pau grande se não quer que eu tenha um ego igualmente grande! — grito para ela, rindo da risada que ela dá no banheiro.

Depois de se limpar, Tasi quer voltar para a cama e ficar de conchinha. Como posso negar isso?

— Quais são os requisitos para ser sua garota? — pergunta ela com cuidado, os dedos fazendo desenhos no meu peito.

Eu penso por um segundo, ciente de que preciso ter cuidado com o que vou falar.

— Basicamente tudo que você já é e faz, e eu te chamo de minha garota sem medo de te assustar.

— E do que eu te chamo? Não posso te chamar de "meu cara", é estranho.

— Você pode me chamar assim… ou de seu namorado. Ou do que quiser, o que satisfizer o seu coração que tem medo de compromisso.

Ela fica quieta por mais tempo do que eu gostaria.

— Não importa do que você quer me chamar, Tasi. Rótulos não importam porque, de qualquer forma, vou estar com você. Eu sei que sou um pouco brincalhão e faço piadas, mas quero que saiba que nunca fiz isso. Nunca tive uma namorada e nunca me comprometi com ninguém. Três meses não parece muita coisa, mas eu sou um cara que sabe o que quer, e sei que quero você.

— Eu tenho certeza de que quero você também — sussurra ela, acariciando o corte na minha bochecha. — Eu sei que tem sido um caos ultimamente, e sou muito grata por você me apoiar esse tempo todo.

Eu coço a barba, nervoso.

— Eu, hum, sou a causa de um pouco desse caos, na verdade, meu bem. Então, obrigado por continuar comigo também.

Ela fica em silêncio e pensativa, mas eu a deixo em paz, e lhe dou tempo para refletir. Estou começando a cochilar quando ela limpa a garganta.

— Estou pronta para ouvir o que as pessoas estão falando de mim. Podemos chamar Henry?

Estava com medo disso, por isso topei transar mais cedo. Ela estava obviamente tentando se distrair, mas talvez seja melhor para ela saber.

— Claro, vou chamar ele. Talvez você deva vestir uma calça para ele poder, sabe, ficar calmo.

Ela me bate de leve no braço e ri.

— Acho que estamos subestimando Henry.

Acho que ela tem razão.

Capítulo trinta e três
ANASTASIA

Para alguém que começou uma briga com três caras ontem, Henry está bem animado e, até onde eu sei, não ficou com nem um arranhão.

Henry entra no quarto, se enchendo de cereal, e se joga no pé da cama. Ele faz uma careta enquanto olha para nós.

— O quarto está cheirando a sexo.

— Você está abusando da minha paciência, Turner — resmunga Nate, sentando-se ao meu lado na cama.

— Eu achei que sexo iria fazer você relaxar, mas pelo visto não, seu zangado — responde ele pegando outra colherada de cereal.

— Eu presumo que você saiba por que pedi para Nathan te trazer aqui — digo, interrompendo o que provavelmente viraria uma discussão idiota.

Ele coloca a tigela vazia de lado, cruza as pernas e se apoia na moldura da cama.

— Espero que não seja para fazer um ménage, porque você não faz o meu tipo.

Nate joga a cabeça para trás e esfrega a testa enquanto encara o teto, gemendo. Espero que não seja uma enxaqueca, mas se alguém vai lhe causar uma, vai ser Henry. Nate olha de novo para ele.

— *Cara.*

— Como assim, eu não sou o seu tipo? — sibilo.

— Você é muito baixinha — responde ele, sem rodeios. — Tem o que... um metro e sessenta? Um metro e sessenta e três? Pra mim, precisa ter pelo menos um metro e oitenta.

Muitas coisas aconteceram nos últimos dias, e isso com certeza é a pior delas. Tipo, tecnicamente falando, agora eu tenho um namorado, apesar de essa palavra ser um pouco desconfortável.

— Eu gostaria de fazer uma denúncia. Isso é discriminação.

— Meu bem, eu estou aqui do seu lado — diz Nate, erguendo as sobrancelhas.

Henry ri e pisca para Nate.

— Sim, ainda bem. Acho que Anastasia me quer.

— Lembra quando você era quietinho? — retruca Nate. — Saudade dessa época.

Eu reviro os olhos e empurro Nate com o ombro.

— Estamos fugindo do assunto. Henry, você precisa me dizer o que raios aconteceu ontem à noite.

Minhas mãos estão suando, meu estômago está embrulhado. Ao mesmo tempo, quero e não quero saber.

— Eu não quero te contar, Anastasia — diz Henry. — Não porque eu quero mentir para você, mas porque não entendo de que vai servir você saber. Ele estava falando merda, levou umas porradas e foi embora. Você não precisa mais morar com ele. Mesmo quando Nate e JJ forem embora ano que vem, vou continuar aqui para te proteger.

Eu me sinto como o Grinch quando seu coração cresceu três vezes o seu tamanho; o amor que tenho por Henry é inexplicável. Não acho que ele entenda o quanto é gentil. Mas, mesmo assim, meu cérebro vai continuar criando cenários na minha cabeça até eu saber.

— Ainda assim, eu quero saber, Hen. — Solto um suspiro. — Tipo, você bateu em três caras, deve ter sido algo ruim. Eu nem sabia que você era do tipo brigão.

Ele olha para mim como se eu tivesse duas cabeças e faz uma careta.

— Eu jogo hóquei, estudo arte e tenho duas mães. Você acha que nunca precisei brigar com alguém?

— Tá bom, fortão — interrompe Nate. — Não vamos fingir que você não cresceu nos subúrbios chiques de Maple Hills. Conta logo, ela tem o direito de saber.

Henry suspira e concorda.

— Eu estava procurando a Gen e vi Aaron entrar com dois caras. Eles estavam bêbados. Aaron perguntou por você, e eu mandei ele ir embora. Ele disse que não ia, então dei um soco nele.

Eu estreito os olhos, e ele não me encara.

— Você está mentindo para mim.

— Eu não minto, Anastasia.

— Eu sei que não. Então por que está mentindo agora? Me diz o que ele falou.

Nathan suspira, me puxa para perto e beija minha têmpora.

— Começou no início de outubro. Foi logo depois que pedi para você trazer Lola para a festa do Robbie. Ele disse que iria gostar de ver você me rejeitar como faz com todo mundo.

— O que mais?

Os dedos dele fazem carinho nas minhas costas. Henry fica sentado em silêncio na nossa frente.

— Toda vez que treinávamos depois do seu horário e você ia para o vestiário, ele ficava conversando com Brady e dizia que você estava distraída, passando vexame nas festas, bebendo e transando com qualquer um. Continuou assim até que um dia Brady ficou irritada.

— Não ouvimos o que ele disse — interrompe Henry. — Mas ela disse que, se ele tinha algum problema com você, deveria procurar uma nova parceira. Isso foi pouco antes de ele se machucar.

A treinadora Brady tem sido muito mais legal comigo nos últimos tempos, mas achei que era pena, por causa de tudo que aconteceu. Ela continua sendo assustadora, mas percebi que ela não tem implicado comigo como antes. Nunca imaginei que fosse porque ela não queria dar mais motivos para Aaron reclamar.

— Ok, então ele estava falando merda sobre mim até a época do Halloween. Ele passou duas semanas grudado em mim, eu fiz as pazes com Nate e comecei a ficar aqui. É quase Natal, então o que você não está me contando?

Henry suspira e esfrega o queixo.

— Tim, um cara do time, estava sentado atrás do Aaron em um jogo de basquete. Tim acha que os caras com quem ele estava não são de Maple Hills.

— Todos os amigos do Aaron estudam na UCLA, então ele nunca se deu o trabalho de fazer amigos aqui — explico. — Ele deveria ter ido estudar lá, mas foi aceito aqui. Foi assim que acabamos juntos, éramos patinadores de dupla cujos parceiros não foram aceitos aqui.

— Pode ser, não sei. Mas Tim ouviu eles falando de você. Disse que Ryan te largou porque percebeu que você era uma Maria Uniforme.

— Muito original. — Eu bufo ao ouvir esse comentário. — O que mais?

Os olhos de Henry vão para Nathan, esperando por aprovação. De canto de olho, vejo ele assentir para Henry. Ele se mexe na cama, e sinto as mãos doerem quando as unhas perfuram a minha pele.

— Tim ouviu ele dizer que seus pais são pobres, então você vai atrás de jogadores que vão virar profissionais. Ele te chamou de puta, disse que você sempre foi uma e que ia tentar a mesma coisa com Nate.

Não chore.

— Ok. Mais alguma coisa?

Henry assente, e sinto meu coração apertar.

— Ele disse que você ia dar um golpe da barriga no Nate. Que você não tem talento suficiente para virar profissional na patinação e isso seria a desculpa perfeita para não ter que admitir que não é boa o suficiente. Que deve ter sido isso que aconteceu com a treinadora Brady.

Minhas palavras ficam engasgadas na garganta. Não acho que o que estou sentindo é tristeza — Aaron já disse coisa pior para mim. É vergonha. Saber que essas pessoas, amigos do Nate, pessoas que o respeitam, ouviram que sou uma pessoa terrível que quer dar um golpe nele.

— Chegamos na parte de ontem à noite?

— Ontem ele disse que veio aqui para te levar para casa, que é onde você deveria estar. Eu disse que você não iria a lugar nenhum, e ele disse: "Então você está comendo ela também?" Eu mandei ele ir embora, mas ele continuou. — Henry olha para Nate de novo, desconfortável.

— Continua — digo para ele. Nate segura minha mão e passa o polegar pelas marcas formadas pelas minhas unhas.

— Ele disse que você está nos usando para morar aqui, que nem fez com ele. Que Nate era louco de achar que você realmente gosta dele, porque você é uma falsa. Depois ele disse... Merda. — Henry passa a mão no rosto e encara os lençóis. — Sinto muito, Tasi. Me desculpa por repetir isso... Ele disse que ninguém nunca vai conseguir te amar, porque nem os teus pais verdadeiros te amavam, e os que te compraram só te querem para colecionar troféus.

— *Cacete* — diz Nate.

— Foi aí que eu bati nele.

— Nathan, você está me machucando — sussurro ao olhar para meus dedos, que estão rosados porque ele está me apertando com muita força. — Obrigada por me contar, Hen — digo, com a voz tranquila. — E obrigada por me defender. Me desculpe por causar esse drama todo na sua casa.

Dá para ver que ele está desconfortável.

— Lola disse que eu não posso falar nada sobre vocês dois se amarem ou não, mas *eu* te amo, Anastasia. Estava falando sério quando disse que queria que você morasse aqui. Não importa se vocês vão estar juntos ou não. Se cansar do Nathan, pode dormir no meu quarto. Eu fico com o colchão inflável de novo.

Sinto um grande e dramático soluço me subir pela garganta, prestes a escapar, mas eu me controlo e assinto.

— Eu também te amo, Henry.

Ele pega a tigela vazia de cereal e sai do quarto e, quando a porta fecha, Nathan me puxa para cima dele e se apoia na cama, segurando minha cabeça contra o peito. Eu me enrosco nele.

— Bota pra fora. Você está bem. Estou aqui.

Então, deixo a barragem abrir e o aperto enquanto todos os sentimentos que estive segurando jorram de uma vez.

Nathan me deixa chorar até eu me cansar e, quando finalmente fico em silêncio, ele me diz que estava esperando pacientemente até eu estar pronta para ouvir isso.

— Eu sei que você não está me usando. Eu sei que não está tentando me dar um golpe. Eu amo morar com você. Os meninos amam morar com você, *todos* querem que continue aqui. Eu sei que você gosta de mim, mesmo que odeie isso — ele complementa enquanto beija minha testa.

— Eu odeio mesmo.

— Não sei o quanto você se importa com a minha opinião no assunto, mas você é uma patinadora extremamente talentosa. Eu acredito que você vai alcançar todos os seus objetivos. Eu não estaria forçando o meu corpo nada flexível a fazer poses de ioga se não achasse que você e o seu talento valessem a pena.

— Nate...

— Ainda não terminei. Você é uma pessoa boa, Anastasia. Sinto muito por não ter dito isso todos os dias. Você cuida de mim, me ouve, e outras coisas que não sei nem descrever. Você faz eu me sentir valorizado por quem eu sou, não por ser capitão do time e tal.

— Eu valorizo, sim, quem você é.

— Isso é um sentimento que não sinto há muito tempo. Desde quando minha mãe era viva. Eu amo os meninos, mas não é a mesma coisa. Não sei como descrever... É como se tivesse um espaço na sua vida guardado para mim. Um espaço que não tenho que compartilhar, em que você não espera nada de mim. Você sabe o quanto isso é incrível? Quanta sorte eu tenho por te conhecer? Você me faz querer ser a melhor versão de mim mesmo.

— Ah...

— Você é inteligente e determinada, e merece todo o amor da porra deste mundo, Anastasia. Todo. Você está rodeada de pessoas que te amam, e estamos todos no mesmo time. Aaron não está, e é por isso que ele está tentando te machucar. Sinto muito por você ter que ouvir isso.

— Obrigada por dizer, bom, tudo isso. Você faz eu me sentir valorizada também.

— É verdade, e eu queria ter dito isso antes. Escuta, não acho que tenho direito de falar nada sobre seus pais, mas, com base no que já me contou, parece que você é a melhor coisa da vida deles.

Eu assinto e não digo mais nada. Ele respondeu todas as dúvidas e perguntas na minha mente. Apesar de não ser o suficiente para calar as vozes, o volume delas ficou mais baixo.

Ficamos deitados na cama por um tempo, em silêncio, e quando juro que estou um pouco melhor, Nate me dá o espaço que eu queria para processar. Ele vai para a academia com Robbie e Henry, e me deixa sozinha em casa com JJ e Lola, que dizem que *malhar é coisa de otário*. Com suas vastas sabedorias, eles decidem me distrair ajudando na minha jornada culinária.

Lola tem se sentido culpada com toda essa história do plano alimentar, se martirizando por não ter prestado atenção. Como eu, ela não acha que Aaron fez isso de propósito, mas acha que poderia ter dado sua opinião e evitado essa situação.

Desde então, ela tem tentado me ensinar alguns dos seus pratos favoritos. Bom, ela tentou, mas JJ a expulsou da cozinha e disse para ela se sentar do outro lado da ilha quando ela começou a criticar o jeito como eu corto frango. JJ disse que, se ela não sabe brincar com gentileza, não deveria descer até o parquinho.

Estamos fazendo uma receita indiana de frango com manteiga porque, como diz JJ, "mulheres brancas padrão adoram frango". JJ já me disse que talvez fique ruim porque não deixamos o frango marinar o bastante, mas vamos tentar mesmo assim, porque Johal-Mitchell-Allens não desistem.

Ele me observou colocar bicarbonato de sódio com os ingredientes secos para fazer os naans, para ter certeza de que eu me lembrava do que ele me ensinou semana passada. Agora que estou virando o quinto no tawa, ele já perdeu o interesse e está mexendo em um aplicativo de relacionamento.

Aprender novas receitas tem melhorado meu relacionamento com a comida. Estaria mentindo se dissesse que ver o creme que colocamos no prato não faz meus dedos coçarem para abrir o aplicativo de calorias, mas estou tentando curtir o momento.

Ter ganhado três quilos no último mês foi difícil. Óbvio que eu chorei, porque parece que só o que tenho feito ultimamente é chorar, mas Nate foi incisivo ao falar que foi tudo músculo. Estou mais definida e batendo recordes em todos os meus exercícios agora que estou mais forte. Estou alimentando bem o meu corpo, pela primeira vez em muito tempo, e por mais difícil que seja, estou tentando ignorar os números. Nunca tinha entendido como a minha visão sobre comida era tóxica, mas estou tentando melhorar um pouco a cada dia, me alimentando com o que meu corpo precisa e não com o que *eu acho* que precisa.

JJ finalmente tira os olhos do celular quando coloco o último naan no prato.

— Vocês vão se mudar para cá de vez? — pergunta ele, sem rodeios.

— Cadê o filtro, Johal? Não queria perguntar com jeitinho? — diz Lo com uma risada.

— Sou um homem ocupado. Preciso ir direto ao assunto.

— Eu não sei o que vamos fazer. — Eu suspiro. — Vamos conversar depois que eu voltar do Colorado.

— Bom, tenho certeza de que Hawkins fez todo um discurso e prometeu a vida dele, sei lá, mas só para deixar registrado, eu gosto da ideia de vocês morarem aqui. Meus instintos sobre homens são impecáveis, e eu vou te falar: Aaron é um babaca de marca maior.

A porta abre e os meninos entram, todos suados e cansados.

— Nossa, que cheiro bom — elogia Robbie, se juntando a nós na cozinha e esticando a mão para pegar um naan.

Eu bato na mão dele antes que chegue no prato.

— Paciência.

Depois de uma eternidade batendo nas mãos de homens famintos tentando provar a comida, finalmente monto os pratos e faço todo mundo sentar-se à mesa.

— Está com uma cara ótima, Tasi — diz Henry sem um pingo de sarcasmo.

— Estou muito orgulhoso de você — diz Nate quando se aproxima para beijar minha testa. — O cheiro está uma delícia.

Foda-se o aplicativo de calorias.

Capítulo trinta e quatro

NATHAN

Estou surpreso pelo fato de que a minha namorada — sim, eu posso chamá-la de namorada agora — é a pior companheira de viagem do mundo? Não.

Ela está tão acordada que me sinto enjoado. Estamos no primeiro voo do dia para Washington, ou seja, está escuro lá fora, mas ela está cheia de energia.

Por um lado, é bom vê-la feliz depois do que rolou com Aaron. Por outro lado, acordamos juntos todos os dias, e eu nunca a vi desse jeito antes do almoço, então estou muito confuso. Estou no meu segundo café e ainda sinto aquele enjoo de quando acordo cedo demais.

Ela não está feliz assim porque estamos indo para Seattle; poderíamos estar indo para qualquer lugar. Pelo visto, ela gosta de organizar viagens. Eu adoro a versão mandona de Anastasia: ela é direta e ousada, engraçada pra caralho quando não estou prestando atenção e ela começa a fazer careta. Na cama, quando ela está no comando, *meu Deus*, eu sou muito sortudo. Eu lidaria com a Anastasia Mandona todo dia com muito prazer.

Anastasia Viajante é terrível. Listas. Malditas listas. Nada do que eu faço é confiável: precisamos checar de novo todas as malas porque não sei checar tão bem quanto ela.

Anastasia Viajante me obrigou a usar organizadores de mala, o que quer dizer que passei uma hora jogando Tetris com as minhas roupas. Quando estava na terceira tentativa de fazer tudo caber e falhei mais uma vez, comecei a me livrar das bolsas. Ao sentir que eu estava um tanto frustrado, ela ficou de joelhos, abriu meu cinto e me mostrou o quanto gosta de viajar. Foi o que me impediu de cancelar os voos.

Ao terminar o café, eu me recosto na cadeira de aeroporto e sinto alguém me encarando.

— Você está bem ranzinza hoje — diz ela com uma voz empolgada, comendo a salada de frutas de quinze dólares da lanchonete do aeroporto.

— Cedo. Cansado — resmungo.

— Tadinho dele — responde ela com sarcasmo, rindo e apertando minhas bochechas. — Quer dormir no meu peito no avião?

— É óbvio que eu quero dormir nos seus peitos — resmungo, me aproximando para roubar um pedaço de abacaxi. — Como é que você está tão acordada? E feliz?

— Eu amo aeroportos. Ver as pessoas, me organizar, fazer compras e tal, é demais. Além disso, estou prestes a passar duas semanas recebendo a sua atenção total, como não ficar feliz?

Caramba. Parece que ela sabe o que dizer para me fazer querer casar com ela. Ela me oferece o garfo e me deixa roubar outro pedaço de abacaxi. Eu suspiro e coloco uma mecha de seu cabelo no lugar.

— Você é irritante, mas é fofa.

— Ah, acho que o nosso embarque vai começar! — grita ela. — Vamos!

Ela fica de pé em um pulo, pega suas bolsas com uma das mãos e segura a salada de frutas na outra. É um desastre esperando para acontecer.

— Fica parada — digo para ela, pegando as bolsas e jogando por cima do ombro. Ela me observa pegar as coisas com um sorriso imenso no rosto. — Ok, vamos.

— Sim, capitão.

Assim que o avião decola, eu durmo no meio dos peitos de Tasi. Depois de três horas relaxantes, aterrissamos em Washington em um clima bem mais frio do que o de Los Angeles. Pegamos um táxi, Tasi dá o endereço para o motorista, e partimos.

Vamos ficar apenas dois dias antes de irmos para o Colorado, onde vamos passar o Natal e Ano-novo. Estou morrendo de medo de conhecer os pais dela. Ela fala tão bem deles, e só tenho uma chance para causar uma boa primeira impressão.

Ela liga o celular e fica toda empolgada quando começam a chegar mensagens. Com os nossos dedos entrelaçados, ela leva as costas da minha mão até a boca e enche de beijos.

— Tudo bem, meu amor?

— E se eles não gostarem de mim?

— Eles já gostam de você, Nathan. E se você causar uma péssima primeira impressão, tudo bem, porque a gente só se vê apenas uma vez por ano. Eu gosto de você o suficiente por todos nós.

— Lembra quando você falou, um mês atrás, que dormir na minha cama ia te distrair?

— Sim.

— Eu fico feliz por você ter me deixado te distrair. Obrigado por não me deixar passar o final de ano sozinho.

Ela me lança um sorriso que eu amo. É um sorriso gentil, que faz seus olhos brilharem, e acho que só usa esse comigo.

— Eu acho que você me deu mais do que meras distrações.

Ficamos sentados em silêncio pelo restante da viagem, e eu me sinto calmo até o táxi entrar em uma rua sem saída e parar na frente da casa. Tasi aperta minha mão uma última vez e então sai do carro. Não tem mais volta.

Durante os primeiros quinze minutos, sinto como se fosse desmaiar de tanto nervoso, mas agora posso dizer que Julia e Colin Allen são as pessoas mais acolhedoras que já conheci.

Tem sido intenso, mas de um jeito bom. Já conheço um pouco dos dois graças a Anastasia, mas é bom ouvir eles falarem sobre a família. Uma coisa que não precisam me dizer é o quanto amam a Anastasia, porque ficou claro pelo jeito que olharam para ela assim que abriram a porta e nos viram sair do táxi. Julia demorou uns cinco minutos para soltá-la.

Eles fizeram um tour pela casa comigo antes de guardarmos as malas, e todas as paredes estão cheias de fotos de Tasi. Aniversários, colônias de férias, Natais, todas com uma careta maliciosa.

Uau, nossos filhos vão ser lindos.

Julia me entrega meu terceiro biscoito de gengibre, então se vira para Tasi e limpa a garganta antes de começar:

— Você não me falou que horários reservar no rinque de patinação, querida. Eu não sabia o que fazer...

O clima muda completamente, fica mais frio, ou talvez seja minha imaginação, porque eu sei que patinar é tanto a alegria quanto a tristeza da família.

Eu uso a mão livre para segurar a de Tasi e aperto de leve. Ela segura firme.

— Não tenho planos de patinar no feriado e, hum, se vocês estiverem de acordo, gostaria de não falar sobre patinação enquanto estiver aqui. Fiz algumas sessões com o dr. Andrews mês passado. Ele acha que seria bom se eu encontrasse outros assuntos para conversarmos.

Colin se aproxima, realmente chocado.

— É mesmo?

Ela acena com a cabeça e olha de um para o outro. Julia está tentando conter a surpresa, mas sem sucesso.

— Ajuda com a pressão. Ele acha que é uma boa descansar física *e* emocionalmente. Então não perguntar sobre isso me ajuda. Eu posso avisar vocês quando algo interessante ou novo acontecer.

— Claro, Annie. Só perguntamos porque sabemos o quanto é importante para você. Nós só queremos que você seja feliz, meu amor. Não vamos falar sobre isso, não é, Col? A menos que você queira.

Sinto a tensão sair do corpo de Anastasia, a mão e o corpo inteiro relaxando. Eu mudo de assunto e questiono o apelido dela.

— Annie?

Tasi me olha com uma expressão séria no rosto.

— É, eles me chamam de Annie porque eu era órfã.

Colin cai na gargalhada enquanto Julia fica atônita e cruza os braços.

— Anastasia Rebecca Allen! — retruca ela. — Chamamos você de Annie porque você não sabia escrever Anastasia até os oito anos! — Ela olha para mim e balança a cabeça. — Por favor, não dê ouvidos à minha filha.

Não consigo controlar a risada.

— Não tenho escolha, senhora. Ela pode ser muito assustadora quando quer; meu time de hóquei inteiro tem medo dela.

— Ela sempre foi assim — diz Colin, orgulhoso. — Quando tinha treze anos, um menino da turma dela estava sofrendo bullying de uns garotos mais velhos. O diretor da escola nos chamou porque a Anastasia os fez chorar.

— Humm — murmura Julia. — O que você esqueceu é que ela acabou sendo suspensa por duas semanas porque disse para o diretor que, se ele precisava de que uma adolescente resolvesse os problemas dele, então não deveria ser diretor da escola.

Tasi fica um pouco vermelha, mas disfarça.

— Mas eu não estava errada, né? E eles nunca mais mexeram com o menino.

— Brady me trata mal há semanas e você não me defendeu nenhuma vez — eu provoco.

Ela me cutuca, brincando.

— Eu sou corajosa, mas não tanto assim.

Algumas horas depois de chegarmos, Julia aparece com dois pijamas de Natal — um de rena para mim, outro de boneco de neve para Tasi —, a coisa mais confortável que já vesti na vida. Sinto como se conhecesse Anastasia muito melhor agora que ouvi todas as histórias vergonhosas que seus pais tinham para contar.

Como hoje foi um dia tranquilo, Anastasia sugeriu irmos jantar fora para ninguém ter que cozinhar. Faz horas que ela está se arrumando, então me acomodei na cama com um pacote de salgadinhos gigante que Julia me deu. Meu estômago roncou mais cedo, o que fez com que ela decidisse que me alimentar com tudo que tem na casa seria sua missão especial.

Eu amo ver Tasi se arrumar; ela está fazendo babyliss no cabelo, mecha por mecha. Os dentes dela mordem o lábio inferior quando ela se concentra, prestando atenção em cada cacho. Às vezes ela se aproxima do espelho e a luz bate na sua pele bronzeada; deixo meu olhar passear pela curva da cintura, do quadril...

— Tão gostosa.

Ela olha para mim pelo espelho e sorri.

— Está falando comigo ou com a comida?

— Com você. O salgadinho é bom, mas você é bem melhor. Pode me ajudar a sair da cama?

Ela aperta os olhos e fica com um olhar confuso.

— Por quê? Para você me puxar para a cama assim que eu te der a mão?

— Não — minto. Ela desliga o bastão quente e vem andando devagar até a lateral da cama. — Por que está tão longe? Chega mais perto.

Vejo os cantos da boca dela se levantarem quando ela se aproxima, mas é o suficiente para eu puxá-la para a cama. Ela ri quando meus dedos tocam sua cintura, fazendo cócegas até ela não conseguir mais respirar.

Ela se deita no meu peito, seus cachos fazendo desenhos na minha pele.

— Você precisa começar se arrumar.

Eu sei, mas ela parece tão feliz que não quero perder um minuto disso.

— Podemos passar a semana que vem assim? Mas pelados — eu complemento.

— Bom, você pelada. Eu gostei desse pijama, minhas bolas estão quentinhas.

— Desde que suas bolas estejam quentinhas, *claro*.

— Podemos nos pegar por dez minutos? Eu me arrumo depois — pergunto, mexendo nos cachos dela.

— Não.

— Cinco minutos.

Ela bufa e revira os olhos.

— Pegação vestidos por três minutos, e depois você vai se arrumar.

— Combinado.

Eu errei na hora de negociar o tempo de pegação. O que eu deveria ter negociado era a possibilidade de sair com meu macacão de rena para o restaurante. Depois de uma tarde relaxada, usar camisa social é sufocante.

A única vantagem é que Anastasia está olhando para mim como se quisesse ir muito além de uma pegação.

— Para de olhar para mim como se quisesse me comer — eu murmuro enquanto os pais dela andam à nossa frente, seguindo a hostess.

— Mas eu quero. Acho que são as mangas dobradas. Você está muito gato.

Sinto uma risada subir pela minha garganta, mas não respondo. Mangas dobradas são um clássico do JJ. Ele insiste que é a coisa mais safada que um cara pode fazer e que tem uma taxa de sucesso de cem por cento. Eu odeio que ele tenha razão.

Eu e Anastasia não saímos muito para comer fora porque estávamos focados no novo plano alimentar dela, e parecia um pouco contraprodutivo, sendo que ela estava aprendendo tantas receitas que a faziam feliz.

É óbvio que hoje é uma ocasião especial, já que é a primeira vez no ano que Tasi vem para a casa dos pais, então é bom ver de que tipo de restaurante ela gosta.

É chique demais para vir de pijamas, com certeza. Ambiente tranquilo, luz baixa, romântico. Olho o cardápio, fingindo estar lendo pela primeira vez, sem contar para Julia e Colin que Tasi me fez estudá-lo por quinze minutos antes de sairmos.

Todo aquele trabalho, e ela ainda não sabe o que vai escolher. Eu me aproximo e olho para o menu dela.

— O que você vai querer?

— Não sei — diz ela, confirmando minha suspeita e mastigando a parte interna da bochecha enquanto lê o outro lado do cardápio.

— Quais são as opções?

— Ravióli de caranguejo ou pizza de frango. Eu meio que quero o ravióli na pizza. Muito estranho?

Os pais dela ouvem e olham para nós por cima dos cardápios, então dizem ao mesmo tempo:

— Sim.

— Que tal eu pedir a pizza e você, o ravióli? Podemos trocar se você se arrepender.

Ela coloca o cardápio na mesa, olha para mim e tem *algo* em seus olhos.

— Eu já disse que você é meu ser humano favorito hoje?

— Boa no... Ah, oi, pessoal.

Eu tiro meu olhar de Tasi, olho para o garçom que chegou na nossa mesa. Ele parece familiar, apesar de eu nunca ter vindo aqui.

Eu olho para Tasi buscando uma explicação, pois está na cara que ela o conhece pela sua expressão desconfortável. Julia se levanta da mesa, se inclina para a frente e beija o rapaz na bochecha.

— James! — diz ela, feliz. — Que bom ver você, querido. Não sabia que você trabalhava aqui.

É engraçado ver Julia forçar um sorriso porque é exatamente o mesmo sorriso forçado de Tasi — terrível. Assim que ela fala "James", eu lembro quem ele é. Eu olhei para fotos dele o dia todo, uma versão mais nova, mas o mesmo rosto e cabelo loiro.

James era o parceiro de patinação de Tasi antes da faculdade. Ele também foi seu primeiro namorado, primeiro amor, primeiro tudo.

Ótimo. Que bom que ele está aqui.

Colin aperta a mão de James, e ambos parecem tão desconfortáveis quanto eu.

— Estou aqui por algumas semanas enquanto passo o fim de ano em casa. — Os olhos dele passam por mim e param na mulher ao meu lado, que ainda não disse nada. — Que bom te ver, Tasi.

Ouvir seu nome a tira do transe.

— Digo o mesmo, James. Esse é Nathan, meu namorado. Nate, esse é James. Ele era meu parceiro de patinação até eu ir para Maple Hills.

Namorado.

É a primeira vez que a escuto dizer isso, e ela disse com tanta confiança. Eu realmente não esperava por essa.

Não está na hora de surtar, Hawkins.

Eu estico a mão para cumprimentá-lo, formal demais, mas é o que Colin fez, então vou fazer o mesmo.

— Prazer em te conhecer.

— Igualmente — diz ele, não conseguindo evitar que um climão paire no ar. — O que vocês vão querer?

Depois de anotar nossos pedidos, meu novo amigo James some e, quando as bebidas chegam, é outra pessoa que vem nos servir.

A comida está deliciosa, a conversa é boa, e não sei explicar o quanto essa cena seria diferente se fosse Tasi conhecendo meu pai. O que me deixa muito feliz por voltarmos para Los Angeles antes de ele voltar das férias.

Limpo a boca com o guardanapo e uso a coragem que passei os últimos cinco minutos juntando.

— Eu gostaria de me oferecer para pagar pelo jantar, como um agradecimento por me receberem tão bem na sua casa. — Colin abre a boca, mas eu continuo antes que ele diga algo. — E eu sei que vai dizer que não, mas saiba que não tenho problema algum em fingir ir ao banheiro e pagar escondido. Eu tive um dia maravilhoso com vocês e gostaria de agradecer pagando a conta.

— Ah, pai, deixa ele — resmunga Anastasia. — Sério, ele é tão teimoso que vai passar horas discutindo com vocês.

Todos olhamos para ela, nossas cabeças se movem em câmera lenta e estamos com a mesma expressão de choque.

— Espera aí, *eu* sou teimoso?

Ela entrelaça os dedos nos meus na mão apoiada na mesa, e sua risada é leve e melódica. Seus olhos estão brilhando, e ela está tentando segurar o sorriso. Ela é hipnotizante.

— Óbvio.

Cacete. Eu estou apaixonado por essa mulher.

Capítulo trinta e cinco

ANASTASIA

— A gente já chegou?

— Eu juro por Deus que vou te largar neste aeroporto — resmunga Nate, que me dá um tapa na bunda e ri quando o barulho faz um casal idoso se virar e olhar para nós, e eu sinto minhas bochechas corarem.

Estamos correndo para pegar nossa conexão para Denver, e Nate está mais feliz do que nunca depois do nosso voo matinal vindo de Seattle. Eu não esperava ficar triste por ir embora de Seattle, mas fiquei. Ainda estou.

O jeito como meus pais reagiram quando eu disse que queria sair para jantar, não patinar, e cozinhar para eles, mostra o quão radical eu fui nas minhas últimas visitas. Deixar tudo isso para lá, mesmo que apenas durante os dois dias que passamos em casa, fez eu me sentir muito melhor do que qualquer sessão de terapia. Quando fomos embora essa manhã, prometi que voltaria em breve e falei sério.

Ontem passei o dia inteiro sendo guia turística, apresentando a cidade para Nate até nossos narizes congelarem e não conseguirmos mais tomar chocolate quente.

Estou morando há tempo demais em Los Angeles, porque sinto a diferença de temperatura. Nathan brincou que eu ia ficar em choque quando chegássemos na casa dele, e que eu ia aprender o que é frio de verdade. Ele prometeu que pelo menos noventa por cento do nosso tempo lá seria na frente da lareira, então vou conseguir lidar com os outros dez por cento.

Eu amei planejar os passeios, e estávamos realmente cansados quando chegamos em casa. Ver Nathan ser o homem charmoso e carismático que eu conheço, ver meus pais o conhecerem, foi um sonho. Sem falar que vê-lo enfiar seu corpo de quase dois metros em um pijaminha de rena foi um ponto alto do meu ano.

Em boa parte da viagem, eu fiquei observando Nathan, o que é fácil porque ele é tão lindo.

Ele passou horas ontem à noite conversando sobre hóquei com meu pai, contando sobre como vai entrar para o time de Vancouver no verão quando se formar, e meu pai ficou realmente impressionado.

— Mal posso esperar para ver você jogar. Veja bem, não prometo que vou virar casaca, mas se você ganhar a Copa Stanley, quem sabe? — ele brincou.

Foi uma mistura bizarra de sentimentos para Nathan, acho. Tudo que ele sempre quis foi ter um pai que demonstrasse interesse na carreira dele, e alguém que era um estranho quarenta e oito horas atrás está realmente dedicado a conhecê-lo melhor.

Fora o hóquei, talvez minha mãe esteja apaixonada pelo meu namorado, o que me deixa feliz, mas um pouco assustada pelo meu pai. Eu me ofereci para cozinhar biryani para o jantar, tentando ajudar, mas também para mostrar minhas novas habilidades na cozinha. Ela me encarou, chocada.

— O que foi? — perguntei.

— Nada, querida — respondeu ela, segurando as lágrimas. — Estou orgulhosa de você. Você está em casa, feliz, saudável. Você tem um namorado maravilhoso. Eu sou sua mãe e tenho o direito de ficar emocionada de ver minha filha indo tão bem.

Ela queria saber de tudo, como nos conhecemos, como ficamos juntos e eu, hum, tive que dar uma disfarçada. Infelizmente, é impossível falar sobre nós dois sem falar sobre Aaron.

— Aquele merdinha — disse ela enquanto cortava cheiro verde agressivamente. — Espera só até eu vê-lo.

O acidente e nossa briga não foram a parte difícil: ela reclamou e revirou os olhos algumas vezes por saber exatamente como Aaron é. Foi quando cheguei na parte da briga com Henry que começou a complicar.

— Ele disse... — eu parei, me perguntando se era algo que eu ia conseguir dizer em voz alta. Suspirei e tirei a faca da mão dela. — Ele disse que ninguém poderia me amar, já que nem meus pais biológicos conseguiram fazer isso.

Minha mãe arregalou os olhos, o rosto ficou pálido e ela se segurou na bancada da cozinha.

— Como se não fosse ruim o bastante, ele disse que vocês me queriam apenas pelos meus troféus.

Eu não demonstrei emoções na fala, usei tudo o que tinha quando chorei no peito de Nate semana passada. Mas ver o rosto da minha mãe horrorizado me deu vontade de chorar.

— Não — disse ela, e sua voz era quase um sussurro. Eu assenti e deixei ela me abraçar tão forte que fiquei sem ar. Ela enfiou o rosto no meu cabelo e se engasgou com as próprias palavras. — Como alguém pode pensar isso? Como? Por quê? Qual é o problema dele?

— Ele machuca as pessoas quando está sofrendo — expliquei com um suspiro, me soltando dela com certa dificuldade. Ela apertou meu rosto com as mãos e beijou minha testa. — Não diga nada. Não precisa.

— Preciso, sim. Você é a melhor coisa que já aconteceu com a gente, Anastasia. A melhor. O seu talento é só um extra que te torna ainda mais especial, mas eu te amava antes de você calçar seus primeiros patins.

— Eu sei. — Não era mentira. Por trás de toda insegurança e pressão própria, eu sei que meus pais me amam. Eles não lidaram com todo o problemático sistema de adoção dos Estados Unidos na esperança de conseguir uma criança com aptidão para esportes. Eles queriam aumentar a família.

— O que você vai fazer com relação a ele? — perguntou ela.

A pergunta impossível de responder.

Com razão, Nate quer me proteger e se recusa a deixar Aaron sequer olhar para mim de novo. Lola apoia esse plano. Mas a verdade é que não tenho muita escolha: ele é meu parceiro.

Eu estava esperando que ele viesse falar comigo depois da briga, mas nada. Lola me disse que ele foi pra Chicago e só voltaria depois da virada do ano, e eu sei que passar o feriado com os pais só vai deixá-lo mais estressado.

Estou aceitando aos poucos que minha amizade com Aaron chegou ao seu limite. Não posso mais ser o capacho em que um homem triste despeja toda a sua mágoa quando quer, sem nunca tentar melhorar.

Aaron é absurdamente privilegiado e tem todos os recursos do mundo à sua disposição. Estou ansiosa para ele usar esses recursos, se tornar o homem que sei que pode ser por baixo de toda a insegurança e raiva, mas ele está se afastando cada vez mais disso.

Me dói admitir isso — mas estou *desistindo* dele.

Ou vai ser assim que ele vai encarar isso.

Eu conseguia lidar com seu humor difícil e suas tentativas sutis de me controlar. Mas o tempo que passamos rindo em casa ou sorrindo quando acertamos um movimento no gelo não é mais suficiente para compensar isso. Nunca seria suficiente, quando eu não posso confiar que ele não falaria mal de mim pelas costas.

Apesar de todas as emoções, e a voz na minha cabeça gritar *separa logo*, eu não posso ser uma patinadora de duplas sem um parceiro. Eu preciso começar a pensar nisso como uma relação profissional.

Colegas de trabalho.

É óbvio que Nathan odeia isso, mas isso não tem a ver com seus sentimentos ou seu conforto. Eu entendo, de verdade. O jeito como Nathan se importa comigo me dá uma sensação estranha e gostosa no estômago — coisa que sempre achei que era mentira.

Ele me trata com carinho e respeito, e sempre torce por mim. Estou chamando ele de namorado, pelo amor de Deus, uma palavra que antes me causava pânico, mas agora me deixa feliz. Somos inseparáveis e estamos felizes.

O que ele está esquecendo é que vai embora no verão, vai se mudar para outro país, então precisa aceitar que terei que lidar com Aaron sozinha.

Não é normal que eu e Nate moremos juntos, apesar de amarmos isso. Eu sempre amei morar com Lo e Aaron, e gostaria de voltar ao ponto em que Aaron e eu conseguíamos coexistir, ainda que não sejamos mais melhores amigos. Eu nem falo mais sobre isso porque Nathan odeia a ideia de eu voltar a morar na Maple Tower.

Em resumo, se for algo relacionado a Aaron, Nathan odeia, mas é bom que ele seja consistente. Ele não tem os mesmos medos que eu; nem questiona se nos damos bem apenas porque passamos o dia inteiro juntos, e se, quando ele se mudar, nosso relacionamento vai durar.

Eu espero que sim. Preciso que dure. Ir de inimigos para amigos para um casal em três meses foi inesperado. Mas, apesar de tudo, estou apaixonada por esse homem.

— A gente já chegou?

Nate aperta a ponte do nariz e respira fundo. Ele não está me achando engraçada, mas quanto mais irritado fica, mais engraçado eu acho.

Eu sou JJ, no fim das contas?

Ele abaixa a cabeça e esfrega o nariz no meu. Eu sinto sua respiração quente na pele, os lábios perto dos meus e, por um segundo, perco os sentidos.

— Assim que ficarmos a sós — ele aponta com a cabeça para o motorista, que está quieto no banco da frente —, eu vou te dar um tapa para cada vez que você me perguntou isso.

Eu perco o ar, um meio-termo entre uma risada e um suspiro, e ele me beija e me faz derreter. Ao nos afastarmos, ele encosta a testa na minha.

— Não faça promessas assim, Hawkins.

Ele se afasta, e seus olhos castanhos encontram os meus, e naquela hora eu sei. Eu sei que fiz a coisa certa em passar o fim de ano com ele.

— Você é tão safada às vezes.

— Estamos quase lá, então?

Ele entrelaça os dedos nos meus sobre o meu colo e olha pela janela.

— Dois minutos. Essa contou, viu?

— Eu estava torcendo para isso.

Foram os dois minutos mais longos da minha vida, mas finalmente chegamos na frente de um grande portão. Estou tentando não ser impaciente; estou mais preocupada em não tentar demonstrar como estou nervosa, porque sei que é besteira. A casa está vazia; por que estaria nervosa com uma casa vazia?

Uma casa, não.

Mansão. Uma mansão gigantesca, com uma entrada de carros imensa que leva até a porta. Eu não percebo que estou de boca aberta até Nate tocar no meu queixo, rindo, e fechá-lo.

— Você é rico de verdade — digo baixinho, sem falar com ele, só digerindo.

Eu sabia que a família de Nate era rica, mas nunca percebi que seria *tanto*. O carro para na frente da porta, que é tão grande que parece ter sido feita para gigantes.

— *Meu pai* é rico de verdade.

Quando pegamos nossas malas, fica tudo meio confuso e ele me guia para dentro. Nathan me conduz para o meio da sala.

— Vai bisbilhotar, eu sei que é isso que você quer.

Ele tem razão.

— Estou com medo de me perder. Pode me dar um tour da casa?

Largamos as malas na porta, ele me guia pela porta e chegamos na cozinha.

— Essa é a cozinha.

— Bom, eu não vi o fogão e achei que era um quarto. — Eu nem terminei de revirar os olhos quando ele tenta me pegar. Corro para o outro lado da ilha da cozinha, morrendo de rir enquanto fujo dele, e Nathan faz uma careta e balança a cabeça.

— Você é irritante pra caralho — diz ele, grunhindo.

— E você é tão devagar. Deveria dar um jeito nisso.

O resto do meu tour passa rápido porque tudo o que eu faço é sair correndo pelos cômodos, rindo enquanto Nathan tenta me pegar. Eu sei que ele está me deixando fugir, pois cada passo dele equivale a dois meus, mas isso é bem mais divertido.

Eu processo vagamente o pé-direito alto e a luz natural. Blá-blá-blá. Todas as coisas que você deveria comentar quando está em uma casa linda. O que estou realmente pensando é em como esses arcos gigantes são úteis para me ajudar a escapar.

Subo correndo a escada circular, uma escada que deveria existir apenas em entradas de bailes de gala, e Nate me guia sorrateiramente para um quarto específico.

Sem fôlego, me divertindo, e pronta para admitir a derrota, eu abro a porta e — que surpresa — percebo que é o quarto dele. Eu paro no batente da porta, ele me abraça por trás, me carrega e me joga na cama.

Ao se jogar ao meu lado, ele rola por cima de mim.

— O que achou do tour?

— Acho que preciso fazer mais aeróbico.

Eu sinto uma risada se formar em seu peito em cima de mim, e as mãos dele tiram o cabelo do meu rosto.

— Eu estava nervoso de te trazer aqui.

— Por quê?

— Não é como a sua casa. Não tem fotos, só troféus, e vai ver que são da Sasha, e tudo é um pouco... Sei lá. Frio.

Por mais que tenha passado rapidamente pelos cômodos, foi difícil não reparar em como a casa parecia fria. Porra, nem tem decorações de Natal.

Eu sei que o pai dele é um babaca, Nate deixou isso bem claro. Mas ele sabia que o filho estava indo para casa sozinho e nem montou uma árvore de Natal? E Sasha, que mora aqui? E se eu tivesse ficado em Washington ou na Califórnia? Ele ficaria nesta casa imensa, sozinho.

Sinto um nó na garganta e tento engolir, mas não consigo.

Ele arregala os olhos e congela.

— O que foi?

— Sinto muito. — Começo a chorar e me sento. — Eu não quero chorar toda hora, mas... Porra. Eu não consigo não pensar em como seria se você ficasse aqui sozinho. Estou muito feliz de estar aqui contigo.

— Eu também.

Capítulo trinta e seis

NATHAN

Quando é a hora certa de dizer "eu te amo" para alguém?

Me apaixonar é algo que eu não esperava fazer este ano. Eu nunca me apaixonei, e não sei como dizer sem fazer ela sair correndo. Ela só disse a palavra *namorado* em voz alta uma vez há poucos dias, e agora, de repente, estou pensando em soltar essas três palavras? Devo estar louco.

Mas não consigo evitar, está na ponta da língua.

Minha ansiedade deve vir da série de desventuras que nos trouxeram até onde estamos agora — uma situação muito boa —, algo que não acontece com frequência. Me sinto sortudo. É a única palavra que parece apropriada, porque as coisas poderiam ter sido bem diferentes.

Eu poderia falar sobre a beleza dela por horas. Descrever cada sarda, cada linha e centímetro do corpo dela. Anastasia é como o sol, uma beleza quente e ofuscante. Mas, para falar a verdade, não é isso que faz ela ser minha parceira.

Sou apaixonado por sua ambição e compromisso, seu lado gentil, e como ela me diz exatamente o que está sentindo e por quê, sem se importar se é difícil no começo.

Ela me ensinou que me comunicar não quer dizer que tudo está perfeito, não quer dizer que não discordamos. Quer dizer que lidamos juntos com o que é imperfeito, e se não concordarmos, pelo menos sabemos o motivo de o outro se sentir assim, mesmo que isso não mude a nossa opinião. Ainda somos indivíduos, mas somos indivíduos juntos, e eu nunca soube que relacionamentos poderiam ser assim.

Acima de tudo, ela se preocupa comigo e com a minha felicidade. Ela me faz estudar, me estimula a falar sobre minha mãe. Eu poderia ficar aqui e listar todas as coisas que ela faz que me fazem ser uma pessoa melhor. Ela é minha melhor amiga.

Eu preciso parar de esperar que as coisas deem errado porque sei que as coisas não precisam ser perfeitas, e nós dois somos teimosos e cabeças-duras o bastante para resolver o que não está funcionando.

Parece cedo demais para dizer esse tipo de coisa. *Porra*, parece muito cedo para estar apaixonado. Três meses e meio não é muito tempo, mas depois de termos passado tanto tempo juntos, acho que consigo dizer isso com confiança.

Eu deveria só dizer.

Eu me afasto dos meus próprios pensamentos e faço um carinho na bochecha dela.

— Podemos ir comprar algumas decorações de Natal se quiser. Podemos ir agora.

— Não é isso. Eu não me importo. Só odeio imaginar que você teria chegado sozinho, e seu pai nem se deu ao trabalho de montar uma árvore de Natal para você. Ou para Sasha! Coitada dela.

— Eles nunca estão aqui. Estão sempre no resort — explico. — Não me importo, juro. Mas podemos ir comprar uma árvore de Natal se quiser. Eu nem pensei nisso. Sei que não é como na casa dos seus pais. Eu deveria ter te preparado. Desculpa.

— Não, não. Por favor, não pede desculpa pra mim. *Eu* sinto muito. Vou melhorar, juro. — Ela força um sorriso e ri quando faço uma careta. Tasi sai de cima de mim e se joga no colchão. — Meu Deus. — Ela geme, e meu pau reage. — Essa cama é muito boa. É quente! Como ela é quente assim?

— Eu pedi pra Betty colocar o cobertor aquecido quando viesse deixar a comida.

— Betty é sua outra namorada? — Ela levanta a perna no ar, puxa a bota e a joga para longe.

— Betty é a governanta. Ela tem uns cem anos e sempre trabalhou para a minha família — digo enquanto assisto Tasi tentar tirar a outra bota com muita dificuldade. — Ela se recusa a se aposentar e faz o melhor purê de batata do mundo. Ela é ótima, você vai gostar dela. Mas não vamos vê-la. Eu disse para ela tirar férias e passar um tempo com a fam... Precisa de ajuda?

Ela para de tentar tirar o moletom que ficou preso no cabelo e relógio dela. Tasi me olha por cima do braço.

— Estava tentando tirar a roupa pra te seduzir, mas, *caramba*, é difícil tirar a roupa com esse clima. Eu deveria ter abaixado um pouco minhas calças e ficado de quatro.

Ela continua a balançar até se libertar, mas ainda tem outra camada por baixo. Eu tiro as botas e abaixo o zíper, sem querer ficar para trás. O maior problema de estar nas montanhas é que a gente demora para ficar pelado. Eu fiz Anastasia vestir várias camadas hoje de manhã antes de viajarmos, achando que a primeira coisa que ela iria querer fazer quando chegasse aqui era ir ao lago, mas acho que isso nem passou pela mente dela.

— Pronto! — grita ela, sem fôlego, mas com um sorriso no rosto. — Ganhei.

Só Anastasia Allen conseguiria tornar o processo de tirar a roupa para transar em uma competição, e depois se autodeclarar a vencedora. Ela sobe na cama, se encosta na cabeceira e me observa com um sorriso malicioso no rosto.

Eu finalmente tiro a cueca e me aproximo dela, parando quando seu pé para no meio do meu peito. Me sento nos meus calcanhares, pego o pé dela e mordo o calcanhar enquanto ela ri.

— Qual é o prêmio?

Ela pula quando meus dentes tocam sua pele e aperta os lábios enquanto finge pensar.

— Hum. Meu prêmio pode ser você? — murmura ela, e seus olhos brilham quando eu concordo. — Eu quero ver você se tocar.

Quase me engasgo.

Ela puxa o pé e o coloca na cama, me dando uma visão perfeita da sua boceta rosa e molhada. Eu poderia passar horas tentando prever o que Anastasia vai fazer ou dizer em seguida, e nunca conseguiria adivinhar.

— Não me olha assim — digo, me inclinando para ficar em cima dela. — Me encarando com esses olhos grandes como se não tivesse me pedido para assistir enquanto eu bato uma.

Ela ergue o queixo e sua boca procura a minha. Ela tem um cheiro muito bom. Como é possível ela cheirar tão bem assim? Doce, deliciosa e enlouquecedora. Puxo o corpo dela para mim, giro na cama até ficarmos de costas e a coloco em cima de mim. Já estou duro; como não ficar depois do que ela disse? Ela se move para pegar em mim, mas eu seguro seu pulso.

— Mãos nas costas, Allen.

Ela não sabe para onde olhar quando seus olhos vão do meu rosto para meu estômago, e então para a mão tocando meu pau. Eu gemo o nome dela, me deliciando com a surpresa no rosto dela, que logo muda para algo mais intenso.

Os quadris dela se mexem, procurando alguma fricção que não vai achar com as pernas abertas sobre as minhas coxas, e ela rebola enquanto seus olhos acompanham minha mão subindo e descendo.

— Você é tão gostoso — diz ela com a voz rouca e intensa. — Deixa eu te tocar, por favor.

— Mas eu estou te dando o que você queria. — Uso a mão livre para mexer nos mamilos dela, e o gemido que ela solta é uma mistura de satisfação e frustração. Quanto mais rápido eu me toco, mais prazer começa a subir pelo meu corpo, em ondas cada vez mais intensas.

Ela ergue as sobrancelhas, curiosa, enquanto se afasta de mim. Ela apoia a mão ao lado do meu quadril, se abaixa e trava o olhar no meu. Ela se inclina para a frente, próxima, mas sem tocar em mim.

— O que você está fazendo? — pergunto, desacelerando o movimento.

— E se eu não usar as mãos? Posso te tocar assim?

— Abre a boca, amor.

Alguém poderia dizer que estou no controle da situação, mas estaria errado. Eu a observo, hipnotizado, enquanto ela lambe e beija a base do meu pau até quase chegar na ponta, parando para me ver perder o fôlego, desesperado para ela me colocar na boca e tocar sua língua quente e molhada.

Ela não faz isso. Sinto seu hálito quente na ponta; ela está tão perto, mas beija e lambe até chegar nas minhas bolas e chupa de leve.

Solto o ar que estava segurando e passo a mão pelo cabelo dela quando sua língua dá a volta em mim.

— Caralho, você é uma delícia.

Ela continua a me provocar, tocando em tudo menos na ponta que está pulsando e brilhando com um pouco de gozo. Eu sei que ela vai continuar até eu estar pronto para implorar.

Estou pronto para implorar.

Ela olha mais uma vez para minha expressão de desespero e sorri, parecendo muito feliz consigo mesma, e sinto vontade de meter nela até ela tirar essa expressão do rosto.

Lentamente — bem lentamente —, ela me coloca na boca, e não consigo não erguer os quadris para acelerar o processo. Um *humm* vibra no meu pau, e ela fica com as bochechas côncavas, chupando como se fosse sugar minha alma.

Puta merda.

Juntando seu cabelo, eu o prendo entre os dedos como um rabo de cavalo e seguro firme, movimentando em sincronia com a cabeça dela, para cima e para baixo.

As unhas dela arranham a parte interna das minhas coxas, me fazendo arquear meu quadril e bater no fundo da garganta dela. Por um segundo eu me preocupo que possa estar pegando pesado demais com ela, até ver seus olhos marejados me olhando por baixo dos cílios grossos, e mesmo quando está se engasgando com meu pau, ela parece tão convencida. Então continuo a meter, fundo e forte, enquanto ela geme de novo e nos movemos em sincronia.

Não diz "eu te amo" enquanto ela está te chupando, seu imbecil.

Meu corpo inteiro treme.

— Meu bem, eu vou gozar.

O gemido de aprovação dela me dá um arrepio e ela acelera, mais forte e rápido, até meu sangue pegar fogo e me consumir por dentro.

Caceeeeete, é a única coisa que consigo dizer quando gozo na garganta dela.

Desnorteado e um pouco tonto, fico vendo ela sentar e limpar o canto da boca com um polegar e chupar o dedo. Meu estômago faz barulho quando tento voltar para meu próprio corpo. Nós transamos muito, mas estou sempre muito ansioso para entrar nela, e, entretanto, isso… isso foi…

Meu Deus. Talvez eu tenha que pedir ela em casamento.

Puxo seu corpo para perto do meu. Ela se joga no meu peito e solta um gritinho de felicidade antes de ir para o lado e jogar uma perna por cima da minha barriga. Eu beijo sua testa, a abraço e depois dou um tapa na bunda dela, que a faz soltar mais um grito.

— O que foi isso?

— Quantas vezes você perguntou "a gente já chegou?", hein? Seus atos têm consequências, Anastasia.

— É por isso?

— Uhum. — Sorrio e bato de novo.

Ela se mexe para ficar de barriga para baixo e levanta um pouco a bunda, e a marca da minha mão brilha. Ela vira a cabeça para me olhar, e as bochechas ficam igualmente vermelhas.

— A gente já chegou, Nathan?

Uma das vantagens de ter a casa inteira para nós dois é poder andar pelados.

Eu deixo Anastasia dormindo tranquilamente na cama enquanto procuro comida na geladeira. Pego uma caixa de suco de laranja e paro na janela que vai do chão ao teto, observando o lago congelado nos fundos da casa.

Só se vê a neve branca por quilômetros, brilhante e impecável, o que deixa bem claro onde o lago termina e o chão começa. Mas eu já sei disso; eu conheço o lugar como a palma da minha mão. Passei muito tempo ali ao longo dos anos.

Um corpo quente se enrola por trás de mim, e lábios beijam o meio das minhas costas. Ela dá a volta, pega a caixa de suco e leva à boca, então se apoia em mim para ambos olharmos para fora.

— É lindo — sussurra.

— Não tanto quanto você.

— Você é cafona.

— Talvez. Mas é verdade.

Capítulo trinta e sete
ANASTASIA

Eu sinto um desejo quase incontrolável de dizer que eu o amo toda vez que ele olha para mim, e não sei como parar.

Estou com medo de deixar isso escapar e acabar estourando a bolha de felicidade em que estamos vivendo.

Tenho certeza de que todo novo relacionamento começa com você achando que seu parceiro é perfeito, mas o meu é. Ele é atencioso e carinhoso, me valoriza e faz o que pode para me fazer feliz. Não de um jeito materialista ou exagerado, e sim ficando ao meu lado e tentando fazer minha vida melhor. Não imagino que existam muitos homens, ainda mais na faculdade, que vão ver as piores partes de você e ainda assim te querer.

A ironia é que, se eu lhe dissesse isso, ele me diria que não tenho partes ruins.

Mas eu tenho, e sinto como se elas estivessem expostas e sendo jogadas na minha cara há semanas, como uma forma de me destruir. Estar aqui com Nathan, longe de todo mundo, faz eu sentir que posso finalmente respirar, segura de que não vou ser atacada de novo. Uma parte de mim não quer voltar para Los Angeles, mas, de certa forma, acho que a bolha vai estourar assim que o pai de Nate — meu novo arqui-inimigo — chegar em casa.

Não consigo imaginar como deve ter sido crescer assim. Olhar para os jardins pela janela da cozinha com Nate me deixou sem palavras. O terreno estava coberto de neve, mas ainda dava para ver como é grande.

Por mais incrível que seja, também parece muito vazio, e eu faria qualquer coisa para ver uma foto de bebê de Nathan. *Qualquer coisa.*

O resort de esqui está na família dele há gerações, passado de pai para filho. Nate prefere ser chamado de Nate ou Nathan, mas seu nome completo é Nathaniel, em homenagem ao avô de muitas gerações atrás que fundou o resort.

Nate não tem interesse em assumir a empresa; ele odeia que esse fardo esteja sendo jogado sobre ele porque é homem e questiona por que ele iria querer uma estação de esqui, sendo que a irmã é um prodígio no esporte? Ele resmungou algo sobre patriarcado e voltou a fazer o que estava fazendo antes.

O resort fica a apenas quinze minutos daqui, e consigo ver o topo dos prédios da janela do quarto dele. Nate disse que não posso esquiar durante a viagem porque nunca fiz isso. Ele não quer arriscar que eu me machuque quando existe a *possibilidade* de haver uma competição mês que vem. Ele disse que podemos voltar em outro momento, e ele vai me levar na pista de iniciante, onde ficam as crianças.

É bom ouvir ele falar sobre planos pro futuro, e posso fingir que não sei por quê, mas não adianta mais negar. Tudo que ele diz me faz derreter, e na maior parte do tempo não sei como reagir, então eu o beijo, depois as coisas esquentam e, quando dou por mim, estou gritando o nome dele e vendo estrelas.

O pau de Nathan tem uma menção honrosa nessa lista de benefícios. A boca dele também, e os dedos. Eu já mencionei o corpo dele? E o rosto.

Nossa, eu deveria dizer tudo isso pra ele e depois dizer que o amo e depois encontrar um lugar nesta casa imensa para me esconder.

Eu poderia me esconder por dois dias até ele me encontrar.

— Você tem interesse em se vestir?

Eu não respondo na hora, fingindo que estou pensando no assunto, que não tenho certeza de que a resposta é *nem um pouco*.

— O problema não é me vestir. É saber que vou ter que tirar a roupa depois.

— Se eu prometer tirar a sua roupa mais tarde, pode se vestir e vir comigo?

Eu dou o dedo mindinho para ele, fazendo uma promessa.

— Só porque você prometeu.

Me vestir é muito mais fácil do que tirar a roupa e, dez minutos depois, Nate está me arrastando para o quintal com patins nas mãos.

— Não acredito que essa é a primeira vez que vai fazer isso.

Quando Nathan disse que poderíamos patinar no lago congelado no quintal, achei que ele estava exagerando, que iríamos patinar em um laguinho, mas eu deveria aprender a não subestimá-lo, porque isso não é um laguinho.

Não sei onde termina porque a água parece formar pequenos riachos no meio das árvores. Nate mexe no celular até "Clair de lune" começar a tocar, então me lança um sorriso que me faz derreter.

— Dança comigo?

Praticamos a minha coreografia até meu corpo doer e eu não conseguir ver mais nada além do ar na minha frente. É diferente e refrescante estar em um espaço aberto enquanto patinamos, mas falta alguma coisa. Eu fico pensando no que pode ser, então saco qual é a resposta.

Brady. Não tem ninguém gritando com a gente.

— Espera aqui — diz ele, patinando até a casa de novo. Ele reaparece logo em seguida, segurando dois tacos de hóquei e um minigol. — Vamos usar toda essa raiva que você tem de um jeito produtivo, Allen.

Eu não esperava descobrir que sou péssima jogando hóquei nesta viagem, ainda mais considerando a minha companhia aqui.

Não estou acostumada a ser ruim nas coisas, ainda mais sobre o gelo.

— Pare de fazer bico — ele me provoca e enfia a cabeça no meu pescoço, a boca quente contra o vento gelado.

Eu não paro de fazer bico, nem quando ele me deixa fazer dois gols.

— Você não sabe perder, Tasi.

— Você é um jogador de hóquei da Primeira Divisão! E você é imenso, e tapa o gol inteiro! — grito mais alto do que a risada dele.

Ele patina para perto de mim e gruda nas minhas costas, segura o taco comigo e encosta a bochecha rosada ao lado da minha.

— Prática leva à perfeição, Anastasia — sussurra ele, batendo o disco que vai ao fundo da rede.

Ok, isso me deixou excitada.

— Vamos entrar; vai escurecer daqui a pouco, e dá pra ver que você está ficando irritada de fome. — Ele beija minha têmpora e pega o taco da minha mão.

— Estou começando a achar que você me conhece bem demais, Hawkins — suspiro enquanto giro para abraçá-lo. — Eu acho que vou ficar com a patinação mesmo.

O rosto dele está corado por causa do frio, a ponta do nariz vermelha, os olhos brilhantes. Eu amo vê-lo na casa onde cresceu, sorrindo, me ensinando algo que ele ama.

Ele se aproxima para beijar o topo da minha cabeça coberta por uma touca.

— Claro que te conheço bem, Anastasia. Você é minha matéria favorita.

NATE INSISTIU QUE QUERIA fazer o jantar, então não tenho nada para fazer além de me sentar na frente da lareira, vestindo meu pijama de boneco de neve, bebendo um vinho chique da adega.

Depois de jantar e ficarmos no sofá assistindo a *Esqueceram de mim 2*, percebo que estou um pouco bêbada. Um pouco é bom, um pouco é divertido, e quer dizer que meu rolo da câmera está cheio de fotos espontâneas de Nathan andando por aí com o pijama de rena, e eu não consigo parar de rir.

Quando eu fico realmente bêbada é que temos um problema, porque me torno absurdamente melosa, e tem um risco real da Tasi Bêbada confessar seus sentimentos. E, sim, eu consigo ver a ironia de sempre estar encorajando as pessoas a se comunicarem e compartilharem, mas não conseguir dizer para o meu namorado que eu o amo.

Nathan bebe sua cerveja, erguendo um pouco mais a garrafa, e eu o observo como uma stalker. Ele deve sentir que estou olhando, porque olha de volta para mim com os olhos arregalados, depois volta a assistir ao filme. O cabelo dele está mais comprido agora, e começou a ter alguns cachos se formando na nuca. É tão lin…

— Por que você está me encarando? — resmunga ele, e me puxa para perto de si.

A proximidade é mais intoxicante do que o vinho. Ele tem um cheiro muito bom. Incrível e maravilhosamente bom.

— Anastasia?

Eu suspiro e tomo um gole do meu vinho, prolongando o silêncio. Como posso dizer o que estou pensando sem parecer que estou obcecada pelo assunto? Eu estou sim um pouco obcecada, mas ele não pode saber disso.

— É que você é tão lindo, Nathan. Às vezes é muito difícil me concentrar em *qualquer coisa* quando você está por perto sendo lindo desse jeito.

Ele arregala os olhos ao ouvir minha confissão e suas bochechas ficam um pouco vermelhas. *Ai, meu Deus,* acho que deixei ele com vergonha. Eu deveria me sentir mais envergonhada do que estou, mas ver o sangue correr para as bochechas dele enquanto ele evita contato visual e coça o queixo é bom demais.

— Ah — responde ao segurar minha mão livre e levá-la até os lábios. — Digo o mesmo, Allen.

O filme termina e ele muda o canal para um programa de esportes, se esticando no sofá até ficar na horizontal e passando um braço sobre meus ombros para eu me aconchegar nele. Sinto um frio no estômago quando olho para ele, tão relaxado e feliz. Isso parece uma prévia do meu futuro, ficar agarradinhos assistindo a um jogo de hóquei e bebendo vinho em uma casa cercada de neve.

— Você já pensou em voltar a morar no Colorado? — pergunto.

— Não.

— Por que você odeia tanto o seu pai? — *Meu Deus, estou fora de controle esta noite. Qual é o meu problema?* — Me desculpa, não precisa responder. Eu sei que já me contou algumas coisas, mas parece que tem mais.

Ele estica o braço e coloca uma mecha de cabelo atrás da minha orelha, parando para segurar meu rosto.

— Você pode me perguntar qualquer coisa, Tasi. Não sei se "odiar" é a palavra certa — explica. — Minha mãe ficou doente por um bom tempo antes de morrer, e ele contratou várias enfermeiras pra cuidar dela, para que ficasse confortável, mas ele mesmo mal a via. Ele mergulhou no trabalho. Betty fazia o jantar e ele aparecia para comer e depois sumia de novo. Via Sasha nas competições, mas, fora isso, era como se fosse um fantasma.

Seguro a mão dele e aperto de leve. Eu já sabia que a mãe de Nathan, Mila, tinha morrido de uma doença sanguínea rara quando ele estava no nono ano.

— Resumindo, ele estava traindo a esposa no leito de morte com uma instrutora de esqui de vinte e cinco anos que trabalhava no resort. — Sinto um enjoo ao ouvir essas palavras, e meu coração se parte ao pensar no Nate adolescente. — Eu suspeitei que isso estava rolando antes mesmo de ela adoecer. Alguns anos depois, quando Robbie teve o acidente, foi no resort. Os gastos médicos dele eram absurdos, e os Hamlet tinham dinheiro, um seguro bom, mas meu pai não quis ajudar, apesar de ser para isso que o seguro serve.

Eu já sabia que Robbie tinha se machucado em um acidente de esqui, mas nunca pensei que poderia ter acontecido aqui. Como lidar com isso quando você é apenas um adolescente?

— Ele tinha certeza de que eles iam abrir um processo e levá-lo à falência; ele estava tão estranho. Passou semanas se escondendo até que o sr. H não teve outra opção a não ser contratar um advogado, algo que não queria fazer. Os Hamlet amavam a minha mãe, e sempre me trataram como um filho.

— Que horror — sussurro enquanto aperto mais a mão dele.

— Não vou perdoá-lo por isso. Eu acho que agora, anos depois, ele se sente culpado. Acho que já te contei que meu pai é o dono da nossa casa em Maple Hills... Ele comprou no final do meu primeiro ano. Ele pagou para a nossa garagem ser convertida em um quarto para Robbie. Banheiro acessível para cadeirante e tudo mais. Foi estranho, estávamos com dificuldade para achar um lugar para morar, e de repente recebemos uma ligação dizendo que ele tinha comprado uma casa na Avenida Maple e que a reforma estaria pronta antes do início do segundo ano.

— Sinto muito, Nathan. Isso é.... é complicado.

Ele me lança meu sorriso favorito, então me puxa para si, me abraça apertado e beija minha testa.

— Tudo bem, tem gente que já passou por coisa pior. Não ignoro o fato de que sou privilegiado e que isso é a definição de problemas de primeiro mundo. Mas ele me ensinou tudo que um pai não deve fazer... Então nossos filhos não vão ter esse problema. Espera, não. Eu não quis dizer isso. Meu Deus.

Agora foi minha vez de ficar vermelha. Ele fica paralisado ao meu lado e nenhum de nós diz mais nada. Como você responde a algo assim? A Tasi Bêbada de Vinho não é a melhor pessoa para ter essa conversa porque, por algum motivo, o que está na minha cabeça não é o que sai da minha boca.

— Eu quero adotar.

Ele aperta o abraço um pouco mais.

— Por mim, está ótimo.

— É o que eu sempre quis, e parir um bebê gigante iria acabar com a minha vagina. Tipo, destruir completamente.

— Entendido.

AINDA ESTOU MEIO DORMINDO quando rolo para o lado e, ao tocar no lado dele da cama, encontro um papel em vez do seu corpo.

Saí para resolver algo supersecreto, mas não demoro.
Divirta-se bisbilhotando.
N
P.S. Fiz um smoothie pra você, tá na geladeira.

Tenho tantas opções de coisas para fazer que não sei por onde começar. Começo com o smoothie, e fico no meu novo lugar favorito olhando para o quintal da casa. Parece um cartão de Natal de tão bonito. Não parece real.

Demoro uns dez segundos para entender o que quero fazer. Corro para pegar meus patins e casaco, então saio pela porta para meu novo rinque favorito.

Não estou nem dançando, só estou curtindo a paisagem, quando vejo um cervo me encarando da floresta. Depois de se acostumar a morar em Washington em meio à natureza e animais selvagens, morar em Los Angeles é uma merda.

A única vida selvagem de Maple Hills é a avenida onde as fraternidades ficam.

O bichinho caminha pelo chão congelado, correndo pelas árvores, então patino para me aproximar. Eu me esqueci de perguntar para onde vai essa parte do lago, mas parece ter saído de um filme a imagem das gotas congeladas caindo das árvores.

O cervo continua a me observar em meio às árvores quando chego na orla da floresta, mas meu celular toca e ele sai correndo. Eu tiro a luva e levo o celular até a orelha.

— Alô?

— Ei, cadê você? — pergunta Nate. — Acabei de chegar e não consigo te achar.

— Estou tentando fazer amizade com um cervo, mas a ligação o assustou — resmungo enquanto olho para as árvores.

— Um cervo? Onde você está?

— Patinando perto da floresta. Eu ia fazer toda uma cena tipo aquela da Branca de Neve e tal.

— Anastasia, não é seguro...

Mas eu não escuto o resto.

Porque o gelo quebra sob meus pés e a água paralisa meu corpo inteiro assim que fico submersa.

Capítulo trinta e oito

NATHAN

Eu nunca quis ser um homem que está no meio de uma loja cheia na véspera de Natal, mas aqui estou.

Estou cercado de homens com expressões de desespero, apontando para tudo de forma quase aleatória, obviamente comprando coisas que deveriam ter comprado há semanas.

Eu encomendei o presente principal de Tasi para ser entregue em casa, assim não teria que viajar com ele, mas o entregador chegou quando Sasha não estava em casa e meu pai recusou a entrega dizendo que era um engano.

Então, passei semanas discutindo com várias empresas, mas finalmente recebi um e-mail ontem à noite dizendo que eu poderia ir buscar na loja, então me forcei a ir até lá contra minha vontade.

Eu sei que ela vai surtar dizendo que iPads são caros, mas pensei muito sobre isso. Ela não pode ficar chateada se eu tiver pensado muito nisso, né?

Ela faz terapia por chamadas de vídeo porque o psicólogo dela está em Washington, mas como ela não tem um tablet, pega o de Lola emprestado. Nem sempre posso emprestar o meu, porque uso para fazer anotações na aula e tem toda a minha agenda nele.

Aí entra o segundo bônus: um planner digital. Eu já sei que o planner dela é uma evolução de uma tabela com adesivos, mas acho que está na hora de evoluir de novo. Eu acho — não, *tenho certeza* — que, se ela tiver um jeito fácil de organizar seus planos, como pode fazer com o iPad, vai ser mais flexível consigo mesma.

É psicológico, eu sei, mas depois que ela parar de surtar e começar a usar, vai ser um presente muito útil.

Eu entendo a preocupação dela. Nossos orçamentos são diferentes, bem diferentes. Uma vez ela disse que não podia faltar ao trabalho porque "nem todo mundo tem fundos fiduciários", e ela tem razão. Mas eu não espero que ela me compre algo caro. Não espero que me compre nada, porque ela estar aqui é tudo que eu quero.

Ela chorou ao imaginar que eu ia passar o Natal sozinho. Eu tenho uma namorada que chora com a possibilidade de eu ficar triste. Como isso pode ser real? Ela deve gostar muito mesmo de mim, ou fui eu que me convenci disso, mas, de qualquer forma, amanhã vou dizer que estou apaixonado por ela. Acho que o Natal é um bom momento para expressar sentimentos, né?

Né?

A volta para casa demora mais do que eu gostaria. Não tem trânsito, só estou impaciente e ansioso para voltar para ela. Me pergunto o quanto ela já bisbilhotou pela casa enquanto estive fora. Estou imaginando encontrá-la na sala de estar com um monte de coisas de quando eu era criança. Sei que ela está doida para ver fotos minhas de quando era bebê, ou pelo menos alguma prova de que já fui uma criança, já que não tem fotos minhas na casa.

Por sorte, ela não está lá quando eu chego, o que me dá a chance de esconder o presente debaixo da minha cama, pronto para ser embrulhado mais tarde.

Eu passeio pela casa, tentando usar meus ouvidos para encontrá-la, mas não consigo. Finalmente, depois de perder a paciência, pego o celular e digito seu nome.

— Alô? — ela bufa.

— Ei, cadê você? — pergunto tentando ouvir a resposta com o som do vento que vinha do lado dela — Acabei de chegar e não consigo te achar.

— Estou tentando fazer amizade com um cervo, mas a ligação o assustou.

— Um cervo? Onde você está?

— Patinando perto da floresta — responde ela, fazendo meu coração parar. — Eu ia fazer toda uma cena tipo aquela da Branca de Neve e tal.

Sinto uma náusea enquanto começo a correr para o quintal da casa, indo em direção ao lago o mais rápido que meu corpo consegue.

— Anastasia, não é seguro. Saia daí devagar e com cuidado.

Mas acho que ela não me ouviu porque a ligação cai, e ao longe ouço um grito que me dá calafrios.

Dizem que, quando algo traumático acontece, o tempo para, mas eu discordo.

Sinto que cada segundo passa voando enquanto minhas botas fazem barulho na neve. Sinto cada pensamento na cabeça vir ao mesmo tempo e não consigo me concentrar em meio ao caos.

Ela é forte, forte pra caralho, e sabe nadar; já a vi nadar eu mesmo. A boia salva-vidas brilhante me chama atenção quando chego ao lago. Minha mãe fez meu pai instalar isso quando Sasha começou a andar; ela morria de medo de ter tanta água por perto, era um acidente esperando para acontecer. Eu a tiro do suporte e corro em direção à floresta.

Não sei quanto tempo se passou desde que a ouvi gritar.

A boia bate no meu quadril e estou correndo o mais rápido possível, minha respiração forma uma névoa na minha frente, mas finalmente eu vejo. Um grande buraco no gelo, pedaços flutuando na água. Todo vídeo, aula e apresentação sobre segurança — assim como qualquer pessoa com bom senso — diria para você não pisar em gelo fino ou desconhecido. Mas eu conheço bem o lago, conheço essas águas melhor do que ninguém, por isso sei que ela está em perigo.

Fico de joelho onde o gelo afina e engatinho até o buraco; meu coração está batendo tão rápido que pode pular fora do meu peito. A única coisa que eu penso é: *Caralho*, por favor, *esteja viva*.

Estou a poucos centímetros de onde o gelo se partiu quando a água começa a se mexer e a cabeça dela aparece, os olhos desesperados encontrando os meus antes de submergir de novo. Ela está em pânico. *Eu* estou em pânico quando enfio o braço na água, tentando pegá-la.

Nada.

Estou tentando equilibrar o peso, não pressionar a frente do meu corpo, fazendo tudo o que deveria fazer enquanto jogo a boia na água, na esperança de que ela a encontre. Entrar na água para pegá-la não é a melhor coisa a se fazer: meu corpo poderia entrar em choque também, mas é a única opção que tenho, então preciso não ter o peso das roupas para ter uma chance de sobreviver.

Para nós dois sobrevivermos.

Acabei de tirar a jaqueta quando a corda da boia se mexe. Eu me viro, tomando cuidado para não quebrar o gelo abaixo de mim, e levo um susto ao ver sua mãozinha segurando a borda, a pele azul em contraste com o laranja. Sua outra mão se agarra ali e eu vejo o topo da sua cabeça, então puxo a corda e a vejo chegar na beirada.

— Tasi, você está bem? Consegue falar? Precisa segurar firme, eu vou te puxar — pergunto com uma voz nervosa que treme a cada sílaba.

Nada.

Eu vou para trás, indo em direção ao terreno seguro, ignorando o frio atravessando minhas roupas, puxando a corda com força até sentir a resistência do corpo dela. Estou arfando, xingando, quase chorando, mas continuo puxando e finalmente, *finalmente*, o corpo dela sai do gelo. Eu continuo até ver seus patins e saber que o corpo inteiro saiu. Quando estamos longe o suficiente do perigo, me levanto, tiro a boia dela e a ponho de costas.

Seus lábios estão azuis, seus traços delicados, pálidos, e os olhos, fechados.

— Anastasia? — grito pressionando meu ouvido nela para ouvir a respiração, um suspiro, alguma coisa.

Ela não está respirando.

Meu corpo se mexe sozinho, erguendo o queixo e apertando o nariz, depois levando a boca à dela e assoprando até seu peito subir. Mexo no zíper do casaco, mas está congelado, então o arranco, e coloco as mãos juntas no esterno, e pressiono no ritmo certo até chegar a hora de soprar de novo.

O peito dela sobe e desce, mas depois sobe de novo e ela começa a se mexer, tossir e cuspir, se engasgando com a água.

— Ai, meu Deus. Achei que tinha te perdido — sussurro e a abraço com toda a força. Ela fecha os olhos de novo, mas está respirando sozinha, o que me dá tempo de cobri-la com o casaco que tirei mais cedo e correr para dentro da casa.

Subindo dois degraus de cada vez, corro para o banheiro, desejando mais do que tudo fazer seu tremor parar. Ela ainda não falou nada; não tenho escolha a não ser colocá-la na banheira para tirar seus patins. Depois de me certificar que está estável, eu ligo o chuveiro na temperatura certa.

— Nate — sussurra ela, agora com os lábios em um tom mais humano.

— Estou aqui. — Eu tento confortá-la, procurando desesperadamente controlar minhas emoções. Eu a coloco na água morna, me concentrando no seu abdome, e estremecendo quando ela se encolhe e começa a chorar. — Eu sei que dói. Me desculpa, meu bem. — O chuveiro está na temperatura morna mais fraca, mas para ela é como se fosse uma chaleira fervendo.

Ao tirar seu casaco e moletom, desejei mais do que tudo que pudéssemos voltar para ontem, quando tirar suas roupas era algo divertido e leve.

Ela levanta os braços devagar, me deixando tirar as camadas.

— Você está indo muito bem, Tasi, muito bem. Estou tão orgulhoso de você; vai ficar tudo bem. Você vai ficar quentinha e vou te levar ao médico. Você está bem.

Aumento um pouco a temperatura e me agacho para tirar as calças e meias até ela estar nua debaixo da água, a pele ainda gelada ao toque.

A adrenalina está passando e a realidade do que aconteceu começa a invadi-la enquanto ela fica em pé, chorando e abraçando o próprio corpo. Eu tiro as roupas até também ficar nu e entro na banheira com ela, abraçando-a, aumentando mais a temperatura e tentando acalmar seu choro.

Ela olha para cima e nossos olhares se encontram de verdade pela primeira vez — estão cheios de lágrimas, mas o terror do que aconteceu se foi e agora resta a confusão.

— Eu achei que fosse morrer.

Não consigo controlar as lágrimas, porque achei que ela fosse morrer também. Toco os lábios dela com os meus de leve, deixo a testa encostar no topo da sua cabeça quando nos afastamos.

— Eu prometi que nunca iria te deixar cair ou se afogar, Anastasia. Eu sempre vou estar por perto para te salvar.

Ela aperta mais minha cintura e sua respiração acelera quando aumento mais a temperatura. A cor volta ao seu rosto e as lágrimas diminuem. Ela morde o lábio enquanto eu enxugo seus olhos.

— Eu te amo, Nathan. — Ela tosse um pouco, tentando abafar o som rouco. — E isso não é, sei lá, uma resposta ao trauma. Estou apaixonada por você, e foi nisso que pensei quando caí no gelo. Em como eu posso saber disso há tanto tempo e nunca ter dito. Em como eu ia morrer sem ter contado a você, e isso me deixou com tanta raiva de mim mesma. Eu te amo e sinto muito por não ter falado isso quando entendi.

Ela disse três vezes e meu cérebro ainda não processou isso.

— Eu também te amo — finalmente consigo responder. — Eu estou loucamente apaixonado por você, Anastasia.

Acordo do meu pesadelo com um pulo e olho desesperado ao meu redor. Tasi está dormindo, ligada a várias máquinas que me dizem que ela está bem, e não morta, como no meu sonho.

O Hospital Vail Health não é onde eu esperava acordar na manhã de Natal, mas também não esperava que minha namorada fosse se afogar, então vou passar pano para o passeio espontâneo para o pronto-socorro.

Assim que ela parou de tremer, eu a vesti com tantas camadas quanto seu corpo frágil aguentava e a coloquei no carro para levá-la ao hospital.

Eu estava esperando que fossem gritar comigo por não ter chamado uma ambulância, que é o que eu deveria ter feito, mas acho que, ao verem minha expressão desesperada, os médicos e enfermeiros mudaram de ideia.

O médico me elogiou por ter trazido seu corpo de volta à temperatura normal e depois de examiná-la disse que estava tudo bem.

Ela ouviu "tudo bem" e achou que era hora de ir para casa, mas não sabia que nem eu nem a equipe médica íamos deixá-la ir a lugar algum. Não saí do lado dela desde ontem; até exibi meu cartão de crédito para convencer o hospital a fazer um upgrade no quarto dela e me dar uma cama no quarto, para eu não ter que ir embora.

A minha cama ainda está feita porque, assim que ficamos a sós, eu subi na de Tasi. Fingi estar dormindo quando a enfermeira veio checar seus sinais vitais para ela não me expulsar.

— Feliz Natal — sussurra Tasi para mim.

— Bom dia, meu bem — digo, beijando sua têmpora. — Como está se sentindo?

— Como se não precisasse de uma bolsa de soro espetada em mim e preferisse estar em casa com você, usando nossos pijamas. — Ela me cutuca. — Estou bem, Nathan, eu juro. É Natal, podemos sair daqui?

— Não até te examinarem.

— Já me examinaram. Estou ótima, vamos.

Meus olhos vão para a bolsa de soro conectada à mão dela.

— Ah, sim, parece mesmo.

— Pelo menos eu não morri. — Ela ri quando vê minha expressão chocada. — Cedo demais?

— Sempre vai ser cedo demais.

Capítulo trinta e nove

ANASTASIA

A última semana foi o epítome de que depois da tempestade vem a bonança.

Depois da minha discussão com Nate na manhã de Natal sobre meu estado, ele pegou minha mão, beijou e disse:

— Cala a boca, Anastasia. Me deixa cuidar de você, por favor.

A cama do hospital não era confortável como a cama imensa e aquecida de Nathan, e eu não estou acostumada com agulhas. Todo mundo foi muito gentil e ninguém me julgou pela decisão imprudente de me aventurar em território desconhecido sozinha.

Eu estava física e mentalmente exausta, mas de bom humor apesar das circunstâncias. Ele praticamente forçou o médico a me examinar mais uma vez enquanto a enfermeira tirava o acesso.

— Protetor ele, não é? — A enfermeira riu.

— Muito — respondo. — Mas é porque ele se preocupa, então eu não me importo.

— Ah, o amor jovem.

Depois de um dia altamente traumático e uma noite de sono merda, quando ele me olhou por cima da mesa onde estava organizando os papéis referentes à minha alta, o sorriso dele fez meu corpo inteiro tremer.

O caminho de volta até a casa foi em silêncio, George Michael tocando no rádio e Nate batucando no ritmo da música na minha coxa. Ele olhou para mim quando paramos em um sinal.

— Por que você está sorrindo?

— Você se lembra de cantar isso no chuveiro quando estava bêbado? — perguntei, me recordando de Nathan cantando "Last Christmas" duas semanas atrás.

— Ei! — Ele apertou minha coxa. — Depois que a noite acaba, você precisa esquecer minhas besteiras de bêbado. Essas são as regras, Allen. — Ele olhou de novo para mim com um sorriso largo. — Eu te amo.

Coloquei a mão na que estava aquecendo minha coxa.

— Também te amo.

Chegamos em casa no fim da manhã, ambos exaustos demais para tentar manter o clima de natal, e isso virou o tema da semana. O alívio de voltar para a cama de Nate não durou tanto quanto eu esperava e a realidade do que aconteceu começou a bater.

Ligar para os meus pais pelo celular de Nate foi o primeiro passo. Eu lembrei que meu celular estava no fundo do lago e eles estavam tentando me ligar para me desejar um feliz Natal. Eles surtaram, e eu tive que convencê-los de que estava bem para impedi-los de pegar um avião.

Os pesadelos são intensos, mas quando acordo em uma piscina de suor, assustada, Nathan está sempre lá para me colocar para dormir de novo. Se o hóquei não der certo, ele seria um ótimo enfermeiro. Ele me levou para o spa do resort todos os dias para fazer todos os tratamentos possíveis, se certificando de que eu ficasse completamente relaxada.

Mesmo agora, uma semana depois, todas as lareiras da casa estão acesas porque ele está preocupado que eu esteja ficando doente. O lado bom disso é que ele já é um aquecedor humano, então, para suportar as lareiras queimando e ficar confortável, ele tem que andar por aí só de cueca.

Eu adoro a vista e ficar vendo obsessivamente Nate passear está me ajudando a me sentir normal de novo.

— Para de olhar pra minha bunda — grita ele da geladeira. A cabeça está praticamente apoiada na prateleira, e ele está fingindo pegar algo para comer, mas na verdade está tentando se refrescar. Ele não planejou muito bem quando decidiu transformar a casa em um grande forno, mas não me deu ouvidos quando eu garanti que estava bem, de verdade.

— O lago é bem gelado, se quiser se refrescar — grito para ele.

Ele bate a porta da geladeira e vira para mim com uma expressão irritada no rosto. A cara de brabo dele é tão fofa. Era para eu ficar com medo desses lábios fazendo bico e do cenho franzido? Se é isso que ele faz nos jogos, não está metendo medo em ninguém.

— Não é engraçado.

Ele pisa forte, passando pelo arco entre a cozinha e a sala, e se joga ao meu lado no sofá. Eu me aconchego no colo dele, tiro seu cabelo da frente e beijo sua testa.

— Ei, zangado. Acabou, tá? Estou bem. Você me salvou e estou perfeitamente saudável. Estou cozinhando neste calor, mas estou bem.

— Jura?

— Eu juro. Quer abrir os presentes de Natal? É melhor a gente fazer isso antes do ano acabar. — Nenhum de nós estava muito no clima natalino, então todos os presentes ainda estão na mala.

— Achei que você já tinha me dado meu presente.

Eu reviro os olhos e monto nele.

— Gozar dentro não é uma porra de um presente de Natal, Nathan.

— Fazer isso me deixa bem feliz.

Ele quase não desvia da almofada que eu pego e jogo nele, murmurando baixo alguma coisa sobre eu não entrar no time de queimada. Com as mãos nos quadris, eu respondo:

— Pode só pegar a mala de presentes, por favor? Eu preciso fazer uma coisa lá em cima.

Ignoro o olhar estranho dele e corro para lá, até abrir a porta do quarto dele e procurar a bolsa que escondi quando chegamos.

Faço o que preciso, visto um roupão e corro para baixo. Ele tirou todos os presentes da mala e os organizou em pilhas, e agora está esperando pacientemente na frente da minha pilha com as pernas cruzadas.

— Tudo pronto?

Trabalhamos ao mesmo tempo abrindo os presentes, cercados por presentes de pessoas queridas, até sobrar apenas os que compramos um para o outro.

— Eu não comprei muita coisa — aviso de antemão, entregando a sacola de presentes. — Começa com o do laço azul, mas, hum, é. É bem difícil comprar coisas para você, sabia?

Ele me entrega uma sacola idêntica e se inclina sobre a pilha de papel de presente amassado para me beijar de leve.

— Você é meu maior presente, Anastasia.

Eu abro o primeiro presente e encontro os dois pijamas mais lindos que já vi.

— Você disse que queria alguma coisa para vestir para ficar em casa, e eu não consegui escolher um...

— Eu amei, Nathan. Obrigada — digo, passando os dedos pelo cetim. — Sua vez. — Ele arranca o papel até as leggings caírem no colo dele. Ele segura as leggings com estampa de zebra e leopardo e ergue a sobrancelha. — Eu também não consegui escolher.

Alternamos, abrindo os presentes e rindo, até ele colocar as mãos nas costas.

— Eu me esqueci desse, mas não tive tempo de embrulhar, então fecha os olhos e estica as mãos.

— Se for o seu pau, Na...

— Cala a boca e faz logo, por favor — resmunga ele, se mexendo. Eu sigo suas instruções, espalmo as mãos, e ele coloca algo pesado nelas. — Ok, pode abrir.

Eu arregalo os olhos imediatamente quando vejo a caixa do iPad. Ele está mordendo a unha do dedão, nervoso, o joelho quicando enquanto me encara, ansioso. Eu não sei o que falar, então encaro a caixa.

— Está chateada?

Balanço a cabeça, e minha voz falha quando respondo:

— Não.

— Gostou? É para você usá-lo sempre que fizer terapia, e tem um aplicativo legal que eu vou baixar pra você. É um planner digital, e você pode fazer anotações da aula e...

— Nate, eu amei. Eu só fico chocada com o quanto você é generoso. Eu não sei o que dizer, muito obrigada. — Ele me comprou um iPad para eu sempre ter como falar com meu terapeuta. Como isso pode ser real? — Sério, obrigada.

— De nada, meu bem. Estou muito aliviado que você tenha gostado — admite ele, suspirando fundo. — Ok, último presente. Vamos nessa.

Pela última vez, eu o vejo rasgar o papel de presente e tirar a tampa da caixa. A boca dele está em uma linha reta, e ele me olha curioso.

— Está vazia?

Eu fico de joelhos e abro lentamente o roupão até cair dos meus ombros e ficar no chão em volta de mim.

— Eu meio que trapaceei, porque é meio que um presente para mim, mas achei que você ia gostar. — A camisa do Titans fica um pouco grande, mas é o suficiente para cobrir o topo das minhas coxas. Os olhos dele ficam praticamente pretos quando me olham de cima a baixo. — Não te mostrei a melhor parte. — Eu fico de costas para ele e jogo o cabelo por cima do ombro.

— Hawkins — diz ele, com um tom suave que nunca o ouvi usar. — Você tem o meu nome na sua camisa.

Eu me inclino para a frente para a camisa deixar de cobrir minha bunda, mostrando o suficiente para fazê-lo tomar uma atitude.

— Você está gostosa pra caralho, Anastasia. Nossa. — Depois de uma semana sendo tratada como se fosse de vidro, sentir o corpo dele contra o meu é uma mudança muito bem-vinda. A boca dele corre pelo meu pescoço e a mão desliza para baixo da borda da camisa.

— Eu quero te comer enquanto você veste isso, tá?

— Sim, capitão. — A mão dele agarra minha bunda e sinto a excitação me dominar. — Tenho uma ideia. Você pode se deitar na ilha da cozinha?

Capítulo quarenta

NATHAN

Quando Anastasia postou uma foto motivacional pela manhã dizendo que "você decide se vai ter um bom dia ou não", achei que era mais um exemplo de minha namorada mal-humorada mentindo para a internet com sua positividade falsa.

Mas aparentemente a véspera de Ano-novo a faz feliz, e agora estou deitado, nu, na ilha da cozinha, as mãos estão amarradas acima da cabeça com laços de presente de Natal.

Para ser sincero, não sei bem como vim parar nesta posição. Minha namorada diz que é um gênio criativo, então, quando ela me disse para tirar a cueca e me deitar no balcão, eu segui as ordens sem hesitação.

Fazer o quê? Sou muito influenciável.

Duvido que algum cara teria parado para questionar a situação se a namorada estivesse usando seu uniforme, sem calcinha. Estou à disposição das suas mãos talentosas e muito mandonas.

Consigo ouvi-la mexendo na geladeira.

— Tasi, o que você está fazendo?

— Paciência é uma virtude, Hawkins — responde ela, empolgada, e mexendo no que parecem ser jarras de vidro.

— Não estou me sentindo muito virtuoso no momento, Anastasia — resmungo, puxando os laços. — Muito pelo contrário.

Seus pés fazem um leve barulho no azulejo. Ela coloca o que foi pegar ao meu lado, longe do meu campo de visão, sobe no balcão, depois monta em mim. Ela nem fez nada ainda e já estou duro, encostando de leve no encontro das coxas dela. Se esfregando no meu pau, ela geme de leve, os olhos brilhando quando me olha de cima a baixo. Seus olhos viajam pelo meu corpo.

— Você é tão gostoso.

Tasi me chama de lindo o tempo todo, mesmo quando acabei de acordar. No começo, estranhei. Não sei o que era no começo: eu meio que enfiei na minha cabeça que sou eu quem deveria elogiá-la, e pode ter certeza de que faço isso, sim, mas pelo visto eu gosto de ouvir também.

Não só de bonito: ela diz que sou gentil e inteligente, e muitas outras coisas. Ouvir ela falar o quanto gosta de mim, como sou especial para ela, é algo que nunca achei que poderia ter em um relacionamento.

Mas ouvir ela me chamando de gostoso enquanto estou amarrado e meu pau duro se esfrega no meio das pernas dela é outro nível de *"cacete, como eu amo minha namorada"*.

Pegando algo que não consigo ver, ouço o som de uma tampa abrindo. A empolgação faz meu sangue ferver quando vejo a lata de chantilly na mão dela. Ela aponta o bico para sua boca, revira os olhos e aperta.

— Mmmm.

Meus quadris se erguem, tocando onde ela está molhada. Sua boca encontra a minha, e sinto o resto do creme na língua.

Ela se senta de novo, pega o chantilly e imediatamente o coloca no meu abdômen. Antes que eu possa reclamar que está frio, a boca dela se aproxima e ela lambe tudo do meu corpo, sorrindo quando vê meu pau mexer.

Seus quadris se movem para a frente e para trás, me fazendo roçar por suas dobras. Tento puxar os laços e tremo, impaciente, debaixo dela.

— Eu preciso entrar em você.

Ela faz um sinal de não e pega outro pote.

— Não até você implorar, Hawkins.

Estou prestes a reagir quando o alarme toca, avisando que a porta da frente foi aberta.

— Nate? — grita Sasha, sua voz ecoando pela casa.

Anastasia arregala os olhos, todo o sangue indo embora do rosto.

— O quê?!

Puxo as mãos até ficar livre, nos jogamos no chão, e eu visto a cueca às pressas.

— Espera aí, Sash! — grito, puxando Tasi na minha frente. A porta da cozinha se abre de supetão e Sasha olha para nós dois, nervosa.

— Eca! — ela grita. — Vocês estavam... Eca! Nate! Eu cozinho aqui! Meu Deus!

Ela faz uma careta de nojo. Com a cabeça virada para o outro lado, ela estremece.

— Você deve ser Tasi. Eu te daria um abraço, mas acho que vai ser estranho.

Tasi se mexe, nervosa, a cabeça baixa para que o cabelo cubra as bochechas vermelhas, mas ela acena com a mão.

Não é assim que eu queria que as duas mulheres mais importantes da minha vida se conhecessem pela primeira vez.

— O que caralhos você está fazendo aqui, Sasha? Era pra você estar em St. Barts.

— Eu te liguei e mandei mensagem, idiota. Você não respondeu. — Ela bufa e cruza os braços, ainda olhando para o outro lado. — Você quer que eu conte os detalhes da última traição do nosso pai, ou prefere deixar sua namorada vestir uma calça, tipo, antes que o papai chegue com as malas?

Traição?

— Me dá cinco minutos. A gente já volta — eu prometo enquanto guio uma Anastasia muito envergonhada pelas escadas que não vão deixá-la de cara para o meu pai assim que ele entrar.

— Você é tão rico que tem duas escadas — sussurra Tasi.

— Eu vou ser mais humilde e comprar uma casa com apenas uma escada para nós. Pode ser? — provoco, e aperto sua bunda quando ela quica na minha frente ao subirmos as escadas. — Sinto muito por isso, amor. Não me lembro da última vez que mexi no celular.

Chegamos no meu quarto e ela imediatamente acha a calcinha e a calça jeans, depois amarra o cabelo em um rabo de cavalo. Eu a abraço por trás, envolvo sua cintura e enfio o rosto no seu pescoço, sentindo o cheiro de mel e morango que amo.

Ela suspira e se derrete no meu peito, olhando para cima para me beijar.

— O seu pai vai me odiar, não vai?

Sinto a ansiedade nela — está em seu rosto, no corpo, no desespero do beijo.

— Anastasia, me escuta. Você não precisa se preocupar com a opinião daquele homem. Eu te amo e vou contar os minutos para ficarmos longe dele.

— Então isso é um sim — diz ela, se soltando do meu abraço. Ela espera na cama e me observa colocar uma calça jeans e um suéter. Eu odeio o fato de ele estar aqui, de como conseguiu estourar nossa bolha de felicidade. Vamos voltar para Maple Hills amanhã à noite, e estávamos muito perto de ter a semana perfeita. Sem afogamentos, sem brigas, sem pais.

— Vai se trocar? — pergunto ao ver a camisa de hóquei.

— O seu pai já assistiu a algum jogo seu? — Ela me observa negar com a cabeça.

— Então não, não vou me trocar. Ok, vamos acabar com isso. E Nate, eu também te amo.

Sasha está comendo salgadinho e vendo *Criminal Minds* na TV quando descemos e entramos na sala de estar de mãos dadas.

— Ele foi pro resort — diz ela sem tirar os olhos da TV. — Quer que a gente o encontre lá daqui a uma hora para almoçar.

Ótimo.

— Anastasia, essa é a Sasha, minha irmãzinha — digo, tentando cortar o clima estranho. — Sash, essa é minha namorada, Tasi.

Eu finalmente tiro a atenção dela da série, mas me arrependo na mesma hora quando ela ergue uma sobrancelha perfeitamente desenhada.

— Por que você está fingindo que não nos conhecemos? Eu peguei vocês dois transando na cozinha, faz tipo, dez minutos...

— Meu Deus, Sasha — reclamo enquanto passo a mão pelo cabelo. — Não era isso que estava acontecendo. Pode ficar de boa?

— Fala isso pra lata de chantilly, Nutella e calda de morango no balcão — responde ela, rindo.

Assim que ela lista os itens no balcão eu fico ainda mais irritado depois de entender o que foi interrompido.

— Estou de boa. Agradeça por ter sido eu, e não o papai. — Ela se vira para Tasi. — Eu sou legal, juro. Não estou te julgando... Bom, não além do fato de estar namorando meu irmão idiota.

Eu me jogo no sofá na frente de Sasha, e Anastasia fica parada, sem saber o que fazer. Eu bato no assento ao meu lado até ela se sentar, mas está estranha, parecendo desconfortável. Eu *odeio* que se sinta desconfortável depois de tudo de bom que passamos aqui.

— Por que vocês voltaram? Achei que só iam voltar depois de amanhã. Por isso vamos embora amanhã.

— Que gentil — ela resmunga, abaixa o volume da TV e cruza as pernas. — Não eram férias, era um retiro para condicionar meu corpo a "ser mais forte" e, sei lá, alguma merda sobre ser uma atleta melhor. Eu passei no máximo uma hora na praia. Ontem eu disse que, se ele não me trouxesse de volta para casa, eu nunca mais ia esquiar, então ele comprou duas passagens no próximo voo disponível.

Pelo bem dela, eu queria poder fingir surpresa, mas não estou; na verdade, é esse tipo de merda que eu esperaria se não estivesse tão ocupado nos últimos dias. Mas fui idiota de acreditar que ele tinha realmente seguido meu conselho.

Meu pai sempre tem um propósito para tudo que faz. O almoço hoje é outro plano. Afinal, por que ele iria querer conhecer alguém em um local público quando a pessoa já está na casa dele?

— Qual é o humor dele hoje?

— O de sempre. Irritadiço, mandão e tenso. — Ela lança um sorriso quase caridoso para Tasi. — Você tem experiência com pais prepotentes?

Tasi ri pela primeira vez desde que Sash chegou em casa.

— Meus pais são superlegais, sinto muito.

Sasha se senta e enche Tasi de perguntas sobre sua vida inteira e, em sua defesa, Tasi responde tudo honestamente. Quando estamos a caminho do resort, as duas já parecem ser melhores amigas. O fato de compartilharem algo ajuda bastante; você poderia supor que esse assunto em comum é serem prodígios esportivos, mas não, é o fato de gostarem de zoar comigo.

Eu não costumo ver muito Sasha sem meu pai por perto, e sinto muita saudade dela. Sinto falta da pessoa que ela é quando ele não está por perto; fico até um pouco triste por Anastasia que essa pessoa com quem ela acabou de fazer amizade esteja prestes a desaparecer assim que meu pai se sentar na mesa. Espero que ela entenda e saiba que não é pessoal.

— Tudo bem? — pergunto para Anastasia, olhando para nossas mãos dadas que ela aperta até prender a circulação dos meus dedos. O *maître* nos leva até a mesa favorita do papai e nos entrega os cardápios. Não estou surpreso que ele esteja atrasado para um almoço que ele mesmo organizou.

— Vou querer uma taça de Dom Pérignon, por favor — diz Sasha enquanto olha o cardápio.

O cara olha para mim, aterrorizado, claramente ciente de quem somos e sem saber o que fazer. Eu o libero de sua agonia, puxo o cardápio de Sasha e bato na cabeça dela com ele.

— Ela tem dezesseis anos. Traz um suco pra ela, sei lá.

— Ela vai beber água — diz uma voz grossa e familiar atrás de nós. — Olá, Nathaniel — diz meu pai em um tom sério. — E quem é que temos aqui?

Capítulo quarenta e um

ANASTASIA

Qual é o meu nome?

Por que não consigo me lembrar da porra do meu próprio nome?

Ian Hawkins está ao meu lado e me olhando como se fosse Darth Vader em pessoa, com a mão esticada para eu cumprimentá-lo pela primeira vez, e eu não consigo lembrar qual é meu nome, merda. A mão de Nate aperta meu joelho; era pra isso me acalmar, mas só me lembra de que não falei na hora certa.

— Essa é Anastasia Allen, minha namorada. Tasi, esse é o meu pai, Ian Hawkins — diz Nate calmamente, me dando a mão.

O pai de Nate é exatamente como imagino que Nate vai ficar daqui a trinta anos. Ele é alto, tem um queixo bem definido, com cabelos escuros e olhos castanhos grandes. Se não fosse meu novo arqui-inimigo, eu poderia até admitir que é muito bonito, mas nem fodendo.

— Sr. Hawkins, é um prazer conhecê-lo — eu consigo dizer com o sorriso mais falso do mundo, apertando a mão dele como se fôssemos políticos ou algo assim. Ele se senta na minha frente e mal posso esperar para passar o almoço inteiro trocando olhares desconfortáveis.

Porém, agora, ele está muito mais preocupado com a roupa de Sasha.

— Você não quis trocar a roupa da viagem? — pergunta Ian, ríspido. Mal dá para perceber que ele passou quinze horas no avião: suas roupas estão impecáveis, o cabelo arrumado. Mas, com essa única frase, essa crítica à sua filha adolescente, já sei tudo que preciso saber sobre Ian Hawkins.

A postura dela muda, ela se recolhe e abaixa a cabeça. *Não consigo assistir isso.*

— Você parece muito confortável, Sasha. Eu queria estar com minha calça de moletom também.

Isso é o bastante para chamar sua atenção de novo: seus olhos encontram os meus e não desvio o olhar, por mais que queira. Sinto como se tivesse aberto uma porta para ele, suas críticas e julgamento. Consigo vê-lo me analisando, e fica claro pela forma como ele quebra o contato visual e analisa meu rosto e minha roupa. Ele dá um sorriso discreto.

— Me conte sobre você, Anastasia.

— O que gostaria de saber, sr. Hawkins?

— Pode me chamar de Ian, não há motivo para formalidades. A julgar pela forma como meu filho está cortando a circulação dos seus dedos, imagino que seja muito apegado a você — diz ele, rindo, mas sem humor na voz. — Que tal começarmos por onde você nasceu?

— Seattle, Washington. Estou morando há alguns anos em Maple Hills, para estudar.

As bebidas chegam, os funcionários são rápidos e discretos na frente do seu chefe. Nate não tira os olhos do pai, tem medo de afastar o olhar, acho, mas diz um "obrigado" enquanto pega a Sprite com a mão que não está esmagando a minha.

— De nada, Nate — diz uma voz suave. Nós dois olhamos para cima ao mesmo tempo e vemos uma loira bonita colocando uma jarra de água na frente de Ian.

Eu diria que ela tem a nossa idade, belos olhos verdes e um sorriso encantador. Ela está olhando para ele de um jeito familiar, e *alguma coisa* faz a minha pele se arrepiar. Sinto algo desconfortável na boca do estômago e percebo que o sentimento é ciúme.

— Eu não sabia que você estava aqui — continua ela, ignorando minha presença. — Devia ter me avisado.

Seus dedos relaxam, e sinto um aperto no coração assim que ele solta minha mão, mas em vez de se afastar, ele se aproxima de mim, coloca uma mecha de cabelo atrás da minha orelha e apoia o braço na minha cadeira, tocando meu ombro do outro lado.

— Você pediu sem gelo, né? — pergunta ele, apontando para o copo na minha frente.

Eu olho para os cubos de gelo flutuando e o copo molhado em vez de encarar a mulher com quem Nathan obviamente transou em algum momento.

Eu preciso parar, isso é desnecessário. Não me sinto assim quando estamos em Maple Hills. Lá eu não me importo com quem ele transou, mas aqui, na frente do pai e da irmã, sinto o ciúme tomar conta de mim.

— O quê? Ah, sim, mas não tem problema.

Ele pega o copo e entrega para a mulher.

— Ela não queria gelo. — Seu tom é ríspido, muito mais do que eu estou acostumada a ouvir, e é estranho vê-lo tão sério.

A moça parece em choque ao aceitar o copo da mão dele, ainda sem me encarar, mas conseguindo olhar para Sasha, que está tentando controlar uma risada ao cobrir a boca. Muito tempo se passa sem ninguém falar nada.

— Isso é tudo, Ashley — diz Ian, entediado com a situação atual. — Pegue uma bebida sem gelo para Anastasia, como ela pediu, e avise Mark que estamos prontos para pedir.

O tom severo dele a traz de volta para a realidade.

— Sim, senhor.

— E Ashley?

— Pois não, sr. Hawkins? — responde ela rapidamente, se virando para olhá-lo.

— Anastasia faz parte desta família e é uma convidada. Vou fingir que você teve a gentileza de olhar para ela e se desculpar pelo erro, como faria com qualquer outro cliente. Que isso não aconteça de novo, ou vai começar o ano procurando por um novo trabalho.

Estou usando todos os músculos do meu corpo para não deixar meu queixo cair. Nathan se remexe na cadeira e pega de novo na minha mão. Ian se serve de um copo d'água e bebe um gole.

— Onde estávamos? Faculdade. O que você estuda?

Eu explico que estou no terceiro ano de administração, que sou filha única, que já tenho vinte e um porque comecei a escola um ano mais tarde, já que fui adotada aos cinco anos. Tenho que admitir, ele assente nos momentos certos e faz perguntas como quem se importa.

Minha bebida sem gelo chega, Nate e Sasha ficam sentados em silêncio, provavelmente felizes que a atenção não esteja voltada para eles. Tenho uma pequena folga quando vamos pedir. Nate se aproxima e beija minha têmpora.

— O que você vai pedir? — ele pergunta, quase sussurrando. — Estou muito orgulhoso de você, meu bem. Está indo muito bem.

Eu não consigo responder porque Sasha tenta pedir um hambúrguer de frango com batatas fritas e seu pai diz que não.

— Ela vai querer a salada de frango e castanha de caju, com molho à parte.

— Mas, pai, eu que...

— Não, Sasha.

Eu odeio isso, e todas as críticas que já tive sobre meus pais me cobrem de culpa, porque eles nunca fizeram eu me sentir tão mal quanto me sinto ao vê-lo interagir com Sasha. As palavras me escapam antes que eu consiga me controlar.

— O mundo não vai acabar se ela comer um hambúrguer.

Pela primeira vez desde que nos sentamos, vejo um brilho de emoção no rosto indiferente de Ian. Suas sobrancelhas se juntam, e ele aperta os lábios. De repente, não parece mais nada com Nathan. Ele não tem os olhos gentis ou o sorriso brincalhão dele quando uma expressão surpresa surge em seu rosto.

— Não que seja da sua conta, mas Sasha tem uma competição em breve. Ela precisa seguir seu plano alimentar — retruca Ian.

— Eu também, mas um hambúrguer não vai destruir a carreira dela. Se ela quer um hambúrguer, deveria pedir um. Eu vou querer um também — respondo.

Não sei por que estou fazendo isso, por que estou intencionalmente irritando um homem que quero que goste de mim, mesmo que eu não goste dele. Não consigo evitar. Quero protegê-la de todos os pensamentos que vão atormentá-la quando pensar em comer, mesmo depois que ele parar de controlar suas refeições.

Eu nem quero o maldito hambúrguer. Eu ia pedir uma salada.

Nate aperta meu joelho, em sinal de apoio.

— Vamos querer três hambúrgueres de frango, Mark, por favor? Não precisa da salada.

Mark olha para Ian, que coloca o cardápio na mesa e assente. Quando Mark volta para a cozinha, suspirando, aliviado, na hora sinto o peso do que acabei de fazer. Sasha está olhando para sua bebida, mordendo a cutícula.

— Eu não gosto dessa insolência na frente dos meus funcionários — diz Ian, sem emoção na voz.

— Pai... — Nate o interrompe.

— Estou falando com vocês dois. Podem ter aproveitado as férias aqui fingindo que eram os donos da casa, mas enquanto estiverem comendo no *meu* restaurante e dormindo sob o *meu* teto, vão ter que me mostrar respeito.

O corpo de Nate enrijece, e sinto a tensão aumentar, mas, antes que continue, Sasha fala:

— Você é patinadora artística, né? É o seu esporte, Tasi?

E isso é o suficiente para chamar a atenção de Ian mais uma vez, então começamos tudo de novo.

Agora, o quarto do Nate parece ser o único lugar seguro da casa.

Acho que o almoço poderia ter sido pior, mas com certeza poderia ter sido melhor. Nathan acha que foi bem, o que é estranho para mim e me faz pensar que, se isso é bom, como as coisas ficam quando estão ruins?

Hoje tem uma grande festa de Ano-novo que o pai de Nate faz todo ano no resort para os hóspedes que passam o fim de ano lá, e "espera-se que estejamos presentes".

Enquanto Nate dorme na minha barriga, não consigo não pensar em Mila Hawkins, a mãe de Nate e Sasha. Ela deve ter sido incrível, para gerar filhos como eles, tendo um marido assim.

Eu me lembro de que algumas semanas atrás, antes de perceber o quanto não tinha como não me apaixonar por esse homem, ele me contou sobre a mãe e sua criação. Sempre ir com o coração e a cabeça no lugar. Nate disse que ela teria me amado, e a Lola também, porque ela amava mulheres ambiciosas e determinadas.

Era assim que ela estava criando Sasha antes de falecer. Vejo traços disso nela quando o pai não está por perto, e queria poder levar Sash para Los Angeles com a gente.

— Às vezes você pensa muito alto — resmunga Nate de onde está deitado no meu estômago. Ele olha para cima com os olhos sonolentos e as bochechas rosa. — No que está pensando?

— Na festa — minto.

— Não vamos. É para pessoas arrogantes, e você vai odiar — diz ele, beijando minha barriga. — Este quarto tem uma vista melhor dos fogos de artifício.

— Bom, sua namorada iria cuspir na minha bebida mesmo.

Ele suspira fundo, apoia a cabeça na minha barriga, depois olha de novo para mim com uma expressão triste.

— Eu queria não ter tido ninguém antes de você, mas não posso mudar o passado. Posso prometer que não vai haver mais ninguém depois. Mas ela nunca foi minha namorada. Éramos adolescentes. Estudamos juntos, nos pegávamos quando eu vinha passar o fim de ano aqui.

— Estou brincando, juro. Desculpa, não sei por que fiquei com ciúme. Juro que geralmente não me sinto assim e não me importo com o que você fez antes de mim, juro que não. Eu nem acho que é sobre sexo, acho que é porque ela se encaixa com a versão de você que existe aqui. A que usa botas de neve e joga hóquei no lago no quintal. Você fica tão relaxado aqui, e eu causei um estresse imenso hoje e…

— Anastasia — diz ele com um tom tranquilo, me interrompendo. — Estou relaxado porque você está aqui. Esta é a primeira vez em anos que gostei de estar aqui, e é só por causa da sua presença. Não tem nenhuma versão de mim que seja melhor sem você ao meu lado.

— Eu estava pensando sobre seus pais — admito. — Como sua mãe deve ter sido legal, para você ser do jeito que é.

Ele se rasteja pelo meu corpo até ficarmos cara a cara e esfrega o nariz no meu.

— Ela era demais. Eu não sou como ele, Tasi. Eu prometo ser bom para você. Você nunca vai ter que se preocupar com isso. — A seriedade no rosto dele mexe com o meu coração, e a ideia de que Nathan poderia ser comparado com o pai é absurda.

— Eu sei, Nate. Juro que sei disso, e não duvido de você nem por um segundo. Tenho muita sorte e não vou subestimar isso.

A boca dele encontra a minha, primeiro de leve, depois mais intensa, mais urgente enquanto enfio os dedos em seu cabelo e deixo ele se aconchegar entre minhas pernas. Ele está exalando amor, cada toque é macio e gentil, todo olhar e movimento feito especialmente para mim, para nós. E, quando ele entra em mim, me fazendo estremecer sob seu corpo, ele sussurra no meu ouvido o quanto me ama, como sou perfeita para ele, como ele tem sorte.

Perco a conta de quantas vezes meu corpo aperta o dele, quantas vezes enfio meu rosto em seu peito, em seu pescoço, no travesseiro, quantas vezes preciso me controlar para não gritar seu nome. Seus dedos apertam a carne nos meus quadris, me guiando enquanto penetra tão fundo que consigo senti-lo nos meus ossos. O peito dele arfa, seu estômago tensiona, a pulsação bate forte contra meus lábios em sua garganta.

E, quando ele goza, se segura tão forte em mim que não sei como é possível voltarmos a ser duas pessoas separadas.

Capítulo quarenta e dois

NATHAN

Deixo Tasi brincando de Tetris com nossas malas e vou para a cozinha pegar uma bebida para ela, ansioso para sair dali antes que ela me peça ajuda.

Ao abrir a porta, a última pessoa que eu esperava ver ali era meu pai. Parece estranho dizer que encontrou alguém na casa da pessoa, mas ele nunca está em casa.

Eu achei que ele não teria me visto entrar por estar envolvido demais com o que estava lendo, mas então ele fala:

— A que horas vocês vão?

— Daqui a pouco.

— Eu gosto dela. Ela é determinada. Isso é bom. Vai precisar disso para ter sucesso. Você a ama?

— Sim.

Ele balança a cabeça para si mesmo e finalmente olha para mim, juntando as mãos e apoiando o queixo nelas.

— Ela me lembra a sua mãe quando a conheci pela primeira vez. Forte, bonita, sem medo de nada. Uma vez ela chamou o seu avô de porco misógino, sabia? — Ele sorri e, pela primeira vez em muito tempo, é um sorriso de verdade. — Na cara dele. Quase me engasguei com a bebida, morto de vergonha. E, quando brigamos depois, ela me desafiou a provar que não era verdade.

Eu me apoio no balcão da cozinha e lhe dou total atenção, desesperado para saber mais sobre minha mãe.

— Eu não sabia disso.

— Eu não podia, é claro. Seu avô era um sacana, essa é a palavra. Ele era muito rigoroso, e sua mãe não gostava disso. Acho que ela foi a única pessoa que o enfrentou na vida. Ela era a única pessoa que me defendeu, pelo menos. — Ele pega os papéis que estava lendo e tenho a impressão de que a conversa acabou, mas ele os solta e suspira. — Anastasia te ama também. Isso está na cara. Uma mulher como ela, como a sua mãe... Ela vai ser incrivelmente leal e protetora. Você tem sorte.

— Se a mamãe era tão incrível, por que você fez aquilo?

Eu não preciso explicar o que era "aquilo". Ele sabe do que estou falando, mesmo sem dizer.

— Pessoas cometem erros, Nate.

— Alguns erros são imperdoáveis.

Ele acena com a cabeça.

— Eu sei.

Tasi entra na cozinha e para quando nos vê de lados opostos da ilha.

— Desculpa interromper, eu queria...

— O que foi, Tasi? — pergunto educadamente para que ela não surte ao ver que eu estava conversando de verdade com meu pai.

— Eu preciso que você se sente na mala. Não está fechando, e Sasha é muito leve.

— Já vou.

Ela assente e vai embora em um piscar de olhos. Olho de novo para meu pai, mas ele voltou a encarar os papéis.

Agora, vendo seus ombros caídos e a expressão vazia em seu rosto, percebo que ninguém pode odiá-lo por seus erros mais do que ele mesmo.

VOLTAR PARA LOS ANGELES me dá uma sensação estranha. Claro, ficar longe do meu pai é a melhor coisa para todo mundo, mas não tive muito tempo para ver Tasi dar uma de irmã mais velha com Sash.

Eu sei que deveria agradecer pelo dia que elas puderam passar juntas, sendo que nem eram para ter se visto, mas sou ganancioso. Quero vê-las felizes curtindo a companhia uma da outra.

A promessa de Ano-novo de Tasi é ler mais, então ela passa o voo de volta inteiro com a cara enfiada em um livro que comprou no aeroporto.

— É uma releitura inversa de *Uma linda mulher* — ela me conta, empolgada. — Ela é autista e contrata um acompanhante para ser melhor na cama. É tão bom, e a Stella é engraçada e fofa.

Eu pego o livro da mão dela, examino a capa azul, e paro em uma página aleatória.

— Você está lendo pornografia em público? Que safada!

Ela cobre minha boca com a mão, me fazendo jogar a cabeça para trás de tanto rir.

— Para de gritar. — Ela briga comigo e olha ao redor para ver se tem alguém olhando para nós. Ela abaixa a voz e me puxa para perto. — Não é *pornografia*. É um livro de romance que por acaso tem cenas de sexo.

Ela tenta esconder o rosto, mas pego seu queixo e viro o rosto dela para mim. Eu a beijo e me aproximo do seu ouvido.

— Tudo que você ler, eu faço com você quando chegar em casa.

Quando me encosto, vejo as mil possibilidades passarem pelos seus olhos.

— Sinceramente, não é esse tipo de livro... mas eu tenho alguns em casa que podem ser... — o vermelho em seu rosto fica mais forte — ... interessantes para você.

— Eu amo uma mulher que gosta de ler.

— Sai fora, Hawkins. Você teve ela só pra você por semanas, não dá pra dividir por cinco minutos?

Eu nem estava fazendo nada quando Lola começou a abusar verbalmente de mim. Bom, eu me aproximei para beijar Tasi na cabeça quando passei por elas, mas fora isso, as deixei em paz. Mas Henry...

— Você não é a única que precisa conversar com ela, Lola — resmunga ele, cruzando os braços e colocando os pés gigantes sobre a mesa como se fosse uma criança mimada. — Eu tenho minhas coisas também.

Eu atravesso o cômodo, pisco para Tasi em vez de chegar perto dela porque Lo me dá um medo da porra, e me jogo ao lado de Hen.

— O que rolou? — Entrego uma cerveja para ele enquanto Henry me olha como se eu tivesse duas cabeças. — As suas coisas. Posso ajudar?

— Eu não tenho coisas... mas eu poderia ter coisas se quisesse. Eu poderia ter mais coisas do que Lola. Eu poderia ter mais coisas que todos vocês.

— Ninguém tem mais coisas do que Lola — sussurra Robbie e olha por cima do ombro para se certificar que ela não ouviu. — Tanto metafórica quanto literalmente.

Conversar com os meninos demorou cerca de quinze minutos, mas Lo não consegue fazer nada em quinze minutos. Quinze minutos é só o aquecimento dela.

Depois de uma hora de conversas baixas na cozinha, Anastasia se aproxima e se aperta entre mim e Henry.

— Você teve um bom Natal, Henry?

— Você se afogou — responde ele.

Ela fica um pouco em choque e a cabeça se vira para mim, depois para Henry.

— Eu sei, mas estou bem agora. Nathan me salvou.

— Você poderia ter morrido. — Ele olha para as próprias mãos em vez de olhar para ela, e não sei por que estou surpreso. Henry ama Tasi como se fosse uma irmã e me mandou mensagem todos os dias para checar se ela estava bem. Eu achei que isso tinha sido o bastante para ele, mas pelo visto, não.

— Mas não morri e estou aqui — responde ela, gentil, apoiando a cabeça no ombro dele.

Ele se levanta rapidamente e vai para a cozinha onde fica encarando a geladeira por mais tempo do que o necessário.

— Podemos ir pra cama? Estou cansada — ela me pergunta. Eu olho mais uma vez para Henry e concordo, ciente de que ele precisa respirar um pouco.

Eu a sigo para o andar de cima e trabalhamos como uma equipe para nos lavarmos, trocarmos e prepararmos para a cama. Ela se agarra em mim e faz carinho no meu peito.

— Sinto falta da sua cama.

— Quer que eu compre o mesmo colchão?

— Não — diz ela, prolongando o "ã" como se quisesse dizer *sim*. — Não tem por quê, a formatura é daqui a seis meses. Vai ser mais uma coisa para levar quando se mudar.

— Sim, mas você vai continuar aqui.

A tentação de reprovar este ano e refazê-lo só para me formar com ela é forte. É estranho? Sim. Eu me importo? Não. Mas acho que os Vancouver Vipers se importariam, e é por isso que estudo.

Anastasia se solta de mim e se senta de frente, com as pernas cruzadas.

— Nathan... Eu não quero morar aqui ano que vem. Ainda mais com você no Canadá.

— Por que não? — Sinto um aperto no estômago, e eu queria poder voltar trinta segundos no tempo e não começar a ter esta conversa. — Por que tenho a sensação de que você vai me falar algo que eu não quero ouvir?

— Provavelmente não quer, mas não quer dizer que não devemos conversar sobre isso. — Ela ri e coloca a mão na minha coxa. — Eu amo que vocês gostam que eu more aqui. Sinceramente, não sei o que seria de mim sem os meninos. Mas, como eu disse várias vezes, quero voltar pro meu apartamento.

— Você quer morar com o cara que vive falando merda de você? — pergunto de um jeito muito, muito mais grosseiro do que gostaria.

— Olha, eu sei que pode não fazer sentido pra você, mas não precisa. Lo me contou tudo o que perdi enquanto estava sem celular, e eu acho que Aaron está pronto para resolver as coisas.

— Anastasia, ele foi maldoso com você. Ele é um mentiroso e um bully. Você não precisa dele.

— Sim, eu sei disso! Isso não sai da minha cabeça, mas não estou dizendo que vou ser amiga dele. Mas eu preciso dele, sim. Ele é meu parceiro de patinação e, a menos que eu queira começar do zero, algo que não estou disposta a fazer depois de dois anos de sofrimento, preciso achar um jeito de trabalharmos juntos.

— Eu odeio isso.

— Eu sei que odeia, amor. E eu amo o quanto você é protetor, mas era para eu ficar aqui só temporariamente. Você sabe como é difícil passar cada segundo do dia com você sabendo que vai embora em seis meses?

— Eu não quero me mudar também, mas você sabe que não tenho escolha!

— Não foi isso que eu quis dizer, Nathan. É claro que quero que você jogue no seu time dos sonhos. Mesmo que não tenha assinado o contrato ainda, eu apoio que você vá para qualquer lugar que quiser. — Ela suspira, e esse som, que escuto com tanta frequência, me diz o quanto ela está mentalmente exausta com essa situação toda, e me faz odiar que nossas férias de fim de ano estão terminando assim. — O que quero dizer é que quero ficar empolgada por você daqui a seis meses, e não ficar chorando porque não quero que vá embora. Acho que vai ser bem mais fácil se estiver no meu apartamento de novo.

Ela toca nos lábios e balança a perna. Está nervosa. Meu coração dispara.

— O que você não está me contando?

A mão na minha perna se mexe, me preparando para a notícia ruim que está prestes a me dar.

— Aaron foi liberado para patinar de novo. Eu ia te contar de manhã, porque foi um dia muito longo, mas acho que isso quer dizer que você pode voltar a jogar.

Saber que posso jogar hóquei de novo deveria ser música para os meus ouvidos, mas, na verdade, parece que estou perdendo Anastasia.

— Então não vamos mais patinar juntos, *e* você vai se mudar daqui? — questiono. — Eu vou ser só mais um cara às quintas-feiras à noite? Quando vai ter tempo pra mim no seu planner?

Eu me arrependo assim que as palavras saem da minha boca.

Ela arregala os olhos, e vejo que fica tensa.

— Você está chateado, Nathan, mas, por favor, não fala assim comigo.

Eu peço desculpas, mas a vergonha que sinto não deixa que minha voz saia mais alto do que um sussurro.

— Você é meu namorado e eu te amo. Vou te ver sempre que puder, mas você está se precipitando. Eu vou ouvir o que ele tem a dizer, é só isso.

— Você tem um coração grande demais, Tasi — murmuro, e a puxo de volta para mim, me sentindo melhor assim que seu corpo encontra o meu. — Não quero que ele te magoe mais do que já fez. Eu não confio nele, mas confio em você e no seu julgamento. Vou ficar ao seu lado, seja lá o que decidir.

Ela pega no sono rápido, e eu ouço o barulho suave da sua respiração, deixando esse som me acalmar. Não funciona, e eu durmo pensando que definitivamente não confio em Aaron Carlisle.

O CHEIRO DE FLORES está tomando conta dos meus sentidos e estou ansioso para voltar para o carro. O florista não tem pressa alguma para embrulhar as peônias que escolhi e estou muito consciente de JJ passeando ao meu redor, falando sozinho.

— O que você está resmungando aí?

Ele enfia as mãos nos bolsos e dá de ombros.

— Eu quero um cara gato que me dê flores.

Eu o encaro, esperando pelo sorriso arrogante dele para saber que está brincando.

— Tá falando sério?

— Tipo, seria legal ganhar flores, sabe? As pessoas com quem eu saio esperam que eu compre flores para elas. É sempre, tipo, "JJ, nossa, seu pau é tão grande", ou "Nossa, você é tão inteligente", ou "JJ, esse foi o melhor sexo da minha vida". Nunca é "JJ, comprei flores pra você". Deixa pra lá, é besteira. — Ele chuta o ar e passeia em torno dos girassóis.

Quando me viro de novo para a florista, ela também parou para ouvir o lamento de JJ. Balanço a cabeça enquanto coloco a mão no bolso para pegar mais dinheiro.

— Pode fazer dois buquês, por favor?

Ainda estou com o cheiro forte das flores no meu nariz no caminho de casa. JJ está sorrindo de orelha a orelha, segurando suas peônias azul-claras, e as rosas de Anastasia estão nos joelhos dele, para não amassarem.

Merdinha manipulador.

Eu adoraria dizer que estou comprando flores para minha namorada só porque a amo, mas, para ser sincero, são flores cheias de culpa.

Flores lindas e caras e cheias de culpa.

Eu não gosto de como falei com ela ontem à noite e, apesar de ter pedido desculpas e me arrependido imediatamente das minhas palavras, na minha cabeça eu queria ter dito coisa muito pior.

Eu queria brigar com ela e lembrá-la de todas as coisas terríveis que Aaron falou, tudo que ele fez que a deixou se sentindo mal. Fazer com que ela visse por que ele deveria ficar longe das nossas vidas.

Mas não é justo, porque ela sabe disso. Eu a abracei enquanto chorava por causa das palavras dele. Ela sabe exatamente por que deveria ficar longe dele. Não posso fingir que parte de mim realmente não quer dividi-la com ele.

Patinar com ela todos os dias pelas últimas seis semanas me deixou mal-acostumado. Acordar ao lado dela, cozinhar com ela, até malhar e estudar com ela me deixou mal-acostumado.

E se ela fizer as pazes com Aaron e decidir que não precisa mais de mim?

Quero construir uma vida com ela: uma que vai continuar quando Maple Hills for apenas uma lembrança, então isso tudo faz parecer que estamos andando para trás. Todos os meus instintos me dizem para segurá-la, interferir, protegê-la, mas sei que isso não é certo. Não vou ser esse tipo de cara. Não vou ceder a isso depois que Anastasia trabalhou tanto em si mesma. Ela merece a melhor versão de quem eu sou, e essa versão confia e apoia sua namorada.

E também compra flores quando age que nem um babaca.

Eu e JJ fomos falar com o treinador Faulkner e, por sorte, ele estava de bom humor. É o que sempre acontece, depois de duas semanas longe de nós. É um cara completamente família e, apesar de ser assustador, é um pai muito gentil para as filhas, então adora passar o fim de ano com elas.

Ele não fala muito sobre as meninas. Imogen e Thea devem estar pelo menos no fim da adolescência, mas tenho medo de perguntar, mesmo por educação.

Faulkner confirmou o que a Lo disse, o que é um alívio e um estresse. Aaron recebeu alta enquanto estava em Chicago; Brady mandou um e-mail hoje pela manhã e disse que tudo voltará ao normal amanhã.

— Anime-se, caralho — diz o treinador quando eu não pulo de alegria como ele esperava. — Se isso for por causa da menina, Hawkins, eu juro por Deus…

— Ela é minha namorada, senhor.

Ele suspira, apertando a ponte do nariz.

— Justo do que você precisava no último ano: uma namorada. Pelo amor de Deus, use camisinha. Estou falando sério, pelo bem de vocês dois, usem proteção.

JJ ri ao meu lado até Faulkner lhe lançar um dos seus olhares famosos.

— Nem começa, Johal.

Capítulo quarenta e três
ANASTASIA

É a primeira vez que me sinto aliviada de acordar sozinha.

A conversa que tive ontem à noite com Nate estava me tirando o sono. Quando ele me acordou e disse que ia ver Faulkner, eu não insisti para ele ficar na cama.

Mesmo sem ter conversado direito, eu sabia que ele estava chateado e provavelmente se sentindo culpado. Ele tem me mandado mensagens sem parar desde quando saiu: desculpa, justificativa, desculpa, textão, desculpa. É cansativo. Mas eu ignoro Nate e coloco minhas preocupações de lado enquanto vou falar com meu segundo — talvez empatado em primeiro — homem favorito.

Digito o código quando ele grita "pode entrar" e vejo Henry sentado no chão com tintas e uma tela imensa. Tomo cuidado para não atrapalhar seu processo quando me sento ao seu lado, mas fico perto o bastante para ele ter que falar comigo.

— Henry, tem alguma coisa que você queira conversar comigo?

Ele balança a cabeça, definitivamente não. É um não muito firme, mas nada convincente, e ele me olha de relance cada vez mais até que enfim larga o pincel.

— Não consigo parar de pensar nisso.

— Me diz por quê. Eles me examinaram várias vezes. Juro que estou bem.

— Eu comecei a pesquisar as estatísticas de quantas pessoas caem em lagos congelados, e quantas morrem por causa disso. Depois, pesquisei quantas pessoas se machucam seriamente na patinação artística e não consegui parar de pensar que tudo isso pode acontecer com você.

— Ah, Henry.

— Não consigo parar de pensar nisso, Anastasia. Você quase morreu. Eu não sei como parar.

— Me desculpa por ter te assustado. Eu também fiquei com medo, mas juro que estou bem e que não vai acontecer de novo.

— Por favor, não patine mais em lagos congelados a céu aberto.

— Eu não posso prometer isso, mas preciso que você me prometa que vai parar de procurar estatísticas. Quer um abraço?

Ele pensa sobre a minha oferta, morde o lábio um pouco, mas depois balança a cabeça.

— Não. Eu prometo tentar parar de olhar. É só que às vezes não consigo. É como se, tipo, depois que eu penso nisso, fica enfiado ali e cada vez mais fundo, e depois não consigo tirar. Eu odeio isso em mim e não sei por que faço isso.

— Você sabe que eu te amo, né? E não tem nada que eu odeie em você.

— Eu sei, e é por isso que eu me preocupo com você. Eu nunca tive isso que temos. — A confissão dele me deixa sem palavras. — Não quero perder isso.

Eu o observo pintar até não ter mais tempo e precisar ir me arrumar para me encontrar com Aaron, e mesmo assim, é difícil deixá-lo ali.

Parece que estou indo para uma entrevista de emprego quando entro no escritório de Brady.

Aaron parece tão desconfortável e nervoso quanto eu, o que faz eu me sentir um pouco melhor. O escritório de Brady é pequeno, mas a mesa é grande o bastante para eu e Aaron nos sentarmos em lados opostos e a treinadora na ponta, como uma advogada de divórcio.

— Obrigada por vir, Tasi. Eu sei que não mereço o seu tempo.

Brady resmunga imediatamente.

— Vamos maneirar no drama, Aaron.

Eu tento ser indiferente e não reagir.

— Você tem a minha atenção. O que quer dizer?

— Eu fui cruel com você, e você não merecia isso. — Ele se senta ereto na cadeira e torce os dedos. — Eu não fui o parceiro ou amigo que você merece.

— Você sabe o que ainda não disse para mim? — *Mantenha a calma.* — Você não pediu desculpa. Você não disse: "Me desculpa, Tasi. Me desculpa por ter te julgado e chamado de puta. Me desculpa por ter criado um ambiente tão tóxico que você saiu de casa. Me desculpa por ter falado mal de você para todo mundo."

— Anastasia, por favor — diz Brady. — Estamos aqui para consertar as coisas. Eu sei o quanto vocês se importam um com o outro. Vamos nos concentrar nisso.

— Ele disse que ninguém poderia… — Minha voz falha. — Ele disse que ninguém poderia me amar se nem meus pais biológicos me amaram. Ele te contou isso, treinadora? Quando disse que queria consertar as coisas?

— Aaron. — O rosto de Brady fica pálido, e sua voz, fraca. — Por favor, me diga que você...

Ele enfia o rosto nas mãos.

— É verdade, treinadora. Eu disse tudo isso e muita coisa pior. Eu sinto muito mesmo, Anastasia.

— Eu te defendi tanto, Aaron — digo, sem emoção. — Quando o seu comportamento fazia as pessoas acharem que você era um babaca, eu dizia que elas não te entendiam. Ao mesmo tempo, você estava falando por aí que sou uma má patinadora e que estava tentando dar um golpe da barriga no Nate porque sou pobre. Você entende o quanto isso é terrível? O que eu fiz para você me odiar tanto?

Isso é o suficiente para chamar sua atenção, e ele finalmente olha para mim de novo. Seu rosto está pálido: ele está pensando na resposta apropriada, porque não sabia que eu sabia disso.

— Meu pai teve outro caso. Dessa vez a amante ficou grávida, e minha mãe finalmente expulsou meu pai de casa. Ela tem a nossa idade, Tasi. Entende como isso é bizarro? Eu vou ter um irmão e a mãe é alguém que eu poderia ter namorado.

— Sua mãe não merece ser tratada assim. Nunca mereceu. Mas não entendo o que isso tem a ver comigo.

— Você não estava por perto! Eu precisava de você, precisava do seu apoio, e você sumiu. Você ia para festas e saía com caras que nem gostava. Eu me senti sozinho, e isso me deixou com raiva de você.

Tanta dor, tantas lágrimas, tanto sofrimento. Todos os sentimentos de não me achar boa o bastante, me perguntando o que tinha feito para merecer isso, tudo porque ele não conseguia me dizer qual era o problema.

— Fiquei tão chateado com você por não ser uma boa amiga que acabei me tornando um amigo pior ainda. Não espero que me perdoe imediatamente, mas quero merecer seu perdão. Eu sei que vai demorar, e tenho uma ideia de como resolver.

Fique calma.

— Tudo isso são palavras, Aaron. Não significam nada.

— Tem uma terapeuta aqui em Los Angeles chamada dra. Robeska. Ela é especializada em casais, mas não de um jeito romântico — ele explica. — Pessoas como a gente: duplas, colegas de quarto. Minha mãe disse que iria pagar por algumas sessões, depois que contei o que fiz. Ela disse que isso pode ser um recomeço para todos nós.

Brady acena com a cabeça, empolgada, o que me irrita mais ainda, porque foi para ela que Aaron ficou sabe-se lá quanto tempo falando tanta merda de mim.

— Boa comunicação é essencial para uma parceria. Vocês passaram por meses difíceis, e se essa parceria vai continuar, vocês precisam dar um jeito nisso.

Ele sabe o que está fazendo, que é o que mais me irrita. Saber que ele está me atingindo com algo que não posso recusar. Eu sempre falei dos benefícios da terapia desde que nos conhecemos, principalmente para convencê-lo a ir e resolver seus problemas. Depois de tudo que aconteceu, ele está tentando me manipular.

— Lola disse que você foi liberado para patinar. É verdade?

Ele acena com a cabeça antes mesmo de eu terminar minha frase e levanta o braço ruim, movendo-o para mostrar que está bem.

— Recebi a alta do médico. Estou pronto quando você quiser... Então, terapia?

— Eu vou ter que pensar no assunto, Aaron. É um compromisso muito grande, e você me magoou. Magoou muito as pessoas ao meu redor, pessoas que eu amo.

— Você já me amou também — diz ele, sem emoções. — E eu te amo... como amigo, claro.

— Acho que a melhor coisa a fazer é nos prepararmos para o campeonato nacional. Não tenho certeza de que posso ser sua amiga de novo, mas podemos manter nossa parceria profissional.

— Se eu pudesse voltar atrás, eu voltaria, Tasi. Mas não posso, e eu ainda quero ter uma amizade com você, assim como a parceria, mas preciso merecer o seu perdão do jeito certo. — Ele faz uma pausa dramática para respirar. — Provando que sou melhor do que quem eu era. Vou te dar tempo para pensar sobre a terapia. Espero que faça a escolha certa. Eu sinto muito mesmo, e vou pedir desculpas quantas vezes precisar.

Brady faz um discurso sobre trabalho em equipe e, quando saio do escritório, estou cansada e irritada, odiando a decisão de ter escolhido patinar em dupla. Me sinto sobrecarregada pelos sentimentos das outras pessoas, o que é difícil porque também tenho muitas questões e sentimentos.

Não sou perfeita. Estou tão longe de ser perfeita que chega a ser engraçado pensar nisso, mas estou fazendo o que posso para ser uma boa amiga. Então, ouvir que tudo isso aconteceu porque supostamente não apoiei Aaron é difícil de acreditar.

É óbvio que sei que isso não é verdade, mas Aaron não ia chegar ali e admitir que nem tentou falar comigo. Emocionalmente, estou questionando se poderia ter feito algo mais. E agora estou irritada comigo mesma, porque é isso que ele quer e eu estou caindo.

Esse é o problema das pessoas. Ninguém é uma coisa só: todo mundo tem coisas boas e ruins. Veja só pessoas como o pai do Nate: ele é o pai que Nate e Sash precisam? Não. Mas é uma pessoa má? Também não. É a mesma coisa com Aaron. Eu não ficaria dividida e chateada com alguém que é completamente ruim.

É nisso que eu e Nate temos opiniões diferentes, porque ele só vê o bem e o mal. Ele não presta atenção na área cinza e complexa entre os extremos. E o que eu aprendi é que, quando Nate fica chateado com alguma coisa, ele deixa isso extravasar como frustração.

Quando chego em casa, Nate está me esperando com um lindo buquê de peônias, e não consigo fingir que não fico feliz com o gesto. Ele me entrega o buquê e pergunta:

— Como foi?

— Eu não tenho energia para te contar, ter que lidar com a sua reação e depois você fazer eu me sentir mal comigo mesma. Posso te contar amanhã, depois de ter processado tudo? Eu preciso beber. Acho que vou sair com a Lola.

O choque toma conta do seu rosto, e ele se aproxima para beijar minha cabeça.

— Eu mereço essa. Claro, sim, leve o tempo que precisar. Eu te amo.

— Eu também te amo.

Acho que estou morrendo.

Tem uma juba de cabelos ruivos cobrindo meu rosto quando abro os olhos contra a vontade. Sinto cheiro de laranjas frescas e, apesar de amar laranjas, pensar em comer uma agora me faz sentir o gosto de bile na garganta.

Estou enrolada em um corpo pequeno cheio de lantejoulas e pele clara, e estou completamente confusa de onde estou, porque essa pessoa com certeza não é Nathan.

Rolo para ficar de costas, me solto de quem eu espero que seja Lola, e observo o quarto ao meu redor. Parte de mim fica preocupada por um segundo pela possibilidade de estar no apartamento, mas este quarto está arrumado demais para ser de uma de nós.

Um ronco alto vindo da cama faz eu me sentar, depois cubro minha boca quando o movimento me dá ânsia de vômito. Ver o rosto de Robbie dormindo me deixa mais confusa, mas meu cérebro cheio de álcool deduz que estou na cama de Robbie e, pior ainda, com os dois.

Não lembro como cheguei em casa ontem à noite. Bom, só me lembro de partes, que não me ajudam em nada agora.

Depois de um dia de merda, eu podia sentir a tensão e o estresse saindo do meu corpo a cada dose que virava; algumas doses depois, e as coisas começaram a ficar embaçadas. Cada movimento faz meu corpo doer, e por mais que eu queira subir as escadas e me deitar na cama com meu próprio namorado, não acho que tenho forças ou a coordenação motora para isso.

Pego meu celular e rezo para que Nate esteja acordado.

NATE

                       Tá acordado?

Ei, bêbada! Sim, acabei de acordar.

                    Acho que estou morrendo.

É o que acontece após uma garrafa de tequila.

            Por que estou na cama com Lo e Robbie?

Eu tentei te colocar na nossa cama, mas você disse que eu estava tentando separar vocês duas. Vocês queriam dormir de conchinha.

        Só de pensar em me mexer está me dando vontade de vomitar. Tenho enjoo por antecipação. Ver minhas palavras na tela está me dando enjoo. Me ajuda.

Quer que eu te carregue aqui pra cima?
Mas você não pode vomitar.

              Pode me carregar de leve? Existe isso?
       Eu consigo sentir o gosto de sons. Muito sensível.

Estou a caminho para te carregar de leve.

Ouço passos pesados na escada depois de ouvir a porta do quarto dele fechar, e ainda não consigo me mexer. A fechadura da porta apita quando ele digita o código e entra, naturalmente lindo, só de cueca. Eu quero observá-lo, admirá-lo, mas, quanto mais ele se mexe, pior eu fico, então fecho os olhos com força.

— Estou tentando não me sentir ofendido com a sua careta.

— Você é uma obra de arte, amor, sério. Dez de dez, deus do sexo. Mas ver você se mexer tão rápido está me dando ânsia de vômito — digo com os lábios apertados.

— Deus do sexo dez de dez? Acho que alguém ainda está um pouco bêbada. — Seus braços fortes me pegam e me puxam para seu peito sem dificuldades.

— Meu Deus, para de se mexer. — Eu gemo, mantendo a palma da mão colada na boca. — Como posso estar bêbada *e* de ressaca?

— Você vai se sentir melhor depois de um Tylenol e um banho. Eu imagino que não queira ir malhar comigo hoje de manhã?

Quando encaro seu rosto absurdamente lindo, ele está tentando não rir, o que é uma boa ideia, porque o movimento da risada pode fazer com que eu vomite no seu peito.

Ele anda lentamente pela cozinha e me senta no balcão.

— Você está cheirando a McDonald's e arrependimento. — Ele abre uma gaveta e pega o analgésico.

— Eu comi McDonald's ontem? Ou costumo cheirar a Big Mac?

Ele tira o cabelo embaraçado do meu rosto e olha para mim de um jeito tão amoroso que, por um segundo, esqueço que estou parecendo um gremlin que mora em um lixão.

— Você comeu vinte nuggets em quatro minutos. Era como se estivesse numa competição de quem come mais rápido, mas era a única competindo. Nunca me senti tão apaixonado por você. — Ele me dá um copo d'água e coloca dois comprimidos na minha mão. — Você não se lembra de ter chegado em casa? Russ buscou vocês porque ele estava sóbrio. Você o forçou a levá-la para comprar comida.

— Eu gosto do Russ.

Nathan ri para si mesmo e esfrega as mãos nas minhas coxas enquanto tomo os comprimidos.

— Eu sei disso. Você disse isso muitas vezes. Chamou ele de "benzinho" na frente de todo mundo. Adivinha do que o pessoal está chamando ele agora?

Ah, não. Coitado do benzinho.

— Ops.

Ele me pega de novo e me carrega escada acima, com cuidado para não me balançar demais.

— Ops mesmo. Coitado, mas ele vai superar, relaxa. Acho que ele vai vir morar aqui ano que vem, então você vai ter muitas chances de compensar isso. Acho que Russ e Henry estão ficando amigos.

Nate me coloca na cama e me enrola nas cobertas até eu virar um burritinho humano. Ele está sendo muito cuidadoso, e neste momento é difícil pensar nas nossas diferenças.

— Nathan?

— Sim?

— Eu preciso vomitar, mas não consigo mexer os braços nem as pernas.

Ele começa a me desenrolar, desesperado, e fica olhando enquanto corro até o banheiro. Não sei o que ele faz enquanto vomito violentamente, mas imagino que deve ter pensado em como gosta de ter uma namorada tão graciosa.

Nate me dá um banho, me coloca na cama, me traz comida e vai para a academia, e eu fico na cama, passando mal e lendo um livro.

Eu devo ter dormido, porque dou um pulo quando ele entra no quarto, todo suado.

— Está melhor? — pergunta ele ao largar a bolsa da academia aos pés da cama.

Antes da minha soneca espontânea, eu estive pensando sobre as últimas vinte e quatro horas, e logo cheguei à conclusão que tinha que pedir desculpas.

— Desculpa por ter sido grossa com você ontem.

— Você pediu desculpa ontem à noite, relaxa.

— Pedi?

— Sim, umas trinta vezes. Depois tentou me seduzir, algo que recusei educadamente. Desculpa. Você estava bêbada demais para fazer qualquer coisa além de dormir.

Eu me enfio debaixo do edredom e sinto o calor subir pelas minhas bochechas.

— Não parece algo que eu faria. Tem certeza?

Ele faz um "uhum" e ri sozinho.

— Você foi bem gráfica sobre o que queria que eu fizesse com você. Me disse que o meu pau é o mais lindo que já viu.

Espiando por cima do meu escudo de edredom, ele parece estar muito feliz.

— É verdade.

Ele se senta ao meu lado e passa a mão pela minha canela.

— Escuta, você sempre quer que eu seja sincero com você, e eu sou. Está me incomodando não saber o que aconteceu ontem com Aaron. Podemos falar sobre isso?

— Claro.

Nathan não fala nada enquanto eu conto tudo. Ele fica sentado em silêncio, ouvindo atentamente. Quando termino, ele continua em silêncio. Eu me mexo na cama, ansiosa, cutucando-o com o pé.

— E aí?

— Terapia de casal?

— Terapia de parceiros esportivos.

— Ele está armando alguma coisa. — Nate rasteja para o meio das minhas pernas e se contorce até apoiar a cabeça na minha barriga. — Eu não quero te chatear de novo. Nunca é culpa sua, amor. Sinto muito se fiz você se sentir assim.

— Eu sei.

— Mas eu não gosto disso.

— Sei disso também.

— Estou tentando não fazer com que ele seja um problema entre nós. Mas eu fico irritado, e é difícil superar isso.

— Nate...

— Sim?

— Sai da minha barriga, vou vomitar de novo!

Capítulo quarenta e quatro

NATHAN

As primeiras duas semanas do trimestre foram um borrão de hóquei, trabalhos e pânico de que Aaron chateasse Tasi.

Eles começaram a terapia de casal, que não é para casais, alguns dias depois das aventuras bêbadas dela com Lola, e toda vez Tasi volta para casa chorando, cansada e sobrecarregada.

É normal, é o que ela me diz. *Começar qualquer tipo de terapia é difícil*; ela diz isso com um tom seguro, mas seu desespero por parecer estar no controle da situação brilha como um farol no meio da noite escura. Mas ela ainda não me convenceu: está se machucando para perdoá-lo, e eu odeio essa merda.

Tentamos conversar sobre isso, mas eu fico irritado, o que faz Anastasia ficar na defensiva. Então deixamos de lado porque não vou passar as raras noites livres que tenho com ela discutindo sobre Aaron Carlisle. Ela ainda está morando comigo e ainda chama aqui de casa, mas sua agenda está cheia de treinos extras, exercícios, terapia com Aaron, terapia sozinha... não acaba nunca.

Não posso dizer que a minha situação é muito diferente. Quase dois meses sem jogar hóquei me deixaram enferrujado, apesar do tempo que passei com Tasi ter me ajudado a patinar melhor. Estou mais leve, mais preciso. Consigo ver como melhorei quando começa o jogo. Eu queria que Tasi pudesse ver, mas na semana passada a Arena Dois reabriu, então voltamos para o nosso rinque.

Eu sinto falta dos momentos antes ou depois dos treinos em que a gente ficava junto, ela me dando uma cotovelada de raspão ou me encarando com a mão na cintura quando passávamos do horário. Mas ela tem uma competição na semana que vem, então não ter mais que dividir o rinque tirou uma pressão dela, e é algo de que eu não posso reclamar.

Tasi disse que não ficou surpresa de ver que Aaron voltou a patinar tão perfeitamente como sempre; ela diz que está no sangue dele e, com isso, apesar de todos os seus defeitos, ele nunca a decepciona no gelo. Ela diz que consegue lidar com todo o resto desde que ele continue patinando.

Não vou fingir que não sinto falta de ser seu parceiro de patinação. Não, não estou pensando em abandonar o hóquei para ser um patinador mediano, mas foi divertido e sinto falta do tempo que passamos juntos. Ficou claro quanto tempo os parceiros passam juntos, ainda mais aqueles que moram na mesma casa. Pensar que ela passava tanto tempo com Aaron ou que ele vai preencher tanto espaço assim em nossas vidas me assusta. Eu *sei* que não posso ser o parceiro dela, mas meio que queria que pudesse.

JJ e Robbie me disseram para me controlar, e eles têm razão, mas tenho uma sensação de que algo está errado e ela nunca vai embora. Henry diz que estou obcecado por Aaron do jeito como Aaron é obcecado por Anastasia, mas o garoto está do meu lado desta vez, para variar.

É por isso que sei que tem algo muito errado.

Eu me forço a ignorar essas merdas a respeito de Aaron porque hoje foi meu primeiro jogo de volta ao Titans e eu precisava mostrar serviço. Por um milagre, eu não fiz merda e ganhamos.

Não sei se eu estava nervoso por estar de volta, nervoso porque Tasi estava me assistindo pela primeira vez ou porque, quinze segundos depois de pisar no gelo, Faulkner me disse que ia me mandar de volta para Brady se eu vacilasse.

Os caras estão empolgados por eu estar de volta no time, e a empolgação deles é contagiante. Bom, eu não paro para pensar que meu último ano está voando e que não temos mais muitos jogos juntos.

Tasi trabalhou hoje de manhã, depois teve uma sessão com o Babacão e a dra. Robeska, então eu não a vi antes do jogo começar, mas consegui os melhores assentos para ela e Lola. Quando estava separando uma roupa para substituir a que ia usar no trabalho hoje, Tasi fez questão de levar a camisa com meu nome.

— Não acredito que você conseguiu me convencer a assistir um jogo de hóquei — ela brincou, mas sei que estava empolgada.

Foi uma sensação estranha saber que havia alguém na plateia só por mim. Eu jogo no Maple Hills desde o primeiro ano e ouvi gritarem meu nome várias vezes, mas era diferente.

Toda vez que eu passava por onde sabia que ela estava, me sentia bem. Valia a pena ouvir os xingamentos de Robbie toda vez que eu patinava até ela, colocava a mão no vidro e ela fazia a mesma coisa.

Ele calou a porra da boca dois minutos depois, quando fiz um gol.

Melhor ainda, o pai de Tasi me mandou uma mensagem de manhã para me desejar boa sorte. Ele disse que achou um bar que iria exibir o jogo, então ia tomar uma cerveja, ou cinco, depois de Julia forçá-lo a decorar o quarto de hóspedes. Ele disse que estava falando bem de mim para todo mundo, então era para eu me esforçar ao máximo. Eu encaro meu celular por dez minutos antes de conseguir pensar em uma resposta em agradecimento pelo apoio. Ainda bem que dei um motivo para ele se gabar.

Estou ansioso pra caralho esperando Faulkner terminar a conversa pós-jogo. Ele gosta de fazer isso quando ainda está fresco nas nossas mentes, sem levar em consideração que queremos sair e comemorar. Mostra o quanto as coisas mudaram, porque eu me lembro de me sentar aqui, dois meses atrás, na mesma situação, mas só pensava no hóquei.

— Ok, terminei, vocês podem tirar essas caras de desespero do rosto — diz Faulkner, finalmente. — Não comemorem demais. Não vou tirar ninguém da cadeia hoje. Vejo vocês na segunda.

Tasi está encostada na parede, mexendo no celular, quando finalmente me livro de Faulkner.

Ao sentir eu me aproximando, ela levanta os olhos do celular, me dá um sorrisão e começa a correr na minha direção. Eu a pego com um braço quando ela pula e largo do ombro a bolsa, que cai aos meus pés.

— Estou tão orgulhosa de você — ela grita, enrolando as pernas na minha cintura e beijando cada pedacinho do meu rosto. — Eu quero largar tudo e ser uma esposa de jogador de hóquei. Meu coração não relaxou um segundo, e quando aquele cara esbarrou no Bobby, eu fiquei *putaça*! Estava gritando tanto e nem entendia direito o que estava acontecendo... mas você ganhou!

Eu a coloco no chão e olho para ela. Caralho, como ela fica linda com essa camisa; foi mesmo o melhor presente que ganhei.

— Você está bêbada. Por favor, não largue...

— Eu nunca disse que seria a *sua* esposa. — Ela ri. — E não estou bêbada! Bom, eu estava, mas o estresse e a empolgação me deixaram sóbria. Você é bom, Nathan. Eu nem sei nada sobre hóquei, mas todo mundo ao nosso redor estava falando de você... Ah! E meu pai não parou de me mandar mensagem.

Eu não sei o que dizer enquanto andamos até o carro, então deixo que ela recapitule cada segundo do jogo que fez ela se levantar ou gritar com o juiz, porque, mesmo que ela não tivesse certeza do que estava errado, ela sabia que seus meninos estavam sendo sacaneados.

— Então, você gostou?

— Eu gostei de verdade, amor.

Os outros caras saíram com Lola antes de eu deixar o vestiário, e o plano é sair pra beber e comer. Parte de mim queria que estivéssemos indo pra casa, mas os meninos merecem — não é culpa deles que tenho andado tão chato esses dias. A caminhada até o carro demora o dobro do tempo normal porque as pessoas vêm me parabenizar, mas finalmente chegamos lá. Espero até estarmos a sós para perguntar o que esteve na minha cabeça o dia inteiro.

— Como foi a terapia com Aaron?

Ela olha para a frente quando dá de ombros, e sua voz falha quando responde:

— Foi tudo bem, depois a gente fala disso. Vamos comemorar.

A ansiedade que irradia do meu corpo é quase palpável. Anastasia não consegue disfarçar quando alguma coisa a incomoda. Eu sei que ela não está me contando algo pelo jeito como seu corpo está tenso, como ela não olha para mim, como morde o lábio. Me aproximo para segurar a mão dela e tento manter a voz tranquila:

— Eu quero saber agora. Os meninos podem esperar... Eu quero saber sobre o seu dia.

Ela se vira no banco para olhar para mim, leva nossas mãos até a boca e beija os nós dos meus dedos. Seus olhos azuis, que estavam tão brilhantes e felizes mais cedo, agora estão nadando em *algo* incerto.

— Por favor, Nathan. Eu não quero falar disso agora. Vamos nos divertir.

— Por que você não quer me falar?

— Porque você não vai gostar — responde ela baixinho. Seu rosto relaxa, e ela inspira fundo, passando a mão pelo cabelo. — E eu sei como você vai reagir. Falar com você sobre isso está me deixando ansiosa. Eu quero comemorar a sua vitória.

Ela está me dizendo que não quer falar sobre isso. Eu ouvi, em claro e bom som, mas meu instinto já me diz o que ela vai dizer. Se não confirmar minha teoria, não vou conseguir fazer mais nada hoje.

— Você vai se mudar, né?

Ela suspira, e sei que acertei.

— A dra. Robeska acha que é uma boa ideia. O campeonato nacional é no próximo fim de semana, e ela acha que seria bom para nós, Aaron e eu, passarmos a semana concentrados nisso. Nós tínhamos uma sintonia muito boa quando morávamos juntos e perdemos isso. Ela disse que, mesmo se for só um teste, agora seria um bom momento para tentar.

Não sei o que sentir quando ciúme, amargura, raiva, preocupação e mágoa vêm ao mesmo tempo.

— Então a médica que *ele* escolheu e que *ele* está pagando acha que você deveria voltar pro apartamento *dele*. Que surpresa. Não acredito que você está caindo nessa.

— Não fale comigo como se eu fosse ingênua, Nathan.

— Não estou fazendo isso. Só não entendo como você não vê o que ele está fazendo contigo! Como pode perdoá-lo por tudo que ele fez? Todas as coisas que disse? Sinto como se estivesse sempre me repetindo.

— Você não entende. Você nem tenta entender, só quer que eu corte o Aaron da minha vida, e eu não posso fazer isso! Isso não é tipo hóquei, Nate! Não posso simplesmente colocar outra pessoa no lugar dele. Somos só nós dois, é isso. Eu não vou perdoar e esquecer. Estou tentando ser melhor do que isso e não jogar fora os meus sonhos porque fiquei magoada.

— Anas...

— Não, pelo menos desta vez você precisa me ouvir — ela me interrompe, me impedindo de fazer minha defesa. — Eu *sei* que Aaron foi um péssimo amigo, mas estar no topo exige sacrifícios. Eu não posso estar no topo sem ele, mas você está tão determinado a criar uma barreira entre mim e ele que não está me ouvindo quando eu digo que sei o que estou fazendo. Eu já tomei minha decisão para consertar as coisas *profissionalmente*.

— Que besteira. Você sempre tem opções, Tasi. Você não precisa se mudar, não precisa fazer terapia, não precisa fazer porra nenhuma que não queira por aquele cara. Por que você precisa fazer sacrifícios por ele? Ele não se importa com você. Eu só acho engraçado o fato de que ele me odeia e, de repente, a terapeuta de vocês diz que é melhor a gente não morar mais junto.

— Isso não é sobre você, Nathan. Você está escolhendo não entender — diz ela, calma. — Você não está tentando enxergar as coisas pelo meu ponto de vista. O seu sacrifício foi pelo seu time, mas o meu é por mim mesma, pelo meu futuro, que deveria ser o *nosso* futuro. Você precisa separar o Aaron "amigo" do Aaron "patinador". Você precisa tirar da sua cabeça que eu estou sendo manipulada, porque não estou.

Eu odeio tudo isso. Odeio parecer o insensato, e que, de alguma forma, Aaron vai sair ganhando. Eu só não quero que perca o tempo dela com ele. Entendo que ela precisa fazer isso para patinar, mas queria que não fosse assim. Mas ela tem seus compromissos fixos sem eu ter que dividi-la com ele.

— Ele vai te deixar comer depois que você se mudar para lá?

Ela apoia a cabeça nas mãos e, quanto mais tempo demora para responder, mais me arrependo das minhas palavras. Finalmente, quando estou me mexendo desconfortável no assento, ela levanta o olhar.

— Estou me esforçando ao máximo para ser paciente porque eu te amo, e sei que lá no fundo, você só está preocupado comigo. Mas se não consegue conversar comigo com o mesmo nível de respeito que eu falo contigo, então é melhor ficar quieto. Eu tenho a competição mais importante da minha carreira daqui a uma semana, e não posso me preocupar em proteger o seu ego porque você acha que o maldito do Aaron Carlisle tem alguma influência no quanto eu te amo.

Quando ela termina de falar, me sinto como uma criança malcriada, e não faço nada além de concordar em silêncio. Ela se inclina para o banco do motorista para me dar um beijo e, quando nos afastamos, ela apoia a testa na minha e faz carinho no meu queixo. Tudo que ela disse é verdade, e na minha cabeça, eu posso admitir, mas na hora de falar em voz alta, as palavras não saem.

Enfim, consigo dizer alguma coisa, mas não é o pedido de desculpa que ela merece.

— Eu só não quero que ele te machuque.

Ela segura nossas mãos contra o peito. Vejo a dor no seu rosto e nem posso culpar Aaron por isso, porque desta vez a culpa é minha.

— Pode, por favor, nos levar para comemorar? Por favor, Nate. Eu quero curtir esta noite com você — ela pede, com a voz tão baixa quanto um sussurro.

Eu engato a marcha e faço o que ela pediu, apesar de achar que não temos mais nada para comemorar.

Capítulo quarenta e cinco

ANASTASIA

Eu sempre achei que a patinação fosse o relacionamento mais complexo da minha vida.

Estava enganada.

— Você acha que a atitude vem com o pau ou é algo que eles desenvolvem com o tempo? — pergunta Lola, enfiando uma colherada de Ben & Jerry's na boca. Olhando para o vestido que deveríamos estar ajustando, ela faz uma careta e come outra colherada. — Homens são péssimos.

Lola será Angelica Schuyler na produção da primavera de *Hamilton*, e hoje o cara que faz o Marquês de Lafayette a irritou. Ela não queria ficar no set enquanto ajustava o vestido, então trouxe para casa, sabendo que eu conserto e ajusto roupas de patinação desde que era criança.

Ainda não mexemos no vestido, mas assistimos a três episódios de *Criminal Minds*. Meu planner está de cheio de coisas para fazer, mas estou cansada demais para me importar com o fato de que não me importo.

— Acho que vem com a idade. Eu não me lembro de ficar tão irritada assim dez anos atrás — resmungo enquanto dou uma mordida na minha maçã.

Estar no apartamento há três noites me proporcionou uma pausa bem-vinda de ter a mesma conversa de novo e novo com Nathan, mas também sinto falta dele. É uma situação muito difícil, porque sei que ele nunca faria nada com a intenção de me magoar, mas, ao não ouvir o que estou dizendo, é o que acontece.

Nathan é protetor e gosta de consertar as coisas. É uma das características principais que fazem ele ser quem é, e eu amo isso. Amo ainda mais que ele tem orgulho disso, e do quanto é bondoso com as pessoas ao seu redor. Quando discutimos pela primeira vez e eu queria evitá-lo, ele não deixou. Depois da festa de Robbie, quando fiquei com vergonha do que fizemos, ele foi atrás de mim para saber se eu estava bem.

Ele tentou proteger Russ quando soubemos o que aconteceu com o rinque, assumiu a culpa pelo incidente com Aaron para proteger o seu time, mesmo que tenha sido uma decisão idiota. Ele me confrontou sobre algo tão complexo quanto distúrbios alimentares porque minha saúde era mais importante do que meus sentimentos. Várias vezes, Nate mostrou para mim e todos ao redor o que tem para oferecer.

É por isso que eu sei que, por mais que ele me ame, essa coisa com Aaron vai muito além de uma falta de confiança nele. Tem a ver com a autoestima de Nate e sua posição na minha vida como alguém que me ajuda.

O que eu não consigo fazer ele entender é que Aaron não vai substituí-lo. Ninguém poderia substituí-lo, mas, quanto mais tempo eu passo com Aaron, maiores são as chances de que ele seja a pessoa presente quando eu precisar de alguém, e é aí que mora o problema para Nathan.

Ele mesmo me disse que tem uma parte egoísta e ciumenta dele que não quer me dividir com Aaron, e por mais que isso costume ser um alerta vermelho, quando conversamos sobre isso e nos entendemos bem, parece que é porque Nate me valoriza tanto que ele não acha que Aaron me merece.

Nathan não sabe como processar o que está sentindo porque não tem o histórico de centenas de horas de terapia como eu, então não fico chateada com ele por não saber como organizar seus pensamentos. Mas ele sabe ouvir e não está fazendo isso.

Para ele, e o resto dos meninos, Aaron é um vilão. Ele é o vilão da história, o pesadelo que veio para arruinar tudo. Quando, na verdade, Aaron é um homem muito emocionalmente imaturo e confuso. Eu disse tantas vezes que pessoas que estão sofrendo fazem outras pessoas sofrerem, e é verdade. Ele mente e manipula as pessoas porque só sabe fazer isso.

Passei todo o nosso tempo juntos na faculdade até aqui justificando o comportamento de Aaron, apenas para manter a paz e a esperança de que no fundo ele seja uma boa pessoa. Isso não quer dizer que sou ingênua: quer dizer que eu vi seu lado bom e espero que esse seja a parte verdadeira. Mas ignorei todos os alertas e gatilhos, e isso foi burrice, porque, no fim das contas, eu saí magoada. Agora, meus olhos e ouvidos estão abertos e vejo nosso relacionamento como um meio para justificar um propósito.

Somos patinadores que precisam de um parceiro para patinar.

Eu não preciso nem quero sua opinião ou aprovação. Não esqueci misteriosamente que seus atos fizeram o homem mais tranquilo e calmo que eu conheço lhe dar um soco na cara. Não esqueci o quanto as palavras dele me magoaram, e apesar da dor ter passado na superfície, a cura total vai ser lenta, na terapia, por sei lá quanto tempo.

Eu não deveria ter que gritar que não sou ingênua ou que não estou sendo manipulada para Nathan confiar em mim. Eu não deveria ter que implorar para ele entender que existe uma diferença entre amizade e parceria.

E, se Aaron tiver que ser o vilão dessa história, Nathan é um herói clássico e, sim, ele pode ficar com esse título porque ele é o herói da minha história. Mas essa não é uma história sem graça de fantasia nem um conto de fadas. Eu não sou uma princesa; nunca fui uma, mas não posso negar que ele me fez crescer quando estivemos juntos, e me deu coragem para lidar com algo assim.

Eu acho que quero que Nate tenha orgulho de mim. Ele lida com as coisas mergulhando de cabeça e é isso que estou tentando fazer, e é por isso que fico surpresa de que minha decisão de lidar com Aaron cause tantas discussões com Nathan. E eu digo *lidar* porque terapia com Aaron não é fácil. É exaustivo e praticamente corrosivo. Mas a dra. Robeska é justa. Ela não aceita as merdas dele, nem a cara que ele faz quando força o choro.

Ela manda a real para ele, algo que eu adoro ver. Como quando ele repetiu o que disse na intervenção de Brady sobre precisar de mim e eu não estar lá por ele, e a primeira pergunta dela foi quantas vezes ele tentou falar comigo para pedir meu apoio. Seguido por quantas vezes nós fizemos planos e eu desmarquei. É claro que a resposta para ambas as perguntas era zero, o que fez ela falar sobre manipulação emocional.

Desde que voltei para o apartamento, sinto como se Aaron observasse cada pedacinho de comida que boto na boca. Eu ainda acredito quando ele diz que não fez besteira com meu plano alimentar de propósito, e Nate praticamente me implorou para falar sobre isso na terapia com Robeska.

Nate quer ter razão, mas também é o mesmo homem que me lembra que recuperação não tem a ver com ganhar. Tem a ver com aprender e se perdoar, esquecer hábitos ruins, e confiar no processo. Ele disse várias vezes que não é algo linear, e acho irônico que o mesmo pode ser dito sobre essa situação com Aaron.

Eu me pego mandando várias fotos de comida para Nate, buscando conforto em saber que não estou bagunçando tudo. Aaron nunca fala nada sobre minha alimentação, e, quando olho para ele, está olhando para o próprio prato. Talvez esteja tudo na minha cabeça. Talvez ele esteja fazendo *gaslighting* comigo. Talvez, talvez, talvez. Mais um dia em Maple Hills cheio de perguntas sem respostas.

— Eu não quero morar aqui no ano que vem — solto, pegando Lola de surpresa. Ela coloca o sorvete na mesinha de centro e se vira para me encarar, me dando sua total atenção. — Eu não quero morar na casa dos meninos do hóquei, porque não acho que seja justo com Henry e Russ, mas não quero morar aqui. Mas entendo se você quiser ficar. Não consigo bancar nada tão chique como a Maple Tower.

— Vamos nos mudar.

— O quê?

— Eu também não quero morar aqui. Vamos ter um novo começo.

Aaron resmunga quando eu aterrisso em seus braços.

— Para a música! — grito para Brady e me distancio de Aaron para não dar um chute na cabeça dele.

— Qual é o seu problema? — resmunga ele, me seguindo até a lateral do rinque.

— Você! Você é o meu problema, Aaron. Como vou conseguir me concentrar se você fica bufando e resmungando toda vez que toca em mim?

A música para e Brady não parece nada impressionada, mas não me importo. Não vou mais tentar ser legal. Eu me recuso a aturar mais essas merdas desse babaca irritante.

— Por que estão discutindo dessa vez? — Brady bufa e passa a mão pelos cabelos.

Aaron dá de ombros e me lança um olhar inocente.

— Eu não sei, treinadora. É Anastasia que está com problemas. *De novo.*

Sinto o calor subir pelo pescoço enquanto tento me controlar. Eu sempre achei que minha impaciência e meu temperamento forte eram minha personalidade como patinadora. Sempre achei que tinha a ver com a minha competitividade — a necessidade de ser a melhor —, mas está na cara que não é isso. Quando estava treinando com Nate não senti essa raiva toda, nenhuma vez. Mesmo quando caíamos ou discordávamos de algo pela décima vez, eu aceitava numa boa e seguíamos em frente.

Eu estava apoiando as mãos nos quadris, me controlando para não dar um soco na garganta dele, mas a pele debaixo das minhas unhas está doendo de tanto apertá-las. Eu sei qual é o problema com Aaron e deve ser por isso que estou chateada.

— Você está com dificuldade de me levantar? É por isso que está fazendo esses barulhos? Precisa malhar mais? — digo, fervendo de raiva.

— O quê? Não — responde ele, com o vermelho das bochechas indo para a ponta das orelhas, mas sua expressão fica séria. — Pega leve comigo, Tasi. Você não pode engordar sem me dar um tempo para eu me ajustar.

Aí está.

— Você levanta mais de cinquenta quilos acima do meu peso na academia sem pensar duas vezes. Eu vi você fazer isso hoje de manhã! Você colocou mais peso! Eu ganhei cinco quilos de músculo, isso é tudo! O que você precisa ajustar?

— Pra começo de conversa, é essa sua atitude que precisa de ajuste.

— Você é um babaca.

— Não consigo praticar quando está agindo assim. Vou pra casa. Temos que acertar isso, e você está desperdiçando meu tempo.

— Tchau, então!

— Crianças, por favor! — grita Brady.

Eu não escuto o que ela diz porque vou para o meio do gelo para me livrar da raiva. Se ele quer ser mesquinho, não vou atrapalhar.

Capítulo quarenta e seis

NATHAN

Estou deitado de barriga para baixo no sofá quando os sussurros atrapalham minha fossa.

Olho para cima e vejo JJ, Henry e Robbie, todos com uma xícara de café na mão, conversando como senhorinhas num jogo de bingo.

— O que foi? — resmungo.

— Ela te largou? — pergunta JJ, se afastando da reunião para se sentar na cadeira da minha frente.

— Não! — respondo sem paciência, me ajeitando no sofá, já que pelo visto isso vai ser uma conversa geral. Eu sabia que deveria ter ficado no meu quarto, mas ir à academia de manhã acabou comigo e eu não consegui subir as escadas.

JJ coloca o café na mesa na mesinha de centro e ergue as mãos.

— Tá bom, não precisa chorar — fala ele sarcasticamente. — Se ela não te largou, por que você está mal assim?

Henry se senta ao meu lado e me lança um olhar meio suspeito, meio solidário, e Robbie aparece logo em seguida com uma xícara de café para mim.

Eu definitivamente sinto que caí em uma emboscada, mas acho que deveria agradecer por ter amigos que se importam quando estou obviamente de mau humor. Sentado no sofá, suspirando fundo, bebo meu café devagar para ganhar tempo, porque não sei por onde começar.

— Tasi disse que eu não estou ouvindo ela. Está chateada comigo, mas também me entende perfeitamente quando estou agindo que nem um babaca, o que faz eu me sentir pior. E eu sinto falta dela.

— Mas se você não está ouvindo ela, então por que está surpreso que ela está chateada? — pergunta Robbie na lata.

— *Eu estou!* — insisto. — Estou ouvindo em alto e bom som que ela está dando uma outra chance para aquela merda toda. Eu ouvi ela dizer que ia se mudar. Ouvi ela dizer que ia pra porra de terapia de casais com ele.

— Para alguém inteligente, você pode ser bem idiota às vezes, Hawkins — diz JJ, balançando a cabeça para mim, nenhum sinal do seu sorriso arrogante de sempre. Dessa vez, ele está falando sério. — Tasi é a pessoa mais determinada que eu conheço. Não tenho dúvida nenhuma de que vai conseguir tudo o que quiser na vida, porque está disposta a fazer sacrifícios. O que aconteceria se você não fosse selecionado para jogar profissionalmente?

— Eu...

— Não, não vem com uma resposta idiota. — Ele ri. — Você teria usado o seu dinheiro para fazer o que quisesse e, por via de dúvidas, ainda tem o negócio da família como plano B. Tasi não tem herança. Não tem negócio da família pra assumir. Se não conseguir fazer seu nome com a patinação, ela provavelmente vai passar o resto da vida dando aulas ou, pior, em um trabalho que odeia.

— Por que está me dando uma lição de moral sobre a minha namorada, Johal?

— Porque você só está olhando pro presente e está sendo egoísta pra caralho! Ela não pode ser uma patinadora de dupla sem uma dupla. Ela está sendo esperta, Nate. Está usando Aaron para alcançar seus objetivos porque não tem outra opção. Você deveria ter orgulho dela por ser tão forte, mas em vez disso está sendo ciumento e mesquinho, fazendo ela se sentir mal por uma coisa que já é difícil o suficiente.

Henry e Robbie estão em total silêncio enquanto JJ acaba comigo. Henry está olhando para a xícara, girando o líquido para não ter que olhar para mim. Robbie está me encarando com uma expressão vazia.

— Vocês dois vão falar alguma coisa?

Rob dá de ombros.

— Bom, ele tem razão. Você sabe que ele tem razão, por isso está tão puto agora. Você sabe que a gente ama a Tasi, Nate. Você acha que eu gosto de deixar a Lola ficar perto dele? Claro que não, mas elas são adultas. Adultas e teimosas. Pelo que você disse e pelo que Lo disse, ela já foi bem clara dizendo que não quer voltar a ser amiga dele. Acho que você precisa decidir se quer perdê-la por causa do seu ego.

— Isso não tem a ver o meu ego! Estou preocupado que a mulher que eu amo esteja passando tempo com alguém que é péssimo pra ela!

— Tem a ver, *sim*, com o seu ego — murmura Henry ao meu lado, sem levantar o olhar do café. — Você acha que Aaron vai manipular a Tasi até ela perdoar o que ele fez, e aí depois ela não vai mais precisar de você. Você gosta que ela precise de você.

Faz você se sentir importante. Sabe que Aaron te odeia e acha que ele vai afastá-la de você. O que só mostra que você não sabe o quanto ela é forte nem entende o quanto ela realmente te ama.

Esta deve ser a pior intervenção do mundo.

— Então todos vocês acham que eu estou sendo um merda, é isso?

Robbie limpa a garganta e ri.

— Que fique registrado que eu acho que você é um merda desde o jardim de infância.

— Eu não te conhecia no jardim de infância — JJ complementa —, mas imagino que, se tivesse conhecido, também acharia você é um merda. A gente te ama, cara, e você sabe disso, mas quando trouxe ela para cá, deixou a gente morar com ela, nós passamos a conhecê-la, e agora a amamos também. Não queremos que você estrague algo especial pra caralho. É isso que Aaron quer.

— Eu não acho que você seja um merda, Nathan — diz Henry baixinho. — Acho que você precisa se colocar no lugar dela. Se você e JJ brigassem, mas tivéssemos um jogo e você precisasse de alguém na defesa que nos ajudaria a ganhar, deixaria ele jogar. Ignoraria o drama e se concentraria na vitória. É isso que ela está fazendo.

— Vocês têm um encontro mais tarde, né? — diz Robbie, sorrindo, ao que eu concordo. — Fala com ela sobre isso. Ela precisa saber que você a apoia nisso.

— Vocês não têm nada melhor para fazer do que uma intervenção emocional comigo?

Isso quebra o gelo e os três riem. JJ cutuca Henry enquanto cai na gargalhada.

— É bom fazer algo além de ver Henry tentar encontrar aquela Jenny do Natal.

— Você *ainda* não a achou? O que você disse pra ela? Ela entrou no programa de proteção a testemunhas ou algo assim? — eu brinco, rindo mais quando Henry me olha como se estivesse tentando me fazer pegar fogo espontaneamente.

— Desculpa, Nathan. Nem todo mundo consegue perseguir uma garota até convencê-la a entrar em um relacionamento. Algumas pessoas precisam se conhecer primeiro, ok? Eu…

Não escuto o que ele diz depois porque JJ, Robbie e eu fazemos um estrondo de tanto rir.

Não sei por que estou nervoso de ter um encontro com a minha própria namorada. Eu a observo se despedir educadamente do porteiro na frente do prédio e andar até o meu carro. Ela está maravilhosa, tão incrível que talvez a gente não chegue à tempo da reserva no restaurante Octopus.

É um restaurante de frutos do mar que abriu em Malibu e, por sorte, um cara que gosta de JJ trabalha lá e conseguiu me ajudar. Não estou defendendo que meu colega de quarto venda seu corpo em troca de reservas em restaurantes chiques, mas não necessariamente me oponho a isso.

Assim que ela entra, meu carro é preenchido pelo seu perfume. Ela sempre cheira bem, mas agora, é algo além. É isso que acontece quando a gente não se vê por alguns dias? Eu diria isso, mas já consigo ouvir as piadas sobre ser um vampiro com sentidos superaguçados.

— Do que você está rindo sozinho? — Ela sorri e se aproxima para me beijar. Caramba, até o gosto dela é bom. Eu estico a mão para tocar no seu rosto, mas ela me dá um tapa na mão. — Maquiagem.

— Ah, nada de mais. Vampiros ou algo assim. Senti sua falta. Você está tão linda hoje.

— Você também está bem lindo, Hawkins. Como foi o treino?

Conversamos tranquilamente até Malibu, nos atualizando sobre pequenas coisas que aconteceram durante os dias que não nos lembramos de mencionar, agora que não passamos a maior parte do dia juntos. Ela me diz que bateu seu recorde em agachamentos e que agora Brady vai aumentar sua meta de calorias depois da competição.

Eu conto sobre a amizade de Henry e Russ, e como alguns membros mais imaturos do time não estão gostando disso, então precisei ter uma conversa com eles sobre serem adultos. Na minha opinião, a cultura de fraternidade é estranha e pode ser meio cultista, por isso nunca me interessei por isso. Prefiro passar o tempo com pessoas que gosto em vez de ser forçado a gostar de pessoas específicas em nome da irmandade.

— Eu vou quebrar a cara de quem magoar meus meninos — diz ela, séria. Eu sei que ela não está brincando; ela usaria todo o seu um metro e sessenta e três de altura para acabar com qualquer que machucasse Henry, e agora Russ.

O cara deve gostar *muito* de JJ porque ele reservou para nós uma mesa na varanda com vista para o mar. Eu mando uma mensagem para JJ contando como nossa mesa é boa para o cara ganhar uns pontos com ele, já que realmente está fazendo de tudo para impressionar.

Sei que preciso conversar com Anastasia sobre como agi nos últimos dias, mas não sei como começar. Espero fazermos nossos pedidos, e ela preenche o silêncio com histórias engraçadas de Lo e de uma das suas aulas onde tudo deu errado. Mas chega um momento que ela me lança um sorriso empático, que demonstra que sabe que tem alguma coisa errada.

— Nate, você está bem?

O tempo que passamos afastados pareceu um pouco com um término, mesmo que não tenha sido o caso, e continuamos nos falando, mas está claro para mim que não quero um término na nossa história. Sei que é raro conhecer alguém que faz a sua vida inteira parecer mais brilhante. Sei que tenho sorte de ter alguém ao meu lado que lutaria pelas pessoas que ama, e isso me faz entender que, agora, ela está fazendo isso por si mesma.

E eu preciso ficar ao lado dela, e não a atacar de outro ângulo.

— Eu te devo um pedido de desculpas — falo de um jeito nada sutil e calmo como gostaria. — Não fui justo e sinto muito, Anastasia. De verdade.

Ela desliza a mão pela mesa e segura a minha.

— Tudo bem. Obrigada por pedir desculpas.

— Você é a coisa mais importante da minha vida. Não sei se sabe disso ou não, mas é verdade, e eu fui egoísta. Eu te coloquei em uma situação difícil, fiz você sentir como se precisasse escolher entre nós ou algo assim. Não precisa, e quero que você saiba que eu apoio todos os seus objetivos. — Ela acena com a cabeça e deixa eu me atropelar com as palavras, falando rápido, dizendo como me sinto. Não me interrompe nem diz nada; me dá espaço para tentar entender meus sentimentos ao falar sobre eles em voz alta. — Eu *estou* ouvindo agora. Juro que estou; eu te escuto e entendo que preciso deixar você seguir a sua vida e lidar com Aaron do jeito que achar melhor.

Quando ela acha que terminei, leva nossas mãos até a boca e beija os nós dos meus dedos. A expressão de alívio no seu rosto é demais para mim, e na verdade isso faz eu me sentir péssimo, porque ela devia estar se sentindo ainda pior com tudo isso do que eu imaginava.

Eu também sinto alívio; é engraçado porque ela pode ser a pessoa mais esquentada e teimosa do mundo, mas na hora de falar sobre as coisas, tem a paciência de uma santa. E eu precisava dessa paciência para consertar as coisas.

— Ninguém vai te substituir, Nathan. Todos os minutos que passo patinando com ele, fico pensando no quanto queria que você tivesse se apaixonado por patinação artística e não pelo hóquei quando era criança. A terapia me ajudou a melhorar... talvez ajude ele, talvez não. O que acontece fora da arena não é mais problema meu.

— Me desculpa pelo modo como falei com você recentemente.

Ela nem parece ter ouvido, e apenas aperta minha mão.

— Posso te contar uma coisa engraçada?

— Agora? Sim, com certeza.

Qualquer coisa para me distrair do fato que fui um péssimo namorado.

— Eu fiz Aaron sair no meio do treino hoje. — Ela ri e bebe um gole de vinho da taça. — No meio do treino, ele pegou o carro e foi para casa. Eu tive que pegar um Uber, mas valeu a pena.

— O que aconteceu?

— Ele ficava bufando e resmungando quando me levantava ou me pegava, então perguntei se ele precisava aumentar o treino de musculação. Eu disse que sabia que ele levantava muito mais peso do que o meu, então qual era o problema? Ele, hum, não gostou nem um pouco. — Seu nariz arrebita enquanto faz uma careta que deixa claro que não está nem aí para Aaron.

— Eu não tenho que me preocupar com nada, né? — pergunto, falando mais comigo mesmo do que com ela.

— Nem um pouco. Tenho tudo sob controle. Você me ajudou a ser forte o suficiente para lidar com isso. — Seus olhos olham para além de mim e ela abre um sorriso tão grande que achei que tinha alguém famoso chegando, mas não, ela começa a praticamente dançar na cadeira. — Ah! Acho que nossa comida está vindo!

Relutantemente, eu a deixo sair do carro quando paro na porta da Maple Tower.

— Volto sábado à noite — ela me diz. — Podemos passar o domingo juntos, prometo.

Tasi vai para San Diego pela manhã para o campeonato nacional e decidimos que a melhor coisa a se fazer era cada um dormir na própria cama. Nenhum dos dois quer isso, mas o foco dela para hoje deve ser relaxar, e isso não seria possível na minha casa. Se eu ficasse aqui, ela passaria a noite inteira ansiosa sobre Aaron e eu estarmos no mesmo ambiente.

É a escolha certa, mesmo que nos deixe infelizes por um breve tempo.

Ela passa por cima do freio de mão e monta em mim, colocando os braços ao redor do meu pescoço e encostando a testa na minha.

— Eu te amo — sussurra e me beija. — Eu preciso sair, ou então vou acabar deixando você me comer na garagem.

Ela abre a porta do meu lado e sai de cima de mim, me dá um último beijo antes de entrar. Eu a observo para me certificar de que chegou bem e depois começo a dirigir, esperando que minha ereção passe até chegar em casa.

Capítulo quarenta e sete

ANASTASIA

Sinto um aperto no coração desde quando cheguei em casa, e a sensação não vai embora.

Pode ser nervosismo antes da competição. Acho que ninguém pode me culpar por isso, considerando que amanhã será o maior desafio que já enfrentei. As Olimpíadas são daqui a dois anos, mas há vários outros campeonatos internacionais em que posso competir. É como vou mostrar para a equipe olímpica o que posso fazer, o que eu posso oferecer, o que *nós* podemos oferecer.

Todo o sofrimento que vivi me preparando para esse fim de semana tem que valer a pena.

Precisa valer a pena.

Lola sabe que tem que me deixar quieta quando fico assim; não pode dizer ou fazer nada para me ajudar, então prefiro ficar sozinha com meus pensamentos. Eu marquei todas as tarefas como feitas no meu iPad, tomei banho, me aconcheguei na cama com a minha camisa favorita do Titans, e isso deveria ser o bastante, mas... não é.

A camisa acabou de sair da máquina de lavar, então está com um cheiro forte de sabão em pó. É um cheiro que sempre adorei: o cheiro de roupa limpa quer dizer que lavei minhas roupas, o que quer dizer que fiz mais uma lista do meu planner. Mas, por algum motivo, o cheiro está me deixando triste.

Ela não tem mais o cheiro de Nathan.

E, num piscar de olhos, minha cama parece absurdamente vazia e a camisa faz minha pele coçar.

Eu entendo a lógica da dra. Robeska de me fazer voltar a morar no apartamento. Ela acha que o meu relacionamento com Aaron pode se recuperar mais rápido se passarmos um tempo juntos em casa, como antes. Quando conversamos sobre as coisas que fazíamos além de patinar, ficou claro que os dois gostavam de passar um tempo juntos.

Precisávamos voltar a ter uma sintonia, e tirando o surto de Aaron no gelo, funcionou. Eu queria isso também, e eu falei para Nathan antes mesmo de Robeska mencionar a questão. Eu estava preocupada que Nathan e eu só funcionaríamos na companhia constante um do outro e assim que a carreira dele na NHL começasse, eu não ia conseguir apoiá-lo do jeito que ele precisaria e isso faria a gente se afastar.

Mas eu não estou feliz aqui e sinto falta dos meus meninos.

De um deles em especial.

Depois de chamar algumas vezes, fico preocupada que ele não vá atender minha ligação, que esteja ocupado demais com os amigos, ou tenha deixado o celular no silencioso, mas antes que eu desligue, o rosto dele preenche a tela.

— Desculpa, meu celular estava carregando do lado da cama. Está tudo bem? — diz ele, preocupado, uma ruga se formando no meio das sobrancelhas ao olhar para a tela.

— As roupas que eu roubei de você não têm mais o seu cheiro.

— ... Isso é bom ou ruim?

— Ruim. É uma coisa terrível, horrenda, catastrófica. Estou com saudade, e isso está me deixando nervosa.

— Amor, você *acabou* de me ver... Por favor, não fique nervosa. O que você quer que eu faça?

— Pode dormir aqui hoje? Eu sei que não quer ficar perto do Aaron, mas ele vai ficar no quarto dele, e nós vamos ficar no meu — eu explico rapidamente. — Você não vai vê-lo. Eu só preciso de você, Nate. Preciso que faça aquela coisa que faz que deixa tudo magicamente melhor.

Os cantos da boca dele se erguem para formar um dos meus sorrisos favoritos. É o sorriso que ganho quando o pego de surpresa de um jeito bom. Não acontece com frequência, porque ele me conhece muito bem; é difícil pegar ele de surpresa, mas é isso que faz esse momento ser tão especial.

— Eu, hum, não sei como faço isso que você está dizendo, mas vou sair agora daqui. Quer que eu leve algo para você?

Nego com a cabeça e vejo ele saltar da cama e pegar uma bolsa.

— Não, amor. Só você. Só preciso de você.

Não consigo me concentrar no livro que deveria estar lendo.

Li um parágrafo ou dois, e depois meus olhos voltam para o ponto do mapa na tela. Eu não sei se é fofo ou ridículo o quanto que fico empolgada de ver o carro dele estacionar na frente do meu prédio.

Estou parada na porta como um cachorrinho empolgado, ouvindo o barulho de sempre do elevador, e sendo julgada por Lola que está no sofá assistindo a *Hamilton* pela décima vez esta semana. Ele nem termina de bater na porta quando eu abro e o puxo para dentro.

— Oi. — Ele ri quando eu o abraço pela cintura.

— Você tem um cheiro tão bom — murmuro contra o seu peito. Aperto mais forte, e ele enfia o rosto no meu cabelo e beija o topo da minha cabeça.

— Por mais gostosos que eu imagine que vocês sejam quando transam, podem não fazer isso na minha frente? Vocês têm um quarto bem ali, e estou tentando entrar no clima da Guerra da Independência — grita Lo da sala de estar.

Eu arrasto Nate para o meu quarto antes que Aaron saia para investigar a gritaria e o motivo da risada que ecoa pelo apartamento quando Lola mostra o dedo do meio para Nathan após ele dizer para ela parar de ser tão tarada.

A dor no meu peito fica cada vez mais fácil de lidar a cada segundo que passa, a cada segundo que sinto a pele de Nathan debaixo do meu toque. O dedo dele ergue meu queixo e vira meu rosto na direção do dele.

— Tem certeza de que está bem?

— Estava com uma dor no meu peito que não passava nunca. Sinto muito por ter te arrastado de novo até aqui, mas, de uma maneira bem egoísta, ter você por perto faz eu me sentir melhor. Sou muito grudenta?

Ele balança a cabeça, entrelaça os dedos nos meus e beija minha testa.

— Não tem nada que eu não faria para você se sentir melhor, Anastasia. Não sei como vou passar meu cheiro pra você, mas... — Ele tira os tênis, sobe na cama e vejo ele lutar contra meus travesseiros até ficar confortável. Subo no colo dele, descansando minhas pernas de cada lado do seu corpo.

— Levanta os braços — digo para ele, mexendo na barra da sua camiseta. Ele fez o que pedi, se inclinando para a frente e erguendo os braços para eu puxar a camiseta. Ele se apoia de novo nos travesseiros e me deixa passar os dedos pelo seu estômago até chegar na calça de moletom.

Cinza, claro, porque Nathan Hawkins é um homem que com certeza foi escrito por uma mulher.

Suas mãos se movem rapidamente, e ele pega meus pulsos e ergue.

— Sua vez, Allen.

Eu mantenho os braços no ar enquanto ele puxa a barra da minha camiseta e a tira. Meus mamilos ficam duros sob seu olhar, e quando ele lambe meus seios e alisa minhas coxas, um arrepio me atravessa inteira.

A expectativa é asfixiante; as mãos dele vão para os meus quadris, passam pela cintura e param logo abaixo dos meus seios. Nathan já me viu nua inúmeras vezes, mas agora parece que nunca me senti tão exposta.

— Você é perfeita — ele sussurra, beijando a curva entre meus seios. Estou praticamente arfando quando ele usa a língua em meu mamilo enrijecido, geme em um tom satisfeito e chupa. Eu seguro seus ombros e deixo a cabeça cair para trás quando ele troca de seio, dando a mesma atenção para ambos. Ele lambe e beija meu pescoço, gemendo enquanto eu rebolo sobre ele, e quando chega na minha boca estou prestes a pegar fogo.

— Eu te quero tanto — sussurro.

Ele dá uma risada sombria, e seus olhos estão brilhando.

— Pede com jeitinho.

— Nathan... — gemo com impaciência.

— É um bom começo; o que mais? Me diz o que você quer, meu bem.

Meu corpo começa a se mexer, buscando desesperadamente por fricção, por *alguma coisa* que alivie a dor entre as minhas pernas, então o que quero está bastante óbvio. Os braços dele me envolvem pela lombar, me puxam para perto e ele me vira até eu ficar de costas. Se eu tivesse apenas uma memória pelo resto da vida, seria de Nate ajoelhado no meio das minhas pernas abertas. O corpo dele é forte e duro, mas sua pele é lisa e macia. Ele nem pisca quando olha para mim, cheio de desejo.

— Eu quero a sua boca.

— Onde quer a minha boca?

Eu passo o dedo pela frente da minha calcinha, sentindo o calor e a umidade. Seus olhos seguem minha mão, os lábios formando um sorriso arrogante.

— Você precisa se comunicar.

Todo o sangue do meu corpo vai para o rosto. Eu mordo a parte interna da bochecha, observando ele me observar. As mãos dele estão massageando minhas panturrilhas, então obviamente não está com pressa em me dar o que quero. Meu peito está arfando, desesperado e impaciente.

— Eu quero a sua boca na minha boceta.

Ele puxa as laterais da minha calcinha, abre minhas pernas e fica no meio. Aparentemente, o momento de me provocar acabou, porque ele não hesita em enfiar a cara em mim e me devorar. Em poucos segundos, ele me faz tremer, querendo mais e ao mesmo tempo sendo tomada pelo prazer.

— Você gosta disso? — ele provoca, sabendo bem que a resposta é sim. Minhas mãos afundam no cabelo dele, puxando-o para perto, empurrando-o para longe, mantendo-o no lugar, usando-o como uma âncora para continuar nessa cama.

— Nate — eu peço, sem saber muito bem o que estou pedindo.

— Eu sei, meu bem. Eu sei que é bom. — Ele enfia um dedo em mim, depois outro, então os dobra lá dentro e estou quase lá. — Vai gozar pra mim?

Minhas pernas tremem e estou flutuando quando meu corpo começa a ter espasmos.

— *Nathan... cacete...*

Ele me deixa atordoada e sem fôlego na cama enquanto se levanta para largar a cueca e a calça no chão. As mãos de Nathan seguram minhas coxas nuas e me puxam para a beirada da cama, apoiando meus tornozelos nos ombros dele. Ele segura a base do pau e passa a ponta pelas minhas dobras.

— Tão boazinha — diz ele orgulhoso, enfiando só a ponta. — *Cacete*, não aperta tanto ou não vou aguentar nem trinta segundos.

Apertando minhas coxas para me manter firme, ele mete completamente.

— Pare de me chamar de boazinha e eu paro de apertar — respondo. Esse relacionamento funciona bem porque Nathan ama me elogiar e eu amo ser elogiada. Ele é gentil no começo, devagar, metendo fundo de um jeito que faz meus dedos se contorcerem, mas depois sua mão se move pela minha coxa e ele começa a me comer com mais força enquanto o seu polegar massageia meu clitóris. — Você é bom demais com isso. — Eu tento respirar, me esforçando para tocá-lo, mas ele está longe demais.

Nathan baixa minhas pernas dos ombros até os quadris, me levanta e me carrega até a porta do quarto, onde me empurra.

— Melhor assim? Agora consegue me tocar? — Ele sorri, beijando e mordendo meu queixo.

Eu me seguro nele, usando toda a energia que tenho enquanto sinto ele entrar de novo e de novo. A sensação começa a crescer no meu estômago, se intensifica quando Nathan geme e sussurra elogios no meu ouvido, e minhas unhas afundam nos músculos tensos das suas costas. As investidas dele ficam mais intensas e suas mãos seguram minhas coxas com mais força. E, quando não aguento mais, a sensação explode e ativa todos os nervos do meu corpo. Mais algumas investidas e ele chega ao clímax comigo, grunhindo palavrões na minha garganta.

— Nossa, eu te amo.

Eu tiro o cabelo grudado na testa úmida e seguro seu rosto.

— Uhum — digo com a respiração falha. — Eu também te amo.

Capítulo quarenta e oito

NATHAN

A ÚNICA COISA RUIM sobre ter a melhor noite de sono da sua vida é que chega uma hora que você precisa acordar.

É tranquilo aqui de manhã, diferente do barulho de gente subindo e descendo as escadas sem parar lá em casa. Sem falar na briga sobre quem tomou o resto do café. Tasi se mexe em meus braços quando seu alarme começa a tocar, resmungando quando ele não para sozinho, depois xingando enquanto tenta achar o celular.

Eu virei expert em fingir que estou dormindo — mais conhecido como modo ninja — quando moramos juntos. Mas algumas noites longe me deixaram enferrujado, porque quando ela chama um celular barulhento de *merdinha escandaloso*, não consigo conter o riso.

— Continue rindo, Hawkins, pra ver o que acontece — diz ela enquanto boceja e bate com força no celular.

— Vem aqui, irritadinha. — Eu sorrio e puxo ela pra perto de mim. — Como está se sentindo? Posso te ajudar a se preparar?

Ela rola por cima de mim e apoia o rosto nas mãos em cima do meu peito.

— Vai patinar no meu lugar? Eu volto a dormir e você pode me mandar mensagem depois dizendo como foi.

— Bom, posso tentar subornar os jurados, mas, se você quer que eu patine, não sei se seu vestidinho colado vai caber em mim.

Hoje é um grande dia, e estou realmente surpreso por ela não estar surtando, mas quando penso nisso, ela sai de cima de mim e voa para o banheiro para vomitar.

Por sorte, ela me avisou com antecedência que a ansiedade na manhã de um dia de campeonato faz ela vomitar noventa por cento das vezes, sem falar no enjoo matinal. Ela também disse que essa seria a minha deixa para ir embora, porque a partir dali ela se tornaria em um pesadelo e não queria que eu estivesse por perto para presenciar o massacre.

Eu termino de juntar minhas roupas e vou pegar um copo d'água para ela no momento em que ela sai do banheiro, com um cheiro mentolado muito melhor.

— É minha deixa para ir embora, né? — eu confirmo quando beijo a testa dela.

— Obrigada por passar a noite aqui. — Ela me abraça apertado. — Eu estaria muito pior se você não tivesse vindo. Boa sorte no jogo hoje. Não vou ficar com meu celular, mas faço uma chamada de vídeo quando chegar no hotel, ok? Me manda o resultado do seu jogo também.

Estive tão concentrado na competição de Tasi que quase esqueci que vamos jogar contra UCLA hoje. Felizmente, todo o drama de destruição da arena já passou, porque o time da UCLA é gente boa. Sendo uma universidade tão próxima, a gente costuma se encontrar em festas e baladas, e tirando uma rivalidade esportiva saudável, são um dos nossos adversários mais divertidos de enfrentar.

O campeonato nacional de patinação artística acontece em San Diego e vai durar o fim de semana inteiro. A primeira rodada de apresentações acontece hoje, e se tiverem uma nota alta o suficiente, vão se qualificar para a seguinte, amanhã. Anastasia foi muito compreensiva quando eu disse que tinha um jogo de hóquei e por isso não poderia acompanhá-la; foi extremamente gentil e disse que tudo bem.

O que eu não disse é que, assim que meu jogo terminar, vou pegar o carro e voar pela I-5 para assistir à apresentação dela. Eu lhe dou mais um discurso motivacional, digo o quanto a amo e como estou orgulhoso dela, depois vou embora.

Em contrapartida com a calmaria da casa de Tasi, os rapazes estão sendo desordeiros como sempre quando chego em casa.

Quando eu entro na sala de estar, JJ, Henry, Mattie e Russ estão prontos, já de uniforme. Mattie usa a mesa como suporte para pular em uma cadeira do outro lado da sala; a mesa faz um barulho quando ele sobe, mas não chega a quebrar. Eu olho para os quatro, esperando alguém dizer alguma coisa.

Robbie aparece do escritório com uma caneca gigante de café em uma das mãos e empurrando a cadeira com a outra. Ele também já está de uniforme, e sinto que está prestes a dar uma lição de moral sobre fazer bagunça antes do jogo. Em vez disso, ele dá de ombros e explica o que está acontecendo:

— O chão é lava.

— Você se fodeu, então.

— Não tanto quanto você. Vai se vestir, não podemos nos atrasar para um jogo em casa.

Não demoro para me arrumar e, quando estou prestes a entrar no carro, meu celular vibra.

PUTA DO UBER
Acabamos de sair e Brady está fazendo a gente
ouvir ABBA.

> Não é tão ruim assim.

Ela está cantando também.

> JJ disse para ligar pra ele, eles podem fazer um dueto.

Você ainda vai me amar se eu cair de cara e passar vergonha na frente da elite da patinação artística dos Estados Unidos?

...

> Sim, provavelmente.

Te odeio.

> Você não vai cair de cara.
> Você vai arrasar, e eu te amo independentemente do resultado.

Estou enjoada.

> Respira fundo. Se for vomitar, mira no Aaron.

JJ vai dirigindo meu carro para eu poder conversar com minha namorada muito nervosa. Estacionamos e Robbie entra no modo "treinador mala" e exige que eu guarde o celular para me concentrar no jogo.

— Você vai vê-la daqui a algumas horas. Se controla, tá? — ele reclama com um tom igualzinho ao Faulkner. — Estou nervoso por ela também, mas temos que, sabe, lidar com isso.

— Sim, treinador.

Entro no meu modo capitão assim que adentramos a arena.

Vale a pena porque, depois do que deve ter sido nosso melhor jogo da temporada, ganhamos da UCLA de 9 a 3. Faulkner me disse ontem que, se a gente ganhasse, ele deixaria a resenha do jogo para outro dia e eu poderia ir direto para San Diego assistir à rotina curta de duplas. Estou prestes a sair quando Cory O'Neill, capitão da UCLA, me para.

— Bom te ver, cara — diz ele, batendo no meu braço. — É muito bom te ver de novo no gelo. Ouvi dizer que você estava fazendo patinação artística.

— Verdade, mas foi só por seis semanas. Mais um drama. Maple Hills é assim, né? — Eu massageio a nuca, desconfortável. — O Diretor de Esportes me colocou no banco porque um cara do time de patinação se machucou e jogou a culpa em mim. Eles iam impedir o time inteiro de jogar até descobrirem o culpado, então eu assumi a bronca. Não pude jogar até ele ser liberado para patinar de novo.

— Cacete!

— Não foi tão ruim, sabia? Minha namorada é parceira do cara, então patinei e treinei com ela por seis semanas. Eu curti, mas fiquei bem dolorido. Na verdade, eles estão competindo hoje mesmo; estou indo para ver a apresentação dela.

Cory franze o cenho.

— Espera aí, você está falando do Aaron e da Tasi?

Isso não é um bom sinal.

— Sim, você conhece eles?

Ele faz que sim, confuso.

— Eu estudei com Aaron em Chicago. Conheço o cara desde quando era criança. Você levou a culpa pelo machucado do Aaron? Tasi é sua namorada?

— Foi no Halloween. Ele apareceu no Honeypot com um pulso machucado, disse que preguei uma peça nele, e ele se machucou. Você sabe da nossa repu…

— Halloween? Cara… — Ele me interrompe e levanta a mão. — Aaron se machucou jogando futebol americano com a gente. Estávamos bebendo, de boa na praia, fizemos uma fogueira e tal. Davey derrubou Aaron, e ele caiu por cima do braço… Eu não sabia que você tinha levado a culpa por isso. Que merda! Ele não me con…

Eu vejo a boca dele se mexer, mas não ouço mais nada porque meus ouvidos estão zumbindo.

Parece que tudo desacelera quando as peças começam a se encaixar. Eu tinha aceitado, na minha cabeça, ser a primeira pessoa que Aaron culpou pelo acidente. Passei os últimos quatro anos tentando mudar a reputação deste time, então nem estava mais chateado com isso.

Mas ele sabia. Ele sabia como tinha se machucado, e ainda assim tentou me culpar.

Por quê? Por causa da Anastasia? Ela estava solteira há anos, e ele nunca fez nada. Para me expulsarem? Nada fazia sentido, porque o que ele fez não tem sentido algum.

— Hawkins? — chama Cory.

— Tenho que ir.

Estou na metade do caminho até San Diego quando percebo que estou dirigindo em silêncio. Aumento o volume do rádio, qualquer coisa para me ajudar a abafar os pensamentos, que estão gritando. O principal é: o que vou fazer quando chegar lá? Quero chegar e contar para todo mundo o que ele fez, que ele mentiu para todos. Mas *ela* não merece isso. É a competição mais importante da vida dela. *Eu vou mesmo soltar essa bomba, sendo que ela precisa se concentrar?*

Eu já respondi minha própria pergunta antes mesmo de terminar: isso vai ter que esperar.

Não consigo imaginar um futuro sem Tasi e, infelizmente, o futuro dela está conectado ao dele. Ainda mais se eles ganharem neste fim de semana.

Os nomes deles serão registrados lado a lado.

Aaron sabe que ela precisa dele mais do que o odeia. Por isso que fez toda essa porcaria de terapia: estava lembrando a ela que precisa de um parceiro.

Como se não soubéssemos disso.

O resto da viagem passa voando e, quando dou por mim, estou encostando no estacionamento do Spirit Center. Tasi disse que é a primeira vez em muito anos que o campeonato nacional acontece na costa oeste, e me sinto muito agradecido por ela não estar do outro lado do país. Acima de tudo, estou feliz de estar aqui para apoiá-la, e vou me concentrar nisso.

Os corredores estão lotados quando entro no prédio. Os treinadores com os alunos, pais com filhos nervosos, e famílias gigantes vestindo emblemas de vários times nas jaquetas.

É louco pensar que os melhores patinadores do país estão agora mesmo neste prédio, e Tasi pertence a esse grupo. Fazer patinação por seis semanas me fez entender o quanto é difícil pra porra.

Acho que ainda tenho hematomas na bunda e nos joelhos de tanto cair.

Tenho dez minutos até a rotina curta em duplas começar, o que me dá tempo para comprar uma bebida e ir ao banheiro. Não sei por que estou tão nervoso se é ela quem vai patinar.

Tenho a sorte de conseguir encontrar um assento no corredor, ao lado de uma família usando camisetas iguais. Tasi e Aaron são os segundos do grupo, mas eu perdi o aquecimento, então ainda não a vi. Não consigo prestar atenção no primeiro casal que se apresenta, pois minha mente está em outro lugar. O meu assento é logo acima do túnel de entrada, e consigo ver a nuca da treinadora Brady, então sei que Tasi está por perto.

Praticamente todas as laterais do rinque estão cheias de câmeras porque a competição está sendo transmitida ao vivo pela internet. Todos os caras se juntaram lá em casa para assistir e estão mandando mil mensagens no grupo de apoio, e também de horror, porque viram alguém do último grupo cair feio.

— Próximos no gelo, do time de patinação de Maple Hills, Aaron Carlisle e Anastasia Allen.

Ouço o coração bater nas orelhas quando vejo Tasi entrar no gelo. Ela está linda, com o longo cabelo castanho cacheado preso, o que deixa exposta a rede enfeitada de strass que cobre o peito e os braços dela, descendo pela roupa azul-marinho. Eles vão até o centro do rinque, de mãos dadas, e esperam a música começar.

Uma versão acústica e mais lenta de "Kiss Me", de Sixpence None the Richer, começa a tocar, e eles fazem o primeiro movimento no gelo. Perdi a conta de quantas vezes eu ouvi essa música e "Clair de lune" quando estávamos patinando juntos.

No treino, quando eu estava deslizando com ela pelo gelo, vendo de perto cada detalhe, era difícil acreditar que ela tivesse vindo ao mundo para fazer outra coisa que não fosse patinar. Em casa, ela deslizava nos azulejos da cozinha, me puxando com ela, rindo e dizendo que estávamos praticando.

Essa música me lembra desses momentos.

Eu não consigo tirar os olhos dos dois enquanto executam cada movimento com perfeição. Meu telefone não para de vibrar no bolso, mas eu ignoro, pois não quero perder nem um segundo. Eles estão quase terminando, dois minutos e quase quarenta segundos passam em um piscar de olhos. Aaron a levanta para o movimento final e Anastasia desliza pelo ar, perfeita, e aterrissa com tanta delicadeza que ninguém diria que ela acabou de dar um giro de sei lá quantos graus.

Os dois vão em direção ao centro do rinque, fazem seus últimos passos de dança, e terminam abraçados quando a música para. Cada segundo foi perfeito. Nem um fio de cabelo fora do lugar.

Mas, quando os aplausos começam, Aaron pega o rosto dela e dá um beijo em Anastasia.

Capítulo quarenta e nove

ANASTASIA

Flashes estouram ao nosso redor, e meu peito está doendo tanto que não consigo respirar.

Eu o empurro, mas ele me segura com força, e não quero fazer uma cena no meio do gelo, já que tem cerca de trinta câmeras filmando tudo de vários ângulos.

Filmando.

Isso vai estar disponível para todo mundo ver. As pessoas já viram; estão vendo de novo. Nathan está em casa, vendo isso, neste momento. Vendo a gente se beijar.

Vou vomitar.

Aaron finalmente se solta de mim e se inclina para trás com um sorriso vitorioso no rosto. Ele levanta um braço para acenar para a multidão, e estou me segurando para não cair no choro na frente de todo mundo. Meu corpo começa a se mexer sozinho, me levando para fora do gelo em direção ao rosto sorridente de Brady.

Claro que está sorrindo: fomos perfeitos. Eu senti em cada movimento, cada rodopio e curva, cada momento em total sintonia sobre o gelo. Até Aaron colocar a boca na minha sem permissão e *estragar tudo*.

Eu pego os protetores de lâminas das mãos da treinadora, desvio do abraço que ela tenta me dar e entro no túnel para fugir das câmeras e de Aaron.

Mal consigo ver a saída na minha frente por causa das lágrimas que borram minha visão.

— Tasi! — grita Aaron atrás de mim, e consigo ouvir a confusão na voz dele. Ele não entende por que estou saindo correndo dele quando deveríamos estar comemorando nossa performance maravilhosa.

Uma performance inacreditável.

O tipo de performance que chama atenção do tipo de pessoa que você quer chamar atenção.

Ele segura meu braço, me faz parar, e não tenho escolha a não ser me virar para encará-lo. Quero parecer forte, dar a impressão de que ele não me afeta, mas não consigo, porque as lágrimas começaram a rolar.

— Acabou, Aaron. Você foi longe demais dessa vez.

Suas sobrancelhas sobem tanto que quase tocam seu cabelo.

— Como assim, "acabou"? Fomos incríveis!

Brady aparece atrás dele, seus olhos voando entre nós.

— Temos que esperar pela nota, Anastasia. Eu sei que você está chateada, e vamos lidar com isso, mas precisa enxugar as lágrimas e fingir que está tudo bem para as câmeras. — Meu peito arfa quando eles me encaram com olhares preocupados. — Eu sei, querida — ela me conforta. — Sinto muito, de verdade. Mas você precisa pensar na sua carreira. Vamos lidar com isso depois, prometo.

— Não entendo o que eu fiz — diz Aaron, sem emoção. — Eu não entendo. Para de chorar, precisamos ir ver nossa posição.

— Não! Pra mim já deu — digo, soluçando. — Eu não consegui afastá-lo de mim. Ele não parava. Eu não queria. *Você* não me soltou. Não vou mais fazer isso, treinadora. Eu não quero, não quero, *não quero*.

As portas atrás de nós se abrem e fico em choque ao perceber que Nathan vem correndo. Eu observo ele se aproximar de nós e, ao ver minhas lágrimas, ele sabe que não era atuação. Não era parte da coreografia. Não estávamos vendendo uma ideia romântica para as câmeras e os jurados.

— Ah, caralho. Só faltava essa — resmunga Aaron.

— Você está bem? — pergunta Nate, me puxando para um abraço. Os dedos dele enxugam minhas lágrimas enquanto olho para ele e nego com a cabeça.

— Quero ir para casa — consigo dizer em meio às lágrimas.

— Isso é ridículo. Anastasia, desculpe se eu te chateei, tá? Mas eu estava no calor do momento. Era o que as pessoas queriam ver, e eu queria dar isso a elas. Não vou fazer de novo se você for ficar tão chateada por causa de uma besteira.

— Você não entende, né? — Nathan sibila para Aaron, me solta e vai na direção dele. Antes que eu consiga falar para não fazer nada, ele dá um soco na cara de Aaron, derrubando-o no chão. Brady segura o seu braço antes que ele faça mais alguma coisa e grita o nome de Nathan. — Você beijou ela à força, seu merda — grita para Aaron, que está com a mão no rosto.

— Ai, meu Deus. Calma, todo mundo! — grita Brady. — Hawkins, sai daqui. Aaron, levanta. — Ela mexe no cabelo, perdendo a paciência. — Anastasia, se recomponha por quinze minutos, por favor. Depois vamos conversar, prometo.

Aaron e eu devemos estar com uma cara terrível enquanto sentamos no banco, esperando as notas.

Meus olhos estão vermelhos, e a lateral do rosto de Aaron está inchada, mas coberta por uma bolsa de gelo que ele pegou. Brady está sentada entre nós dois, segurando nossas mãos, e não imagino uma situação em que três pessoas odiaram tanto estar sentadas juntas do que nós agora.

As notas saem e ficamos em primeiro lugar entre as duplas que já se apresentaram, mas não consigo ficar empolgada. Acabou. Fico parada, imóvel, ignorando a celebração de Brady e Aaron. Ela coloca o braço sobre meus ombros para me reconfortar, mas, quando a luz da câmera apaga, sinalizando que a filmagem acabou, eu me levanto e vou procurar Nathan.

— Anastasia, espera! — A treinadora me chama, e ouço os passos dela atrás de mim. Eu desacelero, me viro para encará-la e vejo ela correr até mim de braços abertos. — Eu sinto muito que ele tenha feito isso com você.

— Acabou.

— Você já falou isso, mas o que quer dizer? — pergunta ela com cuidado. Eu vejo Aaron se aproximando, andando tranquilamente como se não tivesse feito nada. — Não pode desistir de patinar por causa de um beijo, Anastasia. Não vou deixar isso acontecer.

— Não vou desistir — digo, olhando por cima do ombro dela quando Aaron chega perto de nós. — Eu só nunca mais vou patinar com ele.

Ele solta uma risada zombeteira, e sinto um desejo de socar o outro lado de seu rosto.

— Você nunca vai conseguir outro parceiro e, mesmo se conseguir, não vão conseguir se preparar em dois anos. Vai mesmo começar sua carreira olímpica com vinte e sete anos? Porra, seja realista. Só aceita meu pedido de desculpas, Tasi. Vamos conversar sobre isso com a dra. Robeska semana que vem. Precisamos nos concentrar na competição de amanhã. Olha como fomos incríveis! A gente...

Eu deixo ele falar, vendendo seu peixe como um verdadeiro profissional. E, quando finalmente termina, sorrindo para si mesmo, porque acha que seu papo furado funcionou de novo, eu olho para Brady.

— Eu vou patinar sozinha. Se nossas notas nos classificarem, por favor, diga para eles que eu recuso.

Aaron agarra o próprio cabelo quando começa a entender a magnitude das minhas palavras.

— Você não pode patinar sozinha. Porra, não faz isso comigo, Anastasia. Depois de *tudo* que eu fiz por você, puta merda. Para de ser uma puta teimosa! Você nem é boa o suficiente para competir sozinha. Meu Deus. Puta merda. Você vai acabar com a minha vida.

— Já chega — grita Brady com ele.

— Eu vou encontrar meu namorado e depois vou para casa. Adeus, Aaron.

— Tasi, *por favor* — ele implora.

— Eu confiei em você, Aaron. Por dois anos e meio, eu dei tudo de mim para essa parceria dar certo, para a nossa amizade dar certo. Tudo que você fez foi me usar e me manipular, me xingar, dizer que eu não sou boa o suficiente para ser sua parceira. Bom, finalmente entendi. Você não me quer e tudo bem, porque eu também não quero você. Prefiro patinar sozinha e correr o risco de falhar do que vencer ao seu lado. Ganhar não significa nada se vou me odiar sempre que estiver com você.

Eu não lhe dou uma chance de responder, pois começo a andar até a entrada principal, procurando Nate. Parte de mim está livre, leve, mas uma parte muito maior e mais poderosa faz eu me sentir envergonhada e decepcionada por ter achado que poderíamos manter uma parceria.

Nate se levanta em um pulo e corre até mim assim que me vê me aproximando. Eu não lhe dou uma chance de perguntar se estou bem, em parte porque começo a chorar de novo, e pergunto se ele pode me levar até o hotel para pegar minhas coisas.

Eu não consigo olhar para o celular no caminho entre a arena e o hotel, mas sei que deve estar cheio de mensagens. Ainda bem que eu não tinha desfeito a mala, então só a pego, entrego o cartão na recepção e tomamos a estrada de volta para Maple Hills.

Eu vejo o nome da minha mãe brilhar na tela do meu celular pela milésima vez e ignoro a ligação até cair na caixa postal. Nathan ainda não disse nada, mas a mão dele segue passeando entre minha perna e minha nuca desde quando entramos no carro, me fazendo carinho, às vezes apertando de leve para me lembrar de que ele está ao meu lado.

O rádio para quando o nome do meu pai aparece na tela do painel, nos avisando que ele está ligando.

— Eles vão ficar chateados comigo. Gastaram tanto para comprar esta roupa…

— Eles não vão ficar chateados, amor. Está na cara que estão preocupados com você. Posso atender?

Eu assinto, e ele aceita a ligação.

— Alô.

— Nate, desculpa incomodar você. Você por acaso falou com Annie? Julia está ligando, mas ela não atende. Estávamos assistindo à transmissão e ela parecia muito chateada. Que fique entre nós, mas Julia está muito preocupada.

— Ela está aqui comigo. — Ele olha rapidamente para mim e depois para a estrada. — Ela está dormindo. Está muito chateada, exausta também. Estamos voltando para Maple Hills. Ela, hum, não ficou muito feliz quando Aaron a beijou. Não fazia parte da apresentação e eu, hum, não acho que ela vai querer mais patinar com ele.

Eu não gosto de fazer Nate ter que mentir para meus pais, mas não estou pronta para lidar com eles.

— Não estou surpreso — resmunga meu pai. — A bolsa de gelo...

Nate pigarreia.

— Fui eu que dei um soco nele. Mas quero que você saiba...

Antes que ele comece a explicar que não é uma pessoa violenta, meu pai o interrompe:

— Não precisa se explicar. Eu acho que foi merecido. Estamos tão orgulhosos dela, ela foi maravilhosa até ele estragar tudo. Peça pra ela nos ligar quando acordar, por favor. Queremos nos certificar de que ela está bem. Podemos pegar um voo para Los Angeles se ela quiser, mas sem pressão.

Meus pais odeiam voar, então o fato de se oferecerem para virem me ver me faz querer chorar de novo. A única coisa que impede as lágrimas é o fato de que eu deveria estar dormindo e não posso soluçar no fundo.

Nate aperta minha coxa de leve.

— Digo, sim. Obrigada por ligar.

— Eles não parecem estar chateados — digo para mim mesma.

— Eles não estão chateados.

EU REALMENTE DURMO NO carro e só acordo quando o carro passa pelo quebra-molas na entrada do estacionamento do meu prédio.

Eu fiz a besteira de trazer todas as minhas coisas da casa de Nate na semana passada, mas quero pegar alguns itens reconfortantes antes de voltarmos para lá. Consigo ouvir uns barulhos antes de abrir a porta, e em parte fico preocupada que esteja prestes a presenciar Lola e Robbie fazendo alguma coisa no sofá, mas assim que abro a porta vejo Russ em pé na minha sala de estar, com uma cara de choque, carregando uma caixa onde está escrito "putaria".

— O que está acontecendo? — murmuro, e olho para os vários jogadores de hóquei no apartamento. Nate coloca a mão na minha cintura e me guia para dentro do apartamento, e depois fecha a porta atrás de nós.

— Força, vamos — grita Lola para ninguém em particular quando sai do meu quarto. Em dois segundos ela já está me abraçando apertado.

— O que está acontecendo? — pergunto com o restante do ar que me resta.

— Estamos nos mudando — responde ela, casualmente.

— Nós? Eu e você? Para onde vamos? — Eu pareço uma idiota sem saber o que falar enquanto os meninos trabalham ao nosso redor, seguindo o que imagino que foram ordens bem específicas de Lo.

Nathan abraça meus ombros e enfia a cabeça na curva do meu pescoço, beijando a parte de trás da minha orelha.

— Para onde você acha?

— Tá bom, homem das cavernas — ela interrompe. — Junte-se aos meninos. É só até a gente achar um lugar para nós duas. Não podemos morar com *ele*.

Ouço algo quebrar no meu quarto e acho que consigo ver a pressão arterial de Lola subir.

— JJ! — grita e vai correndo em direção ao barulho.

Eu deveria estar me sentindo exausta agora, mas, na verdade, só sinto alívio. Tomei uma grande decisão hoje e não estava pronta para fazer mais nenhuma. Eu me viro nos braços de Nathan e me aconchego no seu peito, deixando o caos ao meu redor sumir. Ele beija meu cabelo e ri.

— Pronto para brincar de casinha todo dia?

— Desde que seja com você.

Capítulo cinquenta

NATHAN

— Para de tentar me seduzir. Eu tenho uma reunião com Skinner daqui a meia hora e preciso tomar banho.

Anastasia para de beijar meu abdômen e olha para mim na altura do meu umbigo com aqueles olhos azuis gigantes que amo tanto. Como alguém pode parecer tão inocente, mas ser tão safada ao mesmo tempo? Ela se senta, com um sorriso malicioso na boca enquanto escala meu corpo e me dá um beijo casto na boca antes de rolar para a cama.

— O que você acha que ele quer? — pergunta ela, puxando a coberta para se cobrir, o que permite que eu consiga respondê-la sem me distrair com seus peitos.

— Não sei — resmungo, me aproximando dela e deslizando a mão por sua pele macia. — Provavelmente quer me sacrificar ou algo assim.

Ela acena com a cabeça e se aconchega em mim.

— Eu entendo. Acha que seu pai vai me deixar ficar aqui quando você se mudar? Não podemos nos mudar para o novo apartamento até o fim das aulas, e não estou a fim de morar nas ruas de Maple Hills.

— Eu acho que ele provavelmente prefere que você vá morar na rua, mas acredito que, se eu morrer, ele vai demorar uns seis meses pra perceber, então não deve ter problema.

As coisas com meu pai estão na mesma. A única coisa decente que ele fez recentemente foi dar uma folga para Sasha e deixá-la ir com os Hamlet para Denver assistir a nosso jogo na final da NCAA, no começo do mês.

Nós ganhamos, por sinal, algo que ele não teria reparado nem se tivesse ido. Fico feliz por Sasha ter nos visto ganhar, junto com Anastasia e seus pais. Ainda consigo ouvir Colin dizer para mim e quem mais quisesse ouvir o quanto estava orgulhoso de mim. Foi um dia emocionante, e até Faulkner e Robbie tiveram seus momentos.

Foi o jeito perfeito de encerrar minha carreira de hóquei universitário, ainda melhor por causa das pessoas com quem dividi esse momento.

— Se você for sacrificado, posso ficar com o seu fundo fiduciário ou o seu pai pega de volta? — pergunta ela, rindo quando aperto sua cintura. — Outra coisa, você dá a sua bênção para eu me casar com Henry?

— Não e não — digo com o tom mais sério possível. — Eu quero que você fique de luto pelo resto da vida e nunca me esqueça.

— Aff — ela resmunga, então ri. — Isso vai interferir com os meus planos das férias de primavera do ano que vem.

Ela ri enquanto eu saio da cama me arrastando, a jogo por cima do meu ombro e vamos para o banheiro.

O CAMINHO ATÉ o escritório do diretor Skinner parece levar o dobro do tempo normal.

Eu mandei mensagem ontem para Faulkner, para checar se ele sabia o motivo dessa reunião, mas ele não ajudou em nada.

> **Treinador**
> Ei, treinador. Me pediram para ir ver Skinner amanhã. Sabe por quê?
>
> Eu tenho cara de ser a secretária dele?
>
> Bom, eu nunca vi você e a secretária dele no mesmo lugar... Então...
>
> Passa no meu escritório depois de falar com Skinner.
> Não traga notícias ruins.
> Minha vida vai ficar tão mais fácil quando você se formar daqui a dois meses.
>
> Também vou sentir a sua falta, treinador.

O escritório de Skinner não fica no prédio de esportes, como os dos outros treinadores. Por algum motivo, ele está no prédio principal, perto do escritório do reitor. Acho que é mais fácil para ele puxar o saco do reitor estando mais perto. Ele está no telefone quando a secretária de verdade me deixa entrar, o que me dá tempo de olhar ao redor e ver que o lugar é tão sinistro quanto eu imaginava.

— Desculpa por isso. Nathan, olá, obrigado por vir me ver. Tenho certeza de que está se perguntando o motivo.

— Eu fiz alguma coisa?

— Não exatamente — diz ele com uma voz calma, e se recosta na cadeira. — Dois meses atrás, uma aluna veio falar comigo sobre o incidente envolvendo você e Aaron Carlisle.

— Ok...

— Ela me explicou que o sr. Carlisle tinha uma rixa com você e se machucou quando estava bêbado com os amigos, fora do campus. Ele usou o acidente como uma oportunidade de manchar a sua reputação.

— Sim, foi o que eu ouvi de pessoas que estavam com ele na ocasião.

— Claro, você admitiu a responsabilidade, o que não deveria ter feito... Mas eu fui informado de que isso aconteceu porque o treinador Faulkner iria suspender o time inteiro. No fim das contas, você estava protegendo o seu time.

Não foi uma das minhas melhores decisões.

— É verdade, senhor.

— Uma investigação independente descobriu que o depoimento da estudante era verdade. Ela foi muito firme em se certificar de que o seu nome fosse isento de qualquer culpa.

— Essa estudante, por acaso, foi Anastasia Allen, senhor?

Ele dá de ombros, mas vejo um sorriso em seus lábios.

— A estudante gostaria de permanecer anônima, mas eu queria me encontrar com você cara a cara para lhe certificar de que o incidente não vai entrar nos seus registros acadêmicos. Eu sei que está se formando em breve, mas gostaria de informá-lo que o sr. Carlisle foi transferido para UCLA, começando imediatamente.

Ah.

— Tenho certeza de que Aaron vai ser bem feliz por lá. Isso é tudo? — pergunto com cuidado, ansioso para fugir.

— Sim, é tudo. Ah, e parabéns pela vitória.

Eu assinto para ele, agradecido, e saio dali o mais rápido possível. Sabia que Tasi não deixaria Aaron sair ileso dessa.

PUTA DO UBER

                                  Você está encrencada.

Eu sou o sacrifício?
Não vai rolar. Eu sou muito importante e ocupada.

                                  Você falou com Skinner.

Não parece ser algo que eu faria.

                      Você falou com Skinner e dedurou Aaron.
                      Só porque queria defender a minha honra.

Você não tem honra 🙂
O que fez comigo ontem definitivamente
não é nada honroso.

                                          Você gostou.

Claro que gostei. Eu não tenho honra também.

                          Aaron foi transferido para UCLA.

Mentira! Sério?

                          Sim. Skinner acabou de me contar.

Eu preferia que fosse pro Alasca, mas qualquer
lugar longe de Maple Hills está ótimo.

    É difícil pensar que não estarei aqui ano que vem, mas saber que Tasi não vai ter que encontrar com ele no rinque ou em festas faz eu me sentir bem melhor.

    A próxima parada na minha lista de tarefas é o prédio de esportes, para ver o treinador. Quando chego, ele parece estar comendo um bagel. Na mesma hora ele aperta os olhos e o vejo gritar comigo mentalmente. Ele engole e grunhe para mim.

    — Eu não tenho mais paz nem para tomar meu café de manhã. Minhas filhas e vocês, seus palhaços, estão me dando cabelos brancos prematuros.

    Eu olho para sua cabeça completamente raspada e aceno com a cabeça.

    — Você queria me ver?

    Ele limpa as mãos em um guardanapo e deixa o bagel pela metade de lado.

— Temos que conversar sobre quem vai te substituir como capitão. É hora de começar a procurar um candidato pro título, como Lewinski fez com você. Já pensou no assunto?

Comecei a pensar em quem iria me substituir desde quando fiquei no banco ano passado. Não estar no gelo me deu tempo para observar o time, do jeito que Faulkner e Robbie observam, e eu vi muita coisa.

— Você vai rir...

— Eu não faço essas coisas, mas prossiga.

— Acho que Henry seria um ótimo capitão — digo. — Ele é calmo; depois que eu sair, vai ser o melhor jogador do time. Ele sempre vai ser sincero e não vai causar problemas. Ele está começando o terceiro ano, então o time vai ter o mesmo capitão por dois anos.

Ele pensa por alguns minutos, murmurando algo para si mesmo.

— Ok. Vou conversar com Robbie, ver o que ele acha.

— Já conversamos sobre isso, e ele concorda que Turner é a melhor opção.

Robbie vai continuar na UCMH para fazer mestrado, então vai seguir treinando o time. Como a vaga de treinador assistente costuma ser um trabalho pago, estamos torcendo para que ele consiga o emprego quando terminar os estudos.

Algumas semanas atrás, depois de uma montanha de cervejas, nos sentamos e conversamos sobre quem iria me substituir. Henry ficou bem mais confiante depois que começou a morar com a gente, então acho que consegue lidar com a pressão de ser um líder. Além disso, ninguém pode negar que ele é o melhor jogador.

— Me deixa pensar no assunto — diz Faulkner, pegando o bagel, indicando que é hora de eu sair e deixá-lo em paz. — Te vejo no treino mais tarde.

Uma vez que já estou no campus, passo na biblioteca, pego alguns livros de que preciso para estudar para as últimas provas e vou para casa.

Quando chego, a casa está cheia demais de jogadores de hóquei em cima de todos os móveis possíveis.

— Vocês não têm suas próprias casas? Em vez de comer toda a minha comida e deixar minha sala fedendo?

Eu recebo alguns dedos do meio como resposta, um resmungo, e finalmente uma resposta de Kris:

— Sua garota nos prometeu pad thai.

JJ e Anastasia fizeram a aula de culinária vietnamita algumas semanas atrás e, desde então, esta casa parece um restaurante. Eles estão determinados a experimentar quantos pratos e culinárias diferentes conseguirem. Cozinham lado a lado, secretamente competindo para ver quem faz a melhor entrada, prato principal ou o melhor acompanhamento. Depois, nos sentamos para comer e eles ficam ali, com um sorriso arrogante, se deliciando com os elogios que recebem dos meninos.

Eu não comento para Tasi que tenho certeza de que Bobby e Mattie vivem à base de pizza de micro-ondas, então vão continuar vindo aqui depois que eu e JJ nos formarmos.

Passo pelas pessoas e pela bagunça na sala e chego na cozinha. Tasi está cortando broto de feijão e observando intensamente a wok.

— Oi, amor. — Ela sorri. — A comida está quase pronta.

Eu inclino sua cabeça para trás, toco seus lábios com os meus e me delicio com o jeito como seu corpo se afunda no meu.

— Você sabe que não precisa alimentar todo mundo, né?

Ela ri e volta ao trabalho.

— Você sabe que eu amo fazer isso. É como ter um monte de filhos, mas em vez de serem pequenos e fofos, eles são, tipo, gigantes e bebem cerveja e falam palavrão. É legal para vocês passarem um tempo juntos, já que em breve alguns vão embora. Comida tailandesa parece ser a favorita de todos, porque apareceram na hora.

— Anastasia Allen, seu relógio biológico está apitando?

Ela fica de queixo caído e bochechas rosadas, os olhos piscam como se não pudessem acreditar no que acabei de falar.

— Não! Só estou sendo uma boa namorada e colega de quarto.

Não consigo deixar de rir. Ela é tão fofa às vezes que não sei o que fazer.

— Você é definitivamente a melhor namorada e colega de quarto. Eu amo…

— O que disse sobre o melhor colega de quarto? — JJ nos interrompe e me empurra para longe do fogão. — Sai da nossa cozinha, Hawkins. Aqui está rolando uma excelência culinária e você está atrapalhando com a sua vibe sem sal.

Tasi me observa sair da cozinha com as sobrancelhas erguidas em choque. Ela diz "vibe sem sal" com a boca e tenta não rir enquanto JJ lhe dá as instruções de como empratar. Eu observo de longe eles colocarem tudo em tigelas e servir na mesa de *beer pong*-barra-jantar.

— Comida! — grita JJ o mais alto possível, e o restante dos rapazes vem correndo do escritório.

Lola e Robbie já estão sentados à mesa, garantindo os melhores lugares, e os caras entram e analisam tudo que está servido. O cômodo está cheio dos sons de talheres batendo e "humms" e "uuuhs". Tasi traz o último prato de rolinhos primavera e não consigo tirar os olhos dela enquanto fica ali parada, observando todo mundo e sorrindo para si mesma.

A mulher que só comia salada, que não queria um relacionamento e não gostava de jogadores de hóquei já era.

Ela se espreme em uma cadeira ao meu lado e enche o prato de comida, e geme, feliz, quando pega uma colherada cheia. Ela bate na mão de Bobby quando ele tenta roubar um rolinho do prato, mas seu rosto suaviza quando ela se vira para mim e me vê rindo. Dá de ombros, nada arrependida de ter deixado Bobby com ainda mais medo dela.

— Rolinhos primavera são os meus favoritos.

— Você é minha favorita — sussurro, me aproximando para beijar suas bochechas coradas.

— Mesmo se eu tivesse mãos de lagosta?

— Mesmo se você tivesse mãos de lagosta, Anastasia.

Epílogo

DOIS ANOS (E UNS QUEBRADOS) DEPOIS

O horizonte de Seattle está brilhando sob a luz quente do fim da tarde. O dr. Andrews está atrasado, mas eu não me importo porque isso me dá mais tempo para aproveitar a vista.

Às vezes sinto falta do clima de Los Angeles quando estou presa na chuva, mas agora, estou feliz.

— Pode entrar, Anastasia. — O dr. Andrews segura a porta para mim. — Desculpa pelo atraso.

— Sem problemas — respondo e me levanto da cadeira. — Meus tornozelos estão tão inchados que é bom me sentar.

— Bom, se faz você se sentir melhor, você está realmente brilhando. Fica muito bonita grávida.

— É difícil, não vou mentir. — Eu me sento de frente para a mesa dele e passo as mãos pela barriga, estremecendo quando sinto um chute na costela. — Acho que ela vai ser jogadora de futebol. Gosta de chutar.

— Tenho certeza de que vai ser incrível no que quiser fazer, com uma mãe medalhista de ouro olímpica e um pai campeão da Copa Stanley.

— Neste momento, ela é incrível em me deixar quase fazendo xixi nas calças.

Depois que me formei, voltei para Washington para ficar mais perto de Nathan, e decidi fazer sessões de terapia semirregulares. A terapia não é mais tão difícil, e fico feliz por isso. Refletir sobre meus sentimentos, sobre o que fiz, o que estou ansiosa para fazer, e até o que me deixa nervosa. Tudo isso me lembra de como tenho sorte.

Quando estou voltando para casa, a bebê H está se movendo, tão empolgada quanto eu para ver o pai. Bom, é o que eu digo para Nate, deixando de lado o fato de que ela parece fazer sapateado nos meus órgãos quando abro o segundo pacote de Cheetos picante.

Quando ele me comprou a Range Rover, também conhecida como meu carro de mãe com um toque de *desculpa-por-ter-te-engravidado*, encheu todo o painel com lanches.

Foi uma ótima ideia, já que sua filha está sempre com fome.

Sim, estou culpando meu bebê que ainda nem nasceu pelo tanto que como quando estou no trânsito.

Estaciono na nossa garagem, ao lado do carro dos meus pais. Mal saí do carro e já ouvi o latido de Bunny do quintal.

— Para de incomodar o meu bebê — grito mais alto que os latidos, andando até onde Nathan e meu pai estão brincando com Bunny com arminhas d'água.

— A mamãe chegou! — grita Nate, fazendo a bola de pelos molhados de quase trinta quilos correr na minha direção, balançando o rabo sem parar.

Depois de saber que seria transferido para Seattle no fim da temporada, Nathan me prometeu que, depois das Olimpíadas, em fevereiro, poderíamos ter um golden retriever. O que nenhum de nós dois esperava quando decidimos ser pais de pet era que a minha ansiedade pré-Olimpíadas me faria vomitar meus anticoncepcionais.

Eu ganhei o ouro na categoria individual feminina.

Nós comemoramos.

Bastante.

Em todas as superfícies possíveis.

Seis meses depois, temos uma melancia no estômago e o filhote mais caótico do mundo.

Nate vem na minha direção e mira a arminha de plástico em mim com um brilho nos olhos castanhos. Seus shorts estão baixos nos quadris, com os últimos raios de sol do dia brilhante na sua pele bronzeada. *Caramba, como ele é gostoso.*

— Não se atreva, Hawkins.

— Bem-vinda de volta. — Ele larga a arma no chão, quase acertando Bunny, que corria aos nossos pés. Ele pega meu rosto e me beija, fazendo todas as células do meu corpo comemorarem.

A gravidez deixou tudo mais intenso, então se eu achava que me sentia atraída por ele antes, estava *muito* enganada. O fato de meus pais estarem aqui agora é a única coisa que me impede de escalar nele como em uma árvore.

— Como estão minhas meninas hoje? — As mãos de Nate descem pelos meus braços até chegar na barriga. Ela vai ficar agitada como sempre acontece quando ele está por perto. — Quer que eu faça aquela coisa?

— Sim, por favor. Estamos bem. Estamos com fome. — Ele fica atrás de mim e passa os braços ao meu redor até se unirem embaixo da barriga, aliviando o peso, e eu imediatamente me derreto. — Ah, isso. Delícia.

Eu sempre suspeitei que um bebê Hawkins seria grande, mas desde o primeiro mês minha barriga ficou aparente.

Muito em breve, adeus, minha vagina.

Eu sou apenas peitos e barriga. Peitos imensos que fazem todo mundo me encarar. Visitei Lola em Nova York com minha mãe, e ela passou a viagem inteira olhando para eles e se perguntando se deveria colocar silicone.

Minha mãe aparece com um copo de limonada e, ao olhar para os dois, me pergunto por que saí de casa hoje.

— Já fez as malas, amor?

Eu assinto.

— Nada me veste direito, então vou usar cropped a semana inteira.

Nate me dá um beijo na bochecha.

— Fica bem no Ursinho Pooh.

Quando Alex, o companheiro de JJ, se ofereceu para nos ajudar a planejar nossa "lua de fraldas", achei que era brincadeira. Mas parece que existe todo um universo de coisas de bebê que ainda não conheço. Coisas que envolvem ganhar presentes e viagens são as minhas favoritas.

— Arrumou as coisas do bebê? — pergunto, coçando a cabeça de Bunny.

Minha mãe suspira.

— Você sabe que vai precisar parar de chamá-lo assim quando o bebê de verdade nascer, né?

Eu faço uma careta na hora.

— Não vou, não. Primogênito. — Aponto para a carinha peluda lambendo meu tornozelo, depois para a minha barriga. — Segundo filho.

Ela revira os olhos e se abaixa para fazer carinho em Bunny, evitando a língua babada que vai na direção do seu rosto.

— Vamos, amiguinho, vamos tirar férias também!

A empolgação intensa que eu sentia quando viajava está bem mais fraca agora que sou uma bola de boliche, mas gosto de mandar em Nathan enquanto fico com os pés para cima.

Estamos juntos há mais de dois anos e o homem ainda não consegue usar um organizador de mala.

A viagem de Seattle até Cabo é tranquila, e só nos param para tirar fotos um milhão de vezes. Meus fãs favoritos são os que não assistem hóquei e dão o celular para Nate quando querem tirar foto. Ele diz que não se importa que as pessoas achem que ele só é famoso por ser meu namorado.

Não consigo deixar de rir quando ele fala isso, porque parece que é verdade. Eu disse que podemos melhorar a reputação dele antes de eu ganhar minha próxima medalha; talvez isso reduza seu trabalho como fotógrafo.

Nossa villa está mais para uma mansão na praia, mas Nate diz que é importante ser extravagante, porque quer que eu tenha privacidade e que possa ficar confortável.

Nua. Ele quer que eu fique nua.

Passamos o dia na praia, lendo e cochilando, nos refrescando no mar. Nate cavou um buraco na areia do tamanho perfeito para a bebê Hawkins, e pela primeira vez em meses, consigo dormir de barriga para baixo. *Paraíso.*

— Tasi, está pronta?
— Para de me apressar!

Ouço ele rir da sala de estar.

— Bom, pode ir mais rápido? Temos uma reserva.

Não tendo escolha a não ser lavar a água do mar do meu cabelo, cometi o erro após o banho de me sentar na cama de toalha com um pacote de Lays sabor churrasco e meu celular. Agora estou atualizada com o que todo mundo está fazendo, mas não estou vestida e meu cabelo está úmido e cheio de frizz.

Prendo o cabelo em um rabo de cavalo molhado, coloco um vestido floral e passo um pouco de contorno em vários pontos do rosto, além de um pouco de rímel. O lado bom de sair de férias é que posso fingir que era assim mesmo que queria me vestir e ninguém pode negar.

Quando finalmente saio do quarto, Nate está assistindo à corrida de carros com uma cerveja na mão.

— Vamos, vamos nos atrasar.

Ele abre a boca e vira a cabeça para me olhar em choque.

— Eu estava esperando por *você*! Por um tempão!
— Que exagero — eu murmuro e coloco meu celular na bolsa. — Vamos?

Em pé, ele termina a cerveja, balança a cabeça e me xinga baixinho.

— Preciso checar uma coisa. Te encontro lá fora.
— Depressa, Nathan. — Eu me controlo para não rir. — Temos uma reserva.

Ele arregala os olhos e depois os fecha, respirando fundo.

— Eu sei. Foi o que eu disse.

O caminho para o restaurante é curto, e eles nos guiaram pelo salão principal até uma praia privativa. Pétalas de rosa marcavam o caminho até uma mesa solitária no meio da praia.

Nathan coloca o cabelo atrás da minha orelha antes de se sentar na minha frente.

— Eu vou comer tudo no cardápio — aviso a ele. — Não vai ser bonito.

— Tudo que você faz é lindo.

— Vamos ver…

Não consigo comer tudo no cardápio, mas como o meu prato, o de Nate, e a cesta de pães. Fico sentada olhando para ele enquanto bebe vinho e observa as pessoas. Ele está estranhamente quieto hoje, mas fica assim quando está relaxando. Estar sempre rodeado de barulho e caos no trabalho é cansativo, e alguns dos nossos momentos mais especiais foram passados em silêncio, na companhia um do outro.

Sentindo meu olhar, ele vira a cabeça para mim, nossos olhos se encontram e eu perco o ar. A ponta do seu nariz está rosa por causa do sol de hoje, e a barba normalmente bem aparada está bem mais longa. Toda vez que olho para ele, minha pulsação acelera e meu coração bate forte, e quando acho que não poderia amá-lo mais do que já amo, algo muda.

Me apaixonar por Nate Hawkins não foi algo planejado.

Nenhum planner, iPad ou tabela de adesivos poderia ter me preparado para o que iria acontecer.

Minha imaginação não conseguiria criar esse tipo de felicidade.

— Você está me encarando com aquela expressão boba que sempre tem no rosto quando está pensando demais em algo — diz Nate, brincando.

Reviro os olhos, rindo da interrupção grosseira dele no meu monólogo interno.

— Estou pensando no quanto eu te amo.

— Que engraçado. Estava pensando nisso também.

Ele empurra a cadeira para trás, se levanta, e observo ele, curiosa.

— O que você… — Ele afunda um joelho na areia ao meu lado. — *Ai, meu Deus.*

Ele coloca a mão no bolso, meu coração desacelera e sinto um nó, um dos grandes (mas não tanto quanto o diamante na minha frente), se formando na garganta. A bebê H está dançando na barriga e lágrimas se formam nos meus olhos.

— Anastasia, você é a melhor coisa que já aconteceu comigo, e te chamar de amor da minha vida não faz justiça ao quanto eu te amo. Minha existência não faz sentido sem você ao meu lado. Pelo resto das nossas vidas, na próxima vida, em todas as realidades alternativas. Eu serei seu, se você me quiser. Você é minha melhor amiga, meu maior presente, e Mila, e Bunny, claro, têm tanta sorte de ter você como mãe.

Lá vêm as lágrimas.
— Quer se casar comigo?
Eu faço que sim rapidamente e me jogo nele, quase derrubando-o na areia.
— Sim, sim, sim! — Minhas mãos estão tremendo quando ele coloca o anel no meu dedo e imediatamente pega meu rosto e me beija como se não houvesse amanhã.
— Anastasia Hawkins. Uau. E aqui estava eu pensando que isso era só uma coisa casual, sem compromisso, sem ciúmes.
Ele ri e me beija de novo.
— Cala a boca, Anastasia.

Agradecimentos

Meu marido, por acreditar em mim, por me deixar gastar nossa poupança no meu sonho (muito) caro e, apesar de ser o maior fofoqueiro do mundo, manter o meu hobby como um segredo, como você prometeu que faria.

Marcy, por me convencer a escrever meu próprio livro. Obrigada por me ajudar a descobrir a minha paixão.

Ha-Le, a pessoa que conhece *Quebrando o gelo* melhor do que eu. Obrigada pelo seu apoio constante.

Paisley e Leni, por segurarem minha mão virtualmente durante a publicação do meu primeiro livro. Seu trabalho árduo e sua criatividade fizeram este livro ser o que é, e mal posso esperar para trabalhar em outros projetos com vocês.

Finalmente, ao meu time em momentos de crise, que eu amo demais:

Erin, por ser minha autora de apoio emocional. Obrigada pela sua amizade, por ouvir todas as minhas ideias estranhas e cruas, e por encorajá-las. Você é o motivo de minha lista de "livros para escrever" ter quarenta e cinco títulos. Estou jogando no universo a energia do BookBar.

Kiley, por ser a primeira pessoa a ler o esboço de *Quebrando o gelo*. Obrigada por sempre me apoiar, por exigir novos capítulos quando estava com bloqueio (funcionou) e, acima de tudo, por responder todas as minhas mensagens que começavam com "Ki, nos Estados Unidos…". A sua calma equilibra meu caos interior; sua amizade é maravilhosa.

Rebecca, por ser a minha versão canadense. Obrigada por me fazer acreditar que autopublicação era possível, por me ouvir às 4h da manhã, por me acalmar quando a síndrome do impostor tentou me derrubar. Eu tenho muita sorte de poder te chamar de amiga.

Impressão e Acabamento:
GRÁFICA GRAFILAR